# मैं यों जिया

(आत्म कथा)

# मैं यों जिया

(आत्म कथा)

[2]

## चंदन-वन के बीच

देवेश ठाकुर

नमन प्रकाशन
नई दिल्ली -110002

पहला संस्करण : 2009
**ISBN:** 81-8129-202 (सेट 3 खण्डों में सम्पूर्ण)
81-8129-204-9 (भाग-2)
मूल्यः- 850/-

**नमन प्रकाशन**

4231/1, अंसारी रोड, दरियागंज, नई दिल्ली—110002
फोन : 23247003, 23254306

नितिन गर्ग द्वारा नमन प्रकाशन के लिए प्रकाशित।
दिल्ली द्वारा एशियन ऑफसेट प्रिंटर्स, मौजपुर दिल्ली -53 में मुद्रित।

**Mein Yoon Jiya (Autobiography)**
by Devesh Thakur

पत्नी सुशीला को

जो हर दुःखसुख में

मेरे साथ

अचल खड़ी रही

# अपने तईं

यह मेरी आत्मकथा का दूसरा खंड है। यह खंड मेरे जीवन के बाहरी संघर्षों-समस्याओं, मेरी सफलता-असफलताओं और एक प्रकार से मेरे जीवन के उतार-चढ़ावों की क्रमबद्ध प्रस्तुति है। मुझ जैसे संघर्षशील व्यक्ति की यही नियति होती है कि वह एक ही जीवन में नरक और स्वर्ग दोनों का परिचय पा लेता है। एक प्रकार से चंदन-वनी जीवन होता है उसका। अपने इस जीवन को जीते हुए मुझे सफलताओं और उपलब्धियों की उन्मुक्त गंध का आत्मीय अनुभव भी हुआ है और विषमताओं, विरोधों और विसंगतियों का दंश भी सहना पड़ा है। इस सब को मैंने बड़ी तटस्थता और निस्संगता के साथ प्रस्तुत करने का प्रयास किया है। इसी क्रम में, इस खण्ड में भी मेरी कोशिश यही रही है कि अपनी दुर्बलताओं को भी स्पष्ट रूप से शब्द दूँ क्योंकि मैं मान कर चलता हूँ कि 'आत्म-कथा' में सभी बातें बड़ी सच्चाई और ईमानदारी के साथ प्रस्तुत की जानी चाहिए तभी उसका कुछ महत्त्व बनता है

मेरा जीवन बड़ा गतिशील, बड़ा घटनामय रहा है। संघर्ष की एक स्थिति से उबरने के बाद दूसरा संघर्ष शुरू हो जाता रहा है। एक उपलब्धि के क्षीण हो जाने के बाद दूसरी उपलब्धि प्रतीक्षा करती मिलती रही है। एक मित्र से टूटने के बाद दूसरा कोई मित्रता का हाथ बढ़ाते हुए आगे आता रहा है। अपनी इस जीवनावधि में मैंने इन सभी स्थितियों को जी भर कर जिया हैं। दरअसल, मेरी यह आत्मकथा मेरे जीवनानुभवों की एक ऐसी पूंजी है जिसके खरे-खोटे दोनों प्रकार के सिक्कों को मैं अपने सीने से चिपकाए हुए हूँ और जिसके कारण मेरे पाँव हमेशा ज़मीन पर जमे रहे हैं।

जीवन की इस लम्बी यात्रा में, आप पायेंगे, मैंने कम गल्तियाँ नहीं की हैं। लेकिन मैं उनको लेकर बैठा नहीं रहा; मैंने अपनी गल्तियों से हमेशा सीखने की कोशिश की है और उन्हें वहीं छोड़ कर आगे बढ़ने का प्रयास किया है। साथ ही मैंने अपने आत्म-सम्मान का सम्मान किया है और उस पर किसी प्रकार की आंच नहीं आने दी है। बहुत विन्रमता से यह भी कह दूँ कि विन्रमता मेरे स्वभाव का गुण रही है। लेकिन साथ ही यह भी कि मैंने अपने पर किसी को हावी नहीं होने दिया और आत्म-सम्मान की कीमत पर किसी भी उपलब्धि को तरज़ीह नहीं दी।

९, इस खंड को लिखने में मैंने बड़ी निस्संगता और संयम से काम लिया है। और अपने पर पूरा नियंत्रण बनाए रखा है। मेरे जीवनानुभवों में अच्छे-बुरे अनगिन प्रसंगों की कथा अंकित है। यदि मैं उन सब को लिखता तो दो-ढाई हज़ार पृष्ठ आसानी से बन सकते थे। लेकिन मैंने निर्मम होकर उन में से कुछेक प्रसंगों का ही चयन किया। ऐसे प्रसंगों का जिन से अपनी बात और बान पूरी स्पष्टता के साथ प्रकट हो जाये। मित्रों-विरोधियों के संदर्भ में बीसियों लोग छूट गए है। उन से जुड़ी हुई बहुत सी बातें, बहुत से प्रसंग बहुत सी घटनाएं छूट गयी हैं लेकिन उससे अपने कथ्य की न कोई हानि हुई है और न ही पुनरावृत्ति का ज़्यादा संकट सामने आया है। अपने सामर्थ्य भर मैंने पुनरावृति से बचना चाहा है ताकि पाठक को एकरसता का अनुभव न होने पाये।

हमारे यहाँ 'आत्म कथा' लेखन एक प्रकार से अपनी खूबियों, अपनी उपलब्धियों और अपनी महानता को प्रदर्शित और प्रतिष्ठित करने का माध्यम बन गया है। लेखक सब तरफ से यानी परिवार, समाज और मित्रों से सावधान होकर ही इस कर्म में प्रवृत्त होता है। 'आत्मकथा' लिखते समय उसके मन में अनेक प्रकार के भय और शंकाएं समायी रहती हैं। और इसी भय और शंका के कारण वह अपने जीवन के काले-मटमैले पृष्ठ खोलने में संकोच करता है। लेकिन हम जानते हैं कि मनुष्य मनुष्य होता हैं, कोई देवता नहीं होता। उस के जीवन के भी कुछ पक्ष बड़े धुंधले और कलुषित हो सकते हैं। लेकिन सामाजिक भय उसे उन पक्षों को खोलने और स्पष्ट रूप से सामने रखने की न तो शक्ति दे पाता है और न ही साहस। ऐसी आंशिक और एकपक्षीय 'आत्मकथाओं' में यही प्रवृत्ति मुख्य रूप से उभर कर आई है।

'आत्मकथा' लिखने से पूर्व कुछ समय के लिए कुछ ऐसी ही शंका मेरे मन में भी आई थीं। लेकिन बाद में मैंने सोचा कि ऐसा करना अपने साथ में तो गद्दारी करना होगा ही, अपने पाठकों के सम्मुख भी झूठ को परोसना होगा। शायद मेरे संस्कारों ने ही मुझे झूठी 'आत्मकथा' लिखने से रोका। फिर एक बार निश्चय कर लेने के बाद मैं निर्द्वन्द्व होकर 'आत्मकथा' लिखने को तत्पर हो गया। संस्कारों के अतिरिक्त, समझ आने के बाद, जिन जीवन-मूल्यों को लेकर मैंने अच्छे-बुरी जिन स्थितियों को भोगा और जिया, उससे मुझमें साहसिकता आई और मैंने अपने को पूरी तरह खोल कर प्रस्तुत करने का निश्चय कर लिया। मैं मान कर चलता हूँ कि बिना मूल्यों वाला जीवन खोखला होता है। उस से कुछ भी सारयुक्त उपलब्ध नहीं किया जा सकता। और जो व्यक्ति थोड़ा-सा भी संवेदनशील होता है, उसे इस खोखलेपन की अनुभूति अवश्य होती है और वह इसे लेकर जी नहीं पाता। मेरे साथ 'आत्म कथा' लेखन के इस प्रयास में यह तथ्य मूल मंत्र के रूप में उपस्थित रहा है और संभवतः इसलिए मैं अपने सच को उस रूप में कह पाया हूँ जिसे लोग बहुधा मेरी तरह कहने का साहस नहीं कर पाते।

प्रत्येक व्यक्ति की महानता, यश, प्रतिष्ठा और सम्मान के नीचे निश्चित रूप से कुछ कुटिलता, कुछ कलुष और कुछ अनैतिक छिपा होता हैं। और मज़े की बात यह है

कि वह सामाजिक प्रताड़ना के भय से उसे छिपाए ही रखना चाहता हैं। मैंने, मैं कह सकता हूँ, इस भय से उबरने की कोशिश की है। उस कोशिश में मैं कितना सफल रहा हूँ, इसे मेरे मित्र, मेरे विरोधी और मेरे निकट सम्पर्क में आए व्यक्ति ही ठीक-ठीक बतला सकते हैं।

लेखकों की भारी भीड़ में मैं एक अदना सा लेखक हूँ। लेकिन अब इतना अदना भी नहीं रहा कि इस भीड़ में खो जाऊँ। एक बार डॉ. विजयेंद्र स्नातक ने कहीं लिखा था– भीड़ में गूंगे-बहरे, लंगड़े-लूले, अन्धे-बूढ़े, बच्चे-बौने खोते हैं। जिसकी भुजाओं में शक्ति और धकेलने की ताकत होगी, वह भीड़ में क्यों गिरेगा, क्यों खोयेगा।' मैं भी शायद इसीलिए बना रहा क्योंकि मुझ में बने रहने की ज़िद थी। इसी ज़िद ने मुझे जीवित रखा है और विरोधों के सम्मुख आत्मविश्वास के साथ सीधा खड़े होने की शक्ति दी है। 'आत्मकथा' को जिस ढंग से मैंने लिखा है, उससे मेरा कहना सहज ही प्रमाणित हो जाता है। मेरी स्पष्टवादिता और साहसिकता के कुछ और प्रमाण पाठकों को अगले खंड यानी अन्तिम तीसरे खंड में देखने को मिल सकते हैं। तब तक के लिए मैं अपने पाठकों से विदा लेता हूँ।

पुनश्चः- पाठकों की प्रतिक्रियायें मुझे अपने को समझने और परिष्कृत होने में सहयोग देंगी।

**देवेश ठाकुर**

**जनवरी १, २००६**

**बी-२३, हिमालय सोसाइटी,**
**असल्फा, घाटकोपर (पश्चिम)**
**मुंबई-४०००८४**

# एक

कहते हैं कि चंदन-वन में एक सम्मोहक सुवास-सी फैली रहती है और दंश देने वाले विषैले सर्पों का आश्रय-स्थल भी वही होता है। वृक्ष - वृक्ष, डाल - डाल। मेरा अपना जीवन भी कुछ ऐसा ही रहा है। एक ओर मस्ती और फक्कड़पन, आल्हाद और उल्लास का उत्सव और सफलताओं और उपलब्धियों के भरे-पूरे आयाम। और दूसरी ओर संघर्ष, गर्दिश और मुसीबतों से जूझता, आत्म-संघर्ष और दुविधाओं में डूबा, विरोधों, उपेक्षाओं और षडयंत्रों से टकराता मेरा अस्तित्व। मैंने इन दोनों स्थितियों को भरपूर जिया और इनके बीच से निकलते हुए अपनी जिजीविषा को बनाए रखा। कुल मिला कर यह चंदन - वनी जीवन यदि मुझ से बहुत कुछ ले गया तो मुझे बहुत सारा दे भी गया। संभवतः इसी कारण मुझ में सदा एक प्रकार की आशावादिता के साथ सकारात्मक सक्रियता भी बनी रही है। और शायद इसीलिए मैंने अपनी सफलता - असफलता को खुले हाथों स्वीकार किया है और अपने हाथों की रेखाएँ खुद खीचीं हैं।

हाँ तो, तब बंबई लौटते हुए मैं रास्ते भर उद्विग्न, चिंतित और खाली-खाली बना रहा था। गाड़ी की ऊपरी बर्थ पर लेटा-लेटा मैं यह सोचता रहा था कि आख़िर ऐसा क्या हो गया कि **सोनल** ने एक ही क्षण में उन सभी आत्मीय संबंधों को तोड़ कर रख दिया जिन को हम ने इतनी निष्ठा और विश्वास के साथ बनाया - सँवारा था। बहुत सोचने-विचारने के बाद भी में इस कारण का कोई स्रोत नहीं खोज पा रहा था मैं। मैं कभी यह सोचता कि क्या उसने कहीं मुझे अपने मन बहलाव या समय बिताने का खिलौना तो नहीं बना रखा था। बहुत कोशिश करने के बाद भी मैं अपने इस सोच पर विश्वास नहीं कर पा रहा था। फिर सोचता कि क्या कहीं वह भविष्य द्रष्टा तो नहीं थी और उसने, संभवतः यह जान लिया हो कि यह संबंध सभी दृष्टियों से इतना अव्यावहारिक और इतना अस्वाभाविक और कृत्रिम है कि वह देर

तक नहीं टिक पायेगा और इसीलिए उसने संबंधों का तोड़ने का जिम्मा अपने ऊपर ले लिया हो और मेरे मान को बनाए रखा हो। उसके पत्र के ये शब्द बार - बार मेरे मानस–पटल पर आते–जाते रहते थे — मैंने तुम्हें निष्कपट रूप से प्यार किया है। मैं तुम्हें खुश और सुखी देखना चाहती हूँ। तुम जहाँ भी रहो, सुखी रहो; ..... कि तुम भी इसे एक आकस्मिक घटना मान कर जी लेना।'

बंबई लौटने के बाद भी **सोनल** के व्यवहार की यह फाँस मेरे मन - प्राणों पर काफ़ी समय तक अटकी रही। सोनल के संग - साथ बिताए गए लम्हे अब असमर्थता और टूटन का अहसास देने लगे थे। उन दिनों अपनी बेबसी को यह सोच कर झेल लेता था कि इंसान अन्ततः परिस्थितियों का दास है। हाँलाकि इस तरह का सोच मेरे सोच का हिस्सा कभी नहीं रहा। कभी - कभी अपने को सांत्वना देने की कोशिश करता कि चलो, यहाँ इतना भी बहुत है। लेकिन लगता कि मेरा यह प्रयास बेमानी और सच्चाई को बदल सकने की मजबूरी के अलावा और कुछ नहीं था। तब मैं अनायास ही उदास हो जाता और अपने चारों ओर एक प्रकार की शून्यता और खालीपन को महसूस करने लगता।

राजकोट के उन अकेले दिन में **सोनल** ने ही मुझे विश्वास का आधार और अधिकार दिया था, मैं इस तथ्य को भूल नहीं पा रहा था। अब यहाँ वापिस लौट कर मैं कभी अपने को निपट अकेला और शाप - ग्रस्त महसूस करता था और कभी संबंधों की प्रवंचना की टीस मुझे व्याकुल कर देती थी। और तब **सोनल** के साथ बैठे रहने की कल्पना करते - करते मैं किसी दूसरे की ज़रूरत महसूस करने लगता था। फिर भी अपने अकेले क्षणों में मैं **सोनल** के साथ बिताए क्षणों में खोया रहता था। जैसे बरसात के दिनों में निरभ्र आकाश में अनायास ही बदल घुमड़ आ कर उसकी एक फाँक को आच्छादित कर लेते हैं, उसी तरह **सोनल** की काल्पनिक उपस्थिति अनायास ही मेरे संपूर्ण व्यक्तित्व को आच्छादित कर लेती थी। आखिर, आवेश और भावुकता में ही सही, मैंने उसे प्यार किया था और निष्कपट रूप से उसके साथ आगे की ज़िंदगी जीने की कल्पना की थी। उसी ने मेरे प्यार को अर्थ दिया था - चाहे उसकी परिणति विफलता में हुई हो। मैं तब यह भी सोचता रह जाता था कि भले ही हमारी बुनियादें एक समान नहीं थी, लेकिन कुछ समय के लिए ही सही, हमारा बोध समरूप हो गया था। सचमुच, बड़े अन्तर्द्वन्द्व के दिन थे वे।

दूसरी ओर, मैं अपने आगत के प्रति भी चिंतित था। छुट्टियों के बाद राजकोट वापस जाने का सवाल ही नहीं उठता था। मुझे अब अपनी कर्म– भूमि इसी बंबई को ही बनाना था और इसके लिए मैंने यहाँ आते ही दौड़ –धूप भी शुरू कर दी थी।

सबसे पहले मैं प्रो. प्रधान से मिला। उन्होंने मुझसे प्रो. लिमये से मिलने के लिए कहा। प्रो. लिमये अब तक एक नए कॉलेज में प्रिंसिपल बन गए थे। सिडनहम कॉलेज में प्रो. लिमये भी मेरे अच्छे परिचित थे। प्रो. प्रधान ने बतलाया कि प्रि. लिमये को मुझे अपने कॉलेज में नियुक्त करने में कोई मुश्किल नहीं होगी। दूसरे ही दिन मैं आशा और आशंका से भरा हुआ प्रि. लिमये से मिला और उन्हें प्रिंसिपल बनने की बधाई दी। प्रि. लिमये बड़ी सहृदयता से मिले और राजकोट के बारे में बातें करने लगे। चाय पीते हुए मैंने उनके सामने अपनी समस्या रख दी। कुछ सोच कर वे बोले – प्रो. ठाकुर, मुझे तुम्हें अपने कॉलेज में रखने में कोई मुश्किल नहीं है। लेकिन तुम्हारे लिए यह अच्छा रहेगा कि तुम किसी आर्ट्स कॉलेज में ट्राई करो। यहाँ कम्पल्सरी हिंदी कब तक पढ़ाते रहोगे ........; कि अब तुम्हारी पी–एच.डी. भी पूरी होने को है। उसका यहाँ क्या उपयोग हो पायेगा।'

मैं बोला – सर, अभी तो यहाँ पैर जमाने का सवाल है। पहले बम्बई में टिकने की सुविधा हो जाये तो फिर आर्ट्स कॉलेज के लिए ट्राई करता रहूँगा।'

– तो ठीक है। तुम इसी सेशन में ट्राई करो। दो – तीन नए कॉलेज आ रहे हैं। वहाँ भी एप्लाई करके देखो। कहीं हो जाये तो अच्छा है। नहीं भी हुआ तो मैं २० जुलाई तक हिंदी की पोस्ट को रोके रखूँगा। तुम इस बीच जब चाहे, यह कॉलेज ज्वाइन कर लेना। तब तक तुम यहाँ एक एप्लीकेशन डाल दो।'

मेरे लिए यह काफ़ी बड़ी आश्वस्ति थी। उन्हें धन्यवाद देकर मैंने उनसे विदा ली। और दूसरे ही दिन कॉलेज के ऑफिस में अपनी अर्जी दे आया।

जिस दिन राजकोट से बंबई के लिए रवाना होना था, उसी दिन सुबह – सुबह मैं प्रिंसिपल कोतवाल के बंगले पर गया था। उन्होंने मुझे रामनारायण रुइया कॉलेज के प्रिंसिपल डॉ. मूर्ति के नाम एक नोट लिख दिया और कुछ अच्छे शब्द मेरी योग्यता और व्यवहार के विषय में भी लिख दिए। नोट पकड़ाते हुए वे बोले – मैं अप्रैल में डॉ. मूर्ति से मिल रहा हूँ पूना में। उनसे वहाँ भी तुम्हारे बारे में कह दूँगा। विश यू ऑल द बेस्ट।'

उन्हें अभिवादन करके मैं बाहर निकला ही था कि रास्ते में अपने विभागाध्यक्ष प्रो. शर्मा मिल गए। बोले – देवेश जी, सुबह – सुबह प्रिंसिपल के बंगले पर कैसे आना हुआ ?'

– मैं आज दोपहर को ही बंबई जा रहा हूँ। रिसर्च के लिए कुछ रेफ़रेंस – बुक्स देखनी हैं। तो सोचा, जाते हुए प्रिंसिपल साहब से भेंट कर लूँ।'

– चलो, इसी बहाने हमें भी आपके दर्शन हो गए।' वे थोड़ा व्यंग्य से मुस्करा कर बोले – आप यहाँ–वहाँ इतने बिजी रहते हैं कि आपसे मिलना भी नहीं हो पाता।'

– वो तो है।' मैं भी मुस्करा कर आगे बढ़ गया।

तीसरे या चौथे दिन रुइया कॉलेज में विभिन्न विषयों का विज्ञापन आ गया। हिंदी विभाग में दो पोस्ट थीं। उस साल (१९६०) रुइया कॉलेज का लगभग आधा स्टाफ कॉलेज छोड़कर नए कॉलेजों में चला गया था। विभिन्न विभागों के जूनियर अध्यापक इन नए कॉलेजों में विभागाध्यक्ष बन गए थे। इन नए कॉलेजों में उस साल सोमैया कॉलेज और एसआइइएस (SIES) कॉलेज प्रमुख थे। रुइया कॉलेज के राजनीति विभाग के अध्यक्ष प्रो. राम जोशी एसआइइएस कॉलेज में प्रिंसिपल हो गए थे और गुजराती विभाग के अध्यक्ष (प्रो. याग्निक) सोमैया कॉलेज में प्रिंसिपल बन कर चले गए थे। हिंदी विभाग के सबसे कनिष्ठ प्राध्यापक प्रो. बांदीवड़ेकर को प्रो. जोशी अपने साथ एसआइइएस कॉलेज में विभागाध्यक्ष बना कर ले गए थे और तीसरे नम्बर के प्राध्यापक प्रो. पंडा को प्रो. याग्निक ने सोमैया कॉलेज में विभागाध्यक्ष के रूप में नियुक्त कर लिया था। इस प्रकार रुइया कॉलेज में हिंदी की दो जगहें खाली हो गयी थीं।

विज्ञापन पढ़ कर मेरे मन में कुछ ज़्यादा ही आशा जग गयी। दो स्थानों में से मुझे एक स्थान मिल ही जाना चाहिए, मैं सोचने लगा। अब तक मेरा चार सालों के अध्यापन का अनुभव हो चुका था। कुछ पुस्तकें भी प्रकाशित हो चुकी थी और रिसर्च भी पूरी होने को थी। सो, बड़ी उम्मीद के साथ मैंने रुइया कॉलेज में एप्लाई कर दिया। बस, हिंदी के विभागाध्यक्ष डॉ. जैन को लेकर मन में एक खटका अवश्य था। लेकिन साथ ही, राजकोट के अपने प्रिंसिपल प्रो. कोतवाल के कारण एक आश्वस्ति भी थी।

एक शाम बड़े संकोच और साहस के साथ मैं डॉ. मूर्ति के बंगले पर चला गया जो उन दिनों कॉलेज के पास ही स्थित था। नौकर ने दरवाज़ा खोला तो मैंने पूछ लिया – प्रिंसिपल साहब है क्या? मैं राजकोट से आया हूँ।'

– देखता हूँ।' कह कर उसने दरवाज़ा बंद कर दिया और भीतर चला गया। कुछ देर बाद वह लौटा और मुझे ड्राइंग रूम में बैठने के लिए कह कर फिर लौट गया।

मैं सोफ़े पर बैठ कर कमरे का जायज़ा लेता रहा। बहुत सादी और बहुत ही सुरुचिपूर्ण व्यवस्था थी ड्राइंग रूम की। थोड़ी देर बाद एक मध्यम कद – काठी के गोरे–चिट्टे प्रौढ़ सज्जन कमरे में आए। मैं समझ गया कि हो न हो ये ही डॉ. मूर्ति हैं। मैंने खड़े होकर उनका अभिवादन किया और अपना नाम बतलाया।

– बैठो, बैठो।' वे मुस्कराते हुए बोले।

मैंने अपनी जेब से प्रिंसिपल कोतवाल का नोट निकाल कर उनके हाथों में पकड़ा दिया। बोला कुछ नहीं।

उन्होंने सरसरी निगाह से नोट को पढ़ा और उसे मेज़ पर रखते हुए बोले – ठीक है। तुमने एप्लाई कर दिया है न।'

– जी।'

– प्रिंसिपल कोतवाल कैसे हैं? मेरे बहुत पुराने मित्र हैं। हम लोग अगले हफ़्ते पूना में मिलने वाले हैं।

– जी, उन्होंने बतलाया था। वे ठीक हैं।'

– मैं देखूँगा, मैं तुम्हारे लिए क्या कर सकता हूँ।'

– धन्यवाद, सर।' फिर थोड़ी देर रुक कर संकोच के साथ मैंने कहा – आपके यहाँ डॉ. जैन हैं न विभागाध्यक्ष।'

– हाँ, हैं तो।'

– उनको लेकर थोड़ा डरा हुआ हूँ मैं?'

– ऐसी कोई बात नहीं है। वे बहुत सज्जन व्यक्ति हैं।'

मैंने डरते – डरते डॉ. जैन के विषय में अपनी शंका का कारण उन्हें बता दिया।

वे बोले – अरे, इन छोटी–मोटी बातों की वे मन में नहीं लेते।'

मैं थोड़ा आश्वस्त हुआ और कुछ देर बाद उनसे विदा लेकर ड्राइंग रूम से बाहर निकल आया।

इस बार भी मैं शेरे–पंजाब हॉस्टल में ठहरा था। हॉस्टल में काफी कमरे खाली पड़े थे। लोग–बाग छुट्टियों में गए हुए थे। मैंने एक कमरे में अपना सामान जमा कर अपना रिसर्च का काम शुरू कर दिया था। दिन भर मैं इधर–उधर डोलता और शाम पड़े हॉस्टल में लौट कर देर रात तक अपना शोध–कार्य करता। इस बीच एक–दो

अन्य कॉलेजों में भी एप्लाई कर दिया था मैंने। नैथानी जी और पांडेय जी से भी मिल लिया था। ये दोनों डॉ. जैन के मित्र थे। नैथानी जी को मैंने प्रिंसिपल कोतवाल द्वारा डॉ. मूर्ति के नाम लिखे पत्र और डॉ. मूर्ति से मिलने की बात भी बतला दी और साथ ही यह भी शंका प्रकट कर दी कि कहीं डॉ. जैन कोई अड़ंगा न लगा दें। नैथानी जी ने भी वही कहा जो डॉ. मूर्ति ने कहा था कि डॉ. जैन बड़े सज्जन व्यक्ति हैं, कि वे इस तरह की छोटी – मोटी बातों पर ध्यान नहीं देते। उन्होंने यह भी कहा कि यदि मैं आवश्यक समझूँ तो वे डॉ. जैन से मेरे बारे में बात कर सकते हैं।

नैथानी जी से बातें करके मैं काफ़ी आश्वस्त हो गया था और मुझे लगने लगा था कि रुइया कॉलेज में मेरी नियुक्ति हो जाएगी।

इसी प्रकार दिन बीतते रहे। मई का महीना भी बीत गया। जून के प्रथम सप्ताह में मुझे रुइया कॉलेज से इन्टरव्यू लैटर आ गया। मेरे दिल की धड़कन तेज़–तेज़ चलने लगी। इन्टरव्यू की तिथि आने तक मैं निश्चय–अनिश्चय के बीच डूब – उतराता रहा।

निदान, इन्टरव्यू का दिन आ गया। धड़कते हृदय से मैं कॉलेज पहुँचा। वहाँ देखा, ८–९ प्रत्याशी प्रिंसिपल के ऑफिस के सामने पड़ी बैंच पर बैठे थे। ज़्यादातर प्रत्याशी बंबई के ही थे। मैं भी उनके पास जा कर बैठ गया।

कुछ देर बाद इन्टरव्यू शुरू हो गया। २–३ प्रत्याशियों के बाद मुझे बुलाया गया। मैं भीतर गया तो देखा कि सामने प्रिंसिपल मूर्ति बैठे थे और उनके बराबर में डॉ. जैन विराजमान थे। और भी दो–चार व्यक्ति थे। शायद वे एक्सपर्ट और मैनेजमैंट के लोग रहे हों। मैं उनमें से किसी से भी परिचित नहीं था।

डॉ. मूर्ति ने मुझे अपने ठीक सामने की कुर्सी पर बैठने का इशारा करते हुए कहा – मिस्टर ठाकुर ?'

– जी।'

– डी. ए. वी. कॉलेज देहरादून। सेकंड क्लास एम. ए.।' मेरी एप्लीकेशन को देखते हुए वे बोले।

– जी।' फिर थोड़ा रुक कर मैं बोला – सर, मैंने सिडनहम कॉलेज में साढ़े तीन साल तक पढ़ाया है। उसके बाद मेरा ट्रांसफर राजकोट हो गया था। पिछले अक्टूबर में।'

– तुम सरकारी कॉलेज क्यों छोड़ना चाहते हो ?'

– सर, वहाँ पढ़ने-लिखने का कोई माहौल नहीं है। मैं रिसर्च कर रहा हूँ। मेरी थीसिस पूरी होने को है .....।

– हुँ .......।

– और सर। मेरी दो किताबें भी पब्लिश हो चुकी हैं।'

– गुड।' प्रिंसिपल मूर्ति बोले। फिर कुछ सोच कर कहने लगे – मिस्टर ठाकुर, हम आपको कोई इन्क्रीमेंट नहीं दे सकते। आप इनीशियल बेसिक पे पर आना चाहेंगे ?

– जी। आई वुड लाइक।'

– ठीक है। आप जा सकते हैं।'

मैं उठ खड़ा हुआ और सब को अभिवादन करके पीछे की तरफ लौट गया।

प्रिंसिपल मूर्ति ने जिस सफाई से अन्य किसी भी व्यक्ति को बोलने का मौका न देकर मुझ से जाने के लिए कह दिया था, उससे मैं आश्चर्य चकित था। मुझे विश्वास हो गया था कि इस कॉलेज में मेरी नियुक्ति हो जाएगी। और इसका प्रमाण मुझे दूसरे दिन शाम को ही मिल गया।

हुआ यह कि मैं दूसरे दिन शाम को नैथानी जी के घर चला आया ताकि रुइया में अपने इन्टरव्यू होने की सूचना उन्हें दे आऊँ। जैसे ही मैं उनके घर पहुँचा, मैंने देखा कि वे बरामदे में अपनी बच्ची को खिला रहे हैं। मुझे देखते ही बोले – तुम्हारी उम्र बहुत बड़ी है देवेश। मैं तुम्हें याद ही कर रहा था। मेरी बधाई लो। ........कल शाम मैं डॉ. जैन से मिलने शिवाजी पार्क गया था। बातों बातों में उन्होंने बतलाया कि देहरादून के किसी लड़के और एक महिला की नियुक्ति हुई है उनके विभाग में। जब मैंने पूछा कि लड़के का नाम देवेश ठाकुर तो नहीं है तो बोले –हाँ, हाँ, वही है। मैंने कई गोष्ठियों में देखा है उसे। थोड़ा वाचाल है लेकिन इंटैलिजेंट लगता है। इन्टरव्यू में उसने बतलाया कि उस की रिसर्च भी पूरी होने वाली है १-२ महीने में।' मुझे बड़ी बड़ी खुशी हुई है तुम्हारी नियुक्ति को लेकर। अपने कॉलेज में मेरे हाथ बंधे हुए थे इसलिए थोड़ा बुरा भी लग रहा था। चलो, अंत भला तो सब भला।'

मैं मुस्करा दिया। उनके चरणों का स्पर्श करते हुए मैं बोला – गुरु जी, यह सब आपकी शुभकामनाओं और आशीर्वाद का ही फल है।

– अब तुम जल्दी से अपनी थीसिस पूरी कर डालो। बंबई में तुम दूसरे या तीसरे पी-एच. डी. होगे।'

उसके बाद हमने मिल कर चाय पी। नैथानी जी ने रात का भोजन करके जाने के लिए कहा। बहुत विनम्रता से मना करके मैं अपने हॉस्टल वापस लौट आया।

कोई एक हफ़्ते बाद जब मैं हिंदी की नियुक्तियों के बारे में पूछने रुइया कॉलेज के ऑफिस में गया तो हैड क्लर्क ने मुझे बतलाया कि टाइपिस्ट मेरा ही नियुक्ति पत्र टाइप कर रहा है। – थोड़ी देर रुक जाओ, प्रिंसिपल से साइन करवा कर तुम्हें यहीं दे देंगे।' उसने कहा।

और आधे घंटे बाद नियुक्ति पत्र मेरे हाथ में था। मैंने वहीं खड़े – खड़े आँखें बंद करके अपने आराध्य श्रीराम का स्मरण किया और उनका आभार माना।

हॉस्टल में आकर मैंने पिताजी को, दिनेश और जितेंद्र को और सुदेश को अपनी नियुक्ति की सूचना देते हुए पत्र लिखे और इन्हीं पत्रों के साथ मैंने प्रिंसिपल कोतवाल को भी धन्यवाद का एक पत्र लिख दिया और उसी के साथ अपना त्यागपत्र भी भेज दिया। मैंने निश्चय किया कि अब शीघ्रातिशीघ्र अपनी थीसिस पूरी करनी है और मन लगा कर गंभीरता के साथ अध्ययन करना है।

अभी कॉलेज खुलने में कोई हफ़्ता भर बाकी था। उन दिनों यहाँ कॉलेज २० जून को खुल जाते थे। मैंने रात–दिन एक करके अपनी थीसिस का एक और चैप्टर लिख लिया। १८ जून को दिनेश छुट्टियाँ बिता कर बंबई लौट आया। हमने शेरे–पंजाब के एक ही कमरे में अपना अड्डा जमा लिया। हमारा तीसरा पार्टनर जानकीनाथ टिक्कू था जो काश्मीर से ड्राफ्टसमैन का कोर्स करने आया था।

२० जून १९६०। रुइया कॉलेज का पहला दिन।

प्रिंसिपल मूर्ति को अपनी ज्वाइनिंग रिपोर्ट देकर मैं कॉलेज के कॉमन रूम में आ गया। कॉमन रूम में काफी प्रोफ़ेसर आ चुके थे। कुछ प्रौढ़ थे और कुछ मुझे जैसे एकदम युवा। कॉमन रूम में बीचों–बीच एक बहुत बड़ी और लम्बी मेज़ थी। मेज़ के चारों तरह कुर्सियाँ रखी थीं। दीवार के सहारे दो तरफ इज़ी चेयर्स बिछी थीं। एक ओर टी–रूम था और उसी से लगा हुआ टॉयलेट। अपनी सामान्यता में भी स्टॉफ रूम बड़ा भव्य लगता था। दीवारों पर दो तरफ पूर्व प्रिंसिपलों को तैल–चित्र टंगे थे। एक तैल–चित्र तिलक का भी था। मुझे पूरा वातावरण बड़ा एकेडेमिक लगा।

मैंने देखा यहाँ का वातावरण सिडनहम कॉलेज से बहुत भिन्न था। विद्यार्थी —लड़के-लड़कियाँ—अपनी पोशाकों से मध्यवर्गीय लगते थे। सिडनहम कॉलेज जैसी फैशन परस्ती का यहाँ कोई निशान नहीं था। प्राध्यापकगण भी बहुत सहज, आत्मीय और सहयोग करने वाले लगे। कुछ प्राध्यापकों ने अवश्य ही सूट पहन रखे

थे लेकिन ज्यादातर ने सूट के साथ चप्पलें पहन रखी थीं। अधिकांश प्राध्यापक बुशशर्ट और पेंट में ही थे। बहुत कम प्राध्यापक जूते पहने हुए थे। महिला प्रोफ़ेसर भी बहुत सहज और स्वाभाविक लगीं। मुझे यह कॉलेज महाराष्ट्रीय संस्कृति को ही प्रतिबिंबित करता–सा लगा। मुझे यह सब अच्छा लग रहा था कि मैं सही जगह पर आ गया हूँ।

तभी मुझे डॉ. जैन आते दिखाई पड़े। मैंने उन्हें प्रणाम किया। वे गंभीर भाव से मेरे अभिवादन का उत्तर देते हुए खिड़की के पास एक आराम कुर्सी पर बैठ गए। मैं संकोच के साथ उनके बराबर की कुर्सी पर बैठ गया।

प्राध्यापकगण एक दूसरे का अभिवादन करने में लगे थे। पूरे स्टॉफ रूम में एक प्रकार के महोत्सव का–सा वातावरण था।

– तुम रिसर्च कर रहे हो न। किस के निर्देशन में ?' डॉ. जैन ने थोड़ी चुप्पी के बाद मुझसे पूछा।

– गुरु जी, आचार्य वाजपेयी जी के निर्देशन में कर रहा हूँ। सागर विश्वविद्यालय से।'

– अच्छा, अच्छा। वे तो आधुनिक हिंदी समीक्षा के स्तंभ हैं।'

– सो तो हैं गुरुजी !'

– क्या विषय है तुम्हारा ?'

– विषय तो बहुत लम्बा है गुरुजी। आधुनिक समाज और हिंदी साहित्य में नारी और 'प्रसाद' के नारी पात्र।'

– हाँ, पंडित जी लम्बे विषय ही देते हैं। सोचते हैं, इतने लम्बे विषय में शोधार्थी कुछ पृष्ठ तो मौलिक लिखेगा।'

मैं उनके इस वाक्य का न तो अर्थ समझ पाया, न व्यंग्यार्थ। अत: खामोश ही बना रहा। ऊपरी रूप से मुस्करा कर।

सामने दरवाजे से तभी एक सामान्य कद के महानुभाव ने प्रवेश किया। डॉ. जैन उनकी तरफ इशारा करते हुए बोले : ये डॉक्टर 'भ्रमर' हैं। हमारे विभाग में ही हैं। इनसे जरा अच्छी तरह पेश आना।

पान चबाते हुए डॉ. भ्रमर को मैं अपनी ओर आता देखता रहा। पास आकर उन्होंने डॉ. जैन को प्रणाम किया और मेरी ओर देखने लगे। मैंने आधा उठ कर उन्हें प्रणाम कर दिया।

– ये देवेश ठाकुर हैं। हमारे नए सहयोगी। प्रो. पंडा की जगह पर इनकी नियुक्ति हुई है। बैठिए। इन्हें जरा विभाग की गतिविधियों को समझा दीजिए।'

डॉ. 'भ्रमर' बड़ी मेज़ के पास से एक कुर्सी खिसका कर हमारे सामने बैठ गए।

– हाँ, तो तुम हो देवेश ठाकुर। इंदु प्रकाश तुम्हारे बारे में बतला रहे थे। .....इससे पहले किसी स्कूल में पढ़ाया है।' वे बोले।

– जी, मैं साढ़े तीन साल तक सिडनहम कॉलेज में था। फिर मेरा ट्रांसफर राजकोट हो गया।'

– राजकोट तो अच्छी जगह है। तुम्हें पसंद नहीं आयी?'

– जी, वहाँ पढ़ने-लिखने का माहौल नहीं है।'

– यहां कौन-सा पढ़ने-लिखने का माहौल है। यह तो व्यवसाय की नगरी है भाई। प्राध्यापकी में क्या रखा है। ढ़ाई सौ रुपल्ली मिलते हैं। फिर १०-१०, १५-१५ रु. इंक्रीमैंट। बस हो गया। यहाँ तो पान की दुकनिया लगाने वाले ज़्यादा कमा लेते हैं।'

मैं उन्हें कोई तीखा सा उत्तर देना चाहता था लेकिन किसी तरह अपने पर संयम रख कर मौन बना रहा।

तभी चपरासी डॉ. जैन को कुछ शीट्स थमा गया।

डॉ. जैन ने उन्हें डॉ. भ्रमर को देते हुए कहा – टाइम टेबिल है डिपार्टमैंट का।'

टाइम टेबल की शीट्स लेते हुए डॉ. भ्रमर बोले – एक नियुक्ति और होनी थी। उसका क्या हुआ।' और पान की पीक थूकने के लिए खिड़की के पास जाकर खड़े हो गए और पिच्च से नीचे थूक दिया। मुँह पोंछ कर वे फिर अपनी कुर्सी पर आकर बैठ गए। और बोले – हाँ, तुम्हारे साथ एक महिला की भी नियुक्ति हुई थी। लेकिन सुना है, वह ज्वाइन नहीं कर रही। अब एक ए. पी. सिंह को नियुक्ति पत्र भिजवाया है। वह एक – दो दिन में ज्वाइन कर लेगा।'

तभी लाइब्रेरी के दरवाज़े से प्रिंसिपल मूर्ति आते दिखाई पड़े। पहले दिन कॉमन रूम मीटिंग करने की परम्परा थी।

उन्हें देख कर सभी प्रोफ़ेसर बड़ी टेबिल के इर्द-गिर्द जाकर खड़े हो गए।

प्रिंसिपल मूर्ति ने सबको बैठ जाने का संकेत दिया। जब सब लोग बैठ गए तो विभिन्न विभागों में नए नियुक्त प्राध्यापकों का परिचय दिया गया। मेरा परिचय देते हुए उन्होंने अतिरिक्त रूप से इतना ओर जोड़ दिया – हमें उम्मीद करनी चाहिए कि प्रोफ़ेसर ठाकुर, इस सैशन के अंत तक अपनी थीसिस पूरी कर लेंगे।' उसके बाद उन्होंने एक छोटा सा परम्परागत भाषण दिया। अपने भाषण में उन्होंने कहा कि इस साल हमारे स्टॉफ में काफी मात्रा में 'नया ब्लड' आया है। मुझे विश्वास है कि वह इस कॉलेज की गरिमा को बढ़ाने में अपना योगदान करेगा।'

मीटिंग के बाद 'हैवी' टी-पार्टी हुई और सभा विसर्जित हो गयी। अगले दिन से इन्टर और बी. ए. की क्लासें शुरू होनी थीं। फर्स्ट इयर के एडमिशन अभी चल ही रहे थे।

# दो

अपने अतीत को लिखते हुए कभी पिता जी याद आ जाते हैं और कभी अपने बचपन के साथी - संगी जिनके साथ मेरे अच्छे-बुरे दिन बीते। पिता जी के व्यक्तित्व के अनेक पक्ष थे। कुल मिला कर वे बढ़िया इंसान थे। लेकिन अफ़सोस, मेरे सुख के दिन आने से पहले ही वे चल बसे ( २ मई १९६६ )। जैसा कि मैंने पीछे कहीं लिखा है कि बिजनौर आवास के दिनों में उन्होंने ही मुझे हॉकी खेलना सिखाया था। स्वयं भी वे अच्छी हॉकी खेलते थे। दस -बारह साल की उम्र तक चूँकि मैं उनकी इकलौती संतान था, इसलिए मुझे प्यार भी खूब करते थे। आलस्य उनको छू तक नहीं गया था। घर में जब भी वक्त मिलता, कुछ न कुछ करते रहते। चूल्हे के लिए लकड़ियाँ फाड़ते, अँगीठी के लिए उन कोयलों के छोटे-छोटे टुकड़े करते जिन्हें वे रेलवे लाइन से बोरी में भर कर ले आया करते थे। अपने सरकारी बूटों और मेरी चप्पलों की पॉलिस करते। घर की सीढ़ियों और बराबर की छतों को धोते। दिवाली के दिनों में घर की पुताई करते और उस अकेले कमरे को देवी - देवताओं की तस्वीरों से भर देते। एक वाक्य में कहूँ तो उन्होंने अपने सामर्थ्य के अनुसार पिता की भूमिका बहुत जिम्मेदारी के साथ निभाई। पिता जी की तरह माँ भी दिन भर घर के कामों में उलझी रहती। बहन-भाइयों के पैदा होने के बाद तो उसकी व्यस्तता और बढ़ गयी। उसने पिता जी से अपने लिए कभी कोई मांग नहीं की। बहुत किफ़ायत के साथ घर चलने की कोशिश करती। और मेरे खाने-पीने का सबसे ज़्यादा ध्यान रखती।

थाने में रपट लिखाने के लिए पीड़ित व्यक्ति आते रहते थे। हैड कांस्टेबल उनकी रपट लिखने के पैसे लेते और फिर अपना हिस्सा निकाल कर शेष राशि को उस दिन ड्यूटी करने वाले कांस्टेबलों में बाँट देते। जिस दिन पिता जी को यह ऊपरी आमदनी होती, उस दिन घर में ताज़ी सब्जियाँ आतीं और कभी-कभी पाव

भर गोश्त भी आ जाता। हम बच्चों के लिए खट्टी–मीठी गोलियाँ लाना भी वे नहीं भूलते। पिता जी को वैसे पैसे का ज़्यादा मोह नहीं रहा। उनकी कोशिश रहती थी कि घर का चूल्हा जलता रहे। जाड़ों में वे कोटद्वार जाकर 'बिंदुली' धान की दो – तीन बोरी ले आते। इसके चावल आकार में गोल होते थे लेकिन पकने के बाद लम्बे हो जाते थे और उन में से ऐसी मोहक गंध निकलती थी कि जैसी मैंने बढ़िया बासमती में से भी निकलती कभी महसूस नहीं की।

पिता जी धार्मिक प्रवृत्ति के व्यक्ति थे। हर रोज़ पूजा–पाठ में घंटे भर बैठे रहते। एक थाली में उन्होंने अपने देवी–देवताओं को सजा कर रखा हुआ था। हर रोज़ उन्हें नहलाते और उन्हें कपड़े से पोंछ–पाछ कर फिर से थाली में सजा देते और पूजा करने बैठ जाते। यह उनका नित्य क्रम था।

वैसे उन्हें गुस्सा नहीं आता था लेकिन जब भी आता तो वे गुस्से में लाल–पीले हो जाते थे। मुझे दण्ड देने का उनका तरीका भी अजीब था। मैं बचपन में बहुत शरारती, नटखट और दंगई हुआ करता था। पढ़ने में मेरा मन बिल्कुल नहीं लगता था। दोस्तों के साथ पतंग उड़ाने या गिल्ली–डंडा खेलने या किसी से बे–बात झगड़ने और पीटने–पिटने में मुझे बड़ा मज़ा आता था। माँ जब पिता जी से मेरी शिकायत करती तो मेरी बुरी तरह पिटाई होती। मुझे या तो कुँए से पानी भरने वाली रस्सी से सूत दिया जाता या ऊपर बल्ली पर लटका दिया जाता। रात को अपनी खाट के एक पाये के नीचे मेरे हाथ के एक पंजे को दबा कर और सामने लालटेन रख कर मुझ से जोर–जोर से पढ़ने के लिए कहा जाता। उनकी कद–काठी भारी भरकम थी। जब वे करवट लेते तो उनका भार मेरे हाथ के पंजे पर पड़ता और मैं चींख उठता। फिर दूसरे दिन वे मुझे प्यार से अपने पास बुलाते और पढ़ने की अहमियत समझाते। ऐसा कई बार हुआ।

दिवाली के दिन पिता जी जुआ अवश्य खेलते। रात के १२ – १ बजे जब वे लौटते तो मैं और माँ उनके चेहरे को पढ़ कर यह जान लेते कि वे हार कर आए हैं या जीत कर। जिस साल जीत कर आते, उस साल उनके मुँह में पान का बीड़ा होता। टीन की छत के नीचे चारपाई पर बैठ कर कहते–दुर्गा की माँ, तेरा महीने भर का राशन का इंतजाम कर के आया हूँ।' फिर वे अपनी जेब से मुचड़े हुए नोटों और रेजगारी को निकालते और मैं और माँ बोरी बिछा कर उसे गिनने बैठ जाते। इस दौरान माँ २–४ रुपये बोरी के नीचे छिपा लेती। मैं पिताजी के लिए हुक्का भर कर ले आता। हुक्का पीते हुए वे अपनी विजय–गाथा सुनाते। दूसरे दिन सुबह सिरी (बकरी का सर) लाई जाती जो हम सब के लिए सुबह–शाम के लिए पर्याप्त

होती। हम बहन–भाइयों को चार–चार आने भी दिए जाते और हमें हिदायत दी जाती कि बर्फ़ के गोले मत खाना। गला खराब हो जाता है। लेकिन हम थे कि गोले और बुढ़िया के बाल ही खाते। पिता जी खाना भी बढ़िया बना लेते थे। महीने–दो महीने में, जब उनको छुट्टी होती, वे साबुत मसूर की दाल पकाते थे। सुबह–सुबह सिगड़ी में कोयले जला कर हल्की आँच में वे मिट्टी की हंडियाँ में मसूर को पकाते। और पानी के साथ उसमें ४–५ बड़े चम्मच घी डाल देते। दाल ५–६ घंटे तक पकती रहती। उस दाल के साथ भात खाने का स्वाद अलग ही होता। खाना खा कर वे सो जाते और ४–५ बजे चाय के टाइम पर उठते। हुक्का गुड़गुड़ाते और फिर घूमने बाजार की तरफ निकल जाते। ऐसे थे पिता जी।

पिता जी के साथ–साथ अपने साथी–संगी भी याद आते रहे हैं इन दिनों। सभी प्रकार के अभावों के बावजूद मैंने अपना बचपन मस्ती में जिया। वसंत पंचमी आती तो हम पतंग उड़ाते। माँजा सूतते। होली में माँ गुँजिया बनाती और पास पड़ौस में बाँटने के लिए मुझे भेज देती। मैं रास्ते में एक दो गुँजियों पर हाथ साफ कर लेता। ताजिए निकलते तो हम अपनी छत से यह तमाशा देखते। बरसात के दिनों में नाली के उफनते पानी में छोटी–छोटी मछलियाँ और मेंढक पकड़ते। राम लीला के दिनों में पूरे कस्बे में एक उत्सव का–सा माहौल बना रहता। अपने घर से लगी हुई मस्जिद के गुम्बद पर चढ़ने की स्पर्धा होती। एक बार इसी क्रम में मैं गुम्बद से फिसल कर गिर पड़ा था। कोहनी टूट गयी थी। कोई दो–ढाई महीने तक हाथ को लटकाए डोलता रहा। इसी क्रम में वह बकरी का बच्चा भी याद आ रहा है। थाने के परिसर में आसपास के लोगों की मुर्गियाँ और बकरियाँ चुगने और चरने के लिए आतीं। उनमें एक सुंदर–सा बकरी का बच्चा भी होता जो अपनी माँ के पीछे–पीछे चलता रहता। मैं उसे गोद में उठा लेता और उसके बालों को सहलाता। जिस दिन भी वह आता, मैं उसके साथ देर तक खेलता रहता। तभी मैंने लक्ष्य किया कि दो–तीन दिनों से उसकी माँ अकेली आती है और इधर–उधर चक्कर काटती हुई 'में– में' करती रहती है और उसकी आँखों में एक प्रकार का सूनापन भरा होता है। दरअसल, पिता जी ने उस के बच्चे को घुड़साल की एक कोठरी में बंद कर दिया था। २–३ दिन बाद हमारे घर में मेहमान आने वाले थे। पिता जी जैसे उन्हीं की खातिरदारी की तैयारी कर रहे थे। एक दिन तड़के पिता जी एक बड़े से थैले में खूब सारा मांस लेकर आये। उसी दिन मेहमान आने वाले थे। शराब की एक बोतल भी लाई गयी। माँस को पकाया गया। शराब के साथ खाने के लिए कचपई तैयार की गयी। जब यह सब तैयारी चल रही थी तब सहसा मुझे अहसास हुआ कि कहीं यह माँस उस बकरी के बच्चे का.....। मैंने पिता जी से पूछा .....।

– खामोश।' पिता जी ने मुझे झिड़क दिया और बोले – खबरदार, इस बात तो किसी से कहा तो .....।'

उस दिन मुझसे खाना नहीं खाया गया। वह बकरी का बच्चा, जिसके साथ मैं खेला करता था, मेरे ज़हन में इस तरह समा गया कि मैं उसे भूल ही नहीं पाया। बहुत–बहुत वर्षों के बाद, जब मैं बंबई आ चुका था, मैंने उसी बच्चे को लेकर 'पराग' में एक कहानी लिखी – बकरी का बच्चा।' उसको लिखकर, मैं कहूँ कि मुझे बहुत शांति मिली थी।

इस के साथ–साथ ज़हन में और भी बातें घूम जाती हैं :

– हमारे घर के सामने की रग्घूमल की दूकान। काला – कलूटा। एक तरह से बदशक्ल रग्घूमल। लेकिन उसके होठ गुलाबी थे और उसकी मुस्कराहट मधुर थी। दो–चार छोटी–छोटी टोकरियों में रखा हुआ सामान। खट्टी–मीठी गोलियाँ। गुड़। चना मूंगफली। गुब्बारे। पेंसिल। पैमाने। और ऐसी ही छोटी–मोटी चीजें। कोई बच्ची उसकी दूकान पर सौदा लेने आती तो उसे बहुत देर तक उलझाए रखने में सिद्धहस्त।

– शांति प्रसाद अग्रवाल। बर्तनों वाले। राष्ट्रीय स्वयं सेवक संघ के वरिष्ठ कार्यकर्ता। सुबह प्रभात फेरी निकालते। कस्बे के हिंदू बच्चों को संघ में आने का निमंत्रण देते। बहुत शालीनता से बातें करते। मैं भी उनके कहने पर शाखा में जाने लगा था। इस लोभ में कि इसी बहाने पिता जी मेरे लिए एक खाकी निक्कर बनवा देंगे। लेकिन जब एक – डेढ़ महीने के बाद भी निक्कर नहीं बन पाई तो मैंने शाखा में जाना छोड़ दिया।

– कुंअर जी। उन दिनों नजीबाबाद में रा. स्व. सेवक संघ के प्रचारक। आसपास के चिकने बच्चों को अपने पास बुलाते। उनसे अजीब – अजीब सी बातें करते और उन्हें चना–मुरमुरा खिलाते।

– पोस्ट ऑफिस के बराबर की कोठी के वयोवृद्ध लाला जी। नजीबाबाद के बड़े व्यापारी। दोपहर को मोहल्ले के किसी बच्चे को अपनी बैठक में बुला लेते। और उसे कुछ देर चूम–चाट कर आठ आने–रुपया देकर उसे भगा देते।

– मालन नदी की रेत पर लड़ी गयी कुश्तियाँ।

– पिता जी का साहनपुर शिकार के लिए जाना और हिरन या जंगली सुअर की एक टांग लाद कर घर लौटना।

– माँ और पिता जी की आपस में कहा–सुनी। घसियारिनों से उनके संबंधों की बात कर के माँ का उन्हें चुप करा देना।

– रमेश चन्द्र जैन के अभाव ग्रस्त दिन। पतली अरहर की दाल और लौकी के रसे के साथ रोटियों को हलक के नीचे उतारना।

– रामकुमार की सिंघाड़े की कचरी। दो पैसे का पत्ता।

– कृष्णा हलवाई की दूकान से दो पैसे की जलेबी और दो पैसे की रबड़ी लेकर मेरा वहीं खड़े–खड़े खाना और फिर कुर्ते से मुँह पोंछ लेना।

यहीं एक बार पिताजी ने गुस्से में थाना इन्चार्ज के मुँह पर तमाचा जड़ दिया था। पिता जी को बिजनौर में लाइन हाजिर होना पड़ा था और उन्हें १५ दिन की सजा हुई थी।

दिल्ली : भाई बचे सिंह के साथ नौकरों के बीच गैलरी में सोना।

देहरादून : बंगाली मोहल्ले का कोने वाला मकान। अपने कमरे में मित्रों की भीड़। जिस मकान में हम रहते थे, उसके दो हिस्से थे। एक हिस्से में एक महिला अपनी बेटी के साथ रहती थी। दूसरे हिस्से में हम छात्र रहते थे। एक कमरे में दो - दो तीन - तीन छात्र। हमारे साथ एक शर्मा जी भी थे। बड़े रूमानी। गणित में एमएससी कर रहे थे। वे पड़ोस की लड़की पर मोहित थे। आंगन में अंगीठी पर चाय बनाते। चाय पीकर कांच के गिलास को जोर से दीवार पर मारते — उस लड़की का ध्यान आकर्षित करने के लिए। उन्होंने इस तरह कई गिलास फोड़े थे।

–जगदीश लाल : नजीबाबाद के कंजूस पिता का कंजूस बेटा। वह कुछ समय उसी कमरे में रहा था जिसमें मैं और सुदेश रहते थे। एक दिन उसकी अनुपस्थिति में मैंने उसकी डायरी पढ़ी। उसमें एक जगह पर लिखा था : ठाकुर को एक आने का केला खिलाया।'

– कॉलेज के गेट पर तोताराम के केले और गंडेरियाँ। एक बड़ी–सी बर्फ़ की सिल पर वह गन्ने की छोटी–छोटी गंडेरियाँ बना कर सजा देता। उन पर मसाला लगा कर वह ग्राहकों को देता। जाड़े के दिनों में टोकरी में संतरे भर कर लाता। और उन्हें छीलने के बाद उनके दो टुकड़े करता फिर उन्हें मसालेदार बना कर बेचता। उसकी काफी बिक्री होती। वह सुबह नौ–दस बजे आ जाता और बारह - एक बजे तक उसका सारा सामान बिक जाता। बीच–बीच में वह अफीम की गोली मुँह में डाल लेता और कोई फिल्मी गीत गुनगुनाता हुआ गंडेरियाँ बेचता रहता। उसका झूम–झूम कर गाना हमें अच्छा लगता।

कितने सारे मित्र। कितने सारे परिचित। कितनी सारी घटनाएँ। एक – एक करके सब की सब आँखों के सामने से गुजर जाती रहती हैं इन दिनों। लेकिन इसके बीच दो घटनाओं को मैं अभी तक नहीं भूल पाया। एक घटना एक भयंकर दुर्घटना को लेकर है और दूसरी मेरी उन दिनों की बेवकूफ़ी को लेकर।

पहली घटना का संबंध मेरे एक मित्र नरेश जैन को लेकर है। जिस साल मैंने एम. ए. किया था, उसी साल उसने एम. कॉम किया था। दिनेश के इलैक्शन के दिनों में मेरा उससे परिचय हुआ था। फिर हम धीरे– धीरे एक दूसरे के पास आते गए और बाद में तो गहरे दोस्त बन गए।

एम. कॉम. करने के बाद उसकी नौकरी पंजाब नेशनल बैंक में एक अधिकारी के रूप में लग गयी। पहली पोस्टिंग झाँसी में हुई। जिस साल मैं डिफ़ेंस की क्लर्की से त्यागपत्र देकर बी. टी. करने के लिए देहरादून वापस लौटा था, उसी साल मेरे देहरादून आने से कुछ महीने पहले उसका ट्रांसफर देहरादून हो गया था। मेरे वहाँ रहने – खाने के शुरुआती खर्चों में उसने मेरी बड़ी मदद की थी। फिर संयोग से मैं बम्बई लौट आया था बिना बी. टी. किए और यहाँ आकर सिडनहम कॉलेज में लग गया था।

उन्हीं दिनों उसके माता–पिता ने एक स्वजातीय युवती से उसका विवाह करा दिया। कहा जाता है कि उसकी तब किसी महिला से निकटता चल रही थी। परिवार के दबाव से उसने शादी तो कर ली लेकिन अपनी पत्नी को कभी अपनी पत्नी नहीं माना। (शायद वह तब अपने घर से अलग अकेला भी रहने लगा था)।

उधर, मैं और दिनेश बंबई में थे। एक बार गर्मियों की छुट्टियों में हमने हरिद्वार में गंगा–स्नान का कार्यक्रम बनाया। यह निश्चित किया गया कि मैं और सुदेश बैसाखी के दिन नजीबाबाद से हरिद्वार आएँगे और दिनेश देहरादून से वहाँ आएगा। वहाँ हमें अपनी एक सहपाठिनी पुष्पा के घर में मिलना था। नियत दिन मैं और सुदेश हरिद्वार पहुँच गए। मुझे यह देख कर बड़ी खुशी हुई कि दिनेश के साथ नरेश भी आया है। वह एक तरह से मुझसे मिलने ही आया था। पुष्पा के घर चाय – वाय पीकर हम मेला देखने निकले। उस साल हरिद्वार में अर्ध – कुंभ का मेला लगा हुआ था।

मेला देखने के बाद हम हर की पैड़ियों पर नहाने के लिए आ गए। नहा– धोकर हम कपड़े पहन ही रहे थे कि नरेश बोला – मैं एक 'डाइव' ले कर आता हूँ। इससे दो मिनट पहले हमने नंगे बदन एक दूसरे की फोटो खींची थी। हर की पैड़ी के दूसरी ओर गंगा का विस्तार था। नरेश ने वहाँ जाकर 'डाइव' किया लेकिन

काफी समय तक वह पानी से ऊपर नहीं आया। दिनेश को तैरना आता था। तभी उसने पानी में कुछ रक्ताभ–सा बहता देखा। वह पानी में कूदा और दर्द से तड़पते हुए नरेश को किनारे पर ले आया। उसके सर पर भारी चोट लगी थी और वह दर्द से बेतहाशा चिल्ला रहा था। (वैसे नरेश स्वयं भी बहुत अच्छा तैराक था और कॉलेज के दिनों में 'दून स्कूल' में जाकर बच्चों को तैरना सिखलाता था)।

दर्द से तड़पते हुए और चिल्लाते हुए नरेश को हम किसी तरह अस्पताल ले आए। तब तक हमें यही लग रहा था कि स्थिति गंभीर नहीं है और अस्पताल में उसका ठीक से इलाज हो जाएगा। लेकिन जब अस्पताल के अधिकारियों ने नरेश का 'डाइंग डिक्लरेशन' लेने के लिए पुलिस को सूचित किया तब हमें स्थिति की गंभीरता का अहसास हुआ। डॉक्टरों ने हमें बतलाया कि नरेश की रीढ़ की हड्डी टूट गयी है जिसके कारण गर्दन के नीचे का पूरा शरीर संज्ञा शून्य हो गया है। वैसे उसकी स्मृति साफ थी। मेरी ओर देख कर एक बार उसने कहा – चलो देवेश, तुझ से मिलना हो गया।' उसे मर्मांतक पीड़ा हो रही थी। उस पीड़ा में कभी – कभी उसका सर बिस्तर से एक डेढ़ फुट ऊँचा उठ जाता और फिर निढ़ाल होकर बिस्तर पर आ गिरता। वह बार – बार हम से कहता – मुझे ज़हर का इन्जैक्शन दिला दो। यह दर्द सहा नहीं जा रहा।'

हम तीनों में दिनेश सबसे ज़्यादा साहसी था। वही उसे चम्मच से पानी पिलाता रहा और उसके माथे को सहलाता रहा। सुदेश भी दिनेश का साथ देता रहा। सबसे बुरी स्थिति मेरी थी। मैं उसके बिस्तर के पास जाता तो सही लेकिन निरीह बना हुआ उसको देखता रहता। जब वह ज़ोर से चिल्लाता तो मैं काँप जाता और कमरे से बाहर आकर सुबकने लगता।

रात गहराती जा रही थी। हम नरेश को तिलतिल मरता हुआ देख रहे थे। बिल्कुल विवश और हताश। मेरी हालत बिगड़ती जा रही थी। मैं बरामदे में बाहर बैठा हुआ अपने को संज्ञा शून्य होता महसूस कर रहा था। मेरी ऐसी हालत देख कर दिनेश और ज्यादा चिंतित हो गया और उसने मुझे जबर्दस्ती सुदेश के साथ नजीबाबाद भेज दिया और सुबह की पहली पौ फटते ही नरेश को किसी तरह टैक्सी में लिटा कर देहरादून ले गया। नरेश अभी भी होश में था लेकिन तब तक थोड़ी–थोड़ी बेहोशी भी उसे घेरने लगी थी। दिनेश ने देहरादून में उसे अस्पताल में भरती करा दिया। वहाँ नरेश तीन दिन तक मृत्यु से संघर्ष करता रहा। चौथे दिन उसका निधन हो गया। इस सब के साथ सबसे मर्मभेदी बात यह रही कि नरेश के साथ हुई दुर्घटना की सूचना मिलने के बावजूद उसके माता–पिता अस्पताल में उसे देखने

नहीं आए। और जहाँ तक मुझे याद है, उसका दाह–संस्कार भी उसके मित्रों ने ही किया। नरेश की मौत मेरे लिए असह्य आघात थी। दुर्घटना से दो मिनट पहले ली गयी फोटो आज भी मेरी एलबम में सुरक्षित है। जब कभी भी मैं एलबम खोलता हूँ, नरेश की उस फोटो को देखकर वह भयानक हादसा मेरी आँखों के आगे साकार हो जाता है और मैं काफी देर तक अपने प्रति उसके स्नेह और उसकी चिंता के बारे में सोचता रह जाता हूँ।

इसके विपरीत दूसरी घटना मेरी निपट भावुकता और पागलपन से संबंधित है। मैंने पीछे कहीं बतलाया न कि दिनेश ने मेरी पहचान सरस्वती विद्या मंदिर के श्री श्रीकृष्ण से करवायी थी और मैं वहाँ उनकी कोचिंग क्लासेस में पढ़ाने लगा था। एक बार श्रीकृष्ण जी की साली कोचिंग क्लासेज़ में आई श्रीकृष्ण जी से मिलने। मेरा तब तक **शर्मिला** से कोई संबंध नहीं बना था। मैं क्लास लेकर बाहर निकल ही रहा था कि तेज़ी से आती हुई श्रीकृष्ण जी की साली से टकरा गया। मेरे हाथ से किताबें छूट कर नीचे गिर पड़ी। उन्हें उठाने के बजाय मैं उस किशोरी को देखता रह गया। आज की मनीषा कोइराला जैसी बड़ी – बड़ी आँखों और उससे भी अधिक सुती हुई कद काठी को देखकर मैं अपनी किताबें उठाना भूल गया। जब वह बिना कुछ कहे आगे बढ़ गयी तब जाकर मुझे होश आया। लेकिन तब तक उसकी छवि मेरे मन में भीतर तक बैठ गयी थी। बाद के कई दिनों तक वह मेरे दिलो–दिमाग पर छाई रही। मेरी बेवकूफी की हद यह थी कि मैंने किसी तरह श्रीकृष्ण जी के घर का पता लगाया और जब भी मुझे ट्यूशनों से समय मिलता, मैं उनके घर के चक्कर लगाता रहता। बाद में जब **शर्मिला** से मेरी निकटता बढ़ी तब जाकर उस सुमुखि का भूत मेरे सर से उतरा।

उन्हीं दिनों अपने सहपाठी सत्य प्रकाश शर्मा और दिनेश की प्रेरणा से हम कुछ मित्रों ने एक साहित्यि संस्था 'तरुण साहित्य मंडल' भी बना ली थी। उसकी गोष्ठियाँ बंगाली मोहल्ले के मेरे कमरे में होती थीं। कभी – कभी उन गोष्ठियों में हम नगर के प्रतिष्ठित कवियों को भी बुला लेते थे। अच्छा समय बीतता था। मैं कहूँ कि लिखने–पढ़ने का संस्कार मुझ में इसी प्रकार की अंतरंग गोष्ठियों में पड़ा।

यहाँ यह भी स्पष्ट कर दूँ कि प्रतिभा जैसी कोई चीज़ मेरे साथ कभी नहीं रही। मैं अपने जीवन में जो कुछ भी कर पाया उसमें मेरे कठिन परिश्रम और ज़िद का योग ही विशिष्ट है। वैसे मैं यह भी मानता हूँ कि प्रतिभा जैसी चीज़ लाखों में से एक व्यक्ति में होती है। यह प्रतिभा अपने परिचितों में से मैंने केवल शैलेश मटियानी में देखी है। ठीक है, उसमें कुछ कमियाँ भी थीं लेकिन सौहार्द, ममता, अतिशय

संवेदनशीलता के साथ–साथ उसमें गज़ब की प्रतिभा भी थी। वैसी प्रतिभा मैंने आज़ादी के बाद के अन्य किसी तथाकथित शिखर साहित्यकार में नहीं देखी। हमारे अनेक अग्रणी साहित्यिक बंधु प्रचार, आंदोलन, गुटबाजी और गंभीर विद्वता के मुखौटों के जरिए ऊपर उठे और फिर जोड़–तोड़ के सहारे एक मुकाम पर जम गए। इस में फायदा केवल गिरोहबाजी का नेतृत्व करने वाले साहित्यकारों का हुआ। बाकी फिसड्डी हो कर रह गए। नयी कविता और नयी कहानी, समांतर कहानी आदि आंदोलनों में सैकड़ों कवियों–लेखकों ने शिरकत की। लेकिन आज वे कहाँ हैं? एक जमाना था कि जब अज्ञेय की कविताएँ और उपन्यास हर विश्वविद्यालय में पाठ्यपुस्तक के रूप में पढ़ाए जाते थे। लेकिन उनके निधन के बाद जैसे उनकी कृतियों को हाशिए पर डाल दिया गया। उनके अंतिम दिनों में बस डॉ. चंद्रकांत बांदिवडेकर ही उनके एकमात्र प्रवक्ता बने रहे। और यह स्वाभाविक भी था। अज्ञेय पर डॉ. बांदिवडेकर ने एक प्रशंसात्मक पुस्तक लिखी थी और अज्ञेय ने भी बड़े स्नेह के साथ उन्हें अपनी एक पुस्तक समर्पित की थी। अन्यथा उनके अनन्य प्रवक्ता डॉ. नेमिचन्द्र जैन भी बाद के दिनों में उन से कट गए थे। अज्ञेय के संदर्भ में ही नहीं, मैंने अनेक व्यक्तिवादियों के संदर्भ में यह लक्षित किया है कि अपने अन्तिम दिनों में इस प्रकार के लोग निपट अकेले पड़ जाते हैं। अज्ञेय के साथ भी यही हुआ। खैर .... इस साहित्यिक प्रसंग को फिर कहीं – आगे के पृष्ठों में .....।

हाँ, तो मैंने पिता जी से बात शुरू की थी। ठीक है, वे छोटे–मोटी रिश्वत में अपना हिस्सा लेते थे , दिवाली के दिन जुआ भी खेल लेते थे। दोस्तों के बीच कभी – कभी घूँट भी भर लेते थे; कभी–कभी गुस्से में अच्छा–बुरा सब भूल जाते थे लेकिन इन सब के बावजूद वे बहुत सहज थे, धार्मिक प्रवृत्ति के थे और एक अच्छे पिता और पति थे। कभी–कभी मेरी पिटाई करने और मुझे बुरी तरह डाँट देने और दण्डित करने के बावजूद वे हमेशा मेरा भला चाहते रहे थे और मुझे सही रास्ते पर चलने की दिशा देते रहे थे। वे कहा करते थे – बेटे दुर्गा, दो बातों का ख्याल रखना। एक तो यह कि कभी रिश्वत मत लेना (हाँलाकि वे थाने में रिश्वत लिए बिना किसी का कोई काम नहीं करते थे। क्योंकि वहाँ का माहौल ही कुछ ऐसा था)। और यदि रिश्वत लेनी ही पड़े तो इतनी रिश्वत लेना कि अगर तुम पर रिश्वत लेने का केस चले तो तुम उसी रिश्वत के पैसे से केस लड़ना और जीतना। और दूसरे वे यह कहते थे कि चाहे कुछ भी हो जाये, कभी झूठ मत बोलना।'

उनकी पहली हिदायत को मैंने बखूबी निभाया लेकिन जहाँ तक झूठ बोलने या न बोलने की बात है, मेरा चिंतन और दर्शन कुछ अलग था। वैसे मैं झूठ नहीं

बोलता लेकिन अगर मेरे झूठ बोलने से किसी का कोई नुकसान नहीं होता तो उस झूठ को मैं झूठ नहीं मानता। आचार्य हजारी प्रसाद द्विवेदी ने भी तो असत्य के बारे में यही कहा है। इसी आड़ में मैं कभी - कभी छोटे-मोटे और सामान्य झूठ बोल लेता हूँ और ऐसा झूठ मेरी अन्तरात्मा को मलिन नहीं करता।

# तीन

रुइया कॉलेज।

यहाँ का वातावरण सिडनहम से एकदम उलट था। दो-तीन महीनों में ही मैंने जान लिया कि भिन्न-भिन्न मत रखने के बावजूद यहाँ के प्राध्यापकों में परस्पर सौहार्द भाव बना रहता है। राजनीति पर खूब गरम बहसें होती हैं। लगभग सभी राजनीतिक दलों से संबंध रखनेवाले प्राध्यापक यहाँ हैं। सीपीएम के प्रोफेसर नायर, भाजपा के प्रो. अगास्कर, हिंदुत्व के पुरोधा प्रो. देशपांडे, सीपीआइ के डॉ. जोशी- ये सभी वरिष्ठ अध्यापक थे। अपने जूनियर्स के प्रति सहयोग करने वाले। विद्यार्थी भी अनुशासित थे। फैशन परस्ती नहीं थी उनमें। अपने अध्ययन के प्रति गंभीर। नए प्राध्यापकों के प्रति उत्सुकता और आदर का भाव लिए हुए। मुझे यहाँ बड़ा अपनापन महसूस होता। अध्यापकों में किसी प्रकार की वरिष्ठता और औपचारिकता का भाव नहीं था। सब के साथ समान व्यवहार होता। कुल मिलाकर एक सुखी संयुक्त परिवार का प्रतिबिंबन था उस समय का रुइया कॉलेज।

यहाँ सैंटर टेबल पर ही मैंने अपनी थीसिस के अन्तिम अध्याय पूरे किए और अगस्त, '६० में थीसिस सब्मिट करने सागर चला आया। मेरे निर्देशक आचार्य वाजपेयी मेरे काम से असंतुष्ट नहीं थे। यद्यपि उन्होंने कुछ खामियों की ओर संकेत अवश्य किया था और कहा था कि प्रकाशन से पूर्व उन खामियों को सुधार लूँ।

तब तक शिवकुमार मिश्र अपनी थीसिस सब्मिट कर चुके थे। चंडीप्रसाद जोशी ने भी अपना शोधकार्य पूरा कर लिया था। प्रो. चन्दूलाल दुबे अब कोल्हापुर में थे लेकिन एक-दो महीने पहले उनका शोध भी पूरा हो चुका था। उनसे मेरा पत्र व्यवहार बराबर बना रहता था। वे मेरे बड़े भाई के समान थे। उन्हें इस बात की खुशी थी कि मैं बंबई के एक शीर्ष कॉलेज में लग गया हूँ और मेरा शोध भी पूरा हो गया है।

उन दिनों शिक्षा के क्षेत्र में पूना स्थित 'शिक्षा प्रसारक मंडली' का बड़ा नाम था। रुइया कॉलेज तथा पड़ोस के पोदार कॉमर्स कॉलेज का प्रबंधन उसी के हाथ में था। पूना के एस. पी. कॉलेज का प्रबंधन भी वही देखती थी। यद्यपि मंडली हिंदुत्वोन्मुख थी लेकिन तब उसमें किसी प्रकार की संकीर्णता या कट्टरपन नहीं था। महाराष्ट्र में वह कई विद्यालय भी चलाती थी। ऐसी संस्था से जुड़ कर मैं अपने को धन्य समझने लगा था।

सागर से बंबई लौटने के कुछ दिनों बाद दिनेश के बड़े भाई रमेश कुकरेती बंगलौर जाते हुए एक दिन बम्बई में ठहरे। वे देहरादून के 'फॉरेस्ट रिसर्च इंस्टीट्यूट' में कार्यरत थे। अब उनका स्थानांतरण बंगलौर हो गया था। दोपहर के समय दिनेश उन्हें मुझसे मिलाने के लिए रुइया कॉलेज ले आया।

औपचारिक अभिवादन और बातचीत के बाद टी–रूम में चाय पीते हुए वे मुझसे बोले – देवेश, तुमने अपनी थीसिस सब्मिट कर दी है अब आगे क्या इरादा है?'

मैं हंसते हुए बोला–भाई जी, अब मैं शादी करूँगा।'

कुछ सोच कर वे बोले–एक लड़की है तो.....? फिर रुक कर बोले–तुम्हें कैसी लड़की चाहिए।'

मैं क्या कहूँ, मैं यही सोचने लगा। फिर बोला–भाई जी, आप मेरे घर की हालत और जिम्मेदारियों को तो जानते ही हैं। मुझे ऐसी लड़की चाहिए जो काम करती हो और डेढ़ सौ रुपये तक कमाती हो।'

– और अगर वह तुमसे ज़्यादा कमा रही हो तो?'

– तो सोने में सुहागा।' मैं हँसते हुए बोला।

– अगर वह तुमसे १–२ साल बड़ी हो या तुम्हारे उम्र की हो तो ......?'

– इससे मुझे कोई फ़र्क नहीं पड़ता। लेकिन शादी से पहले लड़की को अवश्य देखना चाहूँगा।'

– वह तो ठीक है। देखना ही चाहिए। वह भी तुम्हें देख लेगी।'

– एक बात और......।' कह कर वे मेरी ओर देखने लगे।

– उसका एक भाई कम्युनिस्ट है।'

– तब तो और भी अच्छा है।'

– तो मैं बात चलाऊँ?'

– चलाइए न। लेकिन आप ने यह तो बताया नहीं कि लड़की करती क्या है ?'

– लड़की लेडी हार्डिंग हॉस्पिटल, दिल्ली में सिस्टर–इन चार्ज है। उसका नाम सुशीला है। है भी बहुत सुशील। तुम को अच्छी लगेगी।'

– सच भाई जी ? आप को उस पर इतना विश्वास है।'

– विश्वास है, तभी तो कह रहा हूँ। बड़ी एडजेस्टेबल नेचर है उसकी।'

– आपको कैसे पता ?'

– बस, पता है। तुम मुझे अपना बड़ा भाई मानते हो न। तो मेरा विश्वास करो।'

– चलो भाई जी, विश्वास कर लिया। आप बात चलाइए।'

– ठीक है ....... एक – दो महीने में तुम्हें जवाब दूँगा।'

चाय हो गयी थी। हम खड़े हुए। दिनेश और रमेश भाई जी ने मुझ से विदा ली। मैंने दिनेश से शाम को हॉस्टल में मिलने की बात कही और दोनों को कॉलेज गेट तक छोड़ आया।

उस दिन कॉलेज में कवि – सम्मेलन का प्रोग्राम था। इसका आयोजन हिंदी साहित्य मंडल ने किया था। ऐसे प्रोग्राम हम करते रहते थे। मेरे कॉलेज में आने से पहले गुजराती साहित्य मंडल बड़ा सक्रिय था लेकिन अब हिंदी मंडल की सक्रियता बढ़ने लगी थी। कवि सम्मेलन में नगर के लोकप्रिय कवियों को बुलाया गया था। राम मनोहर त्रिपाठी, सरस्वती कुमार दीपक और रामरिख मनहर। इस बार भी त्रिपाठी जी ने अपनी लोकप्रिय कविता से आरंभ किया – मेरे गीत किसी ने गाए हैं; इसीलिए बिन मौसम बादल छाए हैं।' कुछ ऐसी ही पंक्तियाँ थीं। उनका स्वर मधुर था और गायन – शैली आकर्षक। रामरिख मनहर बड़े हँसोड़ किस्म के इंसान थे। वे चटपटी रुबाइयों से आरंभ करते थे और फिर कोई गीत 'कहते' थे। लोगों का कहना था कि उनके गीत शैलेश मटियानी लिखा करते थे। लेकिन शैलेश ने अपने मुख से कभी यह स्वीकार नहीं किया। इस विषय पर बात चलती तो शैलेश मुस्करा कर रह जाता। कहता – जाने भी दे यार। मनहर के मुझ पर बड़े अहसान हैं।' दीपक जी बड़े सरल, सहज इन्सान थे। उनकी कविताएँ भी उतनी ही सरल, सहज और संवेदनशील हुआ करती थीं। उन दिनों त्रिपाठी जी और मनहर की जोड़ी पूरे नगर में विख्यात थी। सभी आयोजनों, सम्मेलनों में दोनों साथ – साथ जाते थे। मनहर मारवाड़ी थे। कॉलेजों के मारवाड़ी विद्यार्थियों के लोकप्रिय कवि। इसीलिए प्रत्येक आयोजन में उन्हें बुलाया जाता था। वे जब भी किसी से मिलते तो जोर का ठहाका लगाते।

उनके ठहाके मशहूर थे। मुझे लगता है कि उनके ये ठहाके ही उनकी सफलता की कुंजी थे। बाद के वर्षों में कवि–सम्मेलनों के आयोजक बन गए। और साथ ही दीपावली विशेषांक भी निकालने लगे। इस बृहद् विशेषांक के आधे पृष्ठों में विज्ञापन होते थे और आधे पृष्ठों में रचनाएँ। एक बार उन्होंने मुझ से भी एक रचना देने को कहा। मैंने पूछा – रचना का पारिश्रमिक मिलेगा क्या।' इस पर वे मौन हो गए और थोड़ा–थोड़ा मुझसे कटने लगे। आयोजक के रूप में वे महानगर के बाहर की कई कवयित्रियों को मंच पर लाए। उनमें से कुछ बाद में फ़िल्मों में गीत देने लगीं और उन्होंने बंबई को ही अपना स्थायी निवास बना लिया।

कवि सम्मेलन की समाप्ति पर चाय - पान का कार्यक्रम हुआ और कवियों को ५- ५ रु. का मानदेय देकर विदा कर दिया गया। इसके बाद मैं अपने ठिकाने शेरे–पंजाब में लौट आया।

शाम को हॉस्टल में जब मैंने सुशीला जी की बात शुरू की तो दिनेश बोला – दरअसल, रमेश भाई जी देहरादून में सेवक आश्रम रोड पर एक लड़की को ट्यूशन पढ़ाते थे। निरुपमा धर नाम का उसका। घर में उसे नीरू के नाम से पुकारते थे। हाई स्कूल पास करने के बाद उसने लेडी हार्डिंग में नर्स की ट्रेनिंग ली और वहीं नर्स बन कर काम करने लगी। सुशीला जी से वहीं उसका परिचय हुआ। जल्दी ही दोनों अभिन्न मित्र बन गयीं। कुछ समय पहले उसकी शादी हो गयी। उसके पति एयर फोर्स में पायलट हैं। उसी ने भाई जी से सुशीला जी के लिए कोई योग्य लड़का खोजने को कहा है। इसीलिए उन्होंने तुम से यह बात चलायी।'

– तेरे बारे में कोई बात नहीं की ? तू भी तो कुँआरा है।'

– मेरी बात और है देवेश। मुझे तो कोई कनक–वल्लरी चाहिए। कम से कम ७–८ साल तो छोटी हो। फिर उससे मुझे नौकरी थोड़ी ही करवानी है। इसीलिए उन्होंने तुझ से .......।'

– समझ गया यार। तू दिखता बड़ा शरीफ़ है। वैसे है बड़ा कैलकुलेटिव। मेरा क्या है। प्रोलिटेरियट हूँ। वैसे ही सर पर बड़ी जिम्मेदारियां हैं। पत्नी नौकरी करेगी तो कुछ सुविधा हो जाएगी ......।'

– हाँ, यह तो है।'

– भाई कम्युनिस्ट है। कुछ तो जीवन - मूल्य होंगे। सो, यह संबंध मुझे रास आ सकता है।'

– रास आएगा ही। भाई जी हर बात को सीरियसली लेते हैं।'

उसके बाद हम दूसरी बातें करने लगे। उस रात मुझे ठीक से नींद नहीं आई। सुशीला जी के रूप में मेरे सामने अनेक चेहरे आते – जाते रहे। और मैं उनके चेहरे – मोहरे का अंदाज लगाता रहा।

यों ही सारी रात बीत गयी।

कुछ दिनों के बाद दिसम्बर की छुट्टियों से पहले कॉलेज के प्रोफ़ेसरों की पिकनिक थी। पिकनिक के लिए हम लोग आरे मिल्क कॉलोनी गए थे। वहाँ क्रिकेट खेलते हुए बड़ी तेज़ आती हुई गेंद मेरें घुटने पर आ लगी। दर्द के मारे मैं वही बैठा रह गया। वहाँ तो मुझे कुछ ज़्यादा महसूस नहीं हुआ लेकिन शाम को हॉस्टेल लौटते – लौटते दर्द बहुत बढ़ गया और घुटने के आसपास सूजन भी फैल गयी। कुछ दिनों तक मैं हल्दी का लेप लगा कर और पट्टी बाँध कर कॉलेज जाता रहा लंगड़ा–लंगड़ा कर। लेकिन पैर की हालत दिन – ब – दिन बिगड़ती जा रही थी। सो, एक दिन दिनेश मुझे केईएम हॉस्पिटल ले गया। वहाँ डॉक्टर ने जाँच करके बतलाया कि घुटने के आसपास पानी भर गया है। हो सकता है कि मवाद भी भर गया हो। सब से पहले इस सब को निकालना होगा। दिनेश ने अनुमति दे दी। एक फार्म पर हस्ताक्षर भी कर दिये।

डॉक्टर ने घुटने के आसपास की जगह को सुन्न करके एक बड़ी सुई से पानी और मवाद निकाला। कोई १५–२० सी सी मवाद निकला। मवाद निकलने के बाद कुछ राहत मिली। फिर डॉक्टर ने कहा कि ४–५ दिन के बाद कम से कम तीन हफ़्ते तक फिज़ियोथैरेपिस्ट के पास जाना होगा। वह कुछ एक्सरसाइज़ बतलाएगी। उन्हें धीरे–धीरे घर पर भी करते रहना होगा, जब भी मौका मिले। इसके बाद पट्टी बंधवा कर मैं हॉस्टल लौट आया।

मैंने सोचा, यह अच्छी पिकनिक रही। बेकार में लंगड़ा होकर रह गया। लेकिन मैं नियमित रूप से फ़िजियोथैरेपी के लिए जाता रहा। उस से काफी लाभ महसूस हुआ। लेकिन थोड़ा लंगड़ा – लंगड़ा कर चलना महीनों ज़ारी रहा।

कोई एक महीने बाद रमेश जी का पत्र आया। उसमें लिखा था कि तुम अपने विषय में सुशीला जी को एक पत्र लिख दो। उसके बाद ही बात आगे बढ़ेगी। वैसे मैंने तुम्हारे विषय में उन्हें पत्र लिख दिया है। लेकिन उनके घर वाले सीधे तुम से कुछ और जानना चाहते हैं। उनका पता है .............

मैं एक–दो दिन तो यही सोचता रहा कि अपने बारे में क्या लिखूं और कहाँ से शुरू करूँ। क्या छिपाऊँ और क्या न छिपाऊँ। फिर मैंने एक दिन हिम्मत करके

पत्र लिखना शुरू किया। उसमें अपने परिवार, अपने परिवार के अभाव, अपने संघर्ष आदि के विषय में विस्तार से लिखने के साथ – साथ यह भी लिख दिया कि फिलहाल मेरा वेतन मात्र २५५ रु. है और मुझे किसी ऐसे जीवन साथी की ज़रूरत है जो करीब १५० रु. कमाती हो ताकि कुछ सालों के लिए उसका आर्थिक बोझ मुझ पर न पड़े। और यह भी लिखा कि अभी २–३ महीने पहले मैंने अपनी थीसिस सब्मिट कर दी है।

पत्र काफी लम्बा हो गया था। यही कोई ८–१० पेज़ का। फिर मैंने उसे छोटा किया। फाइनल ड्राफ़्ट में ४–५ पृष्ठों में सारी बातें आ गयीं। फिर उसे फ़ेयर करके उसी दिन शाम को डाक में छोड़ आया।

उधर इसी बीच सुशीला जी के परिवार वालों ने मेरे बारे में पूछताछ शुरू कर दी थी। इनका परिवार मेरठ में रहता था। माता–पिता की मृत्यु हो चुकी थी। ये चार भाई और चार बहिनें थीं। दो भाई और दो बहिनें मेरठ में रहती थीं। बड़े भाई श्री मेहरचंद डंग ने पिता की मृत्यु के बाद बहिनों की जिम्मेदारी ले ली थी। वे दिल्ली में एक साइकिल बनाने वाली कंपनी का एकाउंट देखते थे। उन्होंने अपने कम्युनिस्ट भाई सत्यपाल डंग के 'ब्रदर–इन–ला' प्रो. रवि बकाया को, जो आइआइटी, पवई, बम्बई में रूसी भाषा के प्रवक्ता थे, मेरे विषय में जानकारी प्राप्त करने के लिए पत्र लिखा। प्रो. बकाया ने रुइया कॉलेज में अंग्रेज़ी विभाग के प्रवक्ता प्रो. यार्दी से सम्पर्क करके मेरे विषय में पता लगाया। प्रो. यार्दी ने उन्हें बताया कि लड़का अच्छा है, अच्छा अध्यापक है, इसी साल कॉलेज में उसकी नियुक्ति हुई है। बस, एक बात है कि थोड़ा लंगड़ा कर चलता है।

मेरे लंगड़ने को लेकर सुशीला जी के घर वाले बड़े असमंजस में पड़ गए। अभी तक मेरे घुटने की चोट पूरी तरह ठीक नहीं हुई थी। यह फरवरी (१९६१) का महीना था। अभी भी मैं थोड़ा लचक कर चलता था। बड़ी ज़द्दोजहद के बाद मेहरचंद जी ने परिवार वालों से कहा कि लड़का पहाड़ी है। कभी किसी पहाड़ से लुढ़क गया होगा। फिर भी उसे बुला कर देखा जा सकता है कि वह कितना लंगड़ाता है। सो, एक दिन मुझे पत्र मिला कि मैं गर्मियों की छुट्टियों में परिवार से मिलने के लिए मेरठ आ जाऊँ। इधर १५ मार्च को कॉलेज बंद हो जाने के बाद परीक्षा की उत्तर – पुस्तिकाओं को जाँचने का काम करना होता था। प्रत्येक परीक्षक को १५०० – २००० कापियाँ जाँचनी पड़ती थीं। मैंने मेहरचंद जी को लिखा कि अप्रैल के अन्त तक मेरा परीक्षा – कार्य समाप्त हो जायेगा और उसके बाद किसी भी दिन मैं मेरठ आ सकता हूँ। अन्ततः मेरठ में सुशीला जी के परिवार से मिलने की

तिथि २ मई (१९६१) तय हो गयी। अब मैं इस विषय में रुचि लेने लगा था और मेरे द्वारा रुचि लेने का कारण था। कारण यह था कि दूसरे सत्र (नवंबर–मार्च) में मेरे विभागाध्यक्ष डॉ. जैन मुझ से बहुत अच्छा व्यवहार करने लगे थे। मैं सोचता था कि मेरे व्यवहार और मेरे अध्यापन के कारण ही डॉ. जैन का व्यवहार मेरे प्रति बदल गया है। लेकिन बाद में पता लगा कि इस का कारण कुछ दूसरा ही है। डॉ. जैन की एक बेटी मेरी बी. ए. की छात्रा थी। बहुत शालीन और बहुत सहज। डॉ. जैन अब उसके हाथ पीले करना चाहते थे। प्रो. पंडा, जो पहले रुइया में ही पढ़ाते थे और जो अब विभागाध्यक्ष बन कर नए खुले सोमैया कॉलेज में चले गए थे, डॉ. जैन के बड़े विश्वस्त थे। डॉ. जैन ने एक बार अपनी बेटी के विवाह को लेकर उन्हें अपनी चिंता जताई। प्रो. पंडा ने मज़ाक में कहा कि लड़का तो आपके घर में ही है। उनका इशारा मेरी तरफ था। डॉ. जैन को भी प्रो. पंडा की यह बात जँच गई और तब से मेरे प्रति उनका व्यवहार स्नेहिल होने लगा। किसी प्रकार यह बात मुझे मालूम हो गयी। मैं सोच में पड़ गया। उन दिनों डॉ. जैन बंबई के हिंदी प्राध्यापकों में वट–वृक्ष के समान थे। गाँधी हत्याकांड के प्रमुख गवाह होने के नाते महानगर के विशिष्ट हल्कों में भी वे सम्मानित थे। मुझे लगा कि वट –वृक्ष की छाया में थोड़ी देर विश्राम तो किया जा सकता है लेकिन अपना विकास नहीं किया जा सकता। सो, मैं इस स्थिति से किसी तरह बचना चाहता था और जल्दी से जल्दी और कहीं अपने विवाह को लेकर कोई निर्णय लेना चाहता था

उस साल मैं इंटरमीडिएट की उत्तर पुस्तिकाओं का परीक्षक था। कोई १३०० से अधिक उत्तर पुस्तिकाएँ मुझे जाँचनी थी। एल्फ़िंस्टन कॉलेज के विभागाध्यक्ष प्रो. इंदु प्रकाश पांडेय मेरे मॉडरेटर थे और प्रो. छोटे लाल 'प्रभात' चीफ़ मॉडरेटर। इंदु प्रकाश जी से मेरा प्रो. नैथानी जी के कारण अच्छा परिचय हो गया था। मैं यदा – कदा उनके कोलाबा स्थित घर में भी जाया करता था। एक प्रकार से मेरे मन में उनके प्रति आदर भाव था लेकिन प्रो. छोटे लाल के प्रति अब तक मेरी प्रतिक्रिया बहुत तीव्र हो चली थी। और जब कभी उनसे मेरा सामना होता मैं उन्हें सीधे – सीधे या व्यंग्य के साथ कठोर से कठोर शब्दों में काटने का प्रयास करता। एक बार नैथानी जी, इंदुप्रकाश पांडेय और छोटे लाल 'प्रभात' से सेंट ज़ेवियर कॉलेज में मेरा मिलना हो गया। छोटे लाल हमेशा अपने लिए 'हम' का प्रयोग करते थे। मुझे उनका यह 'हम' भी बुरी तरह खटकता था। बातें करते हुए हम चारों कॉलेज से बाहर निकले। बातें साहित्य पर हो रही थीं। छोटे लाल किसी डॉ. शर्मा की डी. लिट् की थीसिस की बड़ी प्रशंसा करने लगे। संयोग से अपनी रिसर्च के दौरान मैंने डॉ. शर्मा का शोध–प्रबंध पढ़ा था। उनकी प्रशंसा सुन कर मैंने कहा – मैंने वह थीसिस

पढ़ी है। बहुत साधारण कोटि की है। उस पर तो पी. एच. डी. भी नहीं मिलनी चाहिए।' मेरी बात सुन कर छोटे लाल जी ने धीरे से मेरे कंधे पर हाथ रखा और बोले – देवेश, तुम्हें विद्वानों के विषय में ऐसी बात नहीं कहनी चाहिए। अभी तुम बच्चे हो।' यह सुन कर मेरी प्रत्युत्पन्न मति जाग गयी और अपने कंधे से उनका हाथ हटाते हुए मैं बोला – प्रभात जी, अगर मैं बच्चा हूँ तो आप तो अभी पैदा भी नहीं हुए।' यह सुन कर हम सब के बीच एक मौन छा गया। मैंने नैथानी जी की तरफ देखा, उनके चेहरे पर हँसी झलक रही थी। बाद में भी प्रो. 'प्रभात' से ऐसी नोंक – झोंक अनेक अवसरों पर होती रही। उनके प्रति मैं हमेशा अपनी प्रतिक्रिया जतलाता रहा क्योंकि वे कदम–कदम पर, जब भी उन्हें मौका मिलता, मुझे नीचा दिखाने की कोशिश करते थे।

तो, उस साल मैं इंटरमीडिएट की उत्तर पुस्तिकाओं का परीक्षक था। (उन दिनों इंटरमीडिएट की कक्षाएँ बंबई विश्वविद्यालय से सम्बद्ध हुआ करती थी)' मैं दो–दो, ढ़ाई–ढ़ाई सौ उत्तर पुस्तकाएँ जाँचता और प्रो. पांडेय जी को दे आता। वे ४–५ उत्तरपुस्तिकाओं में दिए कुछ प्रश्नों के अंकों में १–२ अंक बढ़वाते या घटवाते। आधे घंटे में यह कार्य पूरा हो जाता। १५ अप्रैल (१९६१) के आसपास जब मेरा आधे से ज़्यादा काम पूरा हो गया तो मैंने मेरठ के लिए २९ अप्रैल का रिजर्वेशन करवा लिया और प्रो. पांडेय जी को बतला दिया कि मैं २९ ता. को मेरठ जा रहा हूँ देहरादून एक्सप्रैस से क्योंकि वहाँ मेरे विवाह की बात चल रही है।'

वे बोले – ठीक है। तब तक तुम अपना कार्य पूरा कर लो।'

मैंने उन्हें आश्वस्त किया कि तब तक मैं अपना कार्य पूरा कर लूँगा। उस के बाद कापियाँ जाँचता रहा और उन्हें देता रहा। इस बीच मैंने उन्हें यह भी बतला दिया कि मैं अपना अन्तिम बंडल २९ अप्रैल को दोपहर तक दे दूँगा क्योंकि उसी रात मुझे मेरठ जाने के लिए गाड़ी पकड़नी है।

वे बोले – ठीक है।'

२९ अप्रैल को कोई एक बजे जब मैं जंची हुई उत्तर पुस्तिकाओं का अंतिम बंडल लेकर पांडेय जी के घर पहुँचा तो उनकी पत्नी ने बतलाया कि वे किसी ज़रूरी काम से बाहर गए हैं। शाम तक लौटेंगे।'

मैंने सहज भाव से कहा – कोई बात नहीं। आप उन्हें बतला दीजिए कि मैं आया था और कॉपियों का अंतिम बंडल छोड़ गया हूँ। किसी कॉपी के अंकों में यदि कोई परिवर्तन करना हो तो वे कर लें।'

श्रीमती पांडेय ने मुझे चाय पिलाई और नाश्ता कराया। वे बहुत ही स्नेहिल, ममतामयी माँ के समान थीं। चूँकि मैं पांडेय जी के यहाँ आता–जाता रहता था, इस कारण वे बड़ी आत्मीयता से मुझसे घर–बाहर की, बच्चों की बात कर लेती थीं। मैं भी उन्हें बड़ा मान देता था।

हॉस्टल में लौट कर मैंने अपना सामान बाँधा और रात की गाड़ी से देहरादून जाने की तैयारी करने लगा।

१ मई की सुबह मैं मेरठ पहुँच गया। वहाँ मैं नजीबाबाद के अपने एक मित्र यशवंत मांगलिक की बुआ जी के घर पर ठहरा। बुआ जी बंबई में रहती थीं और उनके भाई यानी यशवंत के पिता मेरठ में। मैं बुआ जी से उनके भाई के नाम की एक चिट्ठी ले गया था। चिट्ठी पढ़ कर बुआ जी के परिवार वालों ने मेरी बड़ी आवभगत की और मेरठ आने का कारण पूछा। मैंने सहज भाव से उन्हें अपने आने का कारण बतला दिया।

शाम को चाय पीते हुए यशवंत के पिता जी बोले – तुम लड़की देखने आए हो तो हम भी तुम्हें एक–दो लड़कियाँ दिखा देंगे।'

मैं बोला : चाचा जी, लड़की तो मैं सिर्फ़ वही देखूँगा जिसे देखने आया हूँ और जिसके पूरे परिवार के बारे में मुझे पता है।'

मेरी दो – टूक बात सुन कर वे चुप हो गए। उनको चुप देख कर मैंने सोचा – साफ़ गोई के साथ बात करने के अपने फ़ायदे होते हैं।

शीला जी का घर स्टेशन के पास देवपुरी में था – ४ बी, देवपुरी। मैंने मांगलिक जी से कहा कि अगर मैं आज शाम को देवपुरी में शीला जी का घर देख आता तो कल उनके घर जाने में मुझे सुविधा होती।

चाय–पानी हो चुका था। मांगलिक जी ने अपने छोटे बेटे को मेरे साथ भेज दिया। बाहर मेन–रोड से हमने एक रिक्शा ली और देवपुरी के लिए चल दिए। देवपुरी में उनका ४–बी क्वार्टर जल्दी ही मिल गया। मैंने रिक्शा में बैठे – बैठे रिक्शेवाले से वापस लौट चलने के लिए कहा। रिक्शे वाले ने रिक्शा मोड़ ली।

रात को खाना खाकर देर तक मांगलिक जी और उनकी पत्नी से बातें होती रहीं। फिर कोई ११ बजे के करीब मैं सोने चला गया।

सुबह उठा तो दिल धड़क रहा था। उसी स्थिति में मैंने नित्यकर्म किया। नाश्ता

किया। एक क्षण के लिए अपने आराध्य का स्मरण किया और साढ़े नौ बजे के करीब कपड़े बदल कर रिक्शे में देवपुरी के लिए चल दिया।

४–बी के सामने रिक्शा रुकवा कर मैं सीधे गेट की तरफ बढ़ गया। लॉन में पेड़ की छाया के नीचे बहुत सी लड़कियाँ – महिलाएँ बैठी थीं। मुझे अंदर आता देखकर वे सब अंदर भाग गयीं।

मैं अपने दिल को मज़बूत बना कर बरामदे तक आ गया। तभी शीला जी के मँझले भाई ओम्प्रकाश जी सामने आ गए। मैंने उनका अभिवादन किया और अपना परिचय दिया। अभिवादन का उत्तर देते हुए वे मुझे बैठक में ले आए। अब तक मेरी टांग काफी नॉर्मल हो चुकी थी। बस, उठने और बैठने के समय पैर थोड़ा लचक जाता था। वैसे चलने पर कुछ पता नहीं चलता था। बैठक में मैं सामने की एक कुर्सी पर बैठ गया। धीरे–धीरे घर के लोग – जिनमें ज्यादातर लड़कियाँ और महिलाएँ ही थीं – बैठक में आने लगे। उनके मन की उत्सुकता को और होठों पर आई मुस्कान को मैं स्पष्ट लक्ष्य कर रहा था। फिर मैंने अध्यापक की तरह उनके बारे में पूछना शुरू कर दिया। उनमें से एक शीला की छोटी बहिन सावित्री थी जिसने शांतिनिकेतन में 'फाइन आर्ट्स' की पढ़ाई की थी और (शायद) उसी साल एक गर्ल्स कॉलेज में प्रवक्ता बन गयी थी। लड़कियों में शीला की दो भतीजियाँ थीं। कुछ उनकी मित्र थीं। ओम् प्रकाश जी की पत्नी थी और शीला की बड़ी बहनें पुष्पा जी और संतोष जी थीं। पुष्पा जी दिल्ली से अपनी छोटी–छोटी बेटियों और वकील पति यशपाल जी के साथ आई थीं। इन के अलावा शीला जी के सबसे बड़े भाई मेहरचंद भी थे। उनके एक भाई जगदीश डंग थे जो यमुनानगर में व्यवसाय करते थे। वे नहीं आ पाये थे या उन्हें बुलाया ही नहीं गया था। यशपाल जी से ही मेरी बातें होती रहीं। वे काँग्रेसी थे और उनके स्वर में गुरुता थी।

चाय–पानी के बाद सभी लोग दूसरे कमरों में जाने लगे। बस, एक शीलाजी वहाँ अकेली रह गयीं। जाते हुए उनकी भाभी उषा जी बोली – अब तुम लोग बातें कर लो।'

जब सब लोग बैठक से चले गए तो मैंने शीला जी को गौर से देखा। बिल्कुल साधे लिबास में थीं वे। सित–श्वेत लखनवी साड़ी जिस के हरे बॉर्डर पर हल्का सा काम किया गया था। वैसा ही सादा ब्लाउज़। मैंने सबसे पहले उनके पैरों की ओर देखा। मेरी यह आदत रही है कि मैं औरत में सबसे पहले उसके पैरों पर ही नज़र डालता हूँ फिर धीरे – धीरे ऊपर की ओर बढ़ता हूँ। शीलाजी के पैर सुंदर थे। (वैसे आज ७५ साल की आयु में भी उनके पैर अच्छे लगते हैं )। फिर मैंने आँखें बचा कर

उनके उभार पर नज़र डाली। फिर उनके चेहरे और बालों पर। चेहरा बड़ा सौम्य था और बालों की एक बहुत पतली –सी श्वेत लट माथे पर झुकी हुई थीं। चेहरे पर एक प्रकार की संभ्रांतता थी जो उन्हें आकर्षक बनाती थीं।

मैंने उनकी ओर देख कर पूछा – आप को मुझ से कुछ पूछना है?'

– आप पूछिए न।' वे बोलीं।

– मैं थोड़ा फक्कड़ किस्म का इंसान हूँ। मेरे साथ चल पाओगी।'

वे चुप रहीं। शायद 'फक्कड़' शब्द उनकी समझ में नहीं आया था।

फिर मैं उनसे अस्पताल के बारे में, उनकी रुचि–अरुचि के बारे में, उनके भाई–बहिनों के बारे में जानकारी लेता रहा। वे सहज भाव से मुझे बताती रहीं। उनकी बातों से और बात करने के ढंग से मुझे लगा कि मेरे सामने बैठी हुई यह महिला सहज और निश्चल है और साथ ही मैच्योर भी।

बात को आगे बढ़ाने के लिए मैंने कहा – रमेश जी ने मुझे बताया था कि शादी के बाद आप नौकरी नहीं करना चाहेंगी।'

वे चुप रहीं। बस, थोड़ा–सा मुस्करा दीं नीचे ज़मीन की ओर देखते हुए।

मैं बोला – वैसे तो मैं भी नहीं चाहता कि शादी के बाद मेरी पत्नी नौकरी करे। लेकिन मेरी अपनी मजबूरियाँ हैं। चार–बहन भाइयों में मैं सबसे बड़ा हूँ। पिता जी पुलिस में थे। १०–१२ साल पहले रिटायर हो चुके हैं। माँ पढ़ी–लिखी नहीं है। बस, किसी तरह घर सँभालती है। सभी भाई–बहिन मुझसे बहुत छोटे हैं। सभी पढ़ रहे हैं। जब तक मुझ से छोटा भाई कुछ कमाने लायक नहीं हो जाता तब तक मेरी पत्नी को, चाहे वह कोई भी क्यों न हो, नौकरी तो करनी ही पड़ेगी। आप क्या कहती हैं?'

– यह सब तो आपने अपनी चिट्ठी में लिख ही दिया था!' वे धीरे से बोलीं मेरी टांगों की तरफ देखते हुए।

तभी भाभी जी ने अंदर आकर मेरी तरफ देखते हुए कहा – खाना लगा दिया है। आप दोनों आ जाइए।'

हम उठ गए।

खाना बढ़िया था। दो–तीन सब्जियों के साथ राजमा और बासमती के चावल थे और ड्राइ फ्रूट्स से भरी हुई खीर थी। भोजन के बाद फल काटे गए। हम सबने

एक–दो टुकड़े उठा लिए। जब खाना निपट गया तो मैं बोला – अच्छा भाभी जी, चलता हूँ।'

भाभी जी बोली – अभी तो इतनी गर्मी है। थोड़ा आराम कर लो। दूसरे कमरे में चारपाई बिछा दी है। शाम को चाय पीकर चले जाना।'

खाना सुस्वादु था। कुछ ज़्यादा ही खा लिया था। बोला – ठीक है भाभी जी, आप कहती हैं तो.....बाद में चला जाऊँगा।'

– यहाँ कहाँ ठहरे हैं?'

– मेरा एक दोस्त है। उसी के यहाँ ठहरा हूँ।'

फिर मुझे दूसरे कमरे में ले जाकर बिस्तर दिखा दिया गया। मैं लेट गया। और लेटते ही मुझे नींद आ गयी।

कोई साढ़े चार बजे के करीब आँख खुली तो मैंने महसूस किया कि जैसे सभी मेरे जागने की प्रतीक्षा कर रहे थे। कुछ देर बाद मेज़ पर चाय लगा दी गयी। चाय के साथ कुछ बिस्कुट, कुछ नमकीन और कुछ मेवे थे।

चाय पीते–पीते भाभी जी ने पूछा – अब यहाँ से देहरादून जाओगे?'

– हाँ, भाभी जी। वहीं जाऊँगा। पिछले साल परिवार को देहरादून शिफ़्ट कर दिया है। बहन–भाइयों की पढ़ाई के लिए।

– यह तो बड़ी अच्छी बात है।' वे कुछ और कहना चाहती थीं लेकिन झिझक रही थीं।

चाय पी कर मैं बोला – अच्छा, अब मैं चलता हूँ।'

भाभी जी बोलीं – आइए, आपको अपना घर दिखा दें? दरअसल वे देखना चाहती थीं कि मैं कितना लंगड़ाता हूँ। लेकिन तब तक मेरा घुटना सामान्य हो चुका था। बस, उठते हुए थोड़ा लचक जाता था। वे मुझे अपने घर के पिछवाड़े ले गयीं। जहाँ काफ़ी ज़मीन खाली पड़ी थी। कुछ केले के पेड़ लगे थे और कुछ नींबू के। कुछ देर बाद हम कमरे में लौट आए।

सब लोग आसपास इकट्ठा हो गये थे। मैं आगे बढ़ने लगा तो भाभी जी ने पूछ लिया – हमारी शीला आपको कैसी लगी?'

मैं रुक गया। मुस्कराकर बोला – भाभी जी, पहले शीला जी से पूछ लीजिए कि मैं उनको कैसा लगा?'

– हम सब को तो आप अच्छे ही लगे हैं। शीला को भी।'

– ऐसा है भाभी जी, वैसे तो मैंने अपने पत्र में सब लिख दिया था। लेकिन अब जब आमने–सामने बात हो रही है तो मैं कह दूँ कि मेरे पास आज के दिन नौकरी के अलावा और कुछ नहीं है। किसी बैंक की सूरत मैंने आज तक देखी नहीं। अपनी जिम्मेदारियों के बारे में भी मैंने चिट्ठी में लिख दिया था। शादी में खर्च करने के लिए मेरे पास पैसा है नहीं। और मैं यह भी नहीं चाहता कि आप लोग कुछ खर्च करें। मेरे नसीब में होगा तो कुछ सालों में सब ठीक हो जाएगा। इतना विश्वास मुझे है।' मैं इतना सब किसी तरह कह गया।

– हमें आपकी यह साफ़गोई ही तो पसंद आई है। शीला को लिखी चिट्ठी में आपने जो कुछ, जिस तरह लिखा था, उससे मैं बहुत इम्प्रैस हुआ था।' इस बार भाई ओम् प्रकाश बोले।

– तो हम यह रिश्ता पक्का मानें।' संतोष दीदी ने पूछा।

– मेरी तरफ से तो यह तभी पक्का हो गया था जब रमेश भाई ने मुझसे पूछा था। मैं तो अपने को 'एप्रूव' कराने आया हूँ।' मैंने हंसते हुए कहा।

तभी संतोष दी जल्दी से दूसरे कमरे में गयीं और कैमरा उठा लाईं।

– जीजा जी, हम आपकी एक फोटो ले लें?' उसने मेरी तरफ मुस्कराते हुए पूछा।

– अरे एक क्या, दो ले लो।' और मैं पोज़ बना कर खड़ा हो गया। सब लोग मुस्कराने लगे।

संतोष दी ने एक – दो स्नैप लिए मेरे अकेले के। और बस।

फोटो 'सैशन' समाप्त होने के बाद मैं चलने के लिए उन सब से विदा लेने को हुआ तो भाभी जी ने पूछ लिया – शादी कब करेंगे?'

मैंने उनकी तरफ देख कर कहा – भाभी जी, शादी तो मैं अभी कर लूँ। लेकिन जरा घर वालों को भी बतला दूँ तो अच्छा रहेगा।' फिर कुछ रुक कर बोला – १० अक्टूबर को हमारे कॉलेज बन्द हो जाते हैं। मैं उसी दिन मेरठ के लिए चल दूँगा। १२ अक्टूबर की सुबह यहाँ पहुँच जाऊँगा। उसी दिन शाम को शादी कर लेंगे। ........ और हाँ, मुझसे शीला जी के लिए कपड़े, ज़ेवर वगैरह लाने की उम्मीद न करें। मैं नहीं चाहता कि मैं कर्ज़ लेकर शादी करूँ और बाद में उसे उतारने की टेंशन में रहूँ। मैं यह बात बिल्कुल साफ कर देना चाहता हूँ।'

– हमें कुछ नहीं चाहिए। बस, आप आ जाइए।'

– आप भी कुछ मत कीजिए। नहीं तो कॉम्प्लैक्स होगा।'

– ठीक है, हम भी कुछ नहीं करेंगे। शीला की छोटी बहिन सावित्री की भी मँगनी हो गयी है। यहीं पड़ोस में। दिसम्बर में शादी है।' ओम् भाई जी बोले।

– अच्छा! यह तो बड़ा अच्छी बात है।' मैं सावित्री जी की तरफ देख कर मुस्करा दिया। कुछ देर रुक कर मैंने कहा – तो मैं अब शीला जो को पत्र लिख सकता हूँ न।' वे अभी तक चुपचाप थीं।

– हाँ, हाँ, क्यों नहीं।' भाभी जी बोलीं।

– तो ठीक है।' मैंने कहा और शीला जी को आंख की एक कोर से देख कर मुस्करा दिया।

उसके बाद परिवार के सभी लोगों से विदा लेकर मैं यशवंत के घर लौट आया। घरवाले मुझे घेर कर पूछने लगे – क्या हुआ?'

– सब पक्का हो गया ....... और क्या होना था।' मैंने कहा।

वे शीला जी के परिवार के लोगों के बारे में पूछते रहे। मैं बतलाता रहा। इसी तरह शाम बीत गयी। दूसरे दिन मैं देहरादून के लिए चल दिया। देहरादून में रिस्पना नदी के पार बनी अकेली नयी कोठी के आउट हाउस में मेरे परिवार वाले रहते थे। घर आकर मैंने पिता जी को शीला जी और उनके परिवार के विषय में विस्तार से बतला दिया।

सुन कर पिता जी ने पूछा – कुछ लेन–देन की बात नहीं हुई?'

– पिता जी, जब हम कुछ दे नहीं सकते तो लेने की बात कैसे कर सकते हैं? वैसे भी मैं इन रीति–रिवाजों पर विश्वास नहीं करता। लड़की मुझे पसंद है। नौकरी करती है। घर के लोग अच्छे, मिलनसार हैं। और क्या चाहिए।'

पिता जी चुप हो गए। बोले – दुर्गा, अब तू बड़ा हो गया है। तू जो कुछ भी करेगा, ठीक ही करेगा। मुझे तेरे पर विश्वास है।'

देहरादून में मैं अपने दोस्तों से मिला। दिनेश को अपनी शादी पक्की होने की बात बतलाई। घर वालों के लिए कुछ कपड़े खरीदे। अपने एक पुराने सूट को ड्राइ क्लीन करवाया। इसी तरह एक पखवाड़ा बीत गया। तभी एक दिन दोपहर को मुझे विश्वविद्यालय से एक पत्र मिला। उसमें लिखा था कि मैं इंटरमीडिएट की उत्तर

पुस्तिकाओं का अन्तिम बंडल बिना मॉडरेट कराए चला आया हूँ। इसके विषय में लौटती डाक से अपना स्पष्टीकरण भेजिए।

मैं पत्र पढ़ कर हक्का – बक्का रह गया। इसका मतलब यह हुआ कि प्रो. पांडेय ने मेरी शिकायत चीफ़ मॉडरेटर प्रो. छोटे लाल 'प्रभात' से कर दी। साथ में उनका शिकायती पत्र भी संलग्न था।

मैं हैरत में था कि सब कुछ जानने के पश्चात् प्रो. पांडेय ने ऐसा क्यों किया। उन्हें कम से कम १५ दिन पहले मैंने बतला दिया था कि मैं अमुक तिथि को मेरठ जा रहा हूँ और इसके कारण मैं अमुक तिथि को उत्तर पत्रिकाओं का अंतिम बंडल जमा कर दूँगा; कि मॉडरेशन के लिए वे घर पर ही रहें। लेकिन निश्चित किए गए समय पर वे घर में नहीं मिले और इसीलिए मैं उन के घर पर उत्तर पुस्तिकाएँ छोड़ आया था। मुझे इस बात पर भी आश्चर्य हो रहा था कि डॉ. 'प्रभात' से मेरे संबंधों को जानने के बाद भी उन्होंने उन से मेरी ऑफिशियल शिकायत कर दी; कि वे मेरे साथ अपने आत्मीय संबंधों को एकदम भूल गए।

फिर मैंने सोचा कि सरकारी संस्थानों में काम करने वालों में एक खोखला अहम् भाव होता ही है। पांडेय जी भी सरकारी कॉलेज में काम करने के कारण एक प्रकार की अहम्मन्यता से अपने को बचा नहीं पाये थे और उन्होंने डॉ. 'प्रभात' को मेरे खिलाफ कार्रवाई कराने के लिए अवसर दे ही दिया था।

खैर, मैंने रजिस्ट्रार को पत्र लिख कर सारी स्थिति स्पष्ट कर दी और कहा कि वे उस अन्तिम बंडल की कॉपियों को अनजँची मान कर किसी दूसरे परीक्षक से जचवाँ लें और उसके पारिश्रमिक को मेरे पारिश्रमिक से काट लें।

वैसे इस पूरे प्रकरण ने मुझे आहत कर दिया था। मैं समझ नहीं पा रहा था कि अपने अहम् को बनाए रखने के लिए कोई व्यक्ति इतना निरपेक्ष और कठोर कैसे हो सकता है। मैंने तभी निर्णय कर लिया कि पांडेय नामक इस व्यक्ति से अब मुझे कोई संबंध नहीं रखना है।

देहरादून से मैंने शीला जी को सूचित कर दिया था कि मैं फँला दिन देहरादून एक्सप्रैस से बम्बई जा रहा हूँ। इस बार, पहली बार मैं रिज़र्व डिब्बे में यात्रा कर रहा था। मेरठ सिटी पर शीला जी और उनकी बड़ी बहिन मेरे डिब्बे में चढ़ गयीं। वैसे उनके परिवार के कुछ और लोग भी स्टेशन पर आए हुए थे। ५ मिनट के लिए उनसे मिलना हो गया। पुष्पा जी दिल्ली में ही रहती थीं। शीला जी का अस्पताल दिल्ली में था ही। उन्हें दूसरे दिन अपनी ड्यूटी ज्वाइन करनी थी। टी. टी. से कह कर वे

उस रिज़र्व डिब्बे में मेरे साथ ही बैठ गयी थीं। डिब्बे में मेरा तिलक किया गया और जबर्दस्ती १०१ रु. मेरे हाथ में पकड़ा दिए गए। इस प्रकार गाड़ी में मेरी 'मंगनी' सम्पन्न हो गयी।

ये लोग एक बड़े से टिफ़न कैरियर में मेरे लिए खाना बना कर लाए थे। साथ में कुछ डिब्बे मिठाई के भी थे। हम सब ने मिल कर खाना खाया। पुष्पा जी बोलीं – इन डिब्बों में कुछ मिठाई है। बंबई में अपने दोस्तों को बाँट देना।'

मैंने डिब्बे उठा कर एक तरफ रख दिए।

दिल्ली स्टेशन जल्दी ही आ गया। दोनों बहनें वहाँ उतर गयीं। मैंने शीला जी से कहा – मुझे पत्र लिखना।'

वह बोली सहज भाव से – पहले तुम लिखना।'

– ठीक है। मैं ही पहले लिखूँगा। वहाँ पहुँचते ही लिख दूँगा।'

जब तक गाड़ी खड़ी रही, हम आपस में बतियाते रहे। पुष्पा जी बोलीं – आपका पी–एच. डी. का रिजल्ट कब निकलेगा?'

– यही, एक–दो महीने में निकल जायेगा।'

– जैसे ही निकले, हमें लिख देना।'

– जरूर लिख दूँगा .....।'

गाड़ी ने सीटी दे दी थी। हम विदा के लिए तैयार हो गए।

थोड़ी देर बाद गाड़ी सरकने लगी।

शेरे–पंजाब हॉस्टल।

दिनेश अगले दिन आ गया था। उससे अगले दिन कॉलेज शुरू होने थे। मैं शाम को मिठाई का एक डिब्बा लेकर डॉ. जैन के यहाँ चला आया। औपचारिक अविभादन के पश्चात् मैंने डिब्बा उन के हाथ में पकड़ा दिया।

वे बोले – यह क्या है?'

– गुरु जी, मेरी मँगनी की मिठाई है थोड़ी–सी।'

उन्होंने चौंक कर मेरी तरफ देखा। मैं भोला–सा बना रहा। फिर वे शीला जी के घर–परिवार के बारे में पूछते रहे। मैंने बतलाया कि लड़की कॉमरेड सत्यपाल डंग की छोटी बहन है। डॉ. जैन ने उनका नाम सुन रखा था। वे पंजाब के बड़े

विख्यात और सम्मानित कम्युनिस्ट नेता थे। बंबई में कई साल रह चुके थे। यहीं से पार्टी ने उन्हें पंजाब भेजा था।

सत्यपाल जी का नाम सुनकर वे चुप हो गए। फिर रुक कर बोले–सत्यपाल तो बड़े नेता है। उन से मिले हो क्या?'

– नहीं गुरु जी। इन दिनों कम्युनिस्टों की धर–पकड़ चल रही है। वे अंडर ग्राउन्ड हैं।'

– हाँ, हाँ ......मुझे याद आ गया।'

वैसे डॉ. जैन भी अपने को कम्युनिस्ट मानते थे। गाँधी हत्याकांड के समय मोरारजी देसाई, बंबई राज्य में गृह मंत्री थे। उन्हें एक युवक से, जो उनकी किताबों का विक्रय करता था, गाँधी जी की हत्या के षडयंत्र का पता लगा था। इस सूचना को लेकर वे मोरारजी देसाई से कई बार मिलने की कोशिश कर चुके थे। एक बार मिलने पर उन्होंने षडयंत्र की सारी जानकारी देसाई को दे दी थी लेकिन (संभवत:) मोरारजी ने उसे गंभीरता से नहीं लिया था। बाद में, गाँधी जी की हत्या के बाद डॉ. जैन इस षडयंत्र के मुख्य गवाह बने थे। वे इससे पहले चीन हो आए थे और एक कम्युनिस्ट के रूप में उनकी ख्याति बंबई भर में हो गयी थी। अस्तु।

शेरे–पंजाब में रहते – रहते अब मन ऊबने लगा था। दिनेश को यहाँ कुछ ज़्यादा ही घुटन हो रही थी। अब वह अखबारों में 'जगह उपलब्ध है' का कॉलम देखने लगा। संयोग से अंधेरी–वर्सोवा रोड पर स्थित दादा भाई नौरोजी नगर के नए बने छोटे फ्लैटों में से एक कमरे के फ्लैट का एलॉटमैंट लॉटरी में उसका नाम निकल आया। करीब १२०० रु. डिपॉजिट देकर १०० रु. मासिक पर दिनेश को वह कमरा मिल गया। हम दोनों जल्दी ही वहाँ शिफ़्ट हो गये। हम दोनों के पास गृहस्थी का कोई सामान तो था नहीं, सो हमने ज़मीन पर ही अपने बिस्तर बिछा दिए और पैंताने पर अपने–अपने ट्रंक रख दिए जो मेज़ का काम देते थे। फिर धीरे–धीरे हमने एक बत्तीवाला स्टोव खरीदा। कुछ प्याले, कुछ कटोरियाँ और प्लेटें खरीदीं और नाश्ता घर पर बनाने लगे। सुबह घर से निकलते और रात को अंधेरी के होटल में खाना खाकर लौटते और सो रहते। हमारा यह कमरा एक कोने में था। कमरे में प्रवेश करते ही हम दरवाज़ा बंद कर लेते और सारे कपड़े उतार कर, कमर में एक तौलिया लपेट कर अपने–अपने बिस्तर पर पड़े रहते। कभी कभी तौलिये को भी उतार कर अपने सिरहाने रख लेते जो तकिए का काम देता। इसी बीच जागीर सिंह, जिनसे मेरा परिचय राजकोट में हुआ था, भी हमारे साथ रहने आ गए। अब दो की जगह तीन बिस्तर बिछ गए। और कुछ दिनों के बाद एक और सज्जन श्री ईश्वर नौटियाल

दिनेश के साथ अपना दूर का रिश्ता निकाल कर हमारे साथ रहने आ गए। इस तरह दो की जगह अब चार बिस्तर बिछ गये। ईश्वर जी दिनेश के 'कज़िन' बन कर यहाँ जम गए थे सो मैंने उनका नाम ही 'कज़िन' रख दिया था।

एक बार पहले जब मैं और दिनेश ही इस कमरे में रहते थे, ऑमलेट बनाते हुए फ्राइंग पैन का सारा गरम तेल दिनेश के हाथ में आ गिरा। दिनेश दर्द से चिल्ला उठा। साथ में देखते–देखते उसके हाथ के पूरे पंजे पर बड़े–बड़े फफोले उभर आए। उस दिन पहली बार मैं पड़ोस की एक महिला के पास से बॅर्नाल की ट्यूब मांग कर लाया और मरहम उसके हाथों पर लगा दिया। बाद में मरहम पट्टी की गई। अब दिनेश उस हाथ को लटकाए कॉलेज जाने लगा। कुछ लड़कियाँ जब उससे पूछतीं कि सर, यह क्या हो गया है तो दिनेश विस्तार से कमरा किराए पर लेने से लेकर हाथ के जलने तक की गाथा उन्हें सुनाता। कुछ लड़कियाँ उसकी इस दशा पर संवेदना प्रकट करतीं। कुछ ने उसके लिए टिफ़न लाना शुरू कर दिया। दिनेश को इस सब में मज़ा आने लगा। तभी एक घटना ऐसी घट गयी कि प्रिंसिपल बेलेगर ने उस घटना को लेकर दिनेश को बुरी तरह लताड़ दिया। अत्यंत संवेदनशील दिनेश इस अपमान को सह नहीं सका और वह कॉलेज से इस्तीफ़ा देने को उद्यत हो गया। मेरे बहुत समझाने पर कि अगर इस्तीफ़ा देना ही है तो पहले अपने लिए कोई अच्छी नौकरी खोज ले फिर रिज़ाइन कर देना। बहुत मान–मनोव्वल के बाद दिनेश ने मेरी बात मान ली और अखबारों में रिक्त स्थान खोज कर इधर–उधर एप्लाई करने लगा।

उधर उसके परिवार वाले उसके लिए लड़कियाँ देख रहे थे। अन्ततः देहरादून की ही एक लड़की पसंद कर ली गयी। वह बड़ी मेधावी थी। (शायद) उन दिनों बी. ए. कर रही थी। गर्मियों में शादी की बात निश्चित हो जाने के बाद दिनेश उसे पत्र लिखता। वह कॉलेज लाइब्रेरी से एक हिंदी–अंग्रेजी कोश ले आया था। उसमें से अंग्रेजी के बड़े–बड़े शब्द छाँट कर वह अपनी भावी पत्नी को हर हफ़्ते पत्र लिखता अंग्रेजी में। मुझे याद नहीं आता कि उसे अपने इन लम्बे–लम्बे, अंग्रेजी में लिखे पत्रों के उत्तर मिलते थे या नहीं।

इन्हीं दिनों उसे काश्मीर विश्वविद्यालय से इन्टरव्यू का पत्र मिला। वह इंटरव्यू देने गया। उसने वापस लौट कर बतलाया कि दिल्ली से कोई कमल किशोर गोयनका भी साक्षात्कार के लिए आये थे। काश्मीर से लौटते हुए वह अपनी भावी पत्नी के लिए एक पीले रंग की रेश्मी साड़ी भी खरीद लाया था और हर रात उसे अपने तकिए के नीचे रख कर सोता और भावी जीवन के सुख स्वप्नों में खोया रहता।

इस बीच मेरे साथ काफी कुछ घट गया था।

जुलाई (१९६१) को, जब हम शेरे–पंजाब में ही थे और दिनेश अखबारों में 'जगह उपलब्ध है' के कॉलम देख रहा था, मेरा पी–एच.डी का रिज़ल्ट आ चुका था। साथ ही आचार्य वाजपेयी जी ने एक छोटा–सा पत्र भी मुझे लिखा था जिसमें पी–एच. डी. प्राप्त करने पर बधाई दी थी और ज़ल्दी ही डी. लिट् के लिए रजिस्ट्रेशन कराने के लिए सागर आने के लिए भी लिखा था। उनका पत्र पाकर जैसे मैं निहाल हो गया था। और मैंने सोच लिया कि जब आचार्यवर मुझे इतना स्नेह दे रहे हैं तो मैं अवश्य ही डी. लिट् के लिए भी अपना पंजीकरण करवा लूँगा।

जैसा कि मैंने पहले कहीं लिखा है कि रामनारायण रुइया कॉलेज प्रथमत: हिंदुत्ववादी कॉलेज रहा है। यद्यपि कॉलेज में पी–एच.डी. करने पर इंक्रीमैंट देने की परम्परा नहीं थी लेकिन उसी साल इतिहास के विभागाध्यक्ष प्रो. अगास्कर को भी पी–एच. डी. मिली थी। वे जनसंघी विचारों के थे। अत: उन्हें ३ इंक्रीमैंट देने की बात मंडली ने स्वीकार कर ली। उनके कारण मुझे भी तीन इंक्रीमैंट मिल गए। (हाँलाकि बाद में डी. लिट् करने पर मुझे कोई इंक्रीमैंट नहीं दिया गया )।

फिर दिन सरकते रहे और अक्टूबर का महीना आ गया। तब १० अक्टूबर को एक महीने के लिए कॉलेज बंद हो जाते थे। अपनी पूर्व योजना के अनुसार मैं १० अक्टूबर की रात को मेरठ के लिए चल पड़ा। अपनी शादी के लिए। पिता जी को पत्र लिख कर पहले ही बता दिया था कि १२ अक्टूबर की शादी है। आप उस दिन वहाँ आ जायें।

१२ अक्टूबर की सुबह मैं मेरठ पहुँच गया। वहाँ स्टेशन पर पता लगा कि साम्प्रदायिक दंगों के कारण शहर में कर्फ्यू लगा हुआ है। मेरे साथ दिनेश और उसकी बहिन माधुरी भी थी। माधुरी की साल भर पहले शादी हो चुकी थी और अब वह अपने पति के साथ दिल्ली में रहती थी। दिल्ली से ही वह हमारे साथ हो ली थी। किसी तरह पुलिस की सहायता से हम शीला जी के घर पहुँच पाये थे। वहाँ देखा तो पिताजी मेरी बहिन मंजु के साथ पहले ही आ चुके थे। उन्हें मिलिट्री की गाड़ी देवपुरी छोड़ आई थी। इसी तरह सुदेश भी ग्वालियर से आ गया था। एक बात और अच्छी हुई कि जितेंद्र की पोस्टिंग भी मेरठ हो चुकी थी। यानी मेरे सभी आत्मीय मित्र मेरठ में उपस्थित थे।

सुशीला जी के परिवार वालों ने पास ही एक घर में हमारे रहने का प्रबंध कर दिया था। वहाँ बहुत से बच्चे थे। मोहल्ले के बच्चे भी 'दूल्हे' को देखने के लिए जमा हो गए थे। नहा – धोकर मैंने कुर्ता – पायजामा पहन लिया। दिन भर बच्चों के साथ खेलता रहा। पता लगा कि सत्यपाल जी जेल में हैं। १५ अक्टूबर की सुबह

को हो आ पायेंगे। वैसे उनकी पत्नी विमला जी आ गयी थीं। जगदीश भाई भी यमुनानगर से पूरे परिवार के साथ दो–तीन दिन पहले आ चुके थे।

उनसे मिलने, बतियाने में शाम हो गयी। शीला जी के परिवार वाले आर्य समाजी थे। सो शादी का आयोजन भी आर्यसमाजी ढंग से किया गया था। मैंने कह दिया था कि शादी चाहे जिस ढंग से हो, उसकी सारी रस्में १० बजे रात तक पूरी हो जानी चाहिए। मेरी यह एकमात्र शर्त मान ली गयी थी।

रात को आठ–साढ़े आठ बजे के बीच पंडित जी आ गए। क्वार्टर के बाहर खुली जगह में छोटा–सा मंडप बना दिया गया था। कर्फ्यू के कारण कोई भीड़–भाड़ नहीं थी। बस, मोहल्ले के ही कुछ लोग उपस्थित थे।

जब सब तैयारी हो गयी तो विमला भाभी जी ने आकर मुझ से कहा – देवेश जी, तैयार हो जाओ। कपड़े बदल लो। मंडप में बैठना है। पंडित जी आ चुके हैं।'

मैंने हँसते हुए कहा – भाभी जी, शादी मेरी हो रही है, कपड़ों की नहीं। ये कपड़े ठीक तो हैं?'

तभी ओम् भाई बोले – ठीक है, आप ऐसे ही मंडप में आ जाओ।'

और मैं सुबह को पहने कुर्ते–पायजामे के साथ मंडप में आकर बैठ गया। तभी भाभी उषा जी ने एक घड़ी देकर मुझसे उसे पहन लेने के लिए कहा।

मैं बोला – भाभी जी, घड़ी मेरे पास है। (मैंने तब तक घड़ी खरीद ली थी )। मैं दो–दो घड़ियों का क्या करूँगा।'

ओम् भाई जी ने उषा जी को इशारा किया। उषा भाभी पीछे हट गयीं।

फिर विवाह की रस्में शुरू हुई। बीच में पंडित जी ने मुझ से कहा – दुल्हन की साड़ी यहाँ रख दो।'

मैं कुछ कहता कि इससे पहले ही ओम् भाई जी बोल उठे – पंडित जी, हो गयी साड़ी की रस्म। आगे बढ़ो .....।'

पंडित जी ने फिर मंत्रोच्चार आरंभ कर दिया।

ठीक पौने दस बजे हमने सात फेरे लिए। एक दूसरे के गले में माला डाली और विवाह सम्पन्न हो गया।

हमारे सोने के लिए घर के ही एक कमरे में प्रबंध किया हुआ था। हम कमरे

की उस हरी रोशनी में रात देर तक बतियाते रहे। हमें यह लगा ही नहीं कि हम पहली बार मिल रहे हैं।

सबेरे सात–साढ़े सात बजे के करीब किसी ने हमारा दरवाज़ा खटखटाया। शीला जी ने उठ कर दरवाज़ा खोला तो देखा, सामने संतोष दी खड़ी थीं; चाय की ट्रे हाथ में लिए।

वे चाय देकर जाने लगी तो मैंने कहा – दी, आओ, अंदर तो आओ।'

लेकिन वे अंदर नहीं आयीं। बोली – घर में काफ़ी मेहमान आए हुए हैं। सब के लिए चाय बनानी है, नाश्ता तैयार करना है।' और यह कह कर वे लौट गयीं मुस्कराती हुई।

चाय पीते–पीते शीला जी ने बताया – संतोष मुझ से बड़ी है। लेकिन लगती है बहुत छोटी। .......बेचारी के साथ बड़ा बुरा हुआ। पहली बार ससुराल जा रही थी कानपुर तो स्टेशन के पास ही उसके पति का एक्सीडेंट हो गया और वहीं उसने दम तोड़ दिया। संतोष वापिस लौट आई। अब यहाँ एक स्कूल में मैथ्स पढ़ाती है और यहीं भाइयों के साथ रहती है।' कह कर शीला उदास हो गयी।

कुछ देर तक हमसे कोई बात करते नहीं बन पाया। थोड़ी देर बाद मैंने शीला से कहा – चलो, ज़रा बाहर हो आएँ?'

– इन्हीं कपड़ों में?'

– तो क्या हुआ?'

हमने पैरों में चप्पल डाली और चुपके से बाहर निकल आए। थोड़ी ही दूर चले होंगे कि कच्ची सड़क पर हमें एक पुलिया दिखाई दी। हम दोनों पुलिया पर जाकर वहीं बैठ गए। फिर हमारे बीच बातों का सिलसिला चल निकला।

शीला ने बताया – लाला जी (पिता जी) की मौत पाकिस्तान में ही हो गयी थी। यहाँ आने के कुछ साल बाद माँ को कैंसर हो गया। बहुत दुख भोगा उन्होंने। हमेशा दर्द से कराहती रहती थीं। लेकिन मौत आने से पहले तक उनका चेहरा गुलाबी ही बना रहा। उनके मरने के बाद बड़े भाई मेहरचंद जी ने हम बहिनों के कारण शादी नहीं की। इन दिनों वे पर्ल साइकिल्स, दिल्ली में एकाउंट्स देखते हैं। उनके कान बचपन में ही खराब हो गए थे। सुनने में मुश्किल होती थी। वैसे उन्होंने रानीखेत के मिलिट्री स्कूल में कुछ समय तक पढ़ाया भी। मैथेमैटिक्स में एम. ए. किया था। लेकिन बाद में नौकरी छोड़ कर दिल्ली आ गए। तब हम सभी दिल्ली में

रहते थे। उनसे छोटे ओम् भाई जी हैं। वे जमीनें देखते हैं जो क्लेम में मिली हैं। पाकिस्तान में हमारी काफी ज़मीनें थीं। यहाँ भी कम नहीं मिली। उसके बाद के सत्यपाल भाई हैं। वे कॉलेज के दिनों से ही पार्टी में हैं। सबसे छोटे भाई जगदीश हैं जो यमुनानगर में दूकान चलाते हैं। उनके साथ भी बड़ी ट्रेजेडी हुई। उनकी एक बच्ची पूरी तरह रिटार्टेड है। अब ढाई–तीन साल की हो गयी है।

शीला बतलाती रही। मैं सुनता रहा। – इन चार भाइयों के बाद हम चार बहिनें हैं। पुष्पा हम सब में बड़ी है। उसके पति दिल्ली में वकालत करते हैं। फिर संतोष है। फिर मैं हूँ। सबसे छोटी सावित्री है। वह शांतिनिकेतन में पढ़ी। अब यहाँ कॉलेज में पढ़ाती है। जब हम दिल्ली में थे तभी मैंने घर में बताए बिना नर्सिंग में दाखिला ले लिया था। मैं नर्सों की साफ–सफेद युनिफ़ार्म से बहुत प्रभावित थी। माँ की बीमारी के दिनों में अस्पताल में आना–जाना होता रहता था। मैं सोचती थी कि मैं भी नर्स ही बनूँगी। यहाँ पढ़ना नहीं पड़ेगा। लेकिन मेरा सोचना गलत निकला। पढ़ाई के साथ – साथ १२–१२ घंटे की ड्यूटी भी देनी पड़ती थी।'

फिर रुक कर बोली – मुझे पढ़ना–वढ़ना कभी अच्छा नहीं लगा। बचपन में भी मैं पेट में दर्द का बहाना बना कर स्कूल गोल कर देती थी। मुझे अपने खेतों में कपास तोड़ना अच्छा लगता था। मजदूरों के साथ मैं भी कपास तोड़ती थी और अपनी तोड़ी हुई कपास का हिसाब रखती थी।

'हमारे घर में ताँगा था। हम ताँगे में बैठ कर स्कूल जाते थे। पिता जी वैद्यिकी भी करते थे। राम नगर (पाकिस्तान) में उनका बड़ा नाम था। दंगे के दिनों में हम बहिनों को मुसलमानों ने ही बचाया था। अब भी जब उन दंगों की याद आती है तो बदन में कँपकँपी छूट जाती है।'

मेरे पास बताने के लिए कुछ नहीं था। मैं बड़े ध्यान से शीला को सुनता रहा। हमें पता ही नहीं चला कि पुलिया पर बैठे–बैठे हमें कितनी देर हो गयी है। जब हमें खोजती हुई संतोष दी आई तो हमें समय का भान हुआ।

– मैं आप लोगों को कब से खोज रही हूँ, नाश्ते के लिए। और आप लोग यहाँ बैठे हैं। क्या कर रहे हैं यहाँ।'

मैंने उठते हुए कहा–दीदी, हम एक–दूसरे को अपने–अपने रोमांस सुना रहे थे।'

– वो बाद में सुना लेना। अब चलो, सब लोग तुम्हारा इंतजार कर रहे हैं।'

हम दोनों दीदी के साथ क्वार्टर की ओर चल दिए।

नाश्ता करते हुए मैंने पूछ लिया – भाई सत्यपाल जी से मिलना नहीं हुआ। वे कब आएँगे?'

– शायद १४ की शाम को उनकी रिहाई है। वे १५ की सुबह तक यहाँ पहुँच जाएँगे।'

– तो क्या मैं उनके आने तक यहाँ रुक सकता हूँ?'

– हाँ, हाँ, क्यों नहीं। तुम १५ तक क्या १६ तक रुको। अब तो यह घर भी तुम्हारा ही है।' ओम् भाई जी बोले।

– तो ठीक है। हम १६ की सुबह को ही देहरादून जाएँगे।'

– जैसा तुम चाहो।'

अक्टूबर १५ की सुबह, जैसी कि उम्मीद थी, सुबह–सुबह भाई सत्यपाल आ गए। फिर उन से बातों का लम्बा सिलसिला चल निकला। हम दिन भर इधर–उधर की बातें करते रहे। उनसे बातें करते हुए अच्छा लगा। मैंने अपने मन में सोचा – एक अच्छा, सुसंस्कृत परिवार मिल गया है मुझे। सच तो यह है कि मैंने अपने अन्तर्मन में ऐसे ही परिवार की कामना संजो रखी थी।

अगले दिन सबसे विदा लेकर हम सब — मैं, शीला, पिताजी, मंजु, दिनेश और माधुरी — देहरादून के लिए रवाना हो गए।

# चार

संबंधों की भी एक अजीब दुनिया होती है। ये कभी स्वयं बन जाते हैं, कभी बना लिए जाते हैं। शिशु का जन्म होता है। जन्म लेते ही वह कई संबंधों में अपने आप बंध जाता है। माता-पिता का संबंध। भाई-बहिनों का संबंध। ताऊ, चाचा, नाना-नानी, दादा-दादी, चाचा - चाची के संबंध। और भी इसी प्रकार के अनेक संबंध। जन्म लेते ही उस पर अनेक और अनेक प्रकार के संबंध थोप दिए जाते हैं। इस सब में उसकी कोई भूमिका नहीं होती। लेकिन बड़ा होने के बाद वह स्वयं भी कुछ संबंध बनाता है। जैसे मित्रता का संबंध। मैंने हमेशा इस संबंध को सबसे ज़्यादा तरज़ीह दी है। फिर पति-पत्नी के संबंधों में भी इस दिशा में प्रगति हो रही है। यद्यपि पहले ज़माने में ऐसा नहीं हो पाता था। लड़की और लड़के के अभिभावक ही परस्पर विवाह के संबंध को तय कर लेते थे। लड़की और लड़के की इच्छा को कोई विशेष महत्त्व नहीं दिया जाता था। लेकिन ज़माना हमेशा बदलता रहता है। उस के साथ-साथ परम्पराएँ भी बदलती हैं, दृष्टिकोण भी बदलता है और स्थितियाँ भी बदलती हैं।

अपनी स्थितियों के अनुसार मैंने अपना जीवन-साथी स्वयं चुना। और मैं कहूँ कि मेरे लिए यह चयन अत्यंत सुखद और सफल रहा है। शीला मुझ से ज़्यादा परिपक्व, सहज, सच्ची और संतुलित है। उसके स्वभाव की इन विशेषताओं के कारण ही हमने इस लम्बी यात्रा में कई मुश्किलों, समस्याओं और व्यवधानों को पार किया है। हम दोनों के परिवारों में भारी वर्गगत असमानता के बावजूद शीला ने कभी अपनी वर्गगत श्रेष्ठता को मेरे परिवार के किसी भी व्यक्ति पर आरोपित करने का प्रयास नहीं किया। कभी मेरे परिवार की छोटी-मोटी बातों को लेकर वह बीच में नहीं आई और न कभी उसने निपट गरीबी के कारण उपजे मेरे परिवार के रहन - सहन पर कोई टिप्पणी ही की। आज भी जिन मित्रों - परिचितों का मेरे घर पर

आना–जाना है, वे मेरी अपेक्षा मेरी पत्नी को ही अधिक सम्मान देते हैं। इस से मेरे मन–प्राणों को जो शांति और शीतलता मिलती है, उसे मैं शब्द नहीं दे सकता।

शादी के बाद हम देहरादून आ गए थे। रिस्पना के पार बनी उस नयी कोठी के 'आउट हाउस' में परिवार सैटिल हो चुका था। माँ के चरण स्पर्श और आशीषों की औपचारिकता निभाई गयी। 'आउट हाउस' के पंक्तिबद्ध कमरों में से कोने का एक कमरा हमें दे दिया गया था। माँ ने हमारे पहुंचने से पहले उस कमरे में ज़मीन पर दो गद्दे बिछा दिए थे और उन पर करीने से एक बड़ी नयी चादर बिछा दी थी। बिस्तर के सामने दो पुरानी कुर्सियां और कहीं से मांग कर लाई गयी एक पुरानी चौकी भी रख दी थी। मैं तो सालों से ज़मीन पर सोता रहा था लेकिन शीला को यह सब कैसा लगेगा, इसके बारे में सोच कर मैं कुछ चिंता में पड़ गया था।

मैंने थोड़े संकोच के साथ उससे कहा – शीला, यहाँ तो ज़मीन पर सोना पड़ेगा। सो सकोगी?'

वह बोली – पार्टीशन के बाद दिल्ली में कई महीनों तक हम कम्यून में रहे। वहाँ हम सब बहिनें ज़मीन पर ही सोती थीं। मुझे तो ज़मीन पर सोना अच्छा लगता है।'

कमरा ज़्यादा बड़ा नहीं था। हमने खाली जगह पर अपना सामान लगा दिया। माँ भोजन की तैयारी के लिए रसोई में चली गयी। हम सामान लगा कर बाहर निकल आए। आस–पास दूर तक कहीं कोई आबादी नहीं थी। बस दूर–दूर तक खेत फैले हुए थे। गन्नों के लहलहाते खेत। पास के एक खेत के किनारे बड़ा–सा पीपल का पेड़ था। हम उसकी छाया में जाकर बैठ गए और बतियाने लगे।

– कैसा लग रहा है यहां?' मैंने बात शुरू करने की कोशिश की।

– बहुत अच्छा लग रहा है। माँ जी बहुत सीधे स्वभाव की हैं?'

– तुमने बहुत जल्दी उसके बारे में अपनी राय बना ली।'

– दिल्ली में इतने सालों से रह रही हूँ तो लोगों को पहचानने में ज़्यादा मुश्किल नहीं होती।'

– दिल्ली में कैसे आईं?'

– समझ लो बस, भटकते–भटकते आ गए। पार्टीशन के बाद पूरा परिवार बिखर गया था। वह तो ख़ैर हुई कि किसी को जान से हाथ नहीं धोना पड़ा। मुसलमानों ने हमारी बड़ी मदद की। उन्हीं की मदद से मैं और पुष्पा (बड़ी बहन)

किसी तरह अमृतसर आ गयीं। दूसरी बहनें भी हमारे रिश्तेदारों के साथ वहाँ पहुँच गयीं। तब तक ओम भाई जी दिल्ली आ गए थे।'

– और दूसरे भाई?'

– भाई सत्यपाल और विमला भाभी उन दिनों रूस में थे। बड़े भाई और जगदीश कैसे आए, अब याद नहीं आ रहा।'

शीला पार्टीशन के अपने अनुभव सुनाती रही। मैं कान लगा कर सुनता रहा। फिर मैं यकायक बोला : शीला, एक बात कहूँ तुमसे?'

वह बोली – कहो न।'

मैं रुक–रुक कर कहने लगा – ऐसा है शीला कि मेरे परिवार और तुम्हारे परिवार के रहन–सहन में बड़ा फ़र्क है। हमारे संस्कारों और व्यवहार में भी बड़ा फ़र्क है। हो सकता है कि कभी ऐसा मौका आ जाये, जब तुम्हें मेरे परिवार वालों की कोई बात या कोई व्यवहार अच्छा न लगे। तब तुम चुप रह जाना। ......मैं इसी परिवेश में पला और बढ़ा हूँ। मैं इनकी अच्छाई – बुराई को अच्छी तरह समझता हूँ। इनकी कमियों और इनकी आदतों को भी। मैं इनसे खुद अकेला निपट लूँगा। तुम चुप रहोगी तो इन्हें तुम्हारी शिकायत करने का कोई मौका नहीं मिलेगा। ........मैं नहीं चाहता कि तुम पर कोई अंगुली उठाए। हो सकता है कि कुछ मौकों पर तुम्हें इन के व्यवहार से शिकायत हो ..... लेकिन तुम उसे पी जाना ...... बाकी मैं देख लूँगा।'

– तुम भी बस। मैं कोई बच्ची तो नहीं हूँ। तुम इसकी फिक्र मत करो। मैं अपनी तरफ से शिकायत का कोई मौका नहीं दूँगी।'

– मैं अपनी बहिन को बहुत प्यार करता हूँ। हाँलाकि अभी वह बच्ची है और बच्चियों को बहलाना कुछ मुश्किल नहीं होता। मेरी तरह मेरे भाई–बहिन सभी अभाव में पले हैं। तुम उनकी माँ बन कर उनका ख्याल रखना प्लीज।' कहते–कहते मेरी आँखें भर आई थीं।

– क्या पागलपन कर रहे हो। इसमें रोने की क्या बात है। बुद्धू कहीं के।'

तभी मंजु ने आकर कहा – भाभी, भैया, खाना तैयार हो गया है। माँ बुला रही है।'

हम दोनों उठ खड़े हुए।

वे १५–२०दिन हमारे स्वर्गिक दिन थे। पिताजी समेत परिवार के सभी लोग हमारी आवभगत में लगे रहते। हम दोनों रात को जल्दी सो जाते और सुबह देर से

उठते। मंजु ही हमें चाय के लिए उठाती। चाय पीकर नित्य कर्म से निपट कर हम उस खुले वातावरण में टहलने के लिए निकल जाते। इधर–उधर की बातें करते और करते रहते। बातों और प्रसंगों का सिलसिला चलता रहता। फिर दिन के भोजन के लिए बुलावा आ जाता। शीला ने कई बार मुझसे कहा भी कि रसोई में माँ का हाथ बँटा दूँ। लेकिन मैं उसे अपने पास ही बिठाए रखता। माँ भी सोचती थी कि बहू १५–२० दिन के लिए आई है – उससे क्या काम करवाऊँ। शाम को हम दोनों पल्टन बाजार की ओर सैर को निकल जाते। लौटते वक्त शीला बच्चों के लिए कुछ फल जरूर खरीद लेती। सच तो यह है कि शादी के बाद ही मैंने जाना कि फलों को घर लाकर भी खाया जा सकता है। फलों को लेकर केले तक ही मेरी पहुँच थी। एक आने के दो केले मिल जाते थे। उन्हें वहीं केले वाले के ठेले के पास खा कर छिलके उसकी टोकरी में फेंक कर आगे बढ़ जाता था। दरअसल, अभाव के दिनों में इन्सान बड़ी चीजों के लिए लालायित नहीं होता। जिन दिनों मैं दिनेश के साथ उसके एक कमरे में फ्लैट में रहता था, मैंने (प्रसिद्ध अभिनेता) धर्मेंद्र को वरसोवा रोड पर एक केले वाली से केलों का मोल–भाव करते देखा है। तब केले वाली को क्या पता रहा होगा कि केले का मोल–भाव करने वाला यह युवक इत्ता–इत्ता बढ़ा अभिनेता बन जायेगा।

उन दिनों की एक बात अनायास ही याद आ गयी है। मैं और शीला राजपुर रोड पर घूम रहे थे। तभी मेरी नज़र सड़क के किनारे गंडेरी बेचने वाले पर पड़ी। उसके ठेले के पास दो–चार ग्राहक खड़े गंडेरी ले रहे थे। मैंने शीला से कहा – चलो, गंडेरी खाते हैं।' और मैं ठेले की तरफ बढ़ गया। वहाँ ठेले के पास हमारी तरह का एक नवविवाहित जोड़ा भी गंडेरी खरीद रहा था। हम दोनों भी पास जाकर खड़े हो गए। तभी उस नवविवाहिता ने सहज भाव से मेरी तरफ देखा। मैंने अनायास ही उसकी ओर देख कर आँख मार दी। उसका चेहरा सुर्ख हो गया। वह अपने पति की ओर देखकर कुछ बुदबुदायी। पति का पारा चढ़ गया। वह घूर कर मेरी ओर देखने लगा। मैं शीला से बतियाने लगा। एक नवविवाहिता महिला को मेरे साथ देख कर वह असमंजस में पड़ गया और मुझसे कुछ कहे बिना गंडेरी लेकर आगे बढ़ गया।

शीला इस सब से बेखबर थी। जब मैंने उसे पूरा किस्सा सुनाया तो वह बोली – चलो, मेरी वजह से तुम बच गए। नहीं तो उसका पति तुम्हारी चटनी बना देता।' फिर कुछ रुक कर बोली – अगर कोई इस तरह मुझे आँख मारता तो तुम क्या करते ?'

– मैं उसका खून पी जाता।' मैंने थोड़ी ऊंची आवाज़ में कहा।

– इतना दम है ?'

– देख लेना कभी।' मैं हँसते हुए बोला।

जैसा कि मैंने पहले कहीं कहा है कि मैं बचपन से बड़ा शरारती रहा हूँ। शरारतें और शरारतें। कहीं भी, कभी भी। या फिर गली–मोहल्ले के खेल। लट्टू घुमाना, घेरे चलाना, गोली और पतंगबाजी। सभी तरह के अभावों के बीच भी अपने लिए मौज–मस्ती के कारण ढूँढ लेता था। आज सोचता हूँ कि मौज–मस्ती के इस स्वभाव के कारण ही शायद मेरी जिजीविषा बनी रही हो।

इसी तरह की एक और घटना याद आ रही है। उन दिनों हम नगीना में पढ़ते थे। मैं और सुदेश लुधियाना से लौट रहे थे। लुधियाना में उसके भानजे का मुंडन था। उन दिनों से ही मैं और सुदेश दो शरीर एक प्राण थे। वह जहाँ भी जाता, मुझे साथ ले जाता। रेल के सफर में हमारा टिकट लगता नहीं था। अगर कभी कोई टी. टी. हमसे टिकट मांगता तो सुदेश अपने पिता जी का संदर्भ दे देता। वैसे स्टेशन पर आकर सुदेश के पिता जी भी कभी–कभी टी. टी. से बात कर लेते थे। हम दोनों ज्यादातर इंटर क्लास में ही सफर करते थे। इंटर क्लास का डिब्बा ज़्यादातर खाली ही रहता था।

सो, उस दिन हम लुधियाना से लौट रहे थे।

हमारे ठीक सामने एक साँवली लेकिन आकर्षक षोडशी अपने पिता के साथ बैठी थी। उसे देख कर मुझे शरारत करने की सूझी। वह कोई पत्रिका पढ़ रही थी। मैं भी अपने झोले से एक किताब निकालकर पढ़ने लगा। कुछ देर बाद उसने पत्रिका नीचे रख दी। मैंने भी अपनी किताब नीचे रख दी। पत्रिका नीचे रख कर वह थर्मस से पानी पीने लगी। मैं भी बोतल निकाल कर पानी पीने लगा। उसने अपने सर को खुजलाया। मैं भी अपने बालों को खुजलाने लगा। अब तक लड़की को पता चल चुका था कि मैं उसकी नकल कर रहा हूँ। उसने फिर पत्रिका उठा ली। मैं भी किताब उठा कर पढ़ने लगा। उधर सुदेश कोई फ़िल्मी पत्रिका पढ़ने में मगन था। तभी लड़की ने धीरे – से अपने पिता से कुछ कहा। उसके पिता ने आव देखा न ताव, वे सुदेश पर बुरी तरह बिगड़ पड़े। बोले – तुम अच्छे परिवार से आए लगते हो। ऐसी घटिया हरकतें करते तुम्हें शर्म नहीं आती .....वे कुछ मिनटों तक सुदेश को अनाप–शनाप सुनाते रहे और मैं भोला–सा चेहरा बना कर उठा और शौचालय की तरफ चल पड़ा। जब लौटा तो देखा — पिता–पुत्री कुछ दूर दूसरी व्यर्थ पर जाकर बैठ गए थे।

अब तक सुदेश भी सब कुछ समझ चुका था। मुझसे बोला – यार, तू मुझे मरवायेगा।'

मैं बोला – अच्छा बता, लड़की नमकीन थी या नहीं।'

सुदेश हँसने लगा।

मेरी और शीला की छुट्टियाँ पूरी होने को आ गयी थीं। दो–तीन दिन बाद शीला को दिल्ली जाना था। अपनी नौकरी पर; और मुझे बम्बई आना था। शीला से विछोह की कल्पना करते ही बार – बार मेरी आँखें भर आतीं। बातें करने का सिलसिला बंद हो गया था। अब हम एक दूसरे को देखते और हमारी आँखों में आँसू भर आते। हम दोनों एक – दूसरे के आँसुओं को पोंछते, कहते कुछ नहीं। इसी तरह समय बीतता जा रहा था।

जिस दिन हमें देहरादून से चलना था, उससे पहली शाम को हम दोनों बहुत दूर तक उस खुले आसमान के नीचे घूमते रहे। खेतों में गन्ने लहलहा रहे थे। सामने पहाड़ियों और उन पर उगे वृक्षों का लम्बा सिलसिला था। आसमान सित–श्वेत बादलों से भरा था। हम इस पूरे परिदृश्य का आनंद उठाते हुए भी अपने भीतर एक उदासी का भाव महसूस कर रहे थे। उदासी को महसूसने का कारण अगले दिन बिछुड़ जाना था। ४–५ महीनों के लिए। फिर यकायक शीला ने पूछा – तुम दिल्ली के किसी कॉलेज में ट्राई नहीं कर सकते क्या?'

– कर तो सकता हूँ। लेकिन वहाँ मेरा होगा नहीं।'

– क्यों .......।'

– दिल्ली में सामान्यत: किसी बाहरी व्यक्ति को नहीं लिया जाता। उनकी अपनी युनिवर्सिटी के ही बहुत कैंडीडेट होते हैं।'

– फिर भी कोशिश तो की जा सकती है। बड़े भाई जी ने भी लिखा था अपनी एक चिट्ठी में कि अगर तुम दिल्ली आ जाओ तो अच्छा रहेगा। घर के पास रहेंगे तो दुख – सुख में मदद मिल सकती है।'

– हाँ, वह तो है। तुम कहती हो तो गर्मियों की छुट्टी में आकर कोशिश करके देख लूँगा।'

– ठीक है। वहाँ छुट्टियाँ होते ही आ जाना। मैं अपने हॉस्पिटल के पास ही एक कमरे का इंतजाम करने की कोशिश करूँगी। यहाँ सब–लैटिंग खूब चलती है। कहीं न कहीं मिल ही जाएगा।'

– जैसा तुम ठीक समझो। अब तो तुम्हारे इशारे पर ही चलना है।' शीला की तरफ देख कर मैं मुस्करा दिया।

सूरज डूब रहा था। घूमते–घामते हम घर वापस आ गए। हम दोनों अपने कमरे में जा ही रहे थे कि माँ ने इशारे से बुला लिया।

पास आकर मैंने पूछा – क्या है माँ।'

माँ ने मुझे अपने कमरे में ले जाते हुए कहा – मुन्ना, घर में आटा नहीं था। मैंने सामने वालों से ५ रु. उधार लेकर राकेश को करनपुर भेजा है आटे के लिए। इतने दिन किसी तरह चला दिया। अभी तो महीना शुरू ही हुआ है ....'

सुनकर मेरे सामने के सभी रंग बदरंग हो गए। अभी तक मेरे ज़हन में यह आया ही नहीं था कि माँ घर कैसे चला रही है। हमें खाने में सभी कुछ मिल रहा था। दाल, सब्जी, भात, रोटियाँ – सभी कुछ। लेकिन अब मेरे सामने विकट समस्या खड़ी हो गयी थी। शीला से पैसे मांगते संकोच हो रहा था और अपने पास मुश्किल से ६०–७० रु. थे जो मैंने बंबई वापस लौटने के लिए सँभल कर अलग रख दिए थे। माँ के सामने खड़े – खड़े मेरे सामने सारी दुनिया घूम गयी। मुझे कुछ सूझ नहीं रहा था।

माँ बोली – अभी तेरे बाप के पेंशन के पेपर भी यहाँ की ट्रेज़री में नहीं आए हैं। ऑफिस वाले कह रहे थे – कागज़ात आने में कुछ वक़्त तो लग ही जाता है ..... मैंने बहू के लिए किसी तरह एक अंगूठी बनवाई थी। शादी में जाते वक्त तेरे पिता को देने लगी तो वे बोले – इतनी हल्की अंगूठी देकर अपनी हँसी उड़वाएगी क्या? इसे अपने पास रख ले। कभी काम आएगी। .....और उसी अंगूठी को बेच कर मैंने इतने दिन निकाल लिए। अब तो कुछ भी नहीं बचा है .........।'

माँ कहती जा रही थी। मैं सुनता जा रहा था। बहुत कोशिश कर के भी समझ नहीं आ रहा था कि क्या करूँ ......... माँ को कोई जवाब दिए बिना मैं शीला के पास अपने कमरे में लौट आया .......।

शीला अपने कपड़ों को सँभालने में लगी थी। मेरे कमरे में आने पर उसने पूछ लिया – माँ जी क्या कह रही थीं। कोई खास बात थी क्या?'

– नहीं तो। कुछ खास नहीं था। पूछ रही थी – शाम को कौन सी सब्जी बनाऊँ। बहू को क्या अच्छा लगता है?'

मैंने बात टाल दी। तभी उसने अपनी अटैची से एक पर्स निकाला। बोली, – मैं तो भूल ही गयी थी। बड़े भाई जी ने बच्चों के लिए कुछ पैसे दिए थे मुझे।' और सौ–सौ के पाँच नोट मुझे पकड़ाते हुए बोली – इन्हें माँ जी को दे देना। और हाँ, ये चार सौ रुपये माँ जी – पिता जी के लिए दिए हैं। अपने एक–दो कपड़े बनवा लेंगे।' और इतना कह कर उसने सौ – सौ के चार और नोट मेरे हाथ में रख दिए।

मैंने कनखियों से शीला को देखा और पैसे माँ को देने के लिए उठ गया। माँ के पास जाते हुए मैंने अपनी डबडबाई आँखें पोंछ ली।

दूसरे दिन नाश्ता करने के बाद हम मेरठ के लिए चल दिए। चलते हुए मंजु अपनी भाभी से लिपट कर खूब रोई। माँ की आँखें भी डबडबाई हुई थीं। पिता जी, उदास बने चुपचाप खड़े थे। हमें मेरठ में एक दिन रुक कर मुझे बंबई आना था और शीला को लेडी हार्डिंग्ज़ के अपने हॉस्टल पहुँचना था। दोपहर को खाने के समय पर हम मेरठ पहुँच गए थे। रास्ते भर हम दोनों में कोई खास बात नहीं हुई थी। आत्मग्लानि और अपनी असहायता में मैंने बिना भूमिका बनाए शीला से बस इतना कहा था – ये दिन हमेशा नहीं रहेंगे शीला। बस २–४ साल की बात है। राकेश अपनी पढ़ाई पूरी कर ले और कहीं लग जाये तो समझो, हमने बेड़ा पार कर लिया।'

मुझे बार–बार यह लगता रहा था कि शायद शीला ने मेरी और माँ की बात सुन ली थी। इसीलिए उसने इस तरह घर के खर्च के लिए इसी बहाने रुपये दे दिए थे।

मेरी बात सुन कर वह थोड़ा–सा मुस्कराई थी और बोली थी — सब ठीक हो जायेगा। तुम अपने दिल पर मत लो।'

मुझे याद नहीं, रास्ते भर सफ़र में उससे और कोई खास बात हुई हो।

मेरठ में सभी लोग हमारी प्रतीक्षा कर रहे थे। खाना तैयार था। खाना खाकर मैं सोने के लिए भाभी जी के बताए कमरे में चला गया। शीला अपने घरवालों के बीच घिर गयी।

शाम को जब मुझे संतोष दी ने चाय के लिए जगाया तो मैंने लक्ष्य किया कि घर के सभी लोगों के चेहरे पर रौनक थी। मैं समझ गया कि शीला ने मेरे परिवार के लोगों के बारे में बहुत कुछ अच्छा ही कहा है। मैं आश्वस्त हो गया।

रात अच्छी तरह कट गयी। सुबह से हम अपने सफ़र की तैयारी में लग गए। तैयारी भी क्या थी। शीला ने कुछ और कपड़े अपनी अटैची में डाल लिए। भाभी जी ने मिठाई की दो टोकरियाँ तैयार कर रखी थीं। एक मेरे लिए और एक शीला के लिए। इसे हमें अपने-अपने मित्रों में बाँटना था। और बस।

शाम होते – होते बंबई एक्सप्रेस दिल्ली पहुँच गयी। शीला अपना सामान ले कर उतर पड़ी। मैं भी उतरकर प्लेटफार्म पर खड़ा हो गया।

शीला बोली – अपना ख्याल रखना।'

– तुम भी .......।' फिर कुछ सोच कर बोला – कभी छुट्टी मिले २–३ दिन की तो देहरादून चली जाना। उन्हें अच्छा लगेगा। उन्हें कभी – कभी पत्र भी लिख देना।'

– तुम तो मुझे पत्र लिखोगे न।'

– मैं तुम्हें रोज़ लिखूँगा। मेरा वायदा रहा।' मैंने कंठ पर हाथ लगाते हुए कहा।

– मैं तुम्हारे हर पत्र के जवाब में लिखूँगी।'

– यह हुई न बात।'

– लेकिन मुझे तुम्हारी जैसी हिंदी नहीं आती।'

– आ जाएगी, जब साथ रहेंगे।'

– तुम्हारी हिंदी बहुत अच्छी है और तुम्हारे विचार भी। मैं तुम्हारा पहला पत्र पढ़ कर ही बहुत इम्प्रेस हो गयी थी। ......मैं तो ज़्यादा पढ़ नहीं पायी। लेकिन अब खुश हूँ कि एक पढ़ा – लिखा पति मिल गया।'

– कौन कहता है कि तुम कम पढ़ी–लिखी हो। सिस्टर–इन–चार्ज वैसे ही बन गयी क्या? मुझ से ज़्यादा कमाती हो।'

– तो क्या हुआ? पैसों से क्या कोई बड़ा बनता है। वैसे एक दिन तुम भी बड़े बन जाओगे।'

– तुम्हारे मुंह में घी - शक्कर .....।'

– हाँ, दिल्ली में सैटिल होने की बात मत भूलना। बड़े भाई जी ने इस बार भी ज़ोर देकर कहा है।'

– नहीं भूलूँगा भई। मार्च में छुट्टियाँ होते ही यहाँ पहुँच जाऊँगा।'

– मैं इंतजार करूँगी।'

– और पत्र लिखोगी ......।'

– हाँ, लिखूँगी ......।'

दिल्ली में गाड़ी कोई घंटे भर ठहरती थी। हम अपनी बातों में इस तरह खोये रहे कि पता ही नहीं चला कि इतना वक़्त कैसे बीत गया। गाड़ी ने जब पहली सीटी दी तो हमें होश आया।

– एक बात कहूँ। बुरा तो नहीं मानोगे?'

– नहीं मानूँगा। तुम कहो।'

– तुम बहुत जल्दी रोने लगते हो। इतना मत रोया करो।'

सुनकर मैं हँस पड़ा। लेकिन मेरी आँखें डबडबा आईं। मैंने देखा, शीला की आँखें भी भरी हुई थीं।

तभी गाड़ी ने सीटी दी और धीरे–धीरे सरकने लगी। मैं गाड़ी में चढ़ गया। प्लेटफॉर्म के अंत तक आते–आते गाड़ी की रफ़्तार तेज़ होने लगी थी।

# पाँच

विवाह के बाद मैं अब अपने आपको स्थिर हुआ महसूस करने लगा था। दूसरी ओर रिसर्च भी पूरी हो चुकी थी। आचार्य वाजपेयी जी के सान्निध्य में पहली बार मुझे साहित्य के गंभीर अध्ययन की प्रेरणा मिली थी। अब मैं उस दिशा में अपने को तैयार करने की कोशिश में लगा था। पंडित जी ने एक बार बातों-बातों में कहा था : साहित्य के जिज्ञासु को चाहिए कि वह किसी भी प्रतिष्ठित रचनाकार की सभी रचनाओं का अध्ययन करे और अपने निष्कर्ष निकाले।' सब जानते हैं कि आचार्य प्रवर ने 'प्रसाद' की तुलना में प्रेमचंद के लेखन को अधिक अधिमान नहीं दिया था। अपनी रिसर्च के दौरान मैंने 'प्रसाद' की सभी रचनाओं का पढ़ लिया था। प्रसाद का युग 'छायावाद' का युग था और इसीलिए उनके लेखन में रोमांटिकता भरपूर मात्रा में थी और शिल्प के तो वे धनी थे ही। प्रेमचंद भी उसी युग की देन थे लेकिन नाटक और काव्य से इतर उनका लेखन कथा-साहित्य पर केंद्रित था और उन्होंने सामाजिक सरोकारों को बड़े सहज ढंग से अपनी रचनाधर्मिता के केंद्र में रखा था। सो, मैंने सबसे पहले प्रेमचंद साहित्य को ही अपने अध्ययन का विषय बनाया। लगभग २ महीने में मैं उनके सभी उपन्यास और अधिकांश कहानियाँ पढ़ गया। मैंने महसूस किया कि अब अध्ययन - अनुशीलन में मेरी रुचि चल निकली है। इसी दौरान मैं 'प्रसाद' साहित्य से भी उनकी तुलना करता गया। मैंने पाया कि प्रसाद का चिंतन लगभग आरंभ से ही सांस्कृतिक, दार्शनिक तथा राष्ट्रीय संदर्भों से ज्यादा सम्पृक्त रहा है और बड़े अर्थों में उनकी दृष्टि सौंदयवादी रही है। तत्कालीन मारक सामाजिक-राजनीतिक परिस्थितियों के कारण वे कहीं - कहीं पर पलायनवादी भी रहे हैं। भाषा-शिल्प पर उनका अधिकार रहा है और सबसे बड़ी बात यह रही है कि उन्होंने अतीत से अपनी विषय-वस्तु का चयन करके अपने वर्तमान परिवेश को अभिव्यक्ति दी है, जब कि प्रेमचंद की कुछ आरंभिक कहानियों को छोड़ कर उनका

समग्र साहित्य अपने समय के यथार्थ पर टिका हुआ है। फिर हम प्रेमचंद में हम एक विकासवान् प्रवृत्ति को भी परिलक्षित करते हैं। विशेष कर उनकी कहानियों में। अपनी प्रारंभिक कहानियों (अमावस्या की रात्रि, ज्वालामुखी, दुर्गा का मंदिर, बलिदान आदि) में उनके द्वारा आकस्मिकता और चमत्कार का उपयोग किया गया है। आगे चल कर कुछ कहानियों में सामन्ती आदर्शों की प्रतिष्ठा का प्रयत्न भी स्पष्ट दिखलाई देता है। लेकिन इस सब के साथ–साथ जीवनादर्शों का रेखांकन उनका उद्देश्य रहा है। अपनी बाद की रचनाओं में वे यथार्थोन्मुखी होते गए हैं और इस यथार्थमुखता का चरम रूप 'गोदान' में परिलक्षित होता है। प्रेमचंद और प्रसाद की तुलना करते हुए तभी मेरे मन में और भी कुछ प्रश्न उठे थे। मैं रचनाकार के कृतित्व को उसके व्यक्तित्व से जोड़ कर देखता हूँ क्योंकि रचनाकार रचना के रूप में जो कुछ भी प्रस्तुत करता है, वह उसके चिंतन, मानसिकता और अनुभवों से कहीं न कहीं जुड़ा होता है। लेकिन इसके साथ–साथ यह भी सही है कि सैद्धान्तिक स्तर पर वह जो विचार प्रकट करता है, उसे स्वयं व्यवहार में नहीं ला पाता। विशेष रूप से नारी–संबंधों को लेकर। 'प्रसाद' ने अपने साहित्य में नारी को परम श्रद्धामय पद प्रदान किया लेकिन अपने व्यवहार में वे स्वयं डिग गए। अपनी पहली पत्नी की मृत्यु के बाद उन्होंने दूसरा विवाह किया। और तब उन्होंने यह नहीं सोचा कि एक विधुर से विवाह करते हुए उस किशोरी के मन पर क्या बीती होगी। फिर दूसरी पत्नी की मृत्यु के बाद उन्होंने तीसरा विवाह किया और इस बार भी उन्होंने यह नहीं सोचा कि दो – दो बार विधुर हुए व्यक्ति से विवाह करते समय उस बेचारी की मानसिक स्थिति क्या होगी। इतना ही नहीं, विवाहित होते हुए भी उनका 'आँसू' की नायिका से जुड़ाव ....। यही बात कमोबेश प्रेमचंद पर भी लागू होती है। प्रेमचंद ने भी नारी को लेकर बड़ी संवेदना जतलाई है। अप्रत्यक्ष रूप से ही सही, वैवाहिक जीवन का आदर्श भी प्रस्तुत किया है। लेकिन अपने अंतिम दिनों में उन्होंने अपनी पत्नी शिवरानी देवी को यह बतला ही दिया कि उनके किसी दूसरी महिला से संबंध रहे हैं। मैं इन दोनों रचनाकारों को पढ़ कर यह सोचता रहा हूँ कि किसी भी रचनाकार के लिए सिद्धान्तों और आदर्शों का स्थापन आसान होता है लेकिन उनको अपने व्यवहार में उतारना उतना ही मुश्किल भी होता है। हर व्यक्ति में कोई न कोई दुर्बलता होती ही है। समाज में रहते हुए व्यक्ति के सम्मुख अनेक आकर्षण, अनेक स्थितियाँ आती हैं जहाँ वह अपना संयम नहीं रख पाता। मैं स्वयं इसका उदाहरण हूँ ...जिसे आगे कहीं विस्तार से कहने का प्रयास करूँगा। लेकिन इस के बावजूद मैं मानता हूँ कि लेखक एक पब्लिक व्यक्ति होता है। समाज के सम्मुख उसे खुली किताब के समान होना चाहिए। उसका चरित्र ऐसा होना चाहिए जो जन–सामान्य

के लिए आदर्श हो। तभी उसकी रचनाधर्मिता को सार्थकता प्राप्त हो सकती है।

उसी दौरान प्रसाद और प्रेमचंद के अतिरिक्त मैंने यशपाल, जैनेंद्र, रांगेय राघव, रेणु, हजारी प्रसाद द्विवेदी, अज्ञेय, अमृतलाल नागर आदि की रचनाओं का भी अध्ययन किया। नीरज, बच्चन, रमानाथ अवस्थी आदि को भी पढ़ा। बाद के वर्षों में नए – पुराने कई लेखकों का जो कुछ भी मिला, उसे भी पढ़ता गया। अब तक आते–आते पढ़ना–लिखना मेरे खून में रच–बस गया था और मेरे जीवन की दिशा बदल गयी थी। यहाँ पर मैं यह भी कहूँ कि जो कुछ मैंने पढ़ा, गंभीरता के साथ पढ़ा और उसका प्रसाद भी मुझे मिला। इसी बीच मैंने शरद चंद्र, तारा शंकर बंद्योपाध्याय, रवीन्द्रनाथ ठाकुर और अन्य लेखकों को भी पढ़ा। अंग्रेजी साहित्य मैंने ज़्यादा नहीं पढ़ा। यहाँ मेरा अध्ययन मात्र गोर्की, दोस्तोवस्की, हैमिंगवे, फ्रॉयड, मोपासाँ, रस्किन तक ही सीमित रहा और मैंने उनसे बहुत कुछ सीखा। इन्हीं के कारण मेरे लेखन में गति आई और मेरा एक निश्चित दृष्टिकोण भी बना। दृष्टिकोण को बनाने में प्रेमचंद और गोर्की के लेखन ने मुझे अत्यधिक प्रेरणा दी। प्रेमचंद की प्रगतिशीलता ने मुझे सबसे ज़्यादा प्रभावित किया। चूंकि मेरा अपना अतीत निपट अभावों और संघर्षों के बीच से होकर निकला था, अत: मैंने प्रेमचंद के साहित्य को अपने मनोनुकूल पाया। हाँलाकि हिंदी के हमारे तथाकथित मार्क्सवादी बंधु प्रेमचंद को प्रगतिवादी और मार्क्सवादी प्रमाणित करने पर तुले रहे हैं और आज भी इस दिशा में उनके प्रयत्न जारी हैं लेकिन मेरा मानना है कि प्रेमचन्द साहित्य मुख्यत: प्रगतिशील है और किसी वाद से बँधा हुआ नहीं है। उनकी दृष्टि का निरन्तर विकास होता रहा है जो किसी भी प्रतिबद्ध लेखक के लिए सहज बात होती है। पहले वे आर्य समाज के सुधार कार्यक्रमों से प्रभावित थे, फिर राजनीति में गाँधी जी के उदय से वे गाँधीवाद से भी प्रभावित रहे। बाद में उन्होंने निपट यथार्थ स्थितियों, विषमताओं और समाज में व्याप्त विद्रूप को अपने लेखन का विषय बनाया और कतिपय रचनाओं में संघर्ष को भी अभिव्यक्ति दी लेकिन उनका संघर्ष समाजवादी/साम्यवादी संघर्ष जैसा हिंसक कभी नहीं रहा। दूसरी ओर अपने स्वतंत्र अध्ययन के बल पर मैं यह भी सोचता हूँ कि प्रगतिशील लेखक संघ के प्रथम सम्मेलन की अध्यक्षता कर लेने या 'महाजनी सभ्यता' पर एक लेख लिख देने से कोई मार्क्सवादी नहीं हो जाता। मार्क्सवादी नहीं हो सकता। मार्क्सवादी बनने के लिए सर्वप्रथम वर्ग–संघर्ष के सिद्धांत को स्वीकार करना होता है और उसके लिए हिंसा का रास्ता अख़्तियार करने के लिए भी तैयार रहना पड़ता है। लेकिन यह हिंसा का रास्ता प्रेमचंद साहित्य से नदारद है। उनके सर्वोत्कृष्ट कहे जाने अंतिम उपन्यास 'गोदान' में भी उनके एकमात्र पात्र गोबर में विरोध का भाव तो दीखता है लेकिन उसकी प्रवृत्ति भी हिंसक नहीं है।

वस्तुतः 'गोदान' का नायक गोबर का पिता होरी है जो अपनी विषम सामाजिक व्यवस्था का शिकार होकर तिल–तिल मरता रहता है। होरी का निर्माण प्रेमचंद की संवेदनशीलता से निःसृत हुआ है जो उन्हें गाँधीवादी आदर्शों के निकट लाकर छोड़ देता है।

हाँ, प्रेमचंद–साहित्य की सबसे कमजोर कड़ियाँ उनके 'हृदय परिवर्तन' और कोई अन्य विकल्प न मिलने पर पात्र की 'मृत्यु' करा देने का सिद्धांत रही हैं। ये सिद्धांत सर्व सामान्य के संदर्भ में व्यवहार्य नहीं कहे जा सकते और न इनसे समस्या का कोई समाधान ही सामने आता है। यह अवश्य है कि इस से प्रेमचंद को अपना आदर्शवाद निरूपित करने में सुविधा हुई है। यह सब ऐसा ही है जैसा गीता का निष्काम कर्म का सिद्धांत। ठीक है, रणभूमि में कृष्ण के द्वारा व्यक्त यह सिद्धांत अर्जुन जैसे परमवीर और समर्पित शिष्य की समझ में आ गया हो लेकिन सर्व सामान्य के पल्ले यह नहीं पड़ सकता। क्योंकि व्यक्ति सबसे पहले किसी वस्तु की कामना करता है और फिर उस कामना को पूरा करने के लिए कर्म की ओर उन्मुख होता है। एक छोटा–सा सामान्य उदाहरण लें – एक व्यक्ति है जो अपने मित्र से मिलने उसके घर जाना चाहता है। पहले उसके घर जाने की कामना करता है और फिर जाने का कर्म करता है। अतः सामान्य जन के लिए, मैं समझता हूँ, निष्काम कर्म की कोई अर्थवत्ता नहीं बनती। अस्तु।

इस सब को लिखते हुए मुझे अचानक देहरादून के अपने एक मित्र बृजेंद्र के. गुप्ता की याद आ जाती है। यह एम. ए. के दिनों की बात है। उसका व्यक्तित्व बहुत सामान्य था। ५ फुट १–२ इंच का कद। सामान्य देह–यष्टि। खादी का कुर्ता–पायजाम। पायजामे के पायचें साइकिल की चेन में अटक कर फटे हुए। एक छकड़ा साइकिल। कहते हैं, उसे बनारस युनिवर्सिटी से भगाया गया था। देहरादून में उसके पिता (संभवतः) वकालत करते थे। पता नहीं, वह कभी नहाता भी था या नहीं। आँखों में गीध लगी रहती। लेकिन वह गज़ब का पढ़ाकू था। देहरादून आकर उसने बी. ए. में प्रवेश लिया था। उन्हीं दिनों दिनेश के सेकेट्रीशिप के चुनाव के सिलसिले में उससे परिचय हुआ था। वह लाइब्रेरी से ५–६ किताबें इश्यू करा कर अपनी साइकिल की बास्केट में रख कर ले जाता और दूसरे–तीसरे दिन उन्हें लौटा कर दूसरी किताबें ले जाता। हमारी मित्र मंडली के किसी भी छात्र को वह ज़्यादा भाव नहीं देता। एक तरह से वह अकेला एक ओर होता और दूसरी ओर कॉलेज का पूरा बुद्धिजीवी वर्ग। वह किसी सिद्धान्त का कायल नहीं था। उसके अपने सिद्धान्त थे और अपने ही आदर्श। कॉलेज के बुद्धिजीवी वर्ग से उसकी कभी नहीं पटी। वह हमेशा

उनकी हर बात को सार्वजनिक रूप से काटता और अपना विरोध जताता। उस की बातों में विदेशी चिंतकों और बुद्धिजीवी लोगों के उद्धरणों की भरमार होती। कॉलेज का बुद्धिजीवी वर्ग उसका विरोध तो करता लेकिन उससे भयाक्रांत भी रहता। उसके विचारों का विरोध करना आसान भी नहीं था। उसने कॉलेज के माहौल में अपनी एक खास जगह बना ली थी। प्रिंसिपल के ऑफिस में बनने वाली अनेक योजनाओं के विरोध में वह खड़ा हो जाता। उसने ४ पृष्ठों का एक पाक्षिक पत्र भी प्रकाशित करना आरंभ कर दिया था। कॉलेज में जो भी योजना बनायी जाती, वह उसके प्रकाशन से पहले उस योजना की कमियों को अपने पत्र में प्रकाशित करता और स्वयं कॉलेज में या पल्टन बाजार में घंटाघर के नीचे जाकर मुफ़्त में पत्रिका का वितरण करता। प्रिंसिपल सक्सेना भी उससे भय खाते थे।

बी. ए. के बाद उसने एम. ए. में अंग्रेज़ी साहित्य लिया। एक बार कॉलेज में अंग्रेजी के विभागाध्यक्ष प्रोफेसर निगम ने अपने विद्यार्थियों को किसी विषय पर एक लेख लिखने को दिया। प्रो. निगम बहुत सादे, कम बोलने वाले इंसान थे। तब तक वे अविवाहित ही थे। बहुत सालों के बाद उन्होंने अपनी ही एक छात्रा से (जो मेरी सहपाठिनी थी) विवाह कर लिया था। वे अँग्रेजी साहित्य के मर्मज्ञ थे और भाषा पर उनका अच्छा अधिकार था। अन्य छात्रों की भाँति बृजेंद्र गुप्ता ने भी अपना लेख लिख कर उन्हें दे दिया। प्रोफेसर निगम ने लेख पढ़ा और तीन – चार स्थानों पर लाल पेंसिल से निशान लगा दिए। निशानों को देख कर वृजेंद्र भड़क उठा। दूसरे दिन उसने अंग्रेज़ी के कुछ ग्रंथ लाकर उनकी मेज़ पर रख दिए और बोला – सर, आपने मेरे लेख पर ये निशान गलत लगाए हैं। इन किताबों को कभी रैफ़र किया है आपने ?'

सुन कर प्रो. निगम सकते में आ गए। उन्होंने पाया कि बृजेंद्र  ने जो कुछ लिखा था, सही था। उस दिन के बाद से प्रो. निगम उससे कटने लगे थे। और कहना न होगा कि एम. ए. में उसकी प्रथम श्रेणी आई थी।

बृजेंद्र को लेकर एक बात और याद आती है। एम. ए. की परीक्षा का परिणाम घोषित होने पर उसने घोषणा कर दी कि यहाँ देहरादून में कुछ नहीं रखा है। वह इसीलिए अमरीका जा रहा है। संयोग से उन्हीं दिनों उसकी बहिन का विवाह हुआ था। इस पर उसके विरोधियों ने यह हवा उड़ा दी कि वह अमरीका नहीं, अपनी बहिन के पास दिल्ली गया है। दो–चार दिन में लौट आएगा। लेकिन १०–१५ दिन के बाद देहरादून के एक स्थानीय पाक्षिक में यह समाचार छपा कि बृजेन्द्र अमरीका पहुँच गया है और उसका इरादा वहीं सैटिल होने का है।

और सचमुच, वह अमरीका में ही सैटिल हो गया। हाँ, शादी करने वह देहरादून अवश्य आया था। तब वह अमरीका के किसी विश्वविद्यालय में प्राध्यापक था। उसके बाद उसके बारे में मुझे कुछ पता नहीं है।

शादी के बाद बंबई लौट कर एक तरफ मैं तेज़ी से विशिष्ट रचनाकारों की कृतियों के अध्ययन में लग गया और दूसरी ओर कुछ अतिरिक्त आय के लिए भी हाथ–पैर मारने लगा। इसी प्रयास में मैं एक दिन 'टाइम्स ऑफ इंडिया' के कार्यालय में चला आया। उन दिनों रविवार के दिन 'नवभारत टाइम्स' में चार पृष्ठों का 'रविवारीय' प्रकाशित होता था। मैं उसमें लिखने के उद्देश्य से उस समय के संपादक श्री महावीर अधिकारी से मिलना चाहता था। 'टाइम्स' में पहुँच कर मैं 'नवभारत टाइम्स' के संपादकीय विभाग में गया। वहाँ क़िसी सज्जन से पूछा कि अधिकारी जी की केबिन किधर है। उसने एक ओर इशारा कर दिया। वहाँ पहुँचा तो देखा, अधिकारी जी की केबिन के बाहर उनका टाइपिस्ट कोई पांडे बैठा है। उससे अपने आने का कारण बतलाया तो वह बोला – अंदर कोई मीटिंग चल रही है। मीटिंग के बाद ही उन्हें सूचित करूँगा।' मैं पास ही पड़े एक स्टूल पर बैठ गया और मीटिंग समाप्त होने की प्रतीक्षा करता रहा। कोई आध–पौन घंटे बाद अधिकारी जी एक व्यक्ति के साथ बाहर निकले। अधिकारी जी को मैं तुरंत पहचान गया। सफ़ेद बुशशर्ट–पैंट और सफ़ेद ही जूते। ऊँचे और स्वस्थ। हाथ में ५५५ का डिब्बा। मैंने उन्हें इसी वेश–भूषा और मुद्रा में कई सम्मेलनों में अध्यक्षता करते देखा था। उन्हें देख कर मैं उठ खड़ा हुआ और अभिवादन के पश्चात् धीरे से कहा – अधिकारी जी, मुझे आपसे कुछ......

मेरा वाक्य पूरा भी नहीं हो पाया था कि वे आगे बढ़ते हुए बोले – मेरा लंच का टाइम हो गया है। आप कल आकर जो भी कहना हो, कहना।'

मैं सिर्फ़ इतना ही कह पाया – जी .....।' कल कब आऊँ।'

– कभी भी आ जाना। मैं १० से ५ तक यहीं रहता हूँ।' कह कर वे आगे बढ़ गए। मैं नीचे उतर आया।

दूसरे दिन ३ बजे के करीब मैं फिर 'टाइम्स' गया। फिर टाइपिस्ट से उनसे मिलने की बात कही। वह मुझे टालना चाहता था। तभी अधिकारी जी बाहर निकले।

मैंने उठ कर अभिवादन किया। मेरी तरफ मुड़ कर वे बोले – मैं अभी आता हूँ। आप अंदर बैठिए।'

मैं थोड़ा आश्वस्त हुआ कि उन्होंने मुझे पहचान लिया है। वैसे भी अखबारनबीसों की नज़र बड़ी तेज़ होती है।

मैं अंदर जाकर बैठ गया। कुछ देर बाद एक चपरासी मेरे सामने पानी का एक गिलास रख गया।

थोड़ी देर बाद अधिकारी जी आ गए। मैं उठने लगा तो उन्होंने बैठने का इशारा किया। मैं उठते–उठते बैठ गया। उन्होंने पास रखी एक पुड़िया उठाई और उसमें से पान की एक गिलौरी को मुँह में डालते हुए पूछा – हाँ तो, आपका नाम क्या है?

मैंने धीरे–से अपना नाम बतला दिया।

– क्या करते हैं।' उन्होंने पूछा।

मैंने बतलाया कि मैं रुइया कॉलेज में हिंदी पढ़ाता हूँ।'

– वहाँ तो डॉ. जैन भी हैं न।

– जी, वे एचओडी हैं।

– वो तो होंगे ही। मेरे अच्छे परिचित हैं। उनकी बड़ी बेटी मेरी मित्र है।'

– जी.....।' कह कर मैं खामोश हो गया।

– मैं आपकी क्या सेवा कर सकता हूँ।' पान की पीक को उगालदान में थूकते हुए वे बोले। उनके स्वर में थोड़ा नटखटपन था।

– ऐसा है सर कि मैं 'रविवारीय' में लिखना चाहता हूँ।'

– क्या लिखेंगे?'

– कुछ भी। वैसे मैं चाहता था कि अगर मुझे 'पुस्तक समीक्षा' का कॉलम दे दिया जाता तो ....।'

– कभी समीक्षा की है?'

– जी, की तो नहीं। बस, पी.एच.डी. करते हुए कुछ संदर्भ–ग्रंथ देखे थे।'

– तो आप पी–एच. डी. हैं।'

– जी ....।' मैंने थोड़ा मुस्करा कर कहा।

– इतनी छोटी उम्र में?'

मैं चुप रहा।

– कहाँ के रहने वाले हैं।'

– अब मेरा परिवार देहरादून में रहता है। वैसे नजीबाबाद में १०–१२ साल रहा हूँ। पिता जी पुलिस में थे।'

– अरे भाई, मैं भी जिला बिजनौर का ही हूँ।' वे पीकदान में थूकते हुए बोले।

– तुम चाय पियोगे?' अधिकारी जी अब मेरे साथ ज़्यादा सहज हो गए हैं, मुझे ऐसा लगा। वे अब 'आप' से 'तुम' पर आ गए थे।

उन्होंने घंटी बजायी। चपरासी अन्दर आया। उसने उन्होंने दो चाय लाने के लिए कहा और फिर बोले – कुछ लिखा है, अब तक।'

– अभी तो थीसिस में ही लगा था। अब सोच रहा हूँ, लिखना शुरू कर दूँ।'

– तुमने पी–एच. डी. कहाँ से की? बम्बई से?' उन्होंने पूछा।

– जी नहीं, बंबई से नहीं। सागर से की है आचार्य वाजपेयी जी के निर्देशन में।'

– अच्छा, अच्छा। वे तो धुरंधर विद्वान हैं। इन दिनों यही तो दो – तीन विद्वान हैं हिंदी में। हजारी प्रसाद जी, डॉ. नगेंद्र और वाजपेयी जी।'

– डॉ. नगेंद्र तो संपादन करते हैं?' मेरे मुँह से निकल गया।

– संपादन करना आसान होता है क्या? मैं भी तो संपादक हूँ।'

चाय आ गयी थी। हम चाय पीने लगे। प्याला खाली कर के उसे एक तरफ रखते हुए उन्होंने फिर घंटी बजायी। चपरासी आया। उससे बोले – जरा पांडे को भीतर भेजना।'

टाइपिस्ट पांडे अन्दर आया। मेरी तरफ इशारा करते हुए उससे बोले – इन्हें समीक्षा के लिए कुछ किताबें दे दो।'

– जी।' पांडे बोला और बाहर निकल गया।

– ठीक है। बाहर से किताबें ले लेना।'

मैं उठ खड़ा हुआ। अधिकारी जी को अभिवादन किया। बाहर निकला और पांडे से कुछ किताबें लेकर नीचे उतर आया।

कुछ दिनों के बाद जब मैं दो पुस्तकों की समीक्षा लेकर अधिकारी जी से मिला तो उन्होंने सरसरी निगाहों से उनको देखा और 'ठीक है' बोल कर अपने काम में लग गए। शायद उन्हें दूसरे दिन का संपादकीय लिखना था।

उसके बाद कई सालों तक मैं नियमित रूप से 'नवभारत टाइम्स' में 'पुस्तक समीक्षा' का कॉलम लिखता रहा।

चूंकि अब मैं नियमित रूप से 'टाइम्स' में जाने लगा था, सो एक दिन तीसरी मंजिल पर स्थित 'पराग' के दफ्तर में जा पहुँचा। उन दिनों 'पराग' के सम्पादक आनंद प्रकाश जैन थे। जब मैं उनकी केबिन में पहुँचा तो वहाँ 'माधुरी' के सम्पादक अरविंद कुमार भी बैठे थे। दोनों की केबिन साथ-साथ थी।

मैंने अपना परिचय दिया और जैन साहब के सम्मुख 'पराग' के लिए कुछ बाल-कहानियाँ लिखने की इच्छा प्रकट की। उन्होंने तुरंत कहा – हाँ, हाँ, क्यों नहीं। बस, ज़रा भाषा का ध्यान रखना।'

उनसे मिल कर अच्छा लगा। अरविंद कुमार से कोई बात नहीं हुई उस दिन।

इससे पहले भी एक बार मैं उस समय 'टाइम्स' में आ चुका था जब राजकोट से लौट कर बंबई आया था और नौकरी के लिए कॉलेजों में प्रार्थना-पत्र भेज रहा था। उस दौरान एक रविवार को मैं 'शिखर कुंज' चला आया था। श्री श्रेयांस प्रसाद जी जैन से वैसे भी मिलता रहता था। उस दिन वे सहज मूड में थे। मैंने उन्हें बतलाया कि मैं राजकोट से लौट आया हूँ और यहाँ फिर से जमने की कोशिश में लगा हूँ। वे बोले – 'टाइम्स' में आना चाहोगे।'

मैंने शिष्टाचारवश हामी भर दी। वे बोले – अभी कुछ दिन पहले डॉ. धर्मवीर भारती 'धर्मयुग' के सम्पादक बन कर आए हैं। वहाँ कुछ स्टॉफ बढ़ने वाला है। उन से मिल लो।'

भारती जी का नाम मैंने सुन रखा था। उनकी कुछ कविताएँ भी पढ़ी थीं। मैं बोला – उनसे क्या कह कर मिलूँ?'

श्रेयांस प्रसाद जी बोले – मैं एस. पी. जैन को फोन करके तुम्हारे बारे में बतला दूँगा। वे तुम्हें डॉ. भारती से मिलवा देंगे। एस. पी. जैन 'टाइम्स' के जी. एम. हैं।

मैं दूसरे ही दिन 'टाइम्स' गया और एस. पी. जैन से मिला। वे बोले – हाँ, बाबू जी का फोन आया था। चलो, तुम्हें अभी मिलवा देता हूँ। कहते हुए वे उठ खड़े हुए! मैं उनके पीछे-पीछे हो लिया।

भारती जी की केबिन का दरवाज़ा खोलते हुए उन्हें मुझे भी अंदर बुला लिया।

वे भारती जी से बोले – डॉक्टर साब', ये मिस्टर ठाकुर हैं। बाबू जी ने इनको आपसे मिलाने को कहा है। इन्हें देख लीजिए।'

कह कर वे पीछे लौट गए।

भारती जी ने बड़े स्नेह से मुझे बिठाया। औपचारिकताओं के पश्चात् उन्होंने पूछा – चाय पियोगे।' उनकी मेज़ पर चाय की ट्रे रखी थी।

मैंने विनम्रता के साथ मना कर दिया। – अभी पीकर आया हूँ।' कह कर।

वे कुछ सोच की मुद्रा में दीखे। थोड़ ठहर कर उन्होंने एक डिब्बे से सिगार निकाला और उसे सुलगा कर बोले – आज कल क्या कर रहे हो?'

मैंने संक्षेप में उन्हें सब कुछ बतला दिया।

वे बोले – इस तरह की पत्रकारिता में मैं भी नया–नया हूँ। तुम्हें बाबू जी ने भेजा है तो कुछ सोच कर ही भेजा होगा।'

मैं चुप रहा।

– पी–एच.डी. का विषय क्या है?'

मैंने बतला दिया। साथ में यह भी जोड़ दिया – २–३ महीने में थीसिस सब्मिट कर रहा हूँ।'

– अच्छी बात है।' वे बोले – बंबई से ही कर रहे हो न।'

– जी नहीं, सागर से कर रहा हूँ। आचार्य वाजपेयी जी के निर्देशन में।'

मैंने लक्ष्य किया कि वाजपेयी जी का नाम सुन कर उनका चेहरा कुछ बुझ–सा गया था।

– ठीक है।' सिगार को सुलगाने के लिए उन्होंने लाइटर उठाते हुए कहा – मैं बाबू जी बात कर लेता हूँ।'

– तो मैं कब आऊँ।'

– अभी आने की कोई ज़रूरत नहीं है। तुम अपना पता छोड़ जाओ। तुम्हें सूचित कर दिया जायेगा।'

मैंने एक कागज़ के टुकड़े पर अपना पता लिख दिया और उठ खड़ा हुआ। अभिवादन करके मैं उनकी केबिन से बाहर निकल आया।

जब ८–१० दिन के बाद भी मुझे कोई सूचना नहीं मिली तो मैं जिज्ञासावश

उनसे मिलने चला गया। वहाँ उनसे मिलने से पहले ही मुझे पता लग गया कि असिस्टेंट एडीटर के पद पर किसी कन्हैयालाल नन्दन की नियुक्ति हो गयी है।

सुन कर मुझे कोई हताशा नहीं हुई।

शाम को जब कमरे में आकर दिनेश को यह सब बतलाया तो उसने कहा – नंदन भी इलाहाबाद के हैं। शायद भारती जी के विद्यार्थी भी रहे हैं। यहाँ किसी कॉलेज में लेक्चरर थे।'

सुन कर मैं एक रूखी हँसी हँस दिया। सोचने लगा कि क्या सब इलाहाबादी एक जैसे ही काइयाँ होते हैं। छोटे लाल प्रभात, इंदु प्रकाश पांडेय और अब ये धर्मवीर भारती। लेकिन तभी ध्यान आया, प्रोफ़ेसर शशि शेखर नैथानी भी तो इलाहाबाद से ही है।

तभी दिनेश बोला – चल यार, बाहर चल कर डिनर करते हैं। आज पे मिली है।

हमने कमरे पर ताला लगाया और बस स्टैंड की तरफ चल पड़े। दिनेश ने आश्वस्त करने के लिए मुझ से कहा – तू क्यों दुखी होता है देवेश। प्रिन्सिपल लिमये के कॉलेज में तेरी नियुक्ति पक्की ही है। आर्ट्स कॉलेज के लिए तू ट्राइ कर ही रहा है। तू इस घटना को दिल पर मत ले।'

'वो बात नहीं है दिनेश। मैं सोच रहा हूँ कि इंसान इतनी ओछी हरकतें क्यों करता है। बात को साफ़–साफ़ क्यों नहीं कह देता।'

– बात ऐसी है कि जिसे तू समझता नहीं। सब तेरी तरह स्पष्टवादी नहीं होते। नहीं हो सकते। अपने से भी भयभीत रहते हैं। एक तरह का कॉम्प्लैक्स होता है उनमें।' फिर कुछ रुक कर बोला – बाबू जी से क्यों नहीं मिल लेता।'

– उनसे मिल कर क्या करूँगा ......।'

तभी अपनी बस आती दिखी।

बस–स्टॉप पर खड़े हम दोनों उस पर सवार हो गए।

# छह

जनवरी, १९६२.

इन ६-७ महीनों में रुइया कॉलेज मुझे रास आ गया था। यहाँ मुझे अपने वरिष्ठ सहयोगियों का सहयोग मिला और विद्यार्थियों से अपनापन। सिडनहम की तरह क्लास कंट्रोल की भी कोई समस्या नहीं रही। अन्य कॉलेजों के हिंदी प्राध्यापकों से भी सम्पर्क बढ़ा। खालसा कॉलेज के श्रीधर मिश्र, ज़ेवियर्स के प्रो. रावत, नेशनल के प्रो. राम सकल शर्मा, सिद्धार्थ के अमरनाथ दुबे, जयहिंद के प्रो. भगीरथ दीक्षित आदि के मैं निकट सम्पर्क में आया। उधर पत्र-पत्रिकाओं में लिखना भी आरंभ कर दिया था। इससे कुछ ऊपरी आमदनी हो जाती थी। हर महीने १००-१५० रु. बन जाते थे। धीरे-धीरे जीवन में स्थायित्व आ रहा था। पिता जी को भेजे जाने वाले मनीआर्डरों की राशि बढ़ा दी गयी थी। मैं नहीं चाहता था कि अपने परिवार वालों के खर्च के लिए शीला से कोई अपेक्षा करूँ। उन दिनों मैं एक प्रकार के नशे में रहता था। बहुत उत्साहित था मैं। इस उत्साह का कारण पत्नी का अपनापन और उसकी सहजता ही अधिक थी। हम दोनों एक दूसरे से १२०० कि.मी. दूर रहते हुए भी पत्रों के माध्यम से बहुत पास बने रहते थे। हर रोज़ दोनों ओर से पत्र लिखे जाते। कभी - कभी दिन में दो-दो, तीन-तीन पत्र भी हमने लिखे। कभी किसी दिन पोस्ट ऑफिस की कृपा से पत्र नहीं मिलता तो मैं उदास और चिंतित हो जाता। पहले शीला के पत्रों में मेरे लिए 'देव' का संबोधन होता जो बाद में 'देबू' के रूप में बदल गया जो अभी तक चल रहा है।

इससे पहले मैं एक बार मेरठ और देहरादून हो आया था। इस बार अक्टूबर की छुट्टियों में मैं सीधे देहरादून चला गया था। अपने परिवार वालों से मिलने। तब मैंने घर के लिए १५ रु. का टी-सैट और १५० रु. का सोफा सैट खरीदा था। सब के लिए एक-एक जोड़ी कपड़े भी खरीदे थे। माँ के चेहरे पर चमक आ गयी थी।

पिता जी के गाल गुलाबी हो गए थे। भाई–बहिन भी खुश थे। हमेशा मेरी सेवा में लगे रहते। लेकिन इस सब के बावजूद एक दिन पिता जी पैसों का रोना लेकर बैठ गए। शाम को चाय पीते हुए उन्होंने मुझसे पूछा – दुर्गा, तुझे कितनी पे मिलती है ?'

मैंने सहज रूप से उत्तर दिया – पिता जी, कॉलेज से तो २७५ रु. ही मिलते हैं। कुछ इधर–उधर लिख कर मिल जाता है। उसी से अपना खर्च चला लेता हूँ।'

पिता जी थोड़ा व्यंग्य से मुस्कराते हुए बोले – पुलिस वाले को बेवकूफ समझता है क्या। बम्बई के इतने बड़े कॉलेज में सिर्फ २७५ रु. तन्ख्वाह।'

मैं उनकी बात सुनकर भी सहज बना रहा। बोला – आप क्या समझते हैं। मुझे कितना मिलता होगा ?'

– अरे, हजार–बारह सौ तो मिलते ही होंगे। इतने बड़े शहर में है। और हमें तू सिर्फ़ २०० रुपल्ली भेजता है। देहरादून नजीबाबाद थोड़े ही है। फिर महंगाई भी तो बढ़ती जा रही है।'

सुन कर मैं खामोश हो गया। मन खट्टा हो गया था। सोचने लगा कि अब इन लोगों के पेट बड़े होने लगे हैं। लेकिन इसमें जितना डालो, इन्हें कम ही लगेगा।

मैं वहाँ से उठ गया। छुट्टियों के बाकी दिनों में मैं गंभीर ही बना रहा। सोचा था, इस बार अधिक से अधिक समय देहरादून में ही रहूँगा। लेकिन इस घटना से जी उचाट हो गया था। सो, एक दिन मैं मेरठ के लिए चल दिया। वहाँ सप्ताहांत की छुट्टी में शीला भी आ गयी। उसके बाद १–२ दिन वहाँ रह कर शीला ने सुझाव दिया कि क्यों न मैं उसके साथ दिल्ली चलूँ; कि वह अपनी एक मित्र के यहाँ मेरे रहने का इंतजाम कर देगी, कि मैं वहाँ अपनी नौकरी के सिलसिले में कुछ लोगों से मिल भी लूँगा। मुझे उसका यह सुझाव पसंद आया और अगले ही दिन हम दिल्ली चले आए। शीला अपनी मित्र मिसेज़ मैंडीरट्टा के यहाँ मेरे रहने का प्रबन्ध करके अपने हॉस्पिटल चली गयी।

वैसे मैं दिल्ली पहले भी आ चुका था लेकिन तब दिल्ली घूमने का अवसर नहीं मिला था। इस बार मैं दिल्ली में खूब घूमा। खासतौर पर चाँदनी चौक, दरियागंज और कॅनाट प्लेस के इलाकों में। एक बार बँगलो रोड भी हो आया। वहाँ 'नवयुग प्रकाशन' के मालिक से मिला। उन्हें अपना परिचय देकर उनसे अपनी थीसिस के प्रकाशन की बात की। वे थीसिस छापने को तैयार हो गए, साढ़े बारह परसैंट रायल्टी पर। मैं खुश हो गया।

शीला अपनी ड्यूटी समाप्त करके मिसेज मैंडीरट्टा के घर आ जाती थी। कुछ देर बाद हम बाहर निकल जाते थे। इधर–उधर घूमते–घामते रात को वापिस आ जाते थे। इस दौरान शीला ने अपनी कुछ मित्रों से भी मेरा परिचय कराया। उनकी मेहमानदारी में मेरा सारा समय बीत गया। अपनी नौकरी के बारे में तब मैं कुछ नहीं कर पाया।

दूसरी बार शीला की छोटी बहिन सावित्री जी के विवाह पर दिसम्बर में फिर मेरठ जाना हुआ था। उनके भावी पति का परिवार पड़ोस में ही रहता था। सावित्री जी का विवाह बिल्कुल पारंपारिक तरीके से हुआ। मुझे याद नहीं कि उस विवाह में मेरे परिवार से कोई आया था या नहीं। हाँ, शीला–परिवार के सभी सबंधी आए थे। उन सबसे मेरा परिचय कराया गया। मैं बिल्कुल सहज और फक्कड़ बना हुआ उनसे मिला।

घर में मेहमानों की भीड़ थी। कोई ६०–७० लोग तो होंगे ही। सावित्री जी के विवाह की एक बात मुझे आज भी याद है। वह यह कि सुबह नाश्ते के लिए टब में अंडे उबाले जाते थे। नाश्ते से पहले ही घर के बच्चे कई दर्जन अंडे चट कर जाते थे। यह मेरे लिए एक नया अनुभव था। नजीबाबाद में जब मैं एक बार बीमार पड़ा था और बहुत कमज़ोर हो गया था तो डॉक्टर ने मुझे रोज़ एक अंडा खिलाने की सलाह दी थी। उस एक अंडे को खरीदने के लिए भी माँ को कितनी जद्दोजहद करनी पड़ती थी, मुझे आज भी याद है। कभी–कभी तो आधे अंडे वा शोखा बना कर माँ बचे हुए आधे अंडे को कटोरी में ढक कर दूसरे दिन के लिए रख देती थी। इस तरह एक अंडे का खर्च बच जाता था।

लेकिन यहाँ तो अंडों की भरमार थी। मैंने पहली बार यह देखा था कि अंडों को 'टब' में भी उबाला जाता है। होटलों में शायद ऐसा होता हो लेकिन घर में किसी ने 'टब' में अंडे उबाले हों, मुझे इसका न अनुभव था और न ही मैं इसकी कल्पना कर सकता था।

शादी बड़ी धूमधाम से गाजे–बाजे के साथ की गयी थी। नगर के सभी जान–पहचान के लोग उपस्थित थे। ओम् भाई जी के मित्रों का दायरा काफी बड़ा था। सो विवाह में उन सभी को आमंत्रित करना स्वाभाविक था। वैसे इस भीड़ के बीच भी मैं और शीला अपने लिए वक्त निकाल लेते थे। पड़ोस के दो–तीन घरों के कुछ कमरों में मेहमान ठहराए गए थे। उन्हीं में से एक कमरा हमें भी दे दिया गया था। हम या तो उसी में छिपे रहते या पैदल चलते हुए दूर स्टेशन की ओर निकल जाते। यहाँ ३–४ दिन बहुत आराम के साथ बीते।

शादी के बाद मैं बंबई लौट आया और शीला दिल्ली में रुक गयी।

एक दिन कॉलेज में लेक्चर लेकर मैं स्टॉफ रूम में लौटा ही था कि परब (चपरासी) ने बतालाया कि कोई मेरी प्रतीक्षा कर रहा है। मैंने देखा कि बड़ी टेबल के पास एक कुर्सी पर कोई युवक बैठा है। परब ने उसकी ओर संकेत करके मुझे जता दिया कि यही वह व्यक्ति है।

मैं उसके पास गया और अपना नाम बताकर उसके पास बैठ गया। अभिवादन के पश्चात् उसने अपनी जेब से एक लिफाफा निकाला और मेरे हाथों में पकड़ाता हुआ बोला – मुझे नैथानी सर ने भेजा है।'

मैं नैथानी जी का पत्र पढ़ने लगा। लिखा था – पत्र वाहक मेरे पूर्व छात्र हँसमुख पारीख हैं। तुम इनसे मिल लेना। तुम से मिल कर ये काम बतला देंगे।'

पत्र को टेबल पर रखते हुए मैं बोला – हाँ, तो हँसमुख जी, बतलाइए मुझ से क्या काम है।'

उसने हिचकते हुए मुझ से कहा – सर, एक पब्लिशर ने मुझ से १२वीं की गाइड लिखने के लिए कहा है। बी. ए. में हिंदी मेरा विषय था। इसलिए। लेकिन अगर आप लिख दें..... आपका परिश्रमिक मैं दे दूँगा।'

– कितना पारिश्रमिक देंगे?' मैंने पूछा।

– सर, वैसे आजकल डेढ़ रुपये प्रति पृष्ठ का रेट चल रहा है। मैं आपको दो रुपये प्रति पृष्ठ दे दूँगा।'

– किताब कितने पृष्ठ की होगी?'

– यही कोई दो–सौ, ढाई सौ पृष्ठों की।

मैंने तुरंत मन में हिसाब लगाया कि कम से कम चार–सौ, साढ़े चार सौ रुपये मिल जाएँगे। यह सोच कर मैंने हामी भर ली।

पारीख ने झट से अपने झोले से दो पुस्तकें निकालीं। एक, जिसकी गाइड लिखनी थी और दूसरी एक पुरानी गाइड थी जिसके आधार पर मुझे लिखना था। मैंने दोनों पुस्तकें ले लीं और उन्हें उलटने–पलटने लगा। तभी उसने अपने पर्स से पचास रु. का एक नोट निकाल कर मेरे हाथ में पकड़ा दिया और बोला – ये

आपका एडवांस है। बाकी पैसा किताब के छपने के बाद दे दूँगा।'

मैंने कहा – इसकी क्या ज़रूरत है। मैं सभी पैसा बाद में ले लूँगा।'

– नहीं सर, इसे आप रख लीजिए।'

मैंने नोट अपनी जेब में रख लिया।

उसने अपना विज़िटिंग कार्ड मुझे देते हुए कहा – जब गाइड तैयार हो जाए तो मुझे फ़ोन कर दीजिए। मैं पाँडुलिपि ले जाऊँगा।' कह कर वह उठ खड़ा हुआ। मैं उसे स्टॉफ कॉमन रूम के दरवाज़े तक छोड़ आया।

गाइड लिखना मेरे लिए कोई मुश्किल काम नहीं था। अपने लेक्चर लेने के बाद मैं वहीं कॉलेज के किसी खाली क्लास रूम में बैठ जाता और लिखने में जुट जाता। महीने भर में गाइड पूरी हो गयी।

मैंने पारीख को फ़ोन किया। वह दूसरे ही दिन आकर पांडुलिपि ले गया और मुझे ५० रु. और दे गया। बोला – सर, अगले सेशन में कॉलेज खुलते–खुलते किताब छप जायेगी। तब हिसाब कर लेंगे।'

मैंने कहा – ठीक है।'

मुझे बड़ी शालीनता से अभिवादन करके वह चला गया।

गाइड का लिखना पूरा हुआ ही था कि परीक्षा की कापियाँ जाँचने का काम शुरू हो गया। मैं और दिनेश अब अपनी–अपनी उत्तर पुस्तिकाओं को जाँचने में व्यस्त हो गए। कॉलेज में कभी जाते, कभी नहीं जाते क्योंकि लेक्चर बंद हो गए थे। कापियाँ जाँचते हुए दिनेश और मैं आपस में इधर–उधर की गप्पें भी मारते रहते। मैंने पहले कहा न कि दिनेश के विवाह के लिए देहरादून की एक लड़की तय हो चुकी थी। काश्मीर से वह उसी के लिए बसंती रंग की साड़ी लेकर आया था और रात को उसे अपने तकिए के नीचे रखकर अपने भावी पत्नी के सपनों में डूबा रहता था।

लेकिन ........ लेकिन एक दिन जब हम दोनों परीक्षा की कापियाँ जाँचने में व्यस्त थे, किसी ने दरवाजे की कुंडी खड़खड़ाई। दिनेश ने दरवाज़ा खोल कर देखा, सामने तार वाला खड़ा था।

तार को हाथ में लिए वह अंदर आया और उसे पढ़ने लगा। तार अंग्रेजी में था और उसमें लिखा था : मुझे दुख है कि मैं आपके साथ शादी नहीं कर सकती। आशा है, आप मुझे क्षमा करेंगे ....। नीचे तार भेजने वाली का नाम लिखा हुआ था।

तार पढ़ कर दिनेश निढाल होकर बिस्तर पर लेट गया। उसे अभी भी विश्वास नहीं हो रहा था कि यह तार उसकी भावी पत्नी द्वारा भेजा गया है। बहुत - बहुत देर के बाद वह थोड़ा स्वस्थ हुआ।

मुझे उसकी इस हालत पर दुःख भी हो रहा था और हँसी भी आ रही थी।

अपनी तरफ से मैंने उसे बहुत ढाँढस बँधाया। लेकिन मेरी बहुत कोशिशों के बाद भी उसके गालों की ललाई लौट नहीं पाई।

कुछ दिनों के बाद जब उसके दिल से शोक और अपमान का यह ज्वार उतर गया तो वह मुझ से बोला — देवेश, अब मैंने भी निश्चय कर लिया है कि इन गर्मियों में शादी करके ही बंबई लौटूँगा। उसने अपने परिवार वालों को भी इसी आशय का एक पत्र लिख कर भेज दिया। दिनेश के परिवार वालों ने भी आनन - फ़ानन में हिमांचल प्रदेश की एक कमसीन लड़की उसके लिए खोज डाली। भला, दिनेश जैसे प्रतिभाशाली और बंबई के कॉलेज में प्रोफेसर बने व्यक्ति के लिए लड़कियों की क्या कमी थी। छुट्टियों में देहरादून जाकर उस ने उसी से शादी रचा ली और इस तरह वह लड़की रक्षा हमारी भाभी बन गयी।

मैंने पहले कहीं लिखा है कि दिनेश का मन बंबई से ऊब चुका था। और वह जगह–जगह नौकरियों के लिए अर्ज़ियाँ भेज रहा था। इसी क्रम ने उसने नेशनल डिफेंस एकेडेमी, खड़कवासला में भी हिंदी प्राध्यापक के पद के लिए एप्लाई किया था। संयोग से वहाँ उसकी नियुक्ति हो गयी। वह अपनी पत्नी को लेकर वहाँ चला गया। वहीं वह रिटायर होने तक रहा और वहीं उसके दो पुत्र हुए जो अब इंडियन नेवी में बड़े पदों पर हैं। रिटायर होने के बाद उसने देहरादून के वसंत विहार में एक बड़ा और बढ़िया मकान बनाया और वहीं सैटिल हो कर अपने अवकाश के दिन बिता रहा है। मेरा उससे निरन्तर सम्पर्क बना रहा है फ़ोन के माध्यम से। (हालाँकि वह कभी किसी को न फ़ोन करता है और न ही पत्र लिखता है )। पिछले १५–२० सालों से यह एकपक्षीय सम्पर्क अभी चल रहा है। वैसे मैं जब मैं देहरादून जाता हूँ, उसी के घर पर ठहरता हूँ। वे एक - दो दिन हम विगत की स्मृतियों में खोये रहते हैं।

मार्च, १९६२

१५ मार्च को कॉलेज बंद हो गए थे। उसी दिन रात को मैं देहरादून - एक्सप्रैस से दिल्ली के लिए चल पड़ा।

तब तक शीला ने लेडी हार्डिंग के पास ही एक परिवार में एक कमरे का प्रबंध

कर लिया था। मैंने वहाँ जाकर अपना डेरा जमा लिया। इस बीच शीला की बड़ी बहन पुष्पा जी और उनके पति यशपाल जी दिल्ली में सैटिल हो चुके थे। यशपाल जी वकील थे और तीस हज़ारी में उन्होंने अपनी प्रैक्टिस शुरू कर दी थी। अभी वे बंगलो रोड के एक छोटे से कमरे में रह रहे थे, इसीलिए शीला ने मेरे लिए अपने अस्पताल के पास ही किराए पर एक कमरे का प्रबंध कर लिया था।

शीला अपनी ड्यूटी के बाद शाम को कमरे पर आ जाती थी। कभी–कभी दिन में अस्पताल से मेरे लिए खाना भी ले आती। उन दिनों, पता नहीं कैसे, उसकी हथेलियों और पैर के तलुवों पर बड़े – बड़े फफोले उभर आए थे। उन में से बार–बार पानी निकाला जाता, लेकिन उनमें फिर पानी भर आता था। सभी प्रकार का इलाज किया जा रहा था लेकिन कोई खास फायदा नहीं हो रहा था। इस सब के होते हुए भी, मज़े की बात यह थी कि हमारे रोमांस में कोई कमी नहीं आई थी।

मैं दिन भर अखबारों में कॉलेज की नौकरी के लिए रिक्त स्थान देखता और अर्जियाँ भेजता था। इसी सब में मेरा समय बीत रहा था। अर्जियाँ भेजने के क्रम में मैंने एक अर्जी किरोड़ीमल कॉलेज में भी भेजी थी। यशपाल जी किरोड़ीमल कॉलेज के प्रिंसिपल प्रो. स्वरूप सिंह से परिचित थे। वे मुझे एक शाम उनके पास ले गए। मेरी शैक्षणिक योग्यता और अनुभव के विषय में जान कर उन्होंने कहा – ठीक है, मैं पूरी कोशिश करूँगा। वैसे हो सके तो विभागाध्यक्ष, डॉ. गोविंद राम शर्मा से भी मिल लूँ।'

फिर कुछ सोच कर बोले – उनसे मिलने की ज़रूरत नहीं है। मैं उनसे खुद बात कर लूँगा।'

इसके बाद कुछ औपचारिक बातों के बाद हमने सिंह साहब से विदा ली और घर लौट आए।

तभी मुझे एक दिन 'दिनकर' जी की याद आ गयी। वे उन दिनों राज्य सभा के मेम्बर थे। उन से मेरा परिचय बंबई में बाबू जी ने करवाया था। दिनकर जी, जब भी बम्बई आते, बाबू जी के बंगले 'शिखर कुंज' में ही ठहरा करते थे। उनके लिए ५५५ मार्का सिगरेटों का एक डिब्बा मँगवाया जाता। 'दिनकर' जी उसमें से एक सिगरेट निकालते और डिब्बे को अपनी जेब में रख लेते। 'शिखर – कुंज' के सेवाकर्मी उनकी इस आदत का खूब मज़ा लेते।

मैं 'दिनकर' जी से वहीं दो – चार बार मिल चुका था। एक तरह से उनके

आने पर बाबू जी अन्य साहित्यकारों के साथ मुझे भी बुला भेजते थे। उनका मुझ पर स्नेह जो था।

सो, एक दिन साहस करके मैं 'दिनकर' जी की कोठी में चला आया। मैंने अभिवादन के साथ–साथ उन्हें अपना परिचय दिया तो वे मुझे पहचान गए। उस वक्त वे बरामदे में बैठे उबले हुए चनों का नाश्ता कर रहे थे। उन्होंने मेरे लिए भी एक प्लेट चने मँगवा लिए।

औपचारिक चर्चा के बाद मैंने उनके सामने अपनी समस्या रख दी। कुछ सोच कर वे बोले – भई, यहाँ के कॉलेजों में डॉ. नगेंद्र की बात ही चलती है। किसी भी नियुक्ति में विश्वविद्यालय का अध्यक्ष ही एक्सपर्ट होता है। और डॉ. नगेन्द्र अपने चेलों पर ही कृपा करते हैं। फिर भी मैं देखूँगा कि मैं तुम्हारे लिए क्या कर सकता हूँ।'

सुन कर मैं थोड़ा हताश हो गया।

फिर वे बोले – कैलाश वाजपेयी का नाम तो तुमने सुना होगा। वह भी कुछ कॉलेजों में केंडीडेट है। मेरा अच्छा परिचित है। एक तरह से कवि मित्र ही समझो।'

मैंने सहमति से गर्दन हिलाई। थोड़ी देर रुक कर मैं यशपाल जी के घर लौट आया। उन्होंने मुझे बतलाया – मैं डॉ. गोविंद राम (हिंदी विभागाध्यक्ष, किरोड़ीमल कॉलेज) से मिला था। उन्होंने बतलाया कि किसी अजित कुमार में डॉ. नगेन्द्र की दिलचस्पी है। ........ और अगर उनकी दिलचस्पी है तो उसका ही होगा।'

मैं और उदास हो गया। लेकिन साथ में यह निर्णय भी किया कि इन्टरव्यू के लिए तो जाना ही है और भी कुछ नहीं तो डॉ. नगेंद्र के दर्शन करने का मौका तो मिल ही जायेगा।

इन्टरव्यू लैटर दो दिन पहले आ चुका था। अगले सप्ताह इंटरव्यू होना था। मैं ठीक समय पर किरोड़ीमल कॉलेज पहुँच गया। कुछ प्रत्याशी आ चुके थे। मैं भी उनके पास जाकर बैठ गया।

कोई आध–घंटे बाद इन्टरव्यू शुरू हुआ। चौथे–पाँचवे नम्बर पर मुझे बुलाया गया। अंदर जाकर मैंने देखा कि प्रिंसिपल स्वरूप सिंह एक ओर कोने पर बैठे थे। एक लम्बे सज्जन को देखकर अंदाज लगाया कि ये ही प्रो. गोविंद राम शर्मा होंगे। सामने की कुर्सी पर डॉ. नगेंद्र बैठे थे। एक और सज्जन थे जिन्हें मैं पहचान नहीं पाया। शायद कॉलेज के ही कोई अधिकारी रहे होंगे।

डॉ. नगेंद्र ने मेरी फ़ाइल को उलट–पुलटकर देखा और फिर पूछा– तुम दिल्ली क्यों आना चाहते हो?'

मैंने सहज रूप से सारी स्थिति बता दी।

इसके बाद कोई ३०–३५ मिनट तक वे मुझसे प्रश्न पूछते रहे। बीच में एक बार उन्होंने एक कागज़ का टुकड़ा मेरी ओर बढ़ाया और बोले – 'संन्यासी, कैसे लिखोगे?' मैंने लिख कर बता दिया।

फिर 'उच्छृंखल' और 'स्थिति' लिखने को कहा। मैंने लिख दिया।

फिर अन्त में बोले – पोस्ट ग्रेजुएट क्लासेस पढ़ाते हो?

मैंने कहा – जी। कॉलेज में ट्युटोरियल लेता हूँ।'

– क्या पढ़ाते हो?'

– पिछले साल 'कामायनी' पढ़ाई थी।'

फिर उन्होंने कामायनी के 'आनंद' सर्ग से ४ पंक्तियाँ कहीं और उसका संदर्भ सहित अर्थ पूछा।

प्रिंसिपल स्वरूप सिंह और शर्मा जी खामोश बैठे थे। उन्होंने एक भी प्रश्न नहीं पूछा था। या यूँ कहूँ कि उन्हें पूछने ही नहीं दिया गया था।

मैं उन पूछी गयी पंक्तियों का अर्थ नहीं बता पाया।

डॉ. नगेंद्र बोले – अब तुम जा सकते हो।'

मैं निराश–हताश बाहर आ गया था।

कमरे में आकर शीला को इन्टरव्यू की सारी कथा सुनाई। और बोला – शीला, यहाँ तो कोई संभावना नहीं दीखती। अब बंबई में ही सैटिल होंगे। बंबई लौट कर कहीं ठिकाने का प्रबंध कर लूँगा।'

शीला कुछ नहीं बोली। बाद में इतना ही कहा – जैसा तुम ठीक समझो।...... यहाँ और कहीं कोई नौकरी क्यों नहीं खोज लेते?'

– देखो शीला, खोजने को तो खोज लूँ। लेकिन उसमें मेरा मन लगेगा नहीं। बाबू जी से कहूँगा तो 'टाइम्स' में ही कहीं टिका देंगे। नजीबाबाद के कई लड़के 'टाइम्स' में हैं। लेकिन मेरा मन नहीं मानता।'

– ठीक है। जैसा तुम ठीक समझो।' वह धीरे–से बोली।

– बंबई में तुम्हारी नौकरी लगने में कोई मुश्किल नहीं होगी। तुम इतनी अनुभवी सिस्टर–इन–चार्ज हो। क्यों ?'

वह कुछ बोली नहीं। सिर झुकाए सुनती रही। मैं उसे अनेक प्रकार से समझाने की कोशिश करता रहा। फिर उसको उल्लसित करने के विचार से मैंने कहा – चलो, कहीं बाहर खाने को चलते हैं।'

– मैं हॉस्टल से खाना लेकर आई हूँ।'

मैं चुप हो गया। खाना खाकर हम सोने की जुगत करते रहे। लेकिन उस रात मुझे नींद नहीं आई।

छुट्टियाँ खत्म हो रही थीं। जून का दूसरा सप्ताह चल रहा था। तभी एक दिन देहरादून से दिनेश का पत्र आया कि वह सपत्नीक १६ जून को बंबई के लिए चल रहा है। देहरादून – बंबई एक्सप्रैस से। मैंने भी फ्रंटियर मेल से १७ जून का टिकट पहले ही रिज़र्व करवा लिया था।

शीला से विदा लेकर मैं नियत दिन बंबई के लिए चल दिया। उन दिनों २० जून को कॉलेज खुलते थे।

बंबई में अब दिनेश अपनी पत्नी के साथ अंधेरी के डी. एन. नगर के अपने आवास में रहने लगा था। और मैं फिर से शेरे– पंजाब हॉस्टेल में आ गया था। खाने–पीने की अब पहले जैसी मजबूरी नहीं रह गयी थी। इधर प. नंदकिशोर नौटियाल की कृपा से मुझे 'ब्लिट्ज़' में भी समीक्षा का कॉलम मिल गया था। वे तब हिंदी संस्करण में उप संपादक थे। पत्र–पत्रिकाओं में लिखने से करीब २०० रु. मिल जाते थे। आर्थिक दृष्टि से जिंदगी थोड़ी बहुत पटरी पर बैठ रही थी।

एक दिन अपना पीरियड लेकर स्टाफ़ रूम में आया तो देखा, हँसमुख भाई मेरी प्रतीक्षा कर रहे हैं। गाइड छप गयी थी और वे उसे मुझे देने आए थे। उन्होंने गाइड की दो प्रतियाँ मुझे देते हुए कहा – डॉक्टर साब', कहीं बैठ कर हिसाब कर लें।'

– हिसाब क्या करना है।' कहते हुए मैंने गाइड के अंतिम पृष्ठ को देखा। कुल २१६ पृष्ठ थे। बोला – ४३२ रु. हुए।

– ऐसे नहीं डॉक्टर साब'। एक पृष्ठ ४$^{१/२}$'' बाई ७$^{१/२}$'' का होता है। आपका कुल मैटर नापना होगा।'

मेरी समझ में कुछ नहीं आया। फिर भी मैंने कहा – चलो, यहीं केबिन में बैठ जाते हैं।

८' X १०' की यह केबिन स्टॉफ रूम के एक कोने में ही थी। यहाँ बैठ कर प्राध्यापक लोग अपना लंच और नाश्ता करते थे। उस समय वह खाली थी। हम दोनों वहाँ जाकर बैठ गये। हंसमुख भाई ने अपने थैले से एक पैमाना निकाला और पृष्ठों की नाप करने लगा। कुछ पृष्ठों में कुछ जगह खाली थी। वह उस जगह को छोड़ता चला गया। कोई आध घंटे तक उसकी यह नाप चलती रही। फिर हिसाब लगा कर बोला – सर, आपके १९५ पृष्ठ बनते हैं।'

मैं उसकी व्यावसायिका पर आश्चर्य चकित था। मैं सोच रहा था कि क्या किसी पुस्तक की माप इस तरह भी की जाती है। खैर, मैं चुप रहा। उसने १०० रु. एडवांस के काट कर शेष राशि मुझे पकड़ा दी। मैंने अनमने भाव से वह राशि ले ली।

– अच्छा डॉक्टर साब', चलता हूँ। आगे भी आपको कष्ट देता रहूँगा।'

उसका काइयाँपन मेरे सम्मुख स्पष्ट हो चुका था। लेकिन मैंने उससे कुछ नहीं कहा।

उस के जाने के बाद उस के दिए रुपयों को जेब में रख कर मैंने स्वयं से कहा – यह मायानगरी व्यावसायिक नगरी है देवेश ! यहाँ रहना और टिकना है तो यहाँ रहने के गुर सीखने होंगे। देहरादून की मानसिकता लेकर तुम यहाँ नहीं चल सकते। तुम्हें भी अपने आप को थोड़ा बदलना होगा।'

इस घटना के कुछ ही दिनों बाद ए. आर. शेठ पब्लिशर्स का एक व्यक्ति कुछ विषयों की गाइड्स लेकर कॉलेज में आया। वह भिन्न-भिन्न विषयों की गाइड संबंधित प्रोफेसरों को विद्यार्थियों के बीच अनुंशसा के लिए बाँट रहा था। उसने हिंदी की गाइड की एक प्रति मुझे भी दी। मैं उसके पृष्ठ पलटने लगा। पाया, कि यह तो मेरी ही लिखी हुई गाइड है। लेखक के नाम की जगह पर लिखा था – एक अनुभवी प्राध्यापक। मैंने जब उस व्यक्ति को यह बात बतलाई तो वह आश्चर्य से मुझे देखने लगा। बोला – सर, हमारी हिंदी की गाइड्स तो कोई और लिखता है।'

– हँसमुख पारीख न।' मैंने मुस्कराते हुए कहा।

– जी वही। यहाँ एक स्कूल में हिंदी पढ़ाते हैं। हम कई सालों से उन्हीं से लिखवा रहे हैं।'

– उसी ने मुझे लिखने के लिए कहा था।'

कुछ सोच कर मैंने पूछा – उनको आप कितना देते हैं?'

– हम उन्हें पेज़ के हिसाब से देते हैं। पहले ढ़ाई रुपये पेज के हिसाब से देते थे। पिछले साल से ३ रु. पेज़ के हिसाब से दे रहे हैं।

– क्या आप मैटर की नाप करके पैसा देते हैं?

– क्या मतलब?'

मैंने उन्हें समझा दिया।

– वे बोले – ऐसा तो नहीं हैं। जितने पृष्ठों की पुस्तक बनती है, उसी के हिसाब से देते हैं।'

तब मैंने उनसे हँसमुख के कारनामे की बात बतायी।

वे हँसने लगे। बोले – दलाली में ऐसा ही होता है सर!' फिर कुछ रुक कर बोले – आगे से आप ही हमारे लिए क्यों नहीं लिखते।'

मैंने कहा – लिखना–पढ़ना ही मेरा काम है। आप चाहेंगे तो लिख दूँगा।'

– तो बात पक्की रही। ....इस साल हम एसएससी और इंटर के लिए निबंधों की दो किताबें निकालने की सोच रहे हैं। मैं अपने फ़ादर से पूछ कर आपको फ़ोन कर दूँगा।'

– ठीक है।' मैंने उठते हुए कहा।

और दूसरे ही दिन हरकिशन भाई का फ़ोन आ गया कॉलेज में। बोले – ठाकुर साब', एक बार हमारी दूकान पर आ जाइए। यहीं सब तय कर लेंगे।'

– पेमेंट तो ठीक–ठाक होता है न।'

– क्या बात करते हैं ठाकुर साब'। मैं इतना कह सकता हूँ कि आपको हमसे कोई शिकायत नहीं होगी। आप मिल लीजिए एक बार।'

मैं ऐसे ही किसी काम की खोज़ में था। सो, दूसरे–तीसरे दिन मैं हरकिशन भाई की दूकान पर चला गया। वे मुझे अच्छे, समझदार और आत्मीय व्यक्ति लगे। निबंधों की किताबें लिखने की बात तय हो गयी। तीन रुपये पेज़ के हिसाब से। मेरी सहायता के लिए उन्होंने ३–४ निबंधों की पुस्तकें भी मुझे दे दीं।

उसके बाद उनसे मेरा व्यावसायिक संबंध बढ़ता चला गया। सन् १९८१ तक

मैं उनके लिए किताबें लिखता रहा। करीब ५००–७०० पृष्ठ हर साल हो जाते थे। इस से मुझे एक तरह की आर्थिक सुरक्षा प्राप्त हो गयी।

वैसे उनके लिए लिखना छोड़ने के बाद भी उनके साथ मेरी आत्मीयता बनी रही। अभी कुछ साल पहले उनका निधन हो गया।

यहाँ यह भी कह दूँ कि जब मैंने ए. आर. शेठ के लिए लिखना शुरू किया था तब प्रिंसेज स्ट्रीट में उनकी एक छोटी–सी दूकान थी। लेकिन ८०' के दशक तक आते–आते उन्होंने गिरगाँव में अपना एक बड़ा एयर कंडीशंड ऑफिस खोल लिया था और १०–१५ लोग उनके ऑफिस में काम करने लगे थे। बाद के सालों में तो हरकिशन भाई मेरे अच्छे मित्र बन गए थे। १९८१ में जिस साल मैंने उनके लिए लिखना छोड़ा, उस समय मुझे ८ रु. प्रति पेज़ के हिसाब से अपना पारिश्रमिक मिलता था।

# सात

संघर्ष और संघर्ष।

अपने विगत संघर्षों की ओर देखता हूँ तो पूरे शरीर में एक कँपकँपी–सी पैदा हो जाती है। साथ ही जब सोचता हूँ कि मैंने अपनी यात्रा कहाँ से शुरू की थी और अब कहाँ तक पहुँच पाया हूँ, तो अपने प्रति एक आश्वस्ति भी होती है। एक प्रकार का संतोष होता है कि चलो, जीवन को अकारथ तो नहीं होने दिया। कुछ तो पाया, कुछ तो सफल हुआ, कुछ तो ऐसा हुआ जिसे अपने उपलब्धि कह सकूँ। बरसों पहले किसी की ये पंक्तियाँ पढ़ी थीं :

**जिंदगी को बोझ समझ कर ढोते नहीं हैं**
**लड़ रहे कठिनाइयों से, यों खोते नहीं हैं**
**आदमी बस वही हैं, जो दर्द में रोते नहीं हैं**
**आँसुओं से जिंदगी के प्रश्न हल होते नहीं हैं।**

मैं भी तो जिंदगी में आई समस्याओं से लड़ता ही रहा हूँ। अब जिंदगी के इस चौथे चरण में आकर कुछ स्थिरता आई है। कुछ सुख मिला है। कुछ चिंताएँ मिटी हैं और मन–प्राणों को कुछ शांति मिली है। अब सब कुछ सहज और सरल महसूस होता है। अन्यथा जिंदगी भर अंदर–बाहर के संघर्षों से जूझता रहा हूँ। आज सोचता हूँ कि बाहर के संघर्षों की अपेक्षा भीतर के संघर्ष व्यक्ति को तोड़–मरोड़ कर रख देते हैं। मैं भी काफी टूटा हूँ; काफ़ी तोड़ा–मरोड़ा गया हूँ। लेकिन मेरी जिजीविषा ने मुझे जिंदा रखा है और यह जिंदा रहना ही मेरी उपलब्धि का सबब बना रहा है। रुइया कॉलेज में नियुक्ति मेरी जिजीविषा, संघर्ष और अपने प्रति विश्वास का परिणाम ही तो थी ......

अगस्त ('६२) का महीना चल रहा था। कॉलेज पूरे जोश–खरोश के साथ शुरू हो गए थे। रात भर पानी बरसता रहता था और दिन में भी कभी तेज़ और

कभी धीमी बौछारें पड़ती रहती थीं। मुझे बरसात का मौसम बहुत भाता है। सीमेंटी सड़कों के किनारे खड़े वृक्ष लहलहाने लगते हैं, उनकी धुली–नहायी पत्तियों में एक चमक आ जाती है और ग्रीष्म की हाड़ को चटका देने वाली तपन के बाद वातावरण का गीलापन फेफड़ों में ठंडी साँसें भर देता है। तब मैं बहुत सक्रिय हो उठता हूँ और हर क्षेत्र में मेरी गतिविधि बढ़ जाती है। लिखने–पढ़ने और मौज–मस्ती करने में भी।

उस दिन कॉलेज में आया तो परब (चपरासी) ने मुझे एक रजिस्टर्ड पत्र लाकर दे दिया। मैंने भेजने वाले का पता देखा तो पत्र को पढ़ने की उत्सुकता बढ़ गयी। पत्र, मेरे देहरादून के गुरु जी डॉ. लालता प्रसाद सक्सेना का था। जयपुर से भेजा गया था। मैंने जल्दी–जल्दी पत्र खोला और उसे पढ़ने लगा। लिखा था कि वे कुछ साल पहले जयपुर युनिवर्सिटी में रीडर बन कर आ गए हैं। विभाग का विस्तार होने वाला है। तुम यहाँ लेक्चरर की पोस्ट पर आ जाओ। विभागाध्यक्ष माता प्रसाद गुप्त जी मेरे गुरु रहे हैं। छह महीने बाद तुम्हारी पोस्ट रेगुलराइज़ हो जायेगी।'

अपने गुरु जी का अपने प्रति इतना स्नेह देख कर मैं आल्हादित हो उठा। युनिवर्सिटी चाहे कोई भी क्यों न हो, कॉलेज से तो श्रेष्ठ ही होती है, मैं सोचने लगा। यहाँ बंबई में दो महीनों से बहुत कोशिश करने के बावजूद कोई ढंग का आवास नहीं खोज पा रहा था, सो थोड़ा चिंतित और उद्विग्न भी था। इस पत्र ने मुझ में एक प्रकार का उत्साह भर दिया था। उसी उत्साह में मैंने शीला को पत्र लिख कर जयपुर जाने की अपनी इच्छा भी जाहिर कर दी। यहाँ रुइया कॉलेज में अभी तक मेरी नियुक्ति स्थायी नहीं हुई थी। सो, दूसरे दिन मैंने वाइस–प्रिंसिपल प्रो. ओक के पास जाकर सारी स्थिति स्पष्ट कर दी।

वे बोले – वैसे तो मैं चाहता हूँ, तुम इस कॉलेज में ही रहो। लेकिन युनिवर्सिटी का अपना आकर्षण होता है। तुम्हें तुम्हारे प्रोफ़ेसर ने इन्वाइट किया है तो कुछ सोच–समझ कर ही किया होगा।'

मैं बोला – वैसे तो सर, मुझे खुद यहाँ रहना अच्छा लग रहा है। लेकिन आवास की व्यवस्था न होने से मुश्किल हो रही है।'

प्रो. ओक कुछ सोच कर बोले – ऐसा है कि इस साल हम अपने एक हॉस्टल को स्टाफ़ क्वार्टर्स में बदल रहे हैं। अगर तुम्हारी यही एक समस्या है तो तुम्हें वहाँ एक फ़्लैट दे दिया जायेगा। आउट आफ़ टर्न। तुम्हारे पर्मानैंट होने में भी अभी कुछ वक़्त है। फिर भी।'

मैंने कहा – सर, अगर मुझे हॉस्टल में एक फ्लैट एलॉट कर दिया जाता है तो मैं किसी भी बाहर की पोस्ट के लिए रुइया कॉलेज नहीं छोडूँगा। मैं वचन देता हूँ .....।'

– तो ठीक है। तुम्हें अगले महीने फ्लैट एलॉट कर दिया जायेगा।'

उनका यह आश्वासन मेरे लिए वरदान था।

उधर हफ़्ते भर बाद शीला का पत्र आया कि उसने बड़े भाई मेहरचंद जी से इसके बारे में बात की है। उनका कहना है कि तुम्हें बंबई में ही रहना चाहिए। वहाँ मेरे लिए नौकरी पाने के चांसेज ज़्यादा हैं। जयपुर परम्परावादी शहर है। वहाँ नौकरी तो मिल जायेगी, लेकिन नर्सों को वहाँ अच्छी नज़र से नहीं देखा जाता। वैसे जैसा तुम ठीक समझो।'

शीला का पत्र पढ़ कर मेरा दिमाग साफ़ हो गया। मैंने निश्चय कर लिया कि अब रुइया कॉलेज में ही रहना है। ठिकाना भी मिल जायेगा। प्रो. ओक ने आश्वासन दिया है। मैंने तुरंत शीला को पत्र लिख कर बता दिया कि रहने की व्यवस्था हो गयी है। अब बम्बई में ही अपना घर बसायेंगे।

सो, मैंने अत्यन्त विनम्रतापूर्वक जयपुर आने में अपनी असमर्थता प्रकट दी।

कुछ दिनों बाद शीला ने अपने पत्र के अन्त में लिखा – एक अच्छी खबर है कि तुम  साल के अन्त तक पिता बनने वाले हो।'

पत्र पढ़ कर मेरा रोम–रोम रोमांच से भर गया। अब मैं हर वक़्त जैसे एक प्रकार के नशे में रहता था और अपने भीतर बहुत ज़्यादा ताकत महसूस करने लगा था।

दिन बीतते जा रहे थे और उनके साथ – साथ मेरे शौक भी उछाल मारने लगे थे। ऊपरी आमदनी भी होने लगी थी। सो आर्थिक समस्या अब पहले जैसी नहीं रह गयी थी। इसी बीच मैंने पाया कि हिंदी के अधिकांश प्राध्यापक ऊपरी आमदनी के लिए कोई न कोई धंधा करते थे। उन दिनों हिंदी में ट्यूशन बहुत मिल जाते थे। कुछ वरिष्ठ प्राध्यापकों, जैसे डॉ. जैन, प्रो. नैथानी और छोटे लाल 'प्रभात' को स्कूलों के लिए टैक्स्ट बुक लिखने का काम मिल जाता था। कुछ और ने अपने छोटे–मोटे व्यवसाय जमा रखे थे।

दरअसल, १९५५ से पहले जो हिंदी अध्यापक कॉलेज में प्राध्यापक बने, वे पहले या तो म्युनिसिपैलिटी के स्कूलों में पढ़ाते थे या प्राइवेट स्कूलों में। स्कूलों में पढ़ाते हुए उन्होंने किसी तरह एम. ए. कर लिया था प्राइवेट तौर पर और जब बम्बई

विश्वविद्यालय में १९५५ में हिंदी को अनिवार्य विषय बना दिया गया तो वे अलग-अलग कॉलेजों में प्राध्यापक बन बैठे। वैसे उनकी मानसिकता प्राइमरी स्कूलों के आध्यापकों की-सी बनी रही। हाँ, डॉ. जैन, प्रो. नैथानी, छोटे लाल 'प्रभात' और इंदुप्रकाश पांडेय के अतिरिक्त कुछ ही २-४ प्राध्यापक और थे जो कॉलेजों, युनिवर्सिटियों से पढ़ कर आए थे। ऐसी अवस्था में कोई गंभीर साहित्यिक वातावरण यहाँ नहीं बन पाया था। हाँ, साहित्यनुमा गोष्ठियाँ अवश्य होती थीं जिनमें उपर्युक्त वरिष्ठ प्राध्यापक अध्यक्षता करते मिल जाते थे।

अपने रुइया कॉलेज में ही टिके रहने का अंतिम निर्णय करने के बाद मैंने आगे सोचना बंद कर दिया था। हो सकता है, यह अंतिम निर्णय आगे न सोच पाने की मजबूरी बन गया हो। जो भी हो, मैं अपने निर्णय से संतुष्ट था।

अगस्त के अंतिम सप्ताह में हमें कॉलेज हॉस्टल में साथ-साथ के तीन-तीन कमरे दे दिए गए। अंग्रेज़ी के एक प्रोफ़ेसर श्री कुमार दूसरी मंजिल पर पहले से ही रहते थे। जो दूसरे प्राध्यापक हॉस्टल में आए, वे ज़्यादातर कनिष्ठ-वर्ग के थे। ३-३, ४-४ साल की सर्विस वाले। हॉस्टल के ये कमरे खुले हुए थे। कभी बाहर जाना होता तो तीनों कमरों में ताला लगाना होता। उन्हें कई सालों बाद फ्लैट का रूप दिया गया। किराया-बिजली-पानी समेत १२५ रु. था। २५०-२७५ रु. के वेतन में इतना किराया भी ज़्यादा लगता था। लेकिन फिर भी मैं प्रसन्न था। रहने का स्थायी ठिकाना जो मिल गया था। घर को २०० रु. का मनीआर्डर करने और कमरों का किराया चुकाने के बाद भी, ऊपरी आमदनी के कारण, मेरे पास कुछ रुपये बच जाते थे जिनसे महीने के दूसरे खर्च निकल आते थे। वैसे, जैसा कि अंग्रेजी में कहते हैं, हैन्ड टू माउथ-कुछ ऐसी ही स्थिति मेरी थी। फिर भी मैं संतुष्ट था।

इसी दौरान एक दिन जब मैं 'टाइम्स' में 'पराग' के लिए कहानी देने गया तो वहाँ 'माधुरी' के संपादक अरविंद कुमार मिल गए। उन्होंने मेरे कंधे पर हाथ रखते हुए कहा-देवेश, मैं कई दिनों से यह सोच रहा हूँ कि 'माधुरी' के लिए तुम्हारा उपयोग कैसे करूँ। चलो, केबिन में चलते हैं, कुछ सोचेंगे।'

केबिन में कोई आध घंटे की चर्चा के बाद यह निश्चित किया गया कि मैं दो पृष्ठों का एक कॉलम लिखूँगा, हर पखवाड़े। उस कॉलम का नाम होगा – सामाजिक सच्चाई और सिनेमा।' उसमें किसी फ़िल्म या फ़िल्म के गीत से सूत्र उठा कर उससे संबंधित सामाजिक यथार्थ को लेकर बात करनी होगी।

मेरे लिए यह कार्य दिलचस्प भी था और रोमांचक भी। मेरी रुचि भी इस

प्रकार के लेखन में थी। मैंने अगले ही अंक से यह कॉलम लिखना शुरू कर दिया। मेरे लेख अरविंद जी और पाठकों को क़ाफी पसंद आए। यह कॉलम उस समय तक चलता रहा जब तक अरविंद जी बंबई में रहे। उनकी प्रतिभा से तो मैं प्रभावित हुआ ही, उनकी मानवीयता से उससे ज़्यादा प्रभावित हुआ। बाद में वे 'माधुरी' से इस्तीफ़ा देकर दिल्ली के पास कहीं बस गये। उन दिनों वे समांतर शब्द कोश पर एक ग्रंथ तैयार करने में लगे थे। संभवत: इसी को पूरा करने के लिए उन्होंने नौकरी से इस्तीफा दिया हो। वैसे दिल्ली जाने के बाद भी वहाँ उन्होंने कुछ समय के लिए एक पत्रिका का संपादन किया था और यदा–कदा उसके लिए मुझसे लेख लिखवाते रहते थे।

अरविंद जी के जाने के बाद मेरे मित्र कहलाए जाने वाले श्री विनोद तिवारी 'माधुरी' के सम्पादक बन गए। उन्होंने मेरा कॉलम बंद कर दिया और फ़िल्मी सितारों पर लिखने की पेशकश की। उन्होंने कहा कि मैं अपना पहला लेख राजेश खन्ना पर लिखूँ। साथ ही उन्होंने मुझे राजेश खन्ना पर कुछ टिप्स भी दे दिए कि उसका शरीर बेडौल है, इसीलिए वह ढीला कुरता पहनता है, कि उसके हाथ चलाने का ढंग कोठे पर नाचने वाली सस्ती गायिकाओं जैसा है आदि, आदि। उनके इन टिप्स को मैंने नोट तो कर लिया लेकिन राजेश खन्ना पर कोई लेख नहीं लिखा क्योंकि मैं राजेश खन्ना का प्रशंसक था और उस समय राजेश का सितारा सातवें आसमान पर चमक रहा था।

बाद में मैंने पाया कि विनोद जी अपनी मधुर, शालीन भाषा में हर किसी को आश्वासन तो बहुत देते हैं लेकिन किसी की कोई सहायता नहीं करते। विशेष रुप से अब्राह्मण व्यक्ति की। वैसे उनसे मिलने पर यही लगता था / है कि वे आपके प्रति अत्यंत संवेदनशील हैं। उनके बोलने – कहने का ढंग ऐसा होता है कि आप उन पर सहज ही विश्वास करने लगते हैं। यह दूसरी बात है कि कुछ अरसे के बाद उन से आपका मोह–भंग हो जाता है। खैर .....

१० अक्टूबर से एक महीने की छुट्टियाँ हो गयी थीं। इस बार मैं कहीं नहीं गया। सोचा, दिसम्बर की छुट्टियों में तो जाना ही होगा। शीला को डॉक्टर ने बतलाया था कि दिसम्बर – जनवरी में ही शिशु का जन्म होगा। अक्टूबर की छुट्टियों में मैंने नयी कविता पर एक पुस्तक लिखने की योजना बनाई और उस पर काम करने लगा। अब तक लिखने का, चीजों को समझने का अच्छा अभ्यास हो चला था, सो मैटर एकत्र करने में कोई कठिनाई नहीं हुई। फ्लैट के मिलने से घर में ही लिखने – पढ़ने की सुविधा भी हो गयी थी।

यहाँ एक बात और याद आ रही है। जैसा कि मैंने पहले कहा कि फ़्लैट के नाम पर हमें तीन कमरे दे दिए गये थे। जो कमरे मुझे दिए गए थे, उनमें से एक कमरे में मराठी के विभागाध्यक्ष प्रो. वालिंबे रहते थे। प्रो. ओक ने मुझसे कहा कि जब तक तुम्हारा परिवार यहाँ नहीं आ जाता, तब तक प्रो. वालिंबे तुम्हारे साथ ही रहेंगे। वालिंबे उस कमरे के मुझे चालीस रुपये देने लगे। दरअसल, वे पूना के थे और शुक्रवार की शाम को पूना चले जाते थे और सोमवार को सुबह को ही लौटते थे। अच्छे आलोचक थे। उनकी समीक्षा–सिद्धान्त पर एक पुस्तक भी प्रकाशित हो चुकी थी। इसी पुस्तक के आधार पर अगले वर्ष वे पूना विश्वविद्यालय में मराठी – विभागाध्यक्ष बन कर चले गए थे।

तभी मेरे शेरेपंजाब में मित्र बने देविंदर भाटिया भी मेरे फ़्लैट में रहने चले आए और एक कमरे में रहने लगे। एक दूसरे मित्र जागीर सिंह, जिनसे मेरा परिचय राजकोट में हुआ था और जो देहरादून के पास ही एक गाँव के रहने वाले थे, भी मेरे साथ आकर रहने लगे। इससे मुझे अपेक्षित आर्थिक सहायता मिली। अब मुझे अपने पास से केवल ४०–४५ रु. देने पड़ते थे।

इन फ्लैटों में ज़्यादातर युवा प्राध्यापक ही रहते थे। राजनीति शास्त्र के प्रोफ़ेसर कृष्ण वलसंगकर, अर्थ शास्त्र के प्रो. नायर, अंक गणित के प्रोफ़ेसर नायक, अंग्रेज़ी के प्रो. पकरासी तथा अर्थशास्त्र के प्रो. जोशी आदि ने यहाँ शिफ़्ट कर लिया था। प्रो. नायक हम सबसे सीनियर थे। उनके एक पुत्र और दो पुत्रियाँ थीं। बाद में हमारा उनके घर आना–जाना होने लगा। बाकी प्राध्यापकों से मेरे संबंध औपचारिक ही रहे। हिंदी का अध्यापक होने के नाते मुझे इनके बीच कोई भाव भी नहीं मिलता था। और जबर्दस्ती किसी के गले पड़ने में मेरी भी कोई रुचि नहीं रही। यहाँ पर मुझे प्रो. श्री कुमार की याद भी आ रही है। वे पहले से ही हॉस्टेल में रहते थे। अपनी एक मराठी भाषी विद्यार्थिनी से उन्होंने विवाह रचा लिया था। वैसे रुइया कॉलेज में अनेक प्रोफेसरों ने अपनी विद्यार्थिनियों से विवाह किया था और इसे यहाँ बुरा नहीं समझा जाता था। तो ...... प्रो. श्रीकुमार अंग्रेज़ी व्याकरण के मर्मज्ञ माने जाते थे। ज़्यादातर सूट – टाई में ही रहते थे। स्टाफ़ रूप में चहल–कदमी करते रहते थे। कुर्सी पर नहीं बैठते थे कि कहीं उनकी पैंट की क्रीज़ खराब न हो जाये। सभी से अंग्रेजी में बात करते थे। स्वर गंभीर था और मित भाषी थे। मुझे आरंभ में उन्हीं की सबसे ज़्यादा अवहेलना झेलनी पड़ी। मैं हिंदी का अध्यापक जो था।

बहुत सालों के बाद एक दिन जब मैं नयी पैंट पहन कर पलथी मारे स्टाफ़ रूम की इजी चेयर पर बैठा था, प्रो. श्रीकुमार मेरे पास आकर बोले – Prof.

Thakur, your are sitting like this with new trouser. तो मैंने उनसे कहा – Prof. Shri Kumar, I wear the pant, pant does not wear me. इस पर वे खिसियाकर दूसरी तरफ़ चले गए।

वैसे स्टाफ़ रूम का वातावरण सहज था। वरिष्ठ प्राध्यापक नए अध्यापकों का ध्यान रखते थे। समाज और राजनीति की चर्चा चलने पर हम नए अध्यापकों की बात भी सुनी जाती थी। उन से सहयोग भी मिलता था। लेकिन अध्यापकों के बीच जो खुलापन और आत्मीयता सिडनहम कॉलेज में थी, वह यहाँ नदारद थी। यहाँ औपचारिकता अधिक थी। आलसी और कामचोर अध्यापकों से निपटने का ढंग भी निराला था। प्रिंसिपल या वाइस प्रिंसिपल या विभागाध्यक्ष जब किसी अध्यापक के अध्यापन या व्यवहार को पसंद नहीं करते तो उससे कहते तो कुछ नहीं, लेकिन उसकी इतनी अपेक्षा करते कि जैसे वह स्टॉफ का सदस्य ही न हो। यह बात प्रभावित अध्यापक को भीतर तक कचोट जाती और धीरे–धीरे उसका व्यवहार सामान्य होने लगता। एक बात जो मैंने महसूस की, वह यह कि टी.रूम में चाहे जिस विषय की चर्चा चल रही हो, उसमें शिवाजी महाराज को ज़रूर ले आया जाता। लोकमान्य तिलक की बात शायद ही कभी होती हो। हाँ, २३ जुलाई को दीवार पर लगे उनके तैल–चित्र पर हर वर्ष फूलमाला अवश्य चढ़ाई जाती। वीर सावरकर भी कभी - कभी चर्चा का विषय बन जाते। यों आए दिन चर्चाएँ होती रहतीं और संबंधित विषय पर टिप्पणियाँ भी की जातीं। संस्कृत विभाग के अध्यक्ष प्रो. देशपांडे अपनी बड़ी सी तोंद निकाले स्टाफ़ रूम में प्रवेश करते और खूँटी पर अपनी छतरी टांग कर कोने वाली चौकोर मेज़ पर बैठ जाते। वरिष्ठ प्रोफ़ेसर होने के नाते हम सभी उनका सम्मान करते। उनसे चर्चा करने पर वे कालिदास और भवभूति के संदर्भ देना नहीं भूलते। हिंदी को वे संस्कृत से निकली हुई भाषा बतलाते। वैसे उन्हें हिंदी भाषा और साहित्य का ज्ञान नहीं था। हाँ, हमारे अध्यक्ष डॉ. जैन से उनकी खूब पटती थी। दोनों कॉलेज के वरिष्ठतम अध्यापक जो थे। फिर भी, कुल मिला कर कॉलेज का वातावरण सौहार्दपूर्ण था और कोई किसी के कार्य में हस्तक्षेप नहीं करता था। एक प्रकार से उस टुच्चेपन से यहाँ का माहौल एकदम अलग था जो मैंने बाद के वर्षों में विभिन्न कॉलेजों के कतिपय हिंदी प्राध्यापकों के व्यवहार में देखा।

# आठ

दिसम्बर में बड़े दिन की छुट्टियाँ हो गयी थीं। मैं २४ दिसंबर को ही मेरठ के लिए निकल गया। शीला 'मैटरनिटी लीव' लेकर मेरठ आ चुकी थी। घर में एक प्रकार से खुशी का माहौल था। सब को इस अवसर पर मेरा आना अच्छा लगा। रात को जब हम दोनों को एकांत मिला तो शीला ने बतलाया कि वह इस बीच वीकली छुट्टी में देहरादून चली गयी थी। वहाँ मेरे घरवालों ने उसके साथ बहुत ही आत्मीय व्यवहार किया। माँ जी के लिए कुछ साड़ियाँ ले गयी थी और मंजु के लिए भी कुछ कपड़ा खरीद लिया था। मंजु और शैलेश के साथ एक बार पल्टन बाजार भी घूम आई। अच्छा शहर है। अच्छे लोग हैं।

शीला के उभरे हुए पेट पर हाथ फेरता मैं उससे कहता – अच्छा, बताओ, लड़का होगा या लड़की। वह कहती  – पहली तो लड़की ही होनी चाहिए। लड़की को सजाने–सँवारने का सुख कुछ और ही होता है। लड़कों को तो एक बनियान और निक्कर पहना दो। बस, हो गया।'

हम इसी तरह की छोटी–छोटी, सहज बातें करते। २९ दिसम्बर को देहरादून से राकेश भी आ गया था। वह आया तो था हमसे मिलने लेकिन पूरे दिन घर से बाहर डोलता रहता। उसे यहाँ खुली आज़ादी जो मिल गयी थी। उस साल शायद वह इंटर की परीक्षा देने वाला था। ऐसे मौकों पर समय भागता–सा महसूस होता है।

३१ दिसम्बर की सुबह। सुबह शीला ने मुझे जगाया। बोली – देबू, मैम्ब्रेन फट गया है शायद। सारा बिस्तर गीला है।'

– तो...... ?' मैं कुछ समझ नहीं पाया। उसने यह बात कुछ चिंतित स्वर में कही थी। उसकी उस समय की मुद्रा देखकर मैं उससे ज़्यादा चिंतित हो गया।

मुझे चिंतित देख कर वह बोली – वैसे कोई चिंता की बात नहीं है। ऐसा हो जाता है कभी–कभी। लेकिन अब 'लेबर पेन' शुरू हो जानी चाहिए।'

दोपहर हो गयी थी। 'लेबर पेन' शुरू नहीं हुई थी। मैं और चिंतित हो गया। लंच करने के बाद शीला ने थोड़ा सा 'कैस्टर ऑयल' लिया और उसके घंटे भर बाद ही 'पेन' शुरू हो गयी।

घर वाले अस्पताल जाने की तैयारी करने लगे। प्यारे लाल अस्पताल। उसी दिन सुबह पुष्पा बहिन जी अपनी दोनों बेटियों के साथ मेरठ आ गयी थी। उनकी बड़ी बेटी बबली तब ९ साल की रही होगी।

शाम को छह–सवा बजे हम रिक्शे से प्यारे लाल अस्पताल पहुँच गए थे। तभी शीला को 'लेबर रूम' में ले जाया गया। डॉक्टर ने शीला की जाँच की और यह कह कर अपने क्वार्टर में चली गयी कि अभी ३–४ घंटे बाद ही कुछ होगा।

डॉक्टर के जाने के बाद शीला का दर्द यकायक बढ़ गया। नर्सों ने उसे संभाला और उन्हीं के प्रयास से हमारी पहली बच्ची कोई साढ़े सात बजे इस दुनिया में आ गयी। परिवार के लोग वहाँ थे ही। सब ने मुझे बधाई दी। मैं खुशी और संकोच के भाव से भर उठा।

प्यारे लाल अस्पताल में मरीज़ के परिवार वालों के लिए कुछ कमरे बने हुए थे। वे वहाँ ठहर सकते थे। कमरे के भीतर ही एक कोने में छोटी–सी रसोई का भी प्रबंध था। कोई घंटे - डेढ़ घंटे बाद डॉक्टर शीला को देखने आई। सब कुछ सामान्य पा कर उसने नर्स को कुछ इंस्ट्रकशन दिये और वापस लौट गयी। रात को ११ बजे के करीब हमें एक कमरा मिल गया। घर के लोग सुबह आने को कह कर लौट गए। मैं, शीला और हमारी बच्ची उस कमरे में अकेले रह गए। पलंग हालाँकि बड़ा नहीं था, फिर भी हम दोनों ने अपने बीच में बच्ची को लिटा लिया और उसका नाम सोचने लगे। अनेक नामों पर चर्चा करने के बाद यह निश्चित किया गया कि उसका नाम आभा रखेंगे।

उस रात आभा को लेकर हमने बहुत–सी बचकानी बातें की। आभा के सर पर बाल नहीं के बराबर थे। मैंने चिंता जताई कि इसके सर के बाल उगेंगे या नहीं। तब तक आभा की मौसियों ने उसके लिए बहुत से कपड़े बना लिए थे। शिशुओं के कपड़ों में, चाहे वह लड़का हो या लड़की, ज़्यादा फ़र्क नहीं होता। इसीलिए। हम दोनों के बीच आँखें बंद किए हुए बच्ची ऐसी लग रही थी जैसे कोई खिलौना हो। मैंने एक बार उसे चूमने की कोशिश की तो शीला ने मना कर

दिया यह कह कर कि नवजात शिशु को नहीं चूमा करते। इंफैक्शन का डर होता है। मैं मन मार कर रह गया।

सुबह छह–सवा छह बजे बबली (अब अचला) हमारे कमरे में आई। घर से दूध, चाय और शक्कर लेकर आई थी। साथ ही कुछ गिलास भी । उसी ने हमारे लिए चाय बनाई। नौ साल की बच्ची को चाय बनाते देख कर मैं अभिभूत हो उठा। हमने अस्पताल में पहली चाय उसके हाथ की ही बनी पी। फिर घंटे दो घंटे बाद परिवार के कुछ और लोग भी आ गए। सब ने यही कहा कि बच्ची अपने पिता पर गयी है।

पितृत्व का सुख कितना आल्हाद भरा होता है, यह मैंने अब जाना। बच्ची के मुख पर छायी नितांत आश्वस्ति। गुलाबी गाल और रक्तिम ओष्ठ–पंखुरियाँ। सब कुछ इतना मोहक कि उस पर अपने प्राण लुटाने को मन करे। उस समय मैं अपनी समस्त चिंताओं को भूल बैठा था और स्वयं को सुख के सागर में तैरता–सा महसूस कर रहा था।

छुट्टियाँ समाप्त होने को थीं। शीला को मेरठ में ही छोड़ कर मैं भारी मन से बंबई चला आया। मन भारी था अवश्य लेकिन उसके किसी कोने में एक नए प्रकार की हुमक भी भरी थी। मैंने मन ही मन ईश्वर का आभार माना कि उसने मुझे यह दिन दिखाया है। मैं अब उत्साह से भर उठा था और अपने भीतर एक नयी ऊर्जा महसूस कर रहा था।

बंबई लौट कर शीला के साथ फिर से पत्रों का अजस्र सिलसिला शुरू हो गया। रोज़ पत्र लिखता। कभी–कभी दिन में दो–दो पत्र लिखता। शीला, संक्षेप में ही सही, उनके उत्तर लिखती। उन पत्रों में आभा की गतिविधियों का वर्णन होता कि आज वह मुस्कराई, कि आज उसने अपनी मुट्ठियाँ खोलीं, कि उसने आज दूध ठीक से नहीं पिया, कि आज .....।' हमारे पत्रों के विषय बदल गए थे, हमारी मन:स्थिति बदल गयी थी और सब कुछ अपनी बच्ची पर केंद्रित हो गया था।

मुझे बचपन से ही बच्चे प्यारे लगते रहे हैं। बच्चे, पौधे और बरसात। बच्चों के साथ खेलना मुझे आज भी अच्छा लगता है। आज जब अपने नाती-नातिन को बढ़ते विकसित होते देखता हूँ तो सहज ही एक रोमांच से भर उठता हूँ। उनकी बातों, उनके तर्कों, उनकी ज़िद और उनके भोले चेहरों में मैं अपने बच्चों का ही अक्स

देखने की कोशिश करता हूँ। कभी यह भी सोचता हूँ कि कभी मैं भी ऐसा ही रहा होऊँगा। हरितिमा भरे पौधे भी मुझे बड़ा सुख देते हैं। उन की पत्तियों को सहलाते हुए मन–प्राणों में एक शांति छा जाती है और तब कल्मषता के लिए कहीं कोई स्थान नहीं रह जाता। ऐसा ही सुख मुझे बादलों को बरसते देख कर होता है। दरअसल, मेरे लिए वर्षा ऋतु एक उपहार बन कर आती है। उन दिनों मैं अत्यधिक सक्रिय हो उठता हूँ।

ढाई – तीन महीने बाद शीला संतोष दी के साथ नन्हीं–सी आभा को लेकर बंबई आ गयी। आभा अब तक खूब गोल–मटोल हो गयी थी। लोगों को पहचानने की कोशिश भी करती थी। कुछ दिनों के बाद संतोष दी मेरठ वापस चली गयी। अभी तक मैंने घरेलू चीजों का कोई प्रबंध नहीं किया था। हाँ, हॉस्टल का काफी फर्नीचर था। अपने लिए आवश्यक कॉट्स, कुर्सियों, टेबलों और स्टूलों को रख कर शेष फर्नीचर को निकाल दिया गया था। तीनों कमरों में एक–एक आराम कुर्सी भी थी। बहुत दिनों तक ये कुर्सियाँ ही हमारा 'सोफा सेट' बनी रहीं। इन्हें हमने अपने ड्राइंग रूम में एक ओर पंक्ति बद्ध कर के लगा दिया था। बीच की टेबल के स्थान पर दो स्टूल रख दिए थे। एक ओर कोने में दो मेज़ों को जोड़ कर पढ़ने लिखने की जगह बना दी थी। उधर भाटिया को रिजर्व बैंक का क्वार्टर मिल गया था और जागीर सिंह फिर शेरे पंजाब में लौट गया था। अब तक वह अणुशक्ति में लग चुका था।

शीला ने अपनी छुट्टियाँ बढ़ा ली थीं। अपनी सारी संचित छुट्टियाँ लेकर उसने लेडी हार्डिंग से इस्तीफा दे दिया। उधर हमने अपने फ्लैट में सामान अरैंज करना शुरू किया। किचन की जरूरी चीजें खरीदी गयीं। और बेड रूम में आमने–सामने दो कॉट्स बिछा दी गयीं। बड़े भाई जी ने शीला को बंबई के लिए चलते वक्त एक आलमारी खरीदने के लिए कुछ रुपये दिए थे। उनसे गोदरेज की एक आल्मारी भी खरीद ली गयी। इस तरह यह फ्लैट हमारा घर बन गया।

कुछ दिनों के बाद शीला ने बतलाया कि वह फिर गर्भ से है। मैं चिंतित हो उठा। सोचने लगा, दो–दो शिशुओं का पालन मुश्किल होगा। आख़िर शीला को भी तो नौकरी करनी है। लेकिन शीला, इस मामले में ज़्यादा मैच्योर थी। उसने कहा – दो बच्चे तो होने ही चाहिए। थोड़ी तकलीफ़ तो होगी लेकिन दोनों साथ–साथ पल जाएँगे। फिर दोनों की अच्छी कम्पनी भी बनी रहेगी। उसकी यह बात सुन कर मैं खामोश हो गया।

अब मैं पीरियड्स पूरे होने के बाद सीधे घर लौट आता। आभा के साथ रहने–खेलने का मोह बढ़ता जा रहा था। पूरे दिन बाहर रहने वाला मैं अब पूरे दिन घर में ही रहने लगा था। घर में अधिकांश समय आभा के साथ ही बीतता था।

कुछ महीने बड़े चैन से बीते। देहरादून से पत्र आते रहते थे। अब पिता जी के उन पत्रों का विषय बदल गया था। उन पत्रों में राकेश की शिकायतें होती। लिखा होता कि वह घर में सबको परेशान करता रहता है। उसकी कंपनी भी अच्छे लड़कों की नहीं है। छोटे शैलेश को तो वह कुछ समझता ही नहीं। बात – बात पर उसे डाँटता – पीटता रहता है। पत्र पढ़ कर मैं चिंतित हो जाता। मैंने सोचा था कि बी. ए. करने के बाद वह कहीं काम पर लग कर घर में थोड़ी–बहुत आर्थिक सहायता करेगा। लेकिन पिता जी के पत्रों को पढ़ कर मेरा यह सोच धूमिल–सा हो जाया करता था। शीला ने भी मुझे बतलाया था कि जब भी वह देहरादून गयी, पिता जी राकेश का रोना लेकर बैठ जाते थे। और शैलेश तो जैसे एक उपेक्षित बच्चे की तरह जी रहा है। फिर हम दोनों ने निर्णय लिया कि गर्मियों की छुट्टियों में देहरादून जाकर शैलेश को अपने साथ ले आएँगे। उस साल वह ८ वीं कक्षा में था। मंजु (शायद) इन्टर की परीक्षा देने वाली थी।

समय जल्दी–जल्दी बीत रहा था। दिसम्बर (१९६३) का महीना शुरू हो चुका था। एक दिन (१० दिसम्बर) शीला ने बतलाया कि उसे थोड़ी–थोड़ी 'पेन' शुरू हो गयी है। मैं अकेला, घबड़ा गया। शीला ने मुझे धीरज बंधाया। मैंने अस्पताल चलने की पेशकश की। शीला बोली–अभी काफी समय है। शाम को देखेंगे।'

फिर शाम भी हो गयी। मैंने फिर अस्पताल जाने की बात दोहराई। शीला ने कहा – अभी कोई जल्दी नहीं है। बाद में सोचेंगे।'

मेरी रात बड़ी बेचैनी में कटी। सुबह उठा तो बोला – शीला, कहीं ज़्यादा देर न हो जाये। अब तो चलो ही।'

वह बोली – 'पेन' बढ़ रही है। लेकिन चाय पीकर तैयार होते हैं। तुम तब तक चाय बना लो।'

तलवलकर नर्सिंग होम, जहाँ हमने शीला का नाम रजिस्टर कराया था, मेरे कॉलेज के सामने ही था। मैंने ज़ल्दी –ज़ल्दी चाय बानायी। हम चाय पी ही रहे थे कि मेरे एक मित्र श्री पांथरी मुझसे मिलने आ गए। वे विधान परिषद में अनुवादक थे। मैंने उनसे शीला को नर्सिंग होम ले जाने की बात बतलाई तो वे कहने लगे – चलो, मैं भी साथ चलता हूँ।'

हम तैयार होकर टैक्सी से नर्सिंग होम आ गए। शीला को नर्स लेबर रूम में ले गयी। उसने पूछा – आपको डेलिवरी के वक्त डॉक्टर चाहिए क्या? उसके चार्जेज़ अलग से सौ रुपये होंगे।'

शीला बोली – केस नॉर्मल है। डॉक्टर की कोई जरूरत नहीं। नर्सें ही देख लेंगी।'

मैंने बहुतेरा कहा – डॉक्टर को बुला लो।' लेकिन वह नहीं मानी।

उसके इस विश्वास पर मैं आश्चर्यचकित था। फिर यह सोच कर अपने मन को आश्वस्त किया कि शीला इस मामले में मुझ से ज़्यादा जानती है। सो, मैं चुप हो रहा। लेकिन भीतर ही भीतर मैं बहुत नर्वस हो रहा था। इतना नर्वस कि वहाँ मुझसे खड़ा भी नहीं हुआ जा रहा था। उससे बचने के लिए मैंने पांथरी से कहा – चलो, नीचे चल कर चाय पीते हैं।'

हम दोनों नीचे उतर आए और एक छोटे–से होटल में बैठ कर चाय पीने लगे।

कोई १५–२० मिनट के बाद जब हम नर्सिंग होम में लौटे तो किसी नवजात शिशु के रोने की आवाज़ सुनाई पड़ी। मेरे दिल की धड़कन बढ़ने लगी। ऑफिस में एक नर्स को आते देख कर पूछा तो मुस्कराकर वह बोली – लड़की हुई है। जच्चा–बच्चा दोनों ठीक है।'

सुन कर मेरे दोनों हाथ भगवान का आभार मानने के लिए जुड़ गए और आँखें बंद हो गयीं।

हमारा परिवार पूरा हो गया था। हम दो, हमारे दो।'

उन दिनों उस नर्सिंग होम में डिलेवरी के चार्ज मात्र १०० रु. थे और वहाँ जच्चा–बच्चा १० दिनों तक रह सकते थे। शीला नर्सिंग होम में ५ दिनों तक रही। अगले दिन मैं उसे बच्ची के साथ घर लिवा लाया। वह १७ दिसम्बर की सुबह थी। इस दौरान मैंने कॉलेज से छुट्टी ले ली थी ताकि आभा के पास रह सकूँ।

बच्ची के नामकरण का कोई अनुष्ठान नहीं किया गया। हम दोनों ने 'आभा' से मिलता–जुलता उसका नाम रख दिया 'आरती'।

आभा और आरती। दो नन्हें शिशु धीरे–धीरे साथ–साथ पलते–बढ़ते रहे। हम संतुष्ट थे। प्रसन्न भी। हमने देहरादून और मेरठ में अपने परिवार वालों को दूसरी कन्या के जन्म की सूचना दे दी थी। मेरठ से बधाई का पत्र आया था और देहरादून से पिता जी ने लिखा – बेटा, लड़की होने की खुशी हुई। भगवान्, दोनों बच्चों को लम्बी आयु दे ....। इधर मुझे फिर बवासीर शुरू हो गयी है। बहुत खून जाता है। काफ़ी कमज़ोर हो गया हूँ। दवाई चल रही है। खर्च बढ़ गया है। हो सके तो कुछ ज़्यादा पैसा भेजने की कोशिश करना।'

आभा के जन्म के बाद शीला ने लेडी हार्डिंग से छुट्टी ले ली थी और अब भी वह छुट्टियों पर ही चल रही थी। अतः आमदनी का एक ज़रिया खत्म हो गया था। घर का खर्च शीला की सेविंग से चल रहा था। बच्चों के कारण अपने खर्च भी बढ़ गए थे। उनके कारण कभी–कभी अपना लिखना – पढ़ना भी नहीं हो पाता था। कभी–कभी तंगदस्ती बुरी तरह खल जाती थी।

उधर देहरादून से जो भी पत्र आते थे, उनमें कभी कोई अच्छी खबर नहीं होती थी। बस, अभावों, पैसों और बीमारी का रोना होता था। तभी एक दिन पिता जी का पत्र आया कि राकेश को हॉल टिकट नहीं दिया जा रहा। उसने अपने और अपने दोस्त के नाम पर लाइब्रेरी से कुछ किताबें इश्यू करवाई थीं और बाद में उन्हें किसी बुकसेलर को बेच दिया था। जब तक किताबें नहीं लौटाई जातीं तब तक उसे इम्तिहान में नहीं बैठने दिया जायेगा।' चिट्ठी पढ़ कर मेरे पैरों तले की ज़मीन खिसक गयी। दिमाग संज्ञा शून्य हो गया। मैं कुछ निश्चय नहीं कर पा रहा था कि क्या करूँ। शीला ने मुझे चिंतित देखकर पूछा – पिता जी की चिट्ठी में क्या लिखा है? सब ठीक तो है न।'

मैंने धीरे – से चिट्ठी उस के हाथ में पकड़ा दी। पढ़ कर वह भी सोच में पड़ गयी। फरवरी के अन्तिम दिन चल रहे थे। हफ़्ते भर का समय था। हफ़्ते भर में यह सब नहीं सुलटाया गया तो राकेश बी. ए. की परीक्षा में नहीं बैठ पायेगा। फिर एक और साल उसकी पढ़ाई का खर्च उठाना पड़ेगा। कॉलेज में परीक्षाएँ होने वाली थीं। परीक्षाओं के बाद कापियों को जाँचने का काम करना था। मैं किसी भी हालत में कॉलेज से छुट्टियाँ नहीं ले सकता था। बहुत सोच–विचार के बाद यह निर्णय लिया गया कि शीला दोनों बेटियों के साथ देहरादून जाये और लाइब्रेरी के पैसे भर कर राकेश को हॉल टिकट दिलवा दे।

इस निर्णय के बाद दूसरे–तीसरे ही दिन मैंने शीला को दोनों बेटियों के साथ देहरादून रवाना कर दिया। अब तक पिता जी ने रिस्पना वाला घर छोड़ कर करनपुर के बंगाली मोहल्ले में एक घर किराए पर ले लिया था ; रिस्पना वाले घर से आधे किराए पर। उनके पेंशन के पेपर भी देहरादून आ गए थे। सो, हाथ कुछ खुल गया था।

शीला करीब १५ दिन तक देहरादून में रही। उसने लाइब्रेरी की किताबों के पैसे चुका कर राकेश को हॉल टिकट दिलवा दिया था। पिता जी ब.मार चल रहे थे। उनको अस्पताल में दिखलाकर उनकी दवाई आदि का प्रबन्ध भी कर दिया था। माँ को घर के खर्च के लिए कुछ रुपये भी दे दिए थे। देहरादून से भेजे एक पत्र में उसने लिखा था – देबू, और तो सब ठीक हो गया है। लेकिन शैलेश की हालत कुछ ज़्यादा ठीक नहीं है। वह सब से उपेक्षित हो रहा है। राकेश से तो उसकी एक पल

के लिए भी नहीं बनती। मैं सोचती हूँ कि क्यों न हम परीक्षा के बाद जब गर्मियों में यहाँ आएँ तो फिर शैलेश को भी अपने साथ लेते आएँ। तुम इस बारे में सोचना।'

मैं क्या सोचता। मैं हिसाब लगाने लगा कि पिता जी को तो उतने पैसे तो भेजने ही पड़ेंगे, जितने भेजता रहा हूँ। यहाँ शैलेश की पढ़ाई का ख़र्च और बढ़ जाएगा। सो, शीला के आने पर ही कोई निश्चित निर्णय लिया जाएगा।

शीला देहरादून से वापस लौटी तो थोड़ी उदास दीखी। मेरे पूछने पर उसने बतलाया कि राकेश का व्यवहार माँ-पिता जी के साथ भी अच्छा नहीं है। बात-बात पर गालियों से बात करता है। माँ से जबर्दस्ती पैसा छीन कर ले जाता है। पिता जी की कुछ नहीं सुनता। पिता जी एक तो अपनी बीमारी से त्रस्त हैं, दूसरे राकेश ने उन्हें और भी दुखी कर रखा है। शैलेश को तो अगले साल यहाँ ले ही आना होगा। नहीं तो, वह भी राकेश जैसा ही बन जाएगा। अब भी वह दिन भर गली-मोहल्ले में डोलता रहता है। बस, खाने के वक्त घर आ जाता है। इस साल वह आठवीं की परीक्षा दे रहा है। ९ वीं में उसके लिए किसी हिंदी मीडियम के स्कूल में बात करके रख लो।

साथ ही शीला ने यह भी बतलाया कि पिता जी कहीं से एक पुरानी 'प्रैम' उठा लाए थे। हर शाम आभा – आरती को अच्छे-अच्छे कपड़े पहना कर उन्हें प्रैम पर घुमाने के लिए ले जाते थे। लौटते वक्त बाजार से बची हुई तरकारियाँ सस्ते दामों पर खरीद लाते थे। माँ उन में से चुन-चुन कर सब्जी बना लेती थी ......कि देहरादून में भी महंगाई बढ़ गयी है। वे किसी तरह घर चला रहे हैं ..... कि आजकल दो सौ – सवा दो सौ रुपयों में क्या होता है। ५ लोगों का परिवार है। बस, बच्चों में मंजु ही पढ़ाई में ठीक चल रही है। माँ का हाथ भी बँटाती है। आभा – आरती भी उससे बहुत जुड़ गए थे।

शीला ने इसी तरह की छोटी-बड़ी बहुत सी बातें बतलाईं। मैं सुनता रहा और सोचता रहा।

कॉलेज के फ़्लैट में आए लगभग डेढ़ साल हो चुका था। घर को घर बनाने के लिए सिवाय कुछ बर्तनों के और कुछ भी नहीं खरीद पाया था। एक तरह से घर शीला के बचाए पैसों से ही चल रहा था। पहली बार संतोष दी के साथ बंबई आने पर शीला हॉस्टल के अपने कमरे का एक टेबिल फ़ैन साथ ले आई थी। उसी को हम अपने दोनों कमरों में घुमाते रहते थे। चाह कर भी हमसे यह नहीं हो पाया था कि एक कमरे में सीलिंग फ़ैन लगवा लें। लेकिन इस तरह के अभावों के बावजूद मैंने शीला के चेहरे पर कोई शिकन नहीं देखी। उसकी सहजता मुझे बहुत शक्ति देती थी और आश्वस्ति भी। तब मैं सोचता कि ये दिन हमेशा नहीं रहेंगे। जब सब कुछ बदलने वाला ही है तो मेरे ये दिन भी बदल जाएँगे।

यादों के बादल घिरते हैं तो कभी टीस पैदा कर जाते हैं और कभी मन - प्राणों पर बिजली–सी चमका देते हैं। एक उम्र आती है जब हम अतीत की याद करते हुए अपना वक्त बिताने लगते हैं। ये यादें सतरंगी भी होती हैं और तन–मन को झकझोर देने वाली भी। हमें कभी–कभी आश्चर्य होता है कि उन मारक स्थितियों को हम कैसे पार कर पाये। इन दिनों जब उन्हें लिखना नहीं हो पाता तो उन्हें अपने मानस – पटल पर पुनर्जीवित होते हुए महसूस करता हूँ और बड़ी देर तक उस दृश्यावली में खोया रहता हूँ।

सोचता हूँ कि जीवन भी क्या चीज़ है। जीवन वह नहीं होता जो औपचारिकता के आवरण से लिपटा होता है। सच्चा और यथार्थ जीवन तो उस आवरण के भीतरी पर्तों में कहीं छिपा होता है जो कभी–कभी यादों के रूप में सामने आ खड़ा होता है, अपनी पूरी तल्ख़ी के साथ। सच्चा जीवन तो वह होता है जो हम अपनी मानसिकता में, अपनी यादों में जीते हैं।

इन दिनों जुहू के समुद्र के किनारे बैठे वे दिन बार–बार याद आते हैं जब मैं डिफ़ेन्स में क्लर्की करता था और मामा–मामी के साथ कालूराम वर्मा की कीचड़ भरी चाल में रहता था। घर में, शाम को ऑफिस से थक कर आने के बाद, बैठने–लेटने की जगह नहीं होती थी। इसीलिए सीधे जुहू चला आता था। वहाँ कई बार ऐसा होता था कि मेरे सामने ही सूरज समुद्र की गहराई में डूब जाया करता था। पूरे 'बीच' के विस्तार में खामोशी छायी रहती थी। बस, कुछ इक्के – दुक्के जोड़े कुंजों में बैठे रहते थे। मैं सूखी रेत पर लेटा हुआ आसमान और समुद्र के विस्तार को देखता रहता था और किसी मद्धिम से तारे को देखता हुआ सोचता रहता था कि क्या मेरे नजीबाबाद के घर से भी यह तारा इसी तरह दीखता होगा। फिर सागर में पानी की लहरें तेज़ होने लगती थीं और पूरे वातावरण में हवा की लहरों में भी गति आ जाती थी। तब अलसाया हुआ – सा मैं घर की ओर लौट जाया करता था; घर में कुछ करने को नहीं होता था। घर की ओर जाते हुए मुझ में एक अजीब–सा खालीपन भर आता था।

लेकिन अब परिस्थितियाँ बदल गयी थीं। कॉलेज से निकल कर मैं सीधा अपने घर की ओर चल पड़ता था। अपनी बच्चियों के साथ खेलने, उनसे बात करने की हुमक मन में भरी रहती थी। उनके गुलाबी गालों, उनकी मुस्कानों, उनकी हुमक में मैं अपना अस्तित्व सार्थक हुआ महसूस करने लगता था।

सच, समय कैसे बदल जाता है और व्यक्ति का सोच भी। अब मेरे लिए मेरा घर–परिवार ही सब कुछ होकर रह गया था।

# नौ

आगे के कुछ महीनों में बहुत कुछ घट गया था।

गर्मियों की छुट्टियों में हम दोनों अपने बच्चों को लेकर देहरादून चले गए थे। वहाँ से लौटते हुए छोटे भाई शैलेश को भी अपने साथ ले आए थे। शैलेश खुश था। यहाँ अपने कॉलेज के पास ही 'दयानंद विद्यालय' में उसका दाखिला करवा दिया था। नवीं कक्षा में। प्रिन्सिपल सिंह से मेरा अच्छा परिचय था। फिर वहाँ एक परिचित अध्यापक शिवशंकर पांडे भी थे। इसलिए कोई ज़्यादा दिक्कत नहीं हुई।

देहरादून से पिता जी के पत्र आते रहते थे। सभी पत्रों में पैसों का रोना होता था। छोटी आरती अभी ४-५ महीने की ही थी। शीला कहती थी कि जब तक बच्ची एक साल की न हो जाये तब तक उसके नौकरी करने का कोई सवाल ही नहीं उठता। मुझे भी लगता था कि शीला का कहना सही ही तो है।

शैलेश के बंबई आने के कारण काफ़ी सुविधा हो गयी थी। वह दोनों बेटियों के साथ खेलता – उन्हें खिलाता। उनके गंदे कपड़े भी बिना कहे धो देता और साथ में अपनी पढ़ाई भी करता रहता।

तभी एक दिन अखबार पढ़ते हुए मेरी नज़र एक विज्ञापन पर पड़ी। विज्ञापन 'पार्ट टाइम' नर्स के लिए था 'महात्मा गाँधी अस्पताल' में। मैंने सकुचाते हुए शीला को वह विज्ञापन पढ़ाया। विज्ञापन पढ़ कर शीला बोली – तुम क्या कहते हो।' मैं समझाने के ढंग पर उससे बोला – ८ से १२ की यह पार्ट टाइम नौकरी तो की जा सकती है न। सौ-एक रुपये मिल जाएँगे तो हाथ थोड़ा ढीला हो जाएगा। कम से कम महीने भर का राशन तो आ जाएगा। ...अब देखो, सब कट-कटा कर और देहरादून मनीआर्डर भेज कर हमारे पास क्या बचता है – यही ७०-७५ रु. तो। एक -एक पैसा खर्च करने के लिए भी दो – दो बार सोचना पड़ता है। ठीक है, बाहर से १००-१५० रु. और मिल जाते हैं लेकिन फिर भी हाथ कसा रहता है। तुम दिल्ली

में सिस्टर–इन–चार्ज बन कर काम करती रही हो। यह नौकरी तो तुम्हें यों ही मिल जाएगी .....फिर आगे के लिए भी 'फुल टाइम' पाने में थोड़ी सुविधा हो जायेगी।'

मैं इसी तरह शीला से देर तक कुछ–कुछ कहता रहा। वह चुपचाप सुनती रही। मैंने अंत में कहा – इस तरह बिना नौकरी किए तो तुम्हारे बचाए सभी पैसे खर्च हो जायेंगे .... फिर क्या होगा। .....अब तो शैलेश भी साथ में है। उसका स्कूल दिन का है। जब तक वह स्कूल जाएगा, तब तक तुम लौट जाओगी। तब तक मैं भी कॉलेज से निकल कर घर पहुँच जाऊँगा।'

बहुत समझाने–बुझाने के बाद मैंने शीला को एप्लाई करने के लिए तैयार कर लिया। वह दूसरे ही दिन अर्जी और अपने सर्टिफिकेट लेकर 'महात्मा गांधी अस्पताल' पहुँच गयी। वहाँ वह मैट्रन परेरा से मिली और अपनी एप्लीकेशन देते हुए कहा कि उसने लेडी हार्डिंग अस्पताल, दिल्ली से ट्रेनिंग ली है। लेडी हार्डिंग का नाम सुनते ही मिस परेरा खुश हो गयी और दो–चार प्रश्न पूछने के बाद बोलीं – मिसेज ठाकुर, तुम कल से ही ज्वाइन कर लो। शीला ने उसे अपने सर्टिफिकेट दिखलाने चाहे। वह बोली –मैंने देख लिए हैं। तुम कल से आ जाओ।'

दूसरे दिन शीला ड्यूटी पर चली गयी। यूनिफार्म उसके पास थी ही। उसके वापस आने से पहले मैं कॉलेज से आ गया था। वह आई तो मैंने लक्ष्य किया कि वह थोड़ी उदास थी। उसने आते ही हाथ–पैर धोये और आरती को अपनी छाती से चिपका लिया और उसे अपना दूध पिलाने लगी।

उसे उदास देख कर मैं बोला – क्यों क्या हुआ ? तुम उदास दिख रही हो ?'

कुछ देर तक वह कुछ नहीं बोली। बहुत कुरेदने पर उसने बतलाया – छातियों में दूध भर गया था। सिंक के पास जाकर निकालना पड़ा।'

काफी देर चुप रहने के बाद मैं बोला – अस्पताल तो अच्छा है न।'

– हाँ, अच्छा है। बड़ा भी है।' वह आरती के घने, घुँघराले बालों पर हाथ फेरती हुई बोली। अपनी बेटी के प्रति उसकी ममता उमड़ी पड़ रही थी।

अभी हफ़्ता भर भी नहीं हुआ था कि मैट्रन परेरा को पता लग गया कि शीला लेडी हार्डिंग में सिस्टर–इन–चार्ज थी। उसने वार्ड से शीला को बुला भेजा और बोली – तुमने बतलाया क्यों नहीं कि तुम दिल्ली में सिस्टर–इन –चार्ज थीं। हमारे यहाँ 'सिस्टर' की कई जगहें खाली पड़ी हैं। बड़ा अजीब लगता है कि तुम पार्ट–टाइम नर्स के रूप में काम करो। पहली तारीख से तुम 'सिस्टर इन चार्ज' के रूप

में कार्य करोगी। एक फॉर्मल एप्लीकेशन के साथ अपने सभी सर्टिफिकेट्स की कॉपी सब्मिट कर दो।'

शीला ने मैट्रन को बहुत समझाना चाहा कि उसकी बच्ची अभी बहुत छोटी है; कि वह 'फुल टाइम' जॉब नहीं कर पायेगी। लेकिन मैर्टन नहीं मानी तो नहीं ही मानी। निदान शीला को वह पोस्ट स्वीकार करनी पड़ी। लेकिन इस को स्वीकारने का मतलब था कि बच्चों की देखभाल के लिए कुछ व्यवस्था करना। बहुत सोच - विचार के बाद यह तय किया गया कि देहरादून से अम्मा को बुला लिया जाय। बच्चियों की जैसी देखभाल वह करेगी; कोई दूसरा नहीं कर सकता। सो, मैंने एक एक्सप्रैस लैटर भेज कर अम्मा को बंबई बुला लिया। अपनी नातिनों के साथ अम्मा खुश थी। अम्मा को बाहर घूमने का शौक था। सो जब भी हमें समय मिलता, खासतौर से छुट्टी के दिन, हम उसे बंबई घुमाने ले जाते। उस दिन वह बड़ी खुश रहती थी।

बम्बई आकर अम्मा ने चूल्हे–चौके की सारी जिम्मेदारी सँभाल ली थी। दोनों बेटियों को खिलाने–पिलाने का ढंग भी शीला ने उसे समझा दिया था। शीला बच्चों की 'डाइट' का बहुत ध्यान रखती थी। नर्स जो थी। कभी–कभी फल भी घर में आने लगे थे। शैलेश के कारण भी काफ़ी सुविधा हो गयी थी। और अपने दिन ठीक–ठीक बीतने लगे थे।

आरती का पहला जन्म दिन हमने बड़े उत्साह से मनाया। क्वार्टरों के सभी बच्चों को बुलाया। केक काटा गया। हैपी बर्थ डे गाया गया। बच्चों को छोटे–छोटे उपहार दिए गए। उनके अभिभावकों ने भी गिफ्ट्स दिए – फ्रॉक, पाउडर का डिब्बा, जॉनसन बेबी आयल और ऐसी ही कई चीज़ें। अच्छा लगा। कुछ दिनों के बाद बड़ी बेटी आभा भी दो साल की होने को थी। हमने उसका जन्म – दिन मनाने की योजना बना ली थी।

उन दिनों आरती को पिछले तीन–चार दिनों से बुखार आ रहा था। खाना भी ठीक तरह से नहीं खा पाती थी। दवाइयाँ दी जा रही थीं। लेकिन उनका असर होता नहीं दीखता था। उस दिन रविवार था। शीला घर में ही थी। आरती बुखार में तप रही थी। शीला ने उसका बुखार लिया। १०२°। वह चिंतित हो गयी। आभा सोई हुई थी। रोते–रोते जाग गयी और मेरे पास आकर बैठ गयी। मैंने उसे

गोद में ले लिया। वह अपनी नन्हीं – नन्हीं दो उँगलियों को मुँह में दिए एकटक आरती की ओर देखती रही।

तभी आरती ज़ोर से चींखी। उसने सिर उठाया और फिर निढाल होकर उसका सर नीचे की ओर लटक गया। शीला एकदम घबड़ा उठी। आरती का सारा शरीर पीतवर्णी हो गया था। वह जैसे प्राण विहीन हो गयी थी।

– इसे 'कन्वलशन' आ गया है शायद।' शीला के मुँह से अस्फुट से शब्द निकले। वह सोच नहीं पा रही थी कि क्या किया जाय। आरती के घुँघराले बालों में ही जैसे प्राण शेष रह गए थे जो पास रखे टेबल–फेन की हवा में उड़ रहे थे।

– डॉक्टर को बुला लो।' शीला ने सुबकते हुए कहा। वह बहुत ज्यादा घबड़ा गयी थी।

मेरे सामने सारा घर घूम गया। नंगे पैरों ही डॉक्टर को बुलाने नीचे दौड़ गया।

घर के पास ही दो डॉक्टरों की क्लिनिक थी। लेकिन उनकी भी रविवार की छुट्टी थी।

घबड़ाहट से भरा हुआ घर लौटा। शीला दरवाज़े के पास ही मेरी और डॉक्टर की प्रतीक्षा कर रही थी।

मैं बोला – आज सब की क्लिनिक बंद है।'

रुँधी आवाज में वह बोली – लगता है, हमारी आरती गयी .......तुम टैक्सी बुला लो। मैं उसे लेकर नीचे आती हूँ।'

निश्चेष्ट आरती को गोद में उठा कर हम टैक्सी में सायन अस्पताल की ओर चल पड़े। अस्पताल घर के पास ही था। लेकिन मुझे लग रहा था कि टैक्सी चल ही नहीं रही है। शीला अपने को सँभालने की कोशिश कर रही थी। मैं फटी–फटी आँखों से आरती को देखे जा रहा था। तभी उसमें कुछ हरकत महसूस हुई।

– अभी जिंदा है।' शीला बुदबुदायी।

अस्पताल। डॉक्टर ने आरती का लंबर पंक्चर किया। उसे पीने की कोई दवा दी। अब आरती होश में थी लेकिन सो रही थी।

नर्स से आरती को बच्चों के वार्ड में एडमिट करने के लिए कह कर डॉक्टर चला गया।

बच्चों का वार्ड खचाखच भरा था। बच्चे ही बच्चे। साथ में उनके अभिभावक। फर्श पर बिछे हुए बिस्तर। नर्स एक कम्बल और एक चादर दे गयी। एक कोने में

थोड़ी–सी जगह थी। हमने वहीं कंबल बिछा कर आरती को लिटा दिया और खुद उसके पास बैठ गए।

शीला एक दम खामोश थी। पता नहीं, उसके अन्दर क्या चल रहा था। मेरा सारा शरीर शिथिल हो गया था। मैं बार–बार सोती हुई आरती को देख लेता था। चलो, आखिर वह बच गयी। गोद से जाते–जाते गोद में ही रह गयी।

दूसरे दिन दोपहर को हम घर लौट आए। अपनी आरती को लेकर। अगले दो–तीन दिनों तक शीला काम पर नहीं गयी। बस, आरती के पास ही बनी रही। मैं भी जैसे फिर से जीवित हो उठा था।

दिन बीतते जा रहे थे। मार्च का महीना शुरू होने वाला था। कॉलेज में परीक्षाएँ चल रही थीं। अस्पताल में शीला की व्यस्तता और जिम्मेदारियाँ बढ़ गयी थीं। हम अभी नॉर्मल हुए ही थे कि एक दिन देहरादून से पिता जी के और मेरठ से मेहरचंद जी के पत्र साथ–साथ मिले।

पिता जी ने लिखा कि माँ के बंबई जाने के बाद राकेश बिना लगाम का घोड़ा हो गया है। दिन भर कहाँ जाता है, क्या करता है, कुछ नहीं बतलाता। अगर उस से कुछ पूछो तो आँखें तरेर कर मेरी ओर देखता है कि जैसे मुझे खा जाना चाहता हो। मंजु से भी उसकी नहीं पटती। उसे बात–बात पर टोकता रहता है। परिचित लोगों से दस–दस, बीस–बीस रुपये उधार ले लेता है। और जब उनके पैसे नहीं लौटाए जाते तो वे घर में आ धमकते हैं .....कि मेरी पोजीशन बड़ी खराब हो जाती है। इस साल उसका बी. ए. का फाइनल इयर है। पता नहीं पास भी होगा या नहीं। कहीं पहले जैसी कारस्तानी कर बैठा तो मेरा तो मरण हो जाएगा। जब तक घर में रहता है, हम बाप–बेटी डरे–डरे और सहमे–सहमे रहते हैं .....आदि–आदि।

पत्र पढ़ कर मेरा मन खट्टा हो गया। उधर शीला भाई मेहरचंद जी का पत्र पढ़ कर बोली – भाई जी ने लिखा है कि संतोष को कुछ महीनों से खाँसी और बुखार की शिकायत रहने लगी है। कई डॉक्टरों को दिखाया है। लेकिन कोई फ़र्क नहीं पड़ रहा। अब सोचा है कि दिल्ली ले जाकर 'ऐम्स' में चैक–अप करा लिया जाय। उसका वजन भी लगातार घटता जा रहा है।'

दोनों पत्रों को पढ़ कर हम चिंताग्रस्त हो उठे थे। सोच नहीं पा रहे थे कि क्या करें। अम्मा को पिता जी के पत्र के विषय में बतलाया तो वह बोली – राकेश पिता जी के बस का नहीं है। उसकी संगत बिगड़ चुकी है। वह पैसे के लिए कभी भी, कुछ भी कर सकता है। उसे बाज़ार में खाने की चाट लगी हुई है।' फिर कुछ रुक

कर बोली – क्या ऐसा नहीं हो सकता कि उसे परीक्षा के बाद यहीं बुला लिया जाय। न भी पढ़ेगा तो कोई छोटा–मोटा काम–धाम ही कर लेगा। देहरादून में तो काम मिलने की कोई उम्मीद नहीं है।'

मैं कुछ सोच नहीं पा रहा था। शीला भी कुछ तय नहीं कर पा रही थी। यदि उसने यहाँ आकर भी वही तमाशे किए तो घर की शांति तो भंग होगी ही, पास–पड़ोसियों के बीच बदनामी अलग से होगी। मुझे लगा कि मेरी जान सांसत में पड़ गयी है। अम्मा की राय जाननी चाही तो उसने कह दिया — मैं क्या कहूँ। जैसा तुम लोग ठीक समझो, कर लो। वैसे वह अब वहाँ किसी के बस का नहीं रह गया है।' सो, निर्णय लेने की सारी जिम्मेदारी मुझ पर आ पड़ी। दूसरे, यदि यहाँ आकर भी वह इसी तरह तमाशे करता रहा तो उसके लिए भी मैं ही जिम्मेदार ठहराया जाऊँगा। इस सब के बावजूद मुझे यह निर्णय लेना पड़ा कि राकेश को यहीं बुलाना ठीक रहेगा।

मेरे इस निर्णय को कुछ दिनों बाद आए पिता जी के पत्र ने और भी पक्का कर दिया। पिता जी ने अपने पत्र में लिखा था – राकेश के साथ रहना अब मुश्किल होता जा रहा है। तूने जो मनीआर्डर भेजा था, उसमें से उसने मेरी जेब से ५० रु. का एक नोट निकाल लिया चोरी–चोरी। जब मैंने उससे इसके बारे में पूछा तो उसने मेरा गला पकड़ लिया। ऐसे तो वह एक दिन मुझे जान से ही मार डालेगा। तेरी बहिन के साथ भी उसका व्यवहार दिन–ब–दिन खराब होता जा रहा है। बात–बात में उसे डाँटता रहता है। कभी–कभी उसके बाल पकड़कर उसको दो–चार थप्पड़ भी लगा देता है। वह बेचारी कुछ नहीं बोल पाती। अपने सारे काम उसी से करवाता है। मेरा तो जीना मुश्किल हो गया है। मुझे मालूम नहीं था कि इस बुढ़ापे में यह सब सहना पड़ेगा .........।'

मुझे पिता जी पर तो दया आई ही, लेकिन उससे ज़्यादा दया अपने पर हो आई। मैंने भी यह सब कब सोचा था। मैंने तो सोचा था कि बहन –भाइयों को अच्छी तरह पढ़ा–लिखा कर उन्हें किसी काम में लगा दूँगा .....लेकिन अपना यह सपना अब मुझे बिखरता दिखाई देने लगा था।

मैंने कुछ दिन बाद पिता जी को पत्र लिखा कि जैसे ही राकेश की बी. ए. (फाइनल) की परीक्षा हो जाय, उसे आप बंबई भेज दें। यहाँ जो भी, जैसा भी होगा, देखा जायेगा।

राकेश के बाहरी व्यवहार को देख कर कोई सोच भी नहीं सकता था कि भीतर से वह इतना उदण्ड, इतना पाखंडी और इतना बिगड़ा हुआ है। ठीक है, बाहर के लोगों

को वह बड़ा मिष्ठभाषी, शालीन और विनम्र लगता था लेकिन घर के भीतर वह आतंक बनाए रखता था। घर के सभी लोग उसकी कारगुजारियों से परेशान और त्रस्त थे। अब उसको लीक पर लाने की जिम्मेदारी मुझ पर आ पड़ी थी।

परीक्षा के बाद जब वह यहाँ आया तो मैंने देहरादून से उसका 'एलिजिबिलिटी सर्टिफिकेट' मँगवा कर अपने ही कॉलेज में 'डिप्लोमा इन एजुकेशन' में उसका दाखिला करवा दिया। मैंने सोचा कि इससे वह किसी न किसी प्राइमरी स्कूल में तो लग ही जायेगा। डिप्लोमा के इन्चार्ज प्रो. जोशी थे जो बहुत कड़क थे। सहकर्मी होने के बावजूद मेरा उनसे कोई ज़्यादा परिचय नहीं था। लेकिन कुछ ना–नुकुर के बाद उन्होंने उसे डिप. एड. में 'एनरोल' कर लिया था। और कॉलेज खुलने पर जून से उसने कॉलेज जाना शुरू कर दिया था। दो–चार महीने तो सब ठीक–ठाक चलता रहा। फिर उसने पैसों के लिए माँ को परेशान करना शुरू कर दिया। लेकिन माँ बहुत दिनों तक उसकी करतूतों को छिपाती रही। कभी वह शीला को पटा कर और 'भाभी भाभी' कह कर उससे भी कुछ ऐंठ लेता। शीला मुझे बता तो देती लेकिन साथ में यह भी कह देती कि राकेश से कुछ मत कहना। बिगड़ा हुआ है तो धीरे–धीरे ही सुधरेगा।

उसके इस कथन पर मैं मन मार कर रह जाता।

इस बीच उसने कॉलेज के और बाहर के क़ाफी दोस्त बना लिए थे। अब वह या तो उन्हीं के साथ बाहर रहता था या उन्हें घर में बुला लेता। बैठक में इनकी ताश की बैठक जमती और घंटों जमी रहती। मुझे यह सब अटपटा लगता।

इधर मेरा भी परिचितों–मित्रों का दायरा बढ़ चला था। मैं 'हिमालय पर्वतीय संघ' में भी जाने लगा था। वहाँ अपनी तरफ के काफ़ी लोगों से परिचय हो गया था। कुछ समय के बाद संघ की कार्यकारिणी में भी मुझे ले लिया गया। बाद में मुझे अध्यक्ष भी बना दिया गया। बाहर के छोटे–बड़े अध्यापनकर्मी भी मेरे परिचय के दायरे में आ गए थे। इसी दौरान कुछ कवि–लेखक भी मेरे मित्र बन चुके थे। घर के बाहर तो सब ठीक चल रहा था लेकिन घर में राकेश के कारण मैं कुछ ज़्यादा ही तनाव अनुभव करने लगा था। उसे अपनी जीभ पर काबू नहीं था। बाहर की चीज़ें उसे अच्छी लगती थीं। और उसके लिए पैसों की जरूरत होती थी। मैं अम्मा को घर के छोटे–मोटे खर्च के लिए १०–२० रु. देकर रखता था। और राकेश था कि वह अम्मा से उन्हीं रुपयों से कुछ रुपये झटक लेता था। माँ कुनमुनाती तो थी लेकिन मेरे डर से उसकी शिकायत नहीं करती थी। कई बार उसने पैसों के लिए अम्मा का गला तक पकड़ लिया था।

समय बीतता रहा और '६४ के फरवरी महीने में डिप. एड. की परीक्षाएँ आरंभ होने को आ गयीं। बी. एड. की तरह डिप. एड. में भी 'टीचिंग मैथड' के २०–३० पाठ लेने पड़ते थे और उनका पूरा हिसाब रखना पड़ता था।

एक दिन प्रो. जोशी ने मुझे स्टाफ रूम में पकड़ लिया। बोले – तुम्हारे भाई ने अभी तक 'टीचिंग मैथड' की नोट बुक जमा नहीं की है। क्लास में भी कभी आता है, कभी नहीं। अगर उसने दो दिन के भीतर नोट बुक जमा नहीं की तो उसे थ्योरी की परीक्षा में नहीं बैठने दिया जायेगा।'

यह सुन कर मैं तो ठगा–सा रह गया। पूरे साल भर उसने मुझे किसी बात की भनक तक नहीं लगने दी थी। जब घर आकर मैंने उससे इसके बारे में पूछा तो वह बहुत ही भोलेपन से बोला – भैया, नोट बुक मेरे एक दोस्त ने ले रखी है। मैं कल ही उससे ले लूँगा।'

मैंने पूछा – सभी 'टीचिंग लैसंस' पूरे कर लिए हैं न।'

– हाँ भैया, मेरी नोट बुक एकदम अपटूडेट है।'

– कल अपने दोस्त से नोट बुक ले आना। मुझे देखनी है।'

– जी भैया।'

मैं अगले दिन की प्रतीक्षा करने लगा।

दूसरे दिन दोपहर को जब मैंने उससे नोट बुक के बारे में पूछा तो उसने एक नयी नकोर नोट बुक मेरे हाथ में पकड़ा दी। बोला – मेरे दोस्त ने मेरी नोट बुक कहीं खो दी है।'

मेरा सर भन्ना उठा। मैं उसे उसी समय दयानंद विद्यालय ले गया और अपने परिचित अध्यापक श्री पांडे से सारी बातें बतला दी। मुझे इस सब से इतनी ग्लानि हो रही थी कि मन करता था कि या तो इसे मार डालूँ या खुद को खत्म कर लूँ। इस तरह का अपमान मैंने कभी नहीं सहा था। पांडे जी ने मुझ से शांत रहने के लिए कहा और किसी पुराने वर्ष के विद्यार्थी की टीचिंग मैथड' की नोट बुक निकाल कर मुझे देते हुए कहा–इस की मदद से यह अपनी नोट बुक तैयार कर लेगा। मैं जोशी सर को जानता हूँ। हिंदी माध्यम के स्टुडैंट्स को वे हमारे ही स्कूल में भेजते हैं। अगर कोई मुश्किल हो तो मुझे बतला देना।'

पांडे जी को धन्यवाद देकर मैं राकेश के साथ घर लौट आया। उसे बैठक में बिठा कर मैंने उससे नोट बुक तैयार करने का आदेश–सा दे दिया। राकेश मेरे

सामने जबान नहीं खोलता था। चुपचाप मेज़ पर बैठ कर वह अपनी नोट–बुक तैयार करने लगा।

उस रात वह रात भर नहीं सोया। मैं भी अपने कमरे में बंद सुबकता रहा। शीला मुझे धीरज बंधाती रही।

सुबह जब मैं उठ कर बैठक में गया तब भी वह अपनी नोट–बुक पर झुका हुआ था। अम्मा ने बतलाया कि उसने रात को खाना भी नहीं खाया। कॉलेज जाने से पहले मैंने उससे कहा कि नोट बुक तैयार करके पांडे जी से हस्ताक्षर करवा ले और कॉलेज में आकर जोशी सर के पास सब्मिट कर दे।

वह कुछ नहीं बोला और 'लैसन्स' लिखता रहा।

बाद में दोपहर को कॉलेज में जाकर उसने 'टीचिंग मैथड्स' की नोटबुक सब्मिट कर दी। जब वह घर लौटा तो मैंने पहली बार उसे खूब फटकार लगाई। वह आँखें तरेर कर मेरी ओर देखता रहा। बोला कुछ नहीं।

घटना छोटी थी लेकिन मैंने उसे बड़ी गंभीरता से लिया था। मेरे ज़हन को यह प्रसंग लगातार कचोटे जा रहा था। मैं सोच रहा था कि अगर इसके यही रंग–ढंग रहे तो मेरा तो मरण हो जायेगा। कितनी उम्मीदें लगा रखी थीं मैंने इससे। शीला को भी यह आश्वासन दे रखा था कि इसकी नौकरी लगने के बाद उसे नौकरी नहीं करनी पड़ेगी। उन दिनों मैं रात भर सो नहीं पाता था। घर में भी एक तरह की मुर्दनगी छा गयी थी। और इस माहौल में मेरी दोनों बेटियाँ पल–बढ़ रही थीं। एक दिन मैं और शीला अकेले अपने कमरे में बैठे थे। शीला कुछ बोलना चाह रही थी लेकिन बोल नहीं पा रही थी। अंत में बहुत कोशिश करने के बाद उसने कहा – दिन में कॉलेज का माली आया था। कह रहा था कि राकेश साब' ने उससे कुछ दिन पहले २० रुपये लिए थे। कहा था, शाम को दे देंगे। हफ़्ता भर हो गया है, अभी तक नहीं दिए। मैंने उसे रुपये दे दिए हैं ....।' फिर कुछ देर रुक कर वह बोली – अभी उससे कुछ मत कहना। उसके इम्तिहान हो जाये तो फिर सोचेंगे, क्या करना है।'

सुन कर मेरा सर भन्ना गया। आँखों में आँसू भर गए। लेकिन उस समय चुप रहना ही मैंने बेहतर समझा। स्टाफ़ क्वार्टर्स में रहते हुए मैं कोई तमाशा नहीं होने देना चाहता था। लेकिन अपना गुबार उतारने के लिए मैंने अम्मा से सब कुछ कह दिया। ऐसे मौकों पर अम्मा चुप्पी साध लेती थी। वह कहती भी तो क्या कहती। वह खुद उससे परेशान थी।

एक–डेढ़ महीने बाद राकेश के डिप. एड. का रिज़ल्ट निकला। लगभग सभी विषयों में मार्जिनल अंक लेकर वह पास हो गया था। मैंने ईश्वर का आभार माना कि चलो, एक समस्या से तो छुटकारा मिला। म्युनिसिपल कॉर्पोरेशन के शिक्षा–विभाग में मेरे कुछ परिचित थे। उन्हीं की सहायता से मैंने उसे पवई के एक अंग्रेज़ी माध्यम के प्राइमरी स्कूल में लगवा दिया। अब वह खुश था। पैसों के लिए माँ का गला पकड़ना या शीला से मिन्नत करना उसने छोड़ दिया था। हाँ, अब हमेशा सिगरेट उसके मुँह से लगी रहती। मैं यह सब जानते हुए भी अनजान बना रहता। मैं जानता था कि उससे कह कर भी क्या होगा।

तीन–चार महीने शांति से बीते। लेकिन बाद में एक दिन जब मैंने उससे घर में कंट्रीब्यूट करने के लिए कहा तो उसकी त्यौरियां चढ़ गयीं। बोला – मेरे अपने खर्चे हैं। वे ही मुश्किल से पूरे पड़ते हैं। आपको क्या कमी है। भाभी भी तो नौकरी करती है।'

मैंने अपने पर बहुत संयम रखते हुए कहा – बंबई के खर्चों की तुलना देहरादून से मत कर। यहाँ घर में एक आदमी बढ़ता है तो खर्च दो–ढ़ाई सौ बढ़ जाता है। मैं जानता हूँ कि इतने सालों में मैंने कैसे घर चलाया है। मैं तुझ से अपने लिए कुछ नहीं चाहता। अब कम से कम अपना खर्च तो तुझे देना चाहिए। .....कॉर्पोरेशन में तन्ख्वाह भी तो अच्छी मिलती है।'

– क्या अच्छी मिलती है।' वह तुनक कर बोला – करीब दो सौ रुपल्ली ही तो मिलते हैं। इनमें कपड़े बनवाने होते हैं। रेल–बस का भाड़ा ही कितना हो जाता है। फिर दूसरे खर्च भी तो होते हैं .....।'

– हाँ, पान–सिगरेट में भी काफ़ी खर्च हो जाता होगा। अगर तुझे अपने लिए ही जीना है तो तू कहीं अपना इंतजाम कर ले। फिर चाहे जैसे रहना।'

– ठीक है।' कह कर बड़बड़ाता हुआ वह कमरे से बाहर निकल गया और दूसरे कमरे में जाकर अपना सामान इकट्ठा करने लगा। मैं चुपचाप उसकी आहट लेता रहा। उसे अपना सामान इकट्ठा करते हुए देखकर अम्मा दुःखी हो गयी। वह रसोई में जाकर सुबकने लगी। मैंने उसे रोने दिया। बोला कुछ नहीं। मज़े की बात यह हुई कि कुछ दिन पहले ड्राइंग रूम का बल्ब फ्यूज़ हो गया था। उसने एक नया बल्ब ख़रीद कर वहाँ लगा दिया था। अपना सामान बटोरते समय उसने बिजली का वह बल्ब भी निकाल कर अपने थैले में रख लिया।

मैं अपनी बौखलाहट में कहीं कुछ उल्टा–सीधा न कर बैठूँ, यह सोच कर मैं बाहर निकल गया। दो – ढाई घंटे बाद जब घर लौटा, तब तक वह अपना समान लेकर जा चुका था।

दूसरे दिन से अम्मा ने खाट पकड़ ली। न खाना खाया, न मेरे बच्चों को देखा और न किसी से बात की। मुझे पता था कि यह सब राकेश के घर छोड़ने के कारण हो रहा है। दो–तीन दिन तक इसी तरह चलता रहा। मैंने भी चलने दिया। अन्ततः माँ धीरे–धीरे नॉर्मल होने लगी। उसने समझ लिया था कि मैं पिघलने वाला नहीं हूँ। सो, उसने मेरे बच्चों के साथ बोलना, उनके लिए सुबह का नाश्ता बनाना, उन्हें स्कूल के लिए तैयार करना शुरू कर दिया। मैंने भी संतोष की साँस ली। शीला को मैंने पहले से ही यह समझा दिया था कि मेरे घर – परिवार की बातों में पड़ने और उलझने की कोई ज़रूरत नहीं है। मैं खुद ही उनसे निपट लूँगा और उसने हमेशा मेरा मान रखा। इस बात ने मुझे बड़ा सहारा दिया।

अभी कुछ दिन ही बीते थे कि मेरठ से भाई मेहरचंद जी का पत्र आया कि संतोष दी की तबियत बिगड़ती जा रही है। यहाँ मेरठ में कई डॉक्टरों को दिखाया था लेकिन उस के स्वास्थ्य में कोई फ़र्क नहीं पड़ रहा है। सो, उसे दिल्ली ले गए और एम्स (AIMS) में उसे दिखाया। तीन दिन वहाँ रहे पुष्पा दी के घर पर। जाँच करने पर पता लगा कि संतोष को लंग–कैंसर है जो ऊपर गले तक फैल गया लगता है। फिर भी डॉक्टर आप्रेशन के लिए कह रहे हैं। अगर आप्रेश के वक्त शीला यहाँ आ जाये तो उसकी बड़ी मदद मिल जाएगी।'

पत्र पाकर हम बड़े उदास हो गए। लेकिन देरी करने का कोई मतलब नहीं था। शीला ने अस्पताल से छुट्टी ली और तीसरे ही दिन मेरठ के लिए चल दी। मेरठ पहुँचने पर उसने एक छोटे–से पत्र द्वारा सूचना दी कि आप्रेशन की तारीख तय हो गयी है और फलाँ दिन आप्रेशन होगा।

नियत दिन जब डॉक्टरों ने संतोष की छाती चीरी तो पाया कि कैंसर छाती से ऊपर की तरफ काफ़ी फैल गया है और ऐसी हालत में आप्रेशन नहीं किया जा सकता। उन्होंने चीरे को सिल दिया और संतोष को बम्बई ले जाकर 'कैमोथैरेपी' करवाने की सलाह दी। सिलाई के घाव भरने के बाद शीला संतोष को लेकर बंबई लौट आई। संतोष को बतलाया गया कि आप्रेशन ठीक हो गया है और अब कुछ दिनों के लिए बंबई जाकर टाटा अस्पताल में कैमोथैरेपी भर करवानी है।

संतोष के आने के बाद घर की व्यवस्था बदल दी गयी। उसके आराम के लिए बैड रूम में अलग बिस्तर बना दिया गया। बच्चों के सोने –पढ़ने की जगह भी बदल दी गयी। अब वे मेरे साथ ड्राइंग रूम में सोती थीं। वहीं पढ़ती भी थीं।

मेरा कार्यक्रम भी बदल गया था। कॉलेज से छूट कर मैं सीधे घर आ जाता। तब तक माँ संतोष को अस्पताल जाने के लिए तैयार कर देती। मैं उसे टैक्सी में बिठा कर टाटा अस्पताल ले जाता। वहाँ व्हील चेयर पर बैठी संतोष के पास बना रहता और इंजैक्शन दिलवाने के बाद उसे घर ले आता। इसी में ३–४ घंटे निकल जाते। संतोष बहुत थक जाती और बिस्तर पर लेट कर ऊपर छत को ताकती रहती। दिल्ली में डॉक्टरों ने शीला को बतला दिया था कि संतोष मुश्किल से छह महीने तक जीवित रह पायेगी।

कल्पना नहीं की जा सकती उन मारक दिनों की जब हमें पता हो कि सामने पड़े बीमार व्यक्ति का जीवन धीरे–धीरे बुझ रहा है और कभी भी बुझ सकता है और उधर बीमार व्यक्ति यह समझे बैठा हो कि उसका इलाज चल रहा है और वह ठीक हो जाएगा। जिस दिन संतोष थोड़ा स्वस्थ महसूस करती, उस दिन मेरी दोनों बच्चियों को पढ़ाने और उनके साथ खेलने बैठ जाती। इसी तरह दो–तीन महीने बीत गए।

मंजु अब हर हफ़्ते पत्र लिख कर देहरादून के समाचार दे देती थी। पत्र बहुत औपचारिक होते थे। उनमें न तो किसी तरह की आत्मीयता होती थी, न परिवार के लोगों के बारे में जानने की उत्सुकता। खैर, मुझे इस बात का संतोष होता कि कम से कम वह नियमित रूप से पत्र तो भेजती है। तभी उसने अपने एक पत्र में लिखा कि भैया, मेरे लिए पिता जी के साथ रहना बड़ा मुश्किल हो रहा है। कॉलेज में थोड़ा लेट हो जाती हूँ तो डाँटने लगते हैं। कहीं भी आने–जाने नहीं देते। हमेशा मुझ पर शक करते रहते हैं। इस साल मेरा फाइनल इयर है। पिता जी के व्यवहार से मुझे बड़ी टेंशन होती है। मैं अपना ध्यान पढ़ने में नहीं लगा पाती। बतलाओ, मैं क्या करूँ .......।'

मैं क्या बतलाता। मैं खुद यहाँ अनेक समस्याओं में फँसा हुआ था। राकेश की उदण्डता। उसका घर से निकल जाना। उसके जाने के बाद अम्मा का मुँह लटका कर रहना। संतोष दी की बीमारी। घर के बढ़ते हुए खर्च। बच्चों के खान–पान की अव्यवस्था ...... इन सब के कारण घर में उदासी और तनाव आकर बैठ गया था। कभी–कभी मुझे लगता कि शीला को मैंने कहाँ कीचड़ में डाल कर रख दिया है।

तब मैं आत्मग्लानि से भर उठता। लेकिन मेरे सामने और कोई चारा नहीं था, सिर्फ़ इस सब को सहते रहने के। और मैं सह रहा था।

कि तभी एक दिन मंजु का एक और पत्र आया कि पिता जी का एक्सीडेंट हो गया है और उनकी जाँघ की हड्डी टूट गयी है; कि उन्हें पड़ोसियों की मदद से दून अस्पताल में भरती करा दिया गया है। तुम माँ को तुरंत देहरादून भेज दो।' पत्र पढ़ कर मेरा दिमाग कुछ समय के लिए सुन्न होकर रह गया। समझ नहीं पाया कि क्या करूँ। शीला काम से लौटी तो उसे मैंने पत्र पढ़वा दिया।

कुछ देर चुप रह कर वह बोली – यह तो बहुत बुरा हुआ। जो भी हो, अम्मा को तो देहरादून भेजना ही पड़ेगा। वहाँ अकेली लड़की क्या करेगी। उसके फाइनल एक्ज़ाम भी नजदीक आ रहे हैं। हम जैसे भी हो, अपना देख लेंगे।'

निदान, दूसरे ही दिन अम्मा को अकेले ही देहरादून भेज दिया गया।

इधर संतोष की हालत गंभीर होती जा रही थी। वह हल्के-हल्के खाँसती तो उसके थूक में खून के कुछ कतरे भी गिर जाते। हम दोनों बहुत चिंतित हो गए। एक दिन जब मैं उसे टाटा अस्पताल ले गया तो वहाँ का जूनियर डॉक्टर मुझसे बोला – आप कहाँ रहते हैं?

मैंने बतला दिया कि सायन में स्टाफ़ क्वार्टर्स हैं। वहीं रहता हूँ।'

कुछ सोच कर वह बोला – पेशेंट बहुत कमज़ोर हो गयी है। उसकी हालत भी बिगड़ती जा रही है। उसे उस्पताल में लाने की कोई ज़रूरत मैं नहीं समझता। आप कहें तो मैं शाम को आपके घर आकर इंजैक्शन दे दिया करूँगा। मैं चैम्बूर में रहता हूँ। सायन से होकर ही जाता हूँ। बस, आप इंजैक्शन मँगवा लीजिए।'

डॉक्टर की बात सुन कर एक ओर संतोष दी के प्रति मेरी चिंता भी बढ़ी और दूसरी ओर थोड़ा संतोष भी महसूस हुआ कि हर रोज़ अस्पताल के आने-जाने से तो छुट्टी मिलेगी।

अगले दिन से डॉक्टर संतोष दी को इंजैक्शन देने आने लगा। मैंने थोड़ी राहत की साँस ली।

लेकिन संतोष दी की तबियत दिन-ब-दिन बिगड़ती जा रही थी। थूक के साथ खून का आना बढ़ता जा रहा था। एक दिन जब मैंने एकांत में डॉक्टर से पूछा कि मरीज़ के बारे में वे क्या सोचते हैं तो उन्होंने मेरे कंधे पर हाथ रख कर कहा– सर, कभी भी, कुछ भी हो सकता है ......।'

मेरे लिए यह उत्तर अप्रत्याशित नहीं था। एक तरह से हम भी उस भावी अनिष्ट के लिए तैयार हो चुके थे।

भाई मेहरचंदजी को हम निरन्तर दूसरे-तीसरे दिन एक संक्षिप्त पत्र लिखते रहते थे और संतोष दी के बारे में सूचित करते रहते थे। संतोष दी के इलाज के लिए वे ही हमें खर्च भेजते थे। वे हमारी आर्थिक स्थिति से अनजान नहीं थे। इसलिए उन्होंने बैड रूम में एक सीलिंग फैन लगवाने के लिए भी पैसा भेजा था ताकि संतोष दी को कोई कष्ट न हो। अपनी करीब ८ साल की नौकरी में मैं आर्थिक रूप से इस लायक भी नहीं हो पाया था कि घर में एक पंखा भी लगवा सकूँ। मन में कचोट तो होती थी – लेकिन अपने से ज़्यादा शीला के लिए होती थी। उसे इन दो-ढाई सालों में मैं एक साड़ी भी नहीं दे पाया था। लेकिन शीला थी कि कभी उसने मुझसे कोई शिकायत नहीं की, कभी किसी चीज़ की मांग नहीं की। वह कहती – सब कुछ तो है अपने पास। जो नहीं है, वह हो जायेगा। तुम चिंता क्यों करते हो ......।'

समय बीत रहा था धीरे-धीरे। पिता जी की २ महीने बाद अस्पताल से छुट्टी हो गयी थी। अब वे छड़ी के सहारे चलने लगे थे। हम सोच नहीं पा रहे थे, पिता जी का क्या किया जाय। किसी भी तरह का निर्णय लेना कठिन हो रहा था। तभी पिता जी का पत्र आया कि मंजु की परीक्षाएँ हो जाने के बाद वे सभी बंबई आ जाएँगे।

मेरा लिखना-पढ़ना – जीना दूभर हो गया था। घर की छोटी-छोटी चिंताओं और समस्याओं से घिरा रह कर मैं हमेशा तनाव से भरा रहता। कॉलेज में भी मन नहीं लगता। शीला मुझ में आए परिवर्तन को देख कर दुःखी तो होती थी लेकिन कुछ कहने का साहस नहीं कर पाती थी।

बी. ए. के बाद मंजु को बी. एड. कराना आवश्यक था ताकि उसे नौकरी मिलने में आसानी हो सके। शीला ने सुझाया कि जब पिता जी चाहते हैं कि सभी बंबई आ जायें तो सभी को आने दो। किसी तरह निभा लेंगे। लेकिन मैं कुछ दूसरी बात ही सोच रहा था। मंजु वैसे तो पढ़ने में अच्छी थी लेकिन उसकी अंग्रेज़ी बहुत कमज़ोर थी। अंग्रेज़ी में उसे हमेशा ३५-४० प्रतिशत अंक ही मिलते थे। मैंने शीला से कहा – मंजु को बी. एड. तो करवाना ही होगा। और यहाँ पढ़ाई का माध्यम अंग्रेजी होने के कारण वह ५ साल तक भी बी. एड. में पास नहीं हो पायेगी। क्यों न उसे देहरादून में हॉस्टल में डाल कर ही वहीं पढ़ने दिया जाय। एक साल की ही तो बात है। वह भी किसी तरह कट जाएगा। बाद में उसे यहाँ बुला लेंगे।'

बहुत सोच – विचार के बाद यही निर्णय लिया गया कि मंजु को बी. ए. के बाद वहीं देहरादून में बी. एड. करने दिया जाय और अम्मा और पिता जी को यहाँ बंबई बुला लिया जाय। निर्णय लेने के बाद मैंने पिता जी को पत्र लिखा कि घर का सारा सामान ठिकाने लगा कर वे अम्मा को लेकर बंबई आ जायें और सिर्फ़ सोफ़ा लेकर, जिसे मैंने नजीबाबाद में डेढ़ सौ रुपये में इंस्टॉलमैंट देकर खरीदा था, साथ ले आएँ। (यह सोफ़ा आज भी मेरे छोटे भाई शैलेश के घर की शोभा बढ़ा रहा है)।

कोई पंद्रह दिन बाद पिता जी और अम्मा बंबई पहुँच गए। इस बीच संतोष को देखने भाई मेहरचंद आये थे और दो–तीन दिन रह कर लौट गए थे। उन्हीं दिनों मंजु देहरादून में बी. ए. की परीक्षाएँ देने अकेली रह गयी थी।

# दस

समय बीतता जाता है। समय ने कब किसी की प्रतीक्षा की है। वह सर्वशक्तिवान् है। समय के बीच इंसान एक – एक पल रिसता जाता है। उसका अनंत विस्तार हमारे अस्तित्व को निगलता जाता है। कई बार ऐसा महसूस होता है कि समय रुक गया है। कोई लम्हा सालों बाद भी हमारे सामने आ कर खड़ा हो जाता है – कुछ इस तरह कि जैसे वह अभी घट रहा हो। उस समय हमें लगता है कि हम एक बिंदु पर जड़ हो कर रह गए हैं और आगे नहीं बढ़ पा रहे हैं। उन दिनों मेरे साथ भी कुछ ऐसा ही हो रहा था।

दिसम्बर (६५) का महीना शुरू हो चुका था। संतोष दी की तबियत दिन–ब – दिन बिगड़ती जा रही थी। मुँह से खून का आना बढ़ गया था। घर में मायूसी और मनहूसियत का माहौल था। हम सभी एक प्रकार से किसी भी समय अनिष्ट की आशंका से भयभीत थे। कुछ दिन पहले दिल्ली से बड़ी दी पुष्पा आयी थी। वह कुछ दिन ठहर कर वापस लौट गयी थी। शीला की भतीजी कविता पुष्पा दी से पहले आ चुकी थी। वह यहीं बनी रही। उसके कारण बड़ी सुविधा हो गयी थी।

अगले दिन रविवार था। बच्चों का जन्म–दिन पास आ रहा था। मैं उनके लिए कुछ कपड़े खरीद कर वापस लौटा था। संतोष दी को कपड़े दिखाए तो वह बोली – भाई साहब, मेरे लिए कोई कपड़ा खरीद कर नहीं लाए?'

मैंने कहा – बोलो दी, तुम्हारे लिए क्या लाऊँ। कल ले आऊँगा।'

उसने मेरी ओर देखा, प्यार भरी आँखों से। बोली कुछ नहीं।

रात हुई। हम खाना खा कर सो गए। शीला संतोष दी के पास ही सोती थी। कविता भी। पिता जी और अम्मा किचन में सोते थे। किचन काफी बड़ा, एक कमरे जैसा ही था। वहाँ पिता जी के लिए एक खाट लगा दी थी। मैं और शैलेश

ड्राइंग रूम में बिस्तर बिछा कर पड़े रहते थे। मैं उन दिनों सोते समय अधजगा ही रहता था। तभी मुझे संतोष दी के कमरे की बिजली जलने का अहसास हुआ। मैं उठ कर उसके कमरे में गया तो वह बैठी हुई थी और शीला से कह रही थी – मेरा गला घुट रहा है। पानी चाहिए।'

शीला पानी लेने के लिए किचन में गयी। जब तक वह पानी लेकर आई तब तक संतोष दी निष्चेष्ट हो, बिस्तर पर गिर पड़ी थी। शीला ने घबड़ा कर उसकी नब्ज़ देखी। उसकी हार्ट–बीट महसूस करने की कोशिश की। लेकिन उसकी न नब्ज़ चल रही थी, न हार्ट बीट महसूस हो रही थी। सब कुछ एक ही क्षण में समाप्त हो चुका था।

शीला ज़ोर से चिल्लाई। सिर्फ़ एक बार। थोड़ी देर बाद मेरी ओर देख कर बोली – देबू, संतोष गयी।' माँ और पिता जी भी कमरे में आ गए थे। सभी उसके बिस्तर के पास चुपचाप खड़े थे। अम्मा ने संतोष के सिरहाने बैठ कर उसके सर को अपनी गोद में लेने की कोशिश की। लेकिन उसका सर एक ओर लटक गया। उसके चेहरे पर एक कड़ुवाहट थी। शायद इसलिए कि मरने से पहले वह पानी भी नहीं पी पाई थी।

मैंने घड़ी देखी। डेढ़ बज रहा था। शीला बोली – मेरठ फ़ोन करना पड़ेगा। भाई जी से पूछना पड़ेगा कि अब क्या करना है।'

मैं जल्दी–जल्दी कपड़े पहन कर नीचे उतरा। दादर के लिए टैक्सी ली। वहाँ जाकर जनरल पोस्ट ऑफिस से दिल्ली पुष्पा दी को सूचित किया। दूसरी तरफ से भाई यशपाल बोले – उसका वहीं दाह – संस्कार कर दो।'

घर लौट कर मैंने शीला को बतलाया। वह बोली – ठीक है। बॉडी को मेरठ ले जाकर भी क्या होता। उसकी तेरहवीं तो वहाँ होगी ही।'

रात भर हम सभी संतोष दी के शव के पास बैठे सुबह की प्रतीक्षा करते रहे।

सुबह हुई। मैं शव को दफनाने का सामान लेने के लिए बाहर निकल आया। कल शाम ही संतोष दी ने कहा था – मेरे लिए कोई कपड़ा खरीद कर नहीं लाये ? और आज मैं उसके लिए कफ़न का कपड़ा खरीद रहा था। मेरी आँखों में आसूँ छलक आए।

दोपहर को दी का शव–दाह कर दिया गया। स्टाफ़ क्वाटर्स से कुछ लोग आए थे, कुछ नहीं। हाँ, 'हिमालय पर्वतीय संघ' के काफी लोग आ गए थे। उन्होंने ही सारा कारज सम्पन्न किया।

शाम को चार बजे के करीब घर लौटा। महसूस किया कि पूरे घर में खालीपन पसर गया है, कि ऐसा ही खालीपन मेरे भीतर भी उग आया है। मैं बाल्कनी में जाकर बैठ गया। सोचा कि कुछ सोचूँ ....अब आगे क्या करना है।

बाल्कनी में बैठा मैं बड़ी देर तक अन्तर्द्वंद्वों में खोया रहा। बरबस ही महसूस होने लगा कि जैसे भरी जवानी में जीवन का प्रवाह अवरुद्ध हो कर रह गया है। घर–परिवार के छोटे–छोटे टंटों में रुँध कर जैसे सारी शक्ति क्षीण हो गयी है ..... अभी तक एक प्रकार का उत्साह बना हुआ था। बहिन–भाइयों के भविष्य के लिए किया गया कोई भी संघर्ष, संघर्ष नहीं लगता था। लेकिन अब घर–परिवार का बोझ सालने लगा था। सारा बोझ मुझी पर आ पड़ा है। कोई हाथ नहीं बँटाता। सभी मुझ से अपेक्षा करते हैं। मैं सोचने लगा – क्यों न इस बोझ को एक सिरे से झटक दूँ .... लेकिन कैसे ? इसका मेरे पास कोई उत्तर नहीं था।

राकेश घर से चला तो गया था लेकिन उस के कारनामे मेरे तनाव को बढ़ाने में ही लगे थे। जब वह बंबई आया था तब मैंने उसे 'महेंद्रा एण्ड महेंद्रा' में काम पर लगवा दिया था ताकि वह इधर–उधर डोलता न फिरे। डिप. एड. में दाखिला लेने से पहले वह एक–डेढ़ महीने तक वहीं काम करता रहा था और वहाँ उसने अपने कुछ दोस्त बना लिए थे।

एक दिन रात को ८ बजे के करीब जब हम खाना खा रहे थे, किसी ने दरवाज़े की घंटी बजायी। मैंने उठ कर दरवाज़ा खोला तो देखा कि एक लड़का सामने खड़ा है। उसने राकेश के बारे में पूछा तो मैंने कह दिया – वह कहीं और रहने लगा है।' इस पर उसने सकुचाते हुए कहा – मैं 'महिंद्रा एण्ड महिंद्रा' में उसके साथ काम करता था। कुछ महीने पहले वह उसके पास आया था और उससे कुछ रुपये ले गया था, यह कह कर कि वह अगले हफ़्ते दे देगा। लेकिन इतने दिन हो गए, वह नहीं आया।'

मेरा माथा शर्म से झुक गया। कुछ सोच कर मैं बोला – वह अब पवई में एक स्कूल में पढ़ाता है।' कह कर मैंने उसे राकेश के स्कूल का पता दे दिया।

बाद के दिनों में और भी बातें खुलीं। ....कि उस पर कितने ही लोगों का उधार है। जो कोई भी थोड़ा परिचित बनता है, उसी से वह रुपये मांग लेता है। और बाद में उससे कटना शुरू कर देता है। देहरादून में भी वह यही सब करता रहा है। वहाँ वह अम्मा और पिता जी का गला पकड़ लेता था, यहाँ मेरे गले की फाँस बनता जा रहा है। मुझे महसूस होता है कि उसने मेरे मुँह पर मुट्ठी भर कीचड़ उछाल दी है।

मुझे लगा कि ज़िंदगी गोबर बनती जा रही है। एक दिन जिन बहन–भाइयों के लिए आत्महत्या करने से रुक गया था, अब उन्हीं के कारण फिर से आत्महत्या करने की जरूरत महसूस हो रही है। अब लग रहा था कि ज़िंदगी मौत से भी बदतर हो गयी है ...... न इसे जी सकता हूँ, न इससे मुक्त हो सकता हूँ। जीना और मरना दोनों मेरे लिए दूभर हो गए हैं।

सच तो यह है कि इंसान को बाहर के संघर्ष इतना नहीं तोड़ते जितना घर–परिवार के छोटे–छोटे टंटे। मुझे बाहर के संघर्षों और विरोधों ने हमेशा उन से निपटने की शक्ति दी है लेकिन परिवार को इन टुच्ची समस्याओं से उबारने की कोशिश मुझे हताश कर देती है। मैं निर्णय नहीं कर पा रहा था कि इस दलदल से कैसे बाहर निकलूँ। देहरादून में मंजु ने हॉस्टल में सिंगल सीटेड रूम ले लिया था। सो १०–१५ रुपये का ही सही, खर्च और बढ़ गया था। उस वक्त इतना खर्च भी मुझे कचोटता था। अपनी स्थिति ऐसी नहीं थी कि निरन्तर बढ़ते खर्च का बोझ उठा सकूँ। मंजु को पत्र लिख कर बार–बार पूछा कि 'सिंगल–सीटेड' कमरा लेने की क्या आवश्यकता पड़ गयी। पहले अपने कई पत्रों में तो वह टालती रही फिर लिखा कि डबल सीटेड रूम में उसकी पढ़ाई नहीं हो पाती थी। मुझे उसका यह तर्क बहुत भोथरा लगा। हॉस्टल में इतनी सारी लड़कियाँ 'डबल सीटेड' रूम्स में रहती हैं और अपनी पढ़ाई करती हैं तो वह क्यों नहीं कर पाती। बाद में बहुत सोचने पर इसी निर्णय पर आया कि हो न हो उसे अब अपनी 'प्राइवेसी' की ज़रूरत पड़ने लगी है। लेकिन यह 'प्राइवेसी' किस लिए। मैं इस प्रश्न का कोई विवेक सम्मत उत्तर नहीं खोज पा रहा था।

फिर कुछ समय बाद एक दिन राकेश अपना सामान लेकर, माँ के बहाने, घर आ गया। माँ ने हाथ जोड़ कर मुझ से कहा – उस से कुछ मत कहना। अब इतने दिन भटक कर घर लौटा है तो दिमाग ठिकाने आ गए होंगे। अब ठीक तरह से रहेगा। कह रहा था कि घर के खर्च के लिए भी पैसे देगा।' और उसने उस महीने ४५ रु. दिये भी। कुछ दिन तो सब ठीक–ठाक चलता रहा। फिर वह अपनी जात पर आ गया। अब बैठक में देर रात तक दोस्तों के साथ ताश खेले जाते। बीच–बीच में चाय बना कर पी जाती। हो–हल्ला और हँसी ठट्ठा होता रहता। मेरा बैठक में जाना बंद हो गया। सिगरेट और बीड़ियों की गंध से बैठक भरी होती। लेकिन मैं था कि उसके प्रति अम्मा की ममता के कारण कुछ नहीं कह पाता था। मेरी पत्नी और बच्चे बैड रूम में सिमट कर रह गए थे।

इन दिनों रात को कई–कई बार उठता रहा था। और दीवार पर बार–बार सर

पटकता रहता था। बच्चे भी सोते से जग जाते थे और रोने लगते थे। शीला गुमसुम रहने लगी थी। वह भी सोच नहीं पाती थी कि ऐसे हालत में वह क्या करे।

दिन–महीने गुजरते जा रहे थे। अप्रैल (१९६६) का आखिरी सप्ताह चल रहा था।

पिता जी को पेशाब करने में कुछ ज़्यादा ही मुश्किल होने लगी थी। कभी–कभी तकलीफ़ कुछ ज़्यादा ही बढ़ जाती थी। लेकिन फिर भी पास के गार्डन में टहलने जाते थे छड़ी पकड़ कर। एक दिन पिता जी रोज़ की तरह टहलने निकल रहे थे। मैंने देखा कि उनकी जेब में एक पोस्ट–कार्ड सा कुछ है।

– चिट्ठी किस को लिखी है पिता जी।' कहते हुए मैं वह पोस्टकार्ड उनकी जेब से निकाल कर पढ़ने लगा था। पत्र मंजु को लिखा गया था। लिखा था कि वे यहाँ कितने दुखी और उपेक्षित हैं। पहनने के लिए ठीक–से कपड़े तक नहीं हैं। बस, अब उसी का सहारा है। वह जल्दी से नौकरी करने लायक हो जाय, फिर मैं और तेरी माँ देहरादून लौट आएँगे .....।

पत्र पढ़ कर मैं ग्लानि और आक्रोश से भर उठा था। अपने प्रति घृणा होने लगी थी। इतना सब करने के बावजूद मेरे ही विरुद्ध षडयंत्र। मैं इतना सह रहा हूँ इन सब के लिए। लेकिन इन्हें यह सब नहीं दीखता। मेरे पास ही कौन - से कपड़े हैं। दो पेंटे और तीन कमीजें। इन्हीं से रोज़ स्टुडैंट्स के सामने खड़ा होना पड़ता है। वे भी क्या सोचते होंगे, मेरे बारे में। ......मेरे अभाव कोई नहीं देखता। यहाँ रहते इन्हें घुटन होती है। राकेश ने मेरे लिए जो नरक रच दिया है, उसे कोई महसूस नहीं करता। मैं किस–किस को कितना सँभालूँ ....।

मेरा सर फटने–सा लगा। भीतर एक बौखलाहट भर गयी उसी बौखलाहट में मैंने पिता जी से कहा–तुम दोनों के लिए मैं देहरादून के टिकट ले आता हूँ .....मैं खुद भी ऐसी जिंदगी नहीं जीना चाहता। तुम वहाँ जाकर खुश रहो। मैं यहाँ अपना देख लूँगा।

मैं बाहर निकलने लगा। अम्मा रोती–रोती मेरे सामने आकर खड़ी हो गयी। – ऐसा मत कर दुर्गा! तेरे पिता जी बस, ऐसे ही हैं। जो जी में आता है, लिख देते हैं। तू घर का बड़ा है। हम तेरे ही सहारे जी रहे हैं।'

लेकिन मैं अम्मा को एक तरफ धकेल कर बाहर निकल ही गया। .....पीछे से अम्मा की रिरियाती आवाज़ आई – दुर्गा, हम कहीं नहीं जायेंगे .....।'

मैं सड़क पर निकल आया था। सारे शरीर में बिच्छुओं के डंक मारने जैसी तकलीफ़ हो रही थी। .....मैं अब इन लोगों के साथ नहीं रह सकता। इतना सब करने के बाद भी मेरे प्रति इतनी शिकायतें, इतनी उपेक्षा ......। रास्तों पर चलता हुआ सर पीट लेने को मन कर रहा था। एक अवश आक्रोश। इन्हें यहाँ से भेजना ही होगा। अब साथ नहीं रहा जा सकता। किसी भी हालत में। लेकिन इनके टिकट लेने के लिए पैसे ....! पैसे कहाँ हैं। महीने के आखिरी दिन हैं। उधार भी कौन देगा .......।

धीरे–धीरे मेरा आक्रोश गलने लगा। अब अपने पर दया आने लगी थी। पिता जी पर भी। जब से यहाँ आए हैं, उनके लिए दो कुरते भी नहीं सिलवा पाया। वे और किस से अपेक्षा करें। मैं ही तो हूँ जिससे वे कह सकते हैं। लेकिन पिछले दिनों संतोष दी की बीमारी में उलझा रहा। हर तीसरे दिन टैक्सी का खर्चा। फलों, सूप का खर्च। बच्चों तक की उपेक्षा हुई। मैं अपने दुःख किससे कहूँ?

मुझे कुछ नहीं दीख रहा था। बस, चले जा रहा था। यह भी मालूम नहीं था कि कहाँ जाना है। तभी चलते–चलते पैर रुक गए। सामने इरानी रेस्ट्रॉ था। मैं भीतर चला आया .... और चाय की प्याली पर झुका बैठा रहा। आँखें भरी हुई थीं। रो भी नहीं सकता था। आस–पास ग्राहक बैठे हुए थे।

चाय पी कर धीरे–से उठा। काउंटर पर दुअन्नी रखी और बाहर निकल आया। पैर घर की तरफ बढ़ने लगे। घर पहुँचा तो देखता हूँ, दरवाजा खुला है। किचन, ड्राइंग रूम, बैड रूम। माँ है, शैलेश है। लेकिन पिता जी नहीं हैं।

– पिता जी कहाँ गए?' मैंने पूछा।

– राकेश उन्हें अस्पताल ले गया है। पेशाब रुक गया था।' अम्मा धीरे–से कहती है।

मैं फिर बाहर निकल आया। अस्पताल गया। पिता जी को एडमिट कर लिया गया था। कैथिटर डालकर उन्हें पेशाब करा दिया था। अब वे शांत थे। उनके चेहरे पर मायूसी छाई हुई थी। मेरे भीतर एक कचोट सी महसूस हुई। पिता जी के प्रति मन में दया भर आई। .......ये मेरे जन्मदाता हैं। ......लेकिन.....। भीतर घिरा आक्रोश पिघल चुका था। मैं हालात से समझौता करने की कोशिश करने लगा।

आगे, दो दिन रुटीन टैस्ट में निकल गए। तीसरे दिन डॉक्टर बोला – आप्रेशन करना होगा। यह बहुत पहले ही हो जाना चाहिए था।'

मेरे पास सहमति देने के अलावा कोई चारा नहीं था।

२८ अप्रैल। सुबह के आठ बजे थे। व्हील चेयर। पिता जी को आप्रेशन

थियेटर ले जाया जा रहा था। हम सब – अम्मा, मैं, राकेश और शीला – उपस्थित थे। शैलेश घर में बच्चों के पास रह गया था।

पिता जी ने मेरी ओर देखा। मुस्कराने की कोशिश की। लेकिन उनकी आँखें भर आईं। मैं उनके भूरे बालों को सहलाने लगा। बोला कुछ नहीं। फिर उन्होंने अम्मा की ओर देखा। एक सूना विवश भाव। मुझ से उनका वह देखना देखा नहीं गया। मैंने अपनी आँखें बंद कर ली और उनकी तरफ से मुँह घुमा लिया। वार्ड बॉय व्हील–चेयर लेकर आगे बढ़ गया।

हम सब वहीं रुके रह गए।

आप्रेशन थियेटर के सामने की बैंच। हम चारों उस पर बैठ गए। मेरे दिल की धड़कन बढ़ रही थी। बीच–बीच में उठता और दो – चार कदम चलता और फिर लौट कर बैठ जाता। मन में सौ प्रकार की आशंकाएँ उठती। अब क्या होगा।

समय धीरे–धीरे बीत रहा था। एक घंटा। दो घंटे। तीन घंटे।

शीला के चेहरे पर चिंता बैठ गयी थी। फुसफुसा कर बोली – इतना समय तो नहीं लगना चाहिए था .......।' तभी बड़ा डॉक्टर बाहर निकला।

– सब ठीक है।' कहता हुआ वह अपने कमरे की ओर बढ़ गया।

कुछ पल ही बीते थे कि उसका सहायक झपटता हुआ थियेटर से निकला और बड़े डॉक्टर के कमरे की ओर बढ़ गया। मैंने उसके चेहरे को पढ़ने की कोशिश की। लेकिन वह बहुत जल्दी में था।

मुश्किल से एक मिनट ही हुआ होगा कि बड़ा डॉक्टर तेज़ी के साथ हमारे पास से निकलता हुआ थियेटर की ओर बढ़ गया। मैं उससे कुछ पूछना चाह कर भी नहीं पूछ पाया। उसके पीछे उसका सहायक भी उसी तेज़ी से थियेटर में घुस गया। मैंने उससे कुछ पूछना चाहा। उस ने आगे बढ़ते हुए इतना ही कहा – प्लीज़ वेट .....।'

हम कुछ समझ नहीं पाये। मेरे दिल की धड़कन बढ़ गयी थी।

शाम के ६ बज रहे थे।

अस्पताल का माहौल जैसे और भी उदास हो गया था। रोगी और उनके रिश्तेदार इधर–उधर आ जा रहे थे। लेकिन मेरा सारा कंसेन्ट्रेशन ऑप्रेशन थियेटर के दरवाज़े पर था।

पौने सात बज रहे थे। पिता जी को स्ट्रेचर पर बाहर लाया गया। पिता जी अर्द्ध बेहोशी में 'मोनिंग' कर रहे थे। नाक में ऑक्सीजन की ट्यूब लगी थी। दोनों तरफ ग्लूकोज और खून की बोतलें लटकी थीं। इनके बीच पिता जी का शरीर पड़ा था। सफ़ेद चादर से ढका हुआ। बस, मुँह खुला था।

बड़े डॉक्टर ने शीला को बतलाया – आप्रेशन के एकदम बाद कार्डिएक अरेस्ट हो गया। किसी तरह साँस चालू की है। अभी खतरे से बाहर नहीं हैं।'

सुन कर मेरा शरीर ठंडा पड़ने लगा। उदासी, चिन्ता और शिथिलता। एक ही दिन में यह क्या से क्या हो गया। मैं सोच में डूब गया।

आई सी यू (ICU)।

पिता जी को सँभाल कर एक बिस्तर पर लिटा दिया गया। वे अभी भी बेहोश थे। तीन दिन हो गए। कल कुछ मिनटों के लिए उन्हें होश आया था। उन्होंने संकेत से मुझे अपने पास बुलाया। मेरे सिर पर हाथ फेरा और फिर बेहोश हो गए।

आई. सी. यू. में जगह नहीं थी। और भी गंभीर मरीजों के लिए जगह बनानी थी। पिता जी को वार्ड में शिफ़्ट कर दिया गया। उनकी नाड़ी धीमी पड़ती जा रही थी। डॉक्टरों ने उम्मीद छोड़ दी थी।

दूसरा दिन। २ मई १९६६।

सुबह के सात बजे थे। खिड़की से धूप का एक टुकड़ा पिता जी के बिस्तर पर आकर बैठ गया था। उसका प्रकाश पिता जी के चेहरे पर आकर टिक गया था। चेहरा एक दम शांत था। मुंदी हुई आँखें और जैसे मुस्कराते हुए पतले होंठ। ठीक माथे पर धूप की एक रेखा। जैसे तिलक लगाती हुई।

हम घर के सभी लोग उनके बिस्तर के चारों ओर खड़े थे। आभा–आरती और शैलेश भी। शीला उनकी नाड़ी टटोल रही थी। नाड़ी धीरे–धीरे डूब रही थी .....बहुत धीरे–धीरे। और फिर पूर्ण विराम ....।

पिता जी के चेहरे पर गहरी प्रशांति थी। शीला ने मेरी ओर देखा और अभी तक अपने रुके हुए आँसुओं को बह जाने दिया। तभी धूप की रेखा माथे से ऊपर को सरक गयी ....... मेरा मन ज़ोर से रोने को हुआ। लेकिन मैं जब्त कर गया।

अम्मा सुबकने लगी। उसे देख कर बच्चे भी रोने लगे ..... निःशब्द। मौत इतनी आभामयी भी हो सकती है क्या? मैं सोच रहा था।

फिर धीरे–से मैं पिता जी के पैताने आकर खड़ा हो गया। उनके पीले पड़ गए चरणों पर अपना माथा टेका। इस जाते हुए व्यक्ति के लिए .... बहुत ममता, बहुत श्रद्धा उमड़ आई। चरणों पर सर टिकाए मन ही मन कहा — मुझे क्षमा कर देना पिता जी ....क्षमा ....केवल क्षमा।'

अभी कुछ महीने पहले संतोष दी चली गयी। जीने की आकांक्षा लिए चली गयी। ३५ साल की जिंदगी में अनायास इस तरह चले जाना कितना दर्दनाक होता है। दी उसी दर्द को सहेजे हमसे विदा हो गयी।

......पिता जी भी चले गए। उनका जाना नहीं रुक पाया। हम में से कोई कुछ नहीं कर पाया। याद आने लगा, कहा करते थे जब दुर्गा की नौकरी लगेगी तो देहरादून में एक छोटा–सा बंगला बनवायेंगे। बगीचा लगाएँगे। भैंस पालेंगे। फूल–फल–सब्जी उगायेंगे। .....इंसान क्या–क्या सोचता है। पिता जी ने क्या–क्या सोचा था। लेकिन क्या हुआ। सब सोचना धरा रह गया। अस्पताल के बिस्तर पर बूँद–बूँद निचुड़ते हुए प्राण। उनका प्यार याद आने लगा। बचपन में कितना खेला, कितना घूमा था उनके साथ। उनके कंधों पर चढ़ कर कहाँ - कहाँ नहीं डोला था। तब वे भी हुमकते थे ...मैं भी।

फिर जिंदगी के थपेड़े। अभाव। गरीबी। कड़ुवाहट। नृशंसता की सीमा तक बढ़ता हुआ आक्रोश।

पिता जी ने मेरे लिए क्या कुछ नहीं किया था। कितना बड़ा दिल था उनका। कितना उदार। पहाड़ों की उन्मुक्त श्रृंखलाओं सा ...लेकिन अभावों के संकट ने सब कुछ धराशायी कर दिया। अभावों के बीच इंसान इतना भिन्न क्यों हो जाता है।

सोचता रहा हूँ कि आखिर पिता जी मुझे क्यों नहीं समझ पाये। मैं उन्हें क्यों नहीं समझ पाया। कभी–कभी ऐसा क्यों हो जाता है कि इंसान समझने से इंकार कर देता है.....।

# ग्यारह

४ मई १९६६

मंजु बी. एड. की. परीक्षा देकर आ गई या यो कहूँ कि अम्मा के द्वारा बुला ली गयी। शीला की छोटी बहिन सावित्री भी उसके साथ आ गयी थी मेरठ से। उन सालों में सावित्री दी अपने बच्चों के साथ गर्मियों में लगभग हर साल बंबई आ जाया करती थी। पिता जी को गए अभी दो दिन ही हुए थे। मैं दोनों को लेने स्टेशन गया था। सर मुँडा हुआ था। मंजु ने पिता जी के बारे में एक शब्द भी नहीं पूछा। रास्ते भर टैक्सी में बैठे हम निःशब्द बने रहे। घर आकर मंजु ने फ्लैट का मुआइना किया और फिर बोली – इसमें मेरा कमरा कौन–सा होगा।'

इस बीच मैंने अपने मित्र प्रिंसिपल श्री. सिंह से कह कर 'तुलसी मानस विद्यालय' में उसकी नौकरी पक्की कर दी थी। ट्रेंड ग्रेजुएट के रूप में। वह ज़्यादा नहीं बोलती। खासतौर पर जब मैं घर में होता था। अभी स्कूल नहीं खुले थे। मैंने महसूस किया कि वह यहाँ संतुष्ट नहीं है। उसने नौकरी पर जाने से पहले ही एलान कर दिया था कि उसे १०० रुपया जेब–खर्च चाहिए। घर भी उसे छोटा पड़ता था। यहाँ उसकी कोई प्राइवेसी नहीं थी। यहाँ सब कुछ खुला हुआ था। यह खुलापन जैसे उसे कचोटता था। मेज़ की दराज़ों में देहरादून के मित्रों की चिट्ठियाँ रखी जाती थीं। लेन–देन का हिसाब रहता था। मैंने उसे गैलरी में लगी अपनी मेज–कुर्सी दे दी थी ताकि वहाँ वह अपना पढ़ना–लिखना कर सके। उसने मेज़ की दराजों पर ताला लगा लिया था। अपने संदूक पर भी। हमारे घर में पहली बार इस तरह ताले लगे थे। मुझे आश्चर्य हो रहा था कि वह कितनी बदल गयी है। शायद अम्मा ने ही उसे भरा होगा। चिट्ठियाँ शायद शैलेश द्वारा लिखाई जाती होंगी। या पिता जी ही लिख देते होंगे।

मैंने यह भी लक्ष्य किया कि वह हमेशा भरी हुई रहती है। जैसे मजबूरी में ही वह हमारे साथ है। उसका सारा व्यवहार मशीनी होता था। बिल्कुल नपा – तुला।

जैसे किसी के किए को वह न गिनती है, न मानती है। उसे अहसास ही नहीं होता था कि मैंने उसके लिए कुछ किया है।

तभी बी. एड. का रिजल्ट निकला। वह फ़ेल हो गयी। मेरा अस्तित्व जैसे भरभरा कर गिर पड़ा। मैं सोच ही नहीं सकता था कि बी. एड. में, जिसका रिजल्ट ९०–९२ प्रतिशत रहता है, वह फ़ेल हो सकती है। बी. ए. तक वह अच्छी द्वितीय श्रेणी में पास हो जाती थी। उसके फ़ेल होने का कोई कारण समझ में नहीं आ रहा था।

इन दिनों राकेश फिर लौट कर घर में रहने लगा था। इस बार उसने न जाने कैसे मंजु की चिट्ठी पकड़ ली। पत्र देहरादून से किसी लड़के का था। लम्बे – चौड़े पत्र में बहुत सी बातों के साथ–साथ प्रणय निवेदन भी था। पत्र पढ़ कर मैं हतप्रभ रह गया। मेरे सामने बहुत सी बातें खुलने लगीं। यहाँ से ज़्यादा रुपये मँगवाना। सिंगल सीटेड रूम। बी.एड. में फेल होना। मैंने अम्मा से इस सब के बारे में बात की। अम्मा चुप्पी साध गयी। अपने दूसरे बच्चों की बात चलने पर वह हमेशा चुप हो जाया करती थी। बहुत हुआ तो कह देती थी – मैं क्या कर सकती हूँ। मेरे बस में क्या है?' उसके इस प्रकार के उत्तर से मैं खीझ कर रह जाता था। लेकिन कर कुछ नहीं सकता था।

प्रिंसिपल सिंह का मेरे प्रति बड़ा सम्मान भाव था। उन्होंने मुझे जैसे दिलासा देते हुए कहा – कोई बात नहीं देवेश जी। इस साल आपकी बहन को अन्ट्रेंड के ग्रेड में रख लेते हैं। अगले साल ट्रेंड के ग्रेड में रख लेंगे। तब तक उसे प्राइवेटली बी. एड. करवा दीजिए।' प्रत्यक्षतः मैं देखता रहा था कि मंजु को अपने फ़ेल हो जाने का कोई ग़म नहीं था। हाँ, उसका निकृष्ट अहम् थोड़ा कम हो गया था जैसे उसका एक कोना टूट गया हो।

उधर राकेश के लौट आने से पुराना रूटीन शुरू हो गया था। शाम को बैठक सजने लगी थी। सिगरेट और बीड़ियों के धुएँ से गंधाती बैठक। उसके दोस्तों का जमघट। देर रात तक कहकहे और शोर–शराबा। ताश .....फ्लैश ......रमी.....हा–हू..... चाय....प्यालों – गिलासों की खनक ......चिल्लाहट .....किचन में माँ–बेटी की खुसर–पुसर। दबे – दबे ठट्ठे। शैलेश कब कॉलेज जाता है, कब आता है, कुछ पता नहीं।

ऐसे माहौल में मैं, शीला और बच्चे बैड रूम में सिमट कर रह गए थे। बैठक में या किचन में जाने की हिम्मत नहीं होती थी। मजबूरी। अपने घर को भी अपना घर न कह पाने की मजबूरी। दरअसल तब 'घर' शब्द ही डराने लगा था। बाहर से घर लौटने को होता तो मन में एक डर समा जाता था। उन दिनों जिस स्थिति में मैं

जी रहा था, उससे आत्मग्लानि और घृणा होने लगी थी। चौबीसों घंटे दिमाग इन्हीं लोगों के व्यवहार में उलझा रहता था। चारों तरफ सड़ांध भरी लगती थी। कहीं भी भाग जाने को मन करता था। सड़कों पर भटकना अच्छा लगता था। भीड़ में खो जाना .... खोये रहना। सुबह से दोपहर तक। दोपहर से शाम तक। पर शाम के बाद ...... बाद में घर ही जाना पड़ता था। ......शीला उपेक्षित हो रही थी। बच्चे उपेक्षित हो रहे थे। फिर भी ...... बहुत रात पड़े घर लौटता था। अम्मा, मंजु, राकेश – सभी सो गए होंगे सोच कर। किसी का चेहरा नहीं देखना पड़ेगा। सीधे बैड रूम में जाता था। वहाँ शीला बाँट जोहती दीखती थी। बच्चे सोये हुए होते थे। बिस्तर लगा होता था। खाने की थाली भी वहीं रखी होती थी। किसी तरह रोटियों को निगल कर बिस्तर पर पसर जाता था। लेकिन बहुत देर तक नींद नहीं आती थी। शीला मन में घुमड़ती–उमड़ती बातें कहने की कोशिश करती प्रतीत होती थी। बातें ... जो घूम फिर कर 'घर' पर आकर टिक जाती थी। माँ की बातें। मंजु की बातें। राकेश की उच्छृंखलता। बच्चों का पानी–मिला दूध। मंजु की मलाईदार चाय। उसकी व्यंग्य भरी तटस्थता ....।

लेटे – लेटे मेरा दिमाग चकराने लगता था। लगता था कि मेरे घर वाले मेरे दुश्मन बन कर रह गए हैं। मेरे काल ......। मेरे शत्रु ......। और मुझे इन्हीं सब के बीच रहना और जीना था। जीने की मजबूरी .... अपनी शीला के लिए, अपने बच्चों के लिए। मैं किसी से कुछ नहीं कह सकता। .....न जाने कब तक मुझे यह सब सहना है। सहते हुए अपने को मारते जाना है। शायद, तिल–तिल मरना इसी को कहते हैं। मन करता था, अपना शरीर नोच डालूँ। कपड़े फाड़ डालूँ। सर को दीवार पर पटक–पटक कर फोड़ डालूँ। यह जिंदगी नहीं जी जा रही थी। रोज़–रोज़ की यह गलीज़ जिंदगी। नाबदान के कीड़ों सी। इंसान इस तरह कब तक जी सकता है।

मेरा विवश आक्रोश। क्षण – क्षण बढ़ता हुआ अन्तर्संघर्ष। चिल्लाने को मन होता था। लेकिन चिल्ला नहीं सकता था। प्रोफ़ेसर्स फ्लैट्स। सभी सहकर्मी हैं। वे क्या सोचेंगे। बस, चुप–चुप दीवार पर अपना सर फोड़ता रहता था और फिर थक कर चारों खाने चित्त हो कर पसर जाता था।

बिस्तर के कोने में शीला सुबक रही होती थी। बच्चे गहरी नींद में सोये होते थे। सहसा वे उठ जाते थे। आँखें फाड़–फाड़ कर मुझे देखते रहते थे। चुपचाप। फिर आरती मेरे पास सरक आती थी। मेरा हाथ पकड़ कर बड़ी मासूमियत के साथ कहती थी – तुम कब आए बाबा ? अभी तक सोये नहीं।' मैं आँखें खोल कर उसके गालों को चूम लेता था। उसकी अधरोती बड़ी–बड़ी आँखें मुझ में ममता भर देती

थीं। उसके घुँघराले बाल पंखे की हवा में हिलते रहते थे। मैं उसे अपनी बाहों में समेट कर शांत होने की कोशिश करने लगता था। धीरे–धीरे उबाल बैठने लगता था। शीला मेरे पास सरक आती थी। उसका हाथ सहज ही मेरे माथे को सहलाने लगता था। हठात् न जाने कितनी थकान मेरे पूरे अस्तित्व में घिर आती थी। सर की चोटें दुखने लगती थीं। मैं भीतर ही भीतर फ़फक कर उसकी गोद में लुढ़क पड़ता था। वह मुझे दुलराती और बत्ती बंद कर देती। दोनों बच्चे हमारे पास सिमट आते। हम चारों बिस्तर पर गड्मड् हो कर पड़े रहते।

दो साल कम नहीं होते।

लगातार दो साल .....। इन दो सालों में मैं इसी तरह जीता रहा। दूर, भीतर तक झंझोड़ते हुए घर के टंटे। हर आते – जाते क्षण उबलता – उफ़नता हुआ आक्रोश। दिन बीतता तो लगता कि इस अभिशप्त जिंदगी का एक अन्तहीन दिन और बीता। .......मुक्ति का एक दिन और पास आया। .....क्योंकि समय परिवर्तन शील है। समय बदलेगा ..... अवश्य बदलेगा। उसी की प्रतीक्षा करता रहता। कभी –कभी बड़ा चैन महसूस करता था दिन को बीतता देख कर।

कभी – कभी सोचता था कि विवश आक्रोश के क्षणों में हम मौत के बारे में ही क्यों सोचते हैं लेकिन खूब सोच कर भी उस का आलिंगन करने से क्यों भय खाते हैं। ....तब एक शब्द ध्यान में आता है। .....जिजीविषा। इंसान अपने सारे गलीज़ को लेकर जिए रहना चाहता है। अभाव और उपेक्षा, घनीभूत पीड़ा और बेबसी के सघन जालों से घिरे होने पर भी जीते रहना चाहता है। क्यों....आखिर क्यों। ये पिछले इतने मारक दिन, अन्तर्द्वन्द्व की इतनी रातें ......। करीब हर रात ही सर फोड़ा गया। हर रात रोया गया। हर रात मरने की बात सोची गयी। लेकिन मर नहीं पाया। क्यों .....। शायद प्राणों का मोह छोड़ना सरल नहीं होता।

समय बहता रहा। जिंदगी भी। बरसात के गँदले पानी में पड़ी कागज के नाव – सी। मिनटों – घंटों को लम्बे सालों की तरह जीता रहा। जीता रहा शीला के मुँह को देख कर। बच्चों के भोले चेहरों को निहार कर ....सोचता रहा कि कभी तो यह समय बदलेगा।

मंजु ने बी. एड. कर लिया था। स्कूल की नौकरी लगभग पक्की हो गयी थी। एम. ए. की क्लासेज़ शाम को लगती थीं। वह एम. ए. प्रथम वर्ष कर चुकी थी।

उसका फाइनल ईयर चल रहा था। सुबह स्कूल जाती और देर शाम को अंधेरा होने पर लौटती। अम्मा मेरे सामने पड़ने से कतराती। बहुत रात तक किचन की बत्ती जलती रहती और माँ–बेटी के बीच खुसर–पुसर होती रहती। कभी जब पानी पीने किचन में जाता तो वहाँ निस्तब्धता छा जाती। बातों का विषय बदल जाता। समझना मुश्किल नहीं था कि इनके बीच ज़रूर कुछ चल रहा है। मन में आता, इनकी जासूसी करूँ क्या? फिर सोचता, उस से क्या होगा। अपना ही ब्लड प्रेशर बढ़ेगा। तो? ....तो फिर क्या करूँ। देखते जानते हुए मक्खी निगल लूँ ... पर कैसे निगलूँ। बस, एक ही उपाय है। अपने को इन सब से पूरा काट लूँ। निरपेक्ष हो रहूँ। ....और ........और समय को बहने दूँ।

लेकिन मन नहीं मानता। विवशता और घृणा साथ–साथ चल रही थीं। संबंधों को एक सिरे से काटना आसान नहीं होता। चाह कर भी नहीं होता। बचपन के दिनों की ममता और स्नेह। घर में बड़ा होने की जिम्मेदारी। पिता की आकांक्षाओं को पूरा करने की नैतिक ज़िद। पूरे परिवार को ऊँचा उठाने का लिया गया संकल्प। उस सब को कैसे भूल जाऊँ।

कि एक दिन फ़ोर्ट में अपने मित्र पांथरी मिल गए। (वही पांथरी जो आरती के जन्म के दिन मेरे साथ नर्सिंग होम आए थे)। कुछ संकोच के साथ वे बोले – देवेश भाई, एक बात पूछूँ, बुरा तो नहीं मानोगे?'

– तुम्हारी बात का क्या बुरा मानना पांथरी। बोलो, क्या बात है।'

जैसे बहुत सावधानी के साथ उन्होंने कहा – सुना है, मंजु का अपने स्कूल के टीचर के साथ कुछ चल रहा है। तुम्हें मालूम है?'

– नहीं तो।' मैंने अचकचा कर कहा – मुझे तो उसने ऐसी कोई बात नहीं बतलाई। टीचर का नाम क्या है।'

– उपाध्याय है कोई। शायद राम प्यारे उपाध्याय नाम है उसका।'

– राम प्यारे उपाध्याय? वह तो मेरा विद्यार्थी रह चुका है, रुइया में।'

पांथरी बोले – ईस्टर्न यू. पी. का है। ये लोग पहले वहाँ शादी बना लेते हैं। फिर जब बंबई की हवा लगती है तो यहाँ किसी को फाँस लेते हैं। मैंने सोचा, तुम्हें बता कर सावधान कर दूँ।'

– अच्छा किया पांथरी भाई। मैं मंजु से पूछ देखूँगा।'

– चलो, कैंटीन में चाय पी लेते हैं।

– मैंने अभी – अभी 'ब्लिट्ज' के ऑफिस में पी है। आज नहीं। फिर कभी ......। ......अच्छा तो चलूँ।' कह कर मैंने पांथरी से विदा ले ली।

घर लौटते हुए मेरे भीतर तूफ़ान उमड़ रहा था। रास्ते भर मैं सोचता रहा, इससे कैसे निपटूँ। लेकिन कुछ निर्णय नहीं कर पा रहा था। और अनिर्णय की स्थिति मेरे लिए सब से मारक होती है। आज भी मैं ऐसी स्थिति में शांत नहीं रह पाता। मन में एक प्रकार का अन्तर्द्वन्द्व चलता रहता है और मैं उसके बीच एक अबूझ तड़पन महसूस करता रहता हूँ।

घर पहुँचा तो देखा, माँ–बेटी के किचन में ठहाके लग रहे हैं। चाय पी जा रही है। मेरे आते ही किचन में मुर्दनगी छा गयी। एक दम जैसे सब कुछ जड़ हो गया। मैंने बिफर कर ज़ोर से चिल्लाना चाहा। लेकिन किसी तरह संयम साध कर बैड रूम में चला आया। थोड़ी देर बाद मैंने अम्मा को आवाज़ लगाई और बोला – अम्मा, जरा मंजु को मेरे पास भेजना।' उधर से कोई आवाज़ नहीं आई। मैंने फिर आवाज़ लगाई। इस बार माँ–बेटी दोनों बैड रूम में आकर खड़ी हो गयीं .....।

– बैठो .......।' मैंने अपनी आवाज़ को बहुत शांत बनाने की कोशिश करते हुए कहा।

वे दोनों बैठ गए।

मंजु की ओर देख कर मैंने कहा – मंजु, सुना है तुम्हारा राम प्यारे उपाध्याय के साथ कुछ चल रहा है स्कूल में।'

मंजु बोली – वह तो एक साल से चल रहा है।'

मैं स्तब्ध हो कर रह गया। इसलिए नहीं कि उसने सच –सच बतला दिया। बल्कि इसलिए कि उसने यह बात इस 'टोन' में कही कि जैसे मैं महा बेवकूफ होऊँ, कि मुझे इतने दिनों बाद इसका पता चला है। सुन कर मैं एक क्षण के लिए चुप रह गया। राम प्यारे को मैं जानता था। मेरा विद्यार्थी रहा था। शुरू के दिनों में जब मैं कभी प्रिंसिपल सिंह से मिलने जाता था तो अक्सर यह मुझे मिल जाता था। मंजु के लिए 'बहन जी, बहन जी' का प्रयोग करता था। मुझे पता नहीं था कि 'बहिन जी' कहने वाले कब 'बहन के मर्द' बन जाते हैं।

अम्मा गुमसुम बैठी थी।

– तुझे पता था इस सब के बारे में ?' मैंने माँ की तरफ देख कर पूछा। वह कुछ नहीं बोली। न 'हाँ' न 'ना'। बुत सी बन कर आँखें झुकाए बैठी रही।

मैंने जान लिया कि अम्मा को इसका पता था। अब यहाँ आकर दोनों एक हो गए हैं। मुझे यह भी याद आने लगा कि जिस दिन मंजु को रात पड़े आने में देर हो जाती थी, वह किसी बहाने घर से बाहर निकल जाती थी। कुछ देर बाद हाथ में कोई पुड़िया लिए लौटती थी गोया नीचे लाला की दूकान से कोई सामान लेने गयी हो। और उसके थोड़ी देर बाद मंजु आ जाती थी।

अम्मा अब अपने को बहुत होशियार समझने लगी थी। सोचती थी कि उसकी बेटी भी ग्रेजुएट है। अगर मैं अपने मन से शादी कर सकता हूँ तो फिर मंजु क्यों नहीं कर सकती ....... उसे कौन समझाए? इस प्रकार के तर्कों पर उससे क्या कहा जाय। ठीक है, मंजु को अपने मर्द को चुनने का अधिकार है। लेकिन इस तरह मुझे अंधेरे में रख कर? मैंने तो पूरे परिवार की भलाई के लिए अपनी पत्नी का चयन किया था। अन्यथा पिता जी तो देहरादून में किसी कैप्टन, किसी मेज़र की लड़की से मुझे बाँधना चाह रहे थे। वह लड़की क्या मेरे परिवार के लिए इतना करती जितनी शीला ने किया है। पिता जी तो चले गए। उन्हें शीला से कभी कोई शिकायत नहीं रही। लेकिन अम्मा ........अम्मा शायद कुछ ज़्यादा ही चुस्त हो गयी थी। मंजु की आड़ में वह जैसे कुछ ज़्यादा ही समझदार हो गयी थी।

– तो तुम लोग शादी कब कर रहे हो।' मैं अपने स्वर को शांत बनाता हुआ पूछता हूँ।

– बस, एम. ए. का एक्जाम हो जाये ......। थोड़ा रुक कर उसने इतना और जोड़ दिया – चाहे यहाँ रहूँ या कहीं और ......।'

मेरे लिए यह चुनौती है, मैंने महसूस किया। लेकिन भीतर ही भीतर यह भी महसूस किया कि निर्णय लेने का समय आ गया है।

अब घर में अम्मा और मंजु के साथ मेरा अबोला हो गया था। बस, अम्मा से किसी काम की बात पर एक–दो वाक्य बोल लेता था। लगता था, घर में संड़ाध और ज़्यादा बढ़ गयी है। मनहूसियत। श्मशान की सी खामोशी। मैं इस सब को सहने के लिए अभिशप्त था। शीला और बच्चों को भी जैसे यह सब सहना पड़ रहा था। विवशता और विक्षुब्धता के वे दिन। आज जब यह सब लिखते हुए उन दिनों को दुबारा जी रहा हूँ तो आश्चर्य होता है कि उस सब को मैं कैसे सह गया। जीवनी शक्ति। सहनशीलता। और यथार्थ से ज़बरन प्रतिकार करने की दृढ़ता।

मैंने मंजु का हिसाब तैयार कर लिया था। घर–खर्च के लिए उसने इन ढ़ाई

सालों में कोई हजारेक रुपये दिए थे। उन्हें लौटा देना था। लौटा ही देना था। चाहे जैसे भी हो .....।

सितम्बर का महीना चल रहा था। मैंने अपने मित्रों से जुगाड़ करके हज़ार रुपये इकट्ठा कर लिए थे। एक दिन अम्मा के हाथ में उन्हें देकर मैंने कहा – यह मंजु का हिसाब है। उस से कह दे, नवम्बर तक शादी कर ले .....अर्थात् यह घर .......।'

माँ रुपये लेने में हिचकिचा रही थी। मैं बोला – अक्टूबर की छुट्टियों में मैं बच्चों के साथ मेरठ जा रहा हूँ। नवम्बर में मेरे आने तक उसकी शादी हो जानी चाहिए।'

माँ के लिए शायद यह अप्रत्याशित था। वह कुछ कहना चाहती थी। लेकिन उसे सुनने के लिए मेरे पास जैसे कान नहीं रह गए थे। मैं अब तक बहुत सुनता आया था ....। अब सुनने की बारी उसकी है ......मैंने निर्णय कर लिया था।

मंजु को देखे कभी–कभी कई दिन हो जाते थे। वैसे उसके नाम–मात्र से मुझे न जाने कैसे–कैसे होने लगता था। ....कभी इसके बारे में क्या –क्या सोचा करता था। मगर क्या से क्या निकली यह।

फिर सोचने लगता था कि इसमें दोष अपना भी है। किसी से इतनी आशाएँ। इतनी अपेक्षाएँ। इतने सारे सपने। ओढ़ी हुई इतनी जिम्मेदारी। इतना जुड़ाव – तो यह सब तो होना ही था। किसी से इतनी आशाएँ, इतनी अपेक्षाएँ – मूर्खता नहीं तो और क्या है। कोई तुम्हारी तरह क्यों सोचे। दूसरों के बारे में सोचने वाले तुम कौन होते हो। और क्या गारंटी है कि तुम सही ही सोचते हो। सब की अपनी–अपनी जिंदगी है, अपने–अपने सपने हैं। तुम कौन होते हो किसी की जिंदगी के बारे में सोचने वाले, उसका नियमन करने वाले। तुमने भी तो अपनी ज़िंदगी के बारे में सोचा। किसी की कोई राय नहीं मानी। तो फिर....। सब को अपनी राह चलने दो। तुम न भी चाहोगे तो भी वे अपनी राह चलेंगे ही।

लेकिन..... लेकिन मैं गलत कहाँ था। मैंने तो समूचे परिवार को उठाने की कल्पना की थी। मैं कहाँ गलत था — अगर सोचता था कि राकेश और मंजु सफल बनें .........। कहाँ गलत था – अगर अभावों और अन्तर्द्वंद्वों में रह कर इन्हें पढ़ाने की सुविधा जुटाता रहा ......।

तब मैं अपने को समझाता कि दुःखी होने की कोई बात नहीं है। अभी आधी ज़िंदगी पड़ी है। औरों की तो पूरी ज़िंदगी बरबाद हो जाती है, फिर भी कुछ नहीं हो पाता। उनका कोई सपना साकार नहीं हो पाता। तुमने जो कुछ किया और सहा है,

वही तो तुम्हारा अनुभव बना है। अनुभव की पूँजी सबसे बड़ी पूँजी होती है। आने वाले दिनों में इसका उपयोग करो। सब ठीक हो जायेगा।

घर में हरदम एक खामोशी छाई रहती थी। एक दम उदास और विरक्त खामोशी। जैसे किसी को श्मशान में पहुँचा कर अभी लौटा गया हो। घर आता था तो लगता था कि पोर–पोर में शिथिलता भर गयी है। मन एक प्रकार के घने और स्थायी अवसाद से भर गया लगता था। अक्सर छाती में पीड़ा की एक लम्बी रेखा–सी खिंचती महसूस होती थी। कभी–कभी, लगता था, कि भीतर कुछ दबाव–सा हो रहा है। जैसे कोई लिफ़्ट का बटन दबा रहा हो।

हर साल की तरह इस साल भी मैं अक्टूबर की छुट्टियों में अपने परिवार के साथ मेरठ चला गया था। नवम्बर के पहले सप्ताह में लौटा तो देखा, मंजु अभी घर में ही जमी हुई है। अम्मा के चेहरे पर कोई भाव नहीं है। उस दिन मैंने भी उससे कुछ नहीं पूछा। प्रतीक्षा करता रहा कि वह कुछ बोले। लेकिन वह भी कुछ नहीं बोली। मैं दिन भर उद्विग्न बना रहा।

रात हुई। साढ़े नौ बज रहे थे। मंजु अभी तक नहीं आई थी। अम्मा बाहर–भीतर कर रही थी। उसके चेहरे पर घबड़ाहट फैल रही थी। मैंने उसे अपने पास बुलाया। वह आकर मेरे सामने खड़ी हो गयी। कुछ रूखी आवाज़ में बोली – क्या है ?' उसके चेहरे पर तुनक और अपराध का मिला – जुला भाव साफ़ झलक रहा था।

– मंजु की शादी का क्या हुआ ?' मैंन अपने शब्दों और टोन को नरम बनाने की कोशिश करते हुए पूछा।

वह चुप खड़ी रही।

– मैंने कहा था न, मेरे मेरठ से लौटने से पहले वह अपनी शादी रचा ले।'

– वह कहती है कि वह गर्मियों में शादी करेगी। इम्तहानों के बाद।' उसने उठे–दबे स्वर में रुक–रुक कर कहा।

मैं जैसे यही सुनने की प्रतीक्षा में था।

– वह कौन होती है, यह कहने वाली। यह घर मेरा है। मैंने बहुत सह लिया। अब और नहीं। बस। दिसंबर की छुट्टियों में शादी हो जाय। नहीं तो.....।' मैं वाक्य पूरा नहीं करता .....।

– नहीं तो क्या........ ?' अम्मा में भी जैसे अब साहस आ गया था।

– नहीं तो तुम दोनों को धक्के देकर घर से बाहर निकाल दूँगा। बहुत हो गया। बहुत सह लिया मैंने। अब और नहीं।'

सुन कर अम्मा बुत बनी खड़ी रह गयी। अम्मा से उस दिन पहली बार मैं इस तरह बोला था। मेरा भँवें चढ़ी हुई थीं। स्वर में आक्रोश था। उस दिन उसका चेहरा सफ़ेद होने लगा था।

उस दिन पहली बार मैंने कहा था : यह घर मेरा है। कल तक यह हमारा था। अब मेरा, सिर्फ़ मेरा है। यहाँ अब वही होगा जो होना चाहिए; वही, जो मैं चाहूँगा।' बात मेरे सम्मान पर आकर रुक गयी थी। मैं गुस्से में हाँफ रहा था।

तभी दरवाज़े पर आहट हुई। मंजु थी। वह इसी तरह कुंडी खटखटाती है। घंटी नहीं बजाती। अम्मा को मेरे सामने से हटने का बहाना मिल गया था।

तब से घर में तनाव और बढ़ गया था। तीन–चार दिन यों ही बीत गए।

फिर एक दिन.....

सुबह ठंडी थी। बच्चे स्कूल जाने की तैयार कर रहे थे। शीला काम पर जा चुकी थी। मैं भी कॉलेज जाने को तैयार हो रहा था। नहाने के लिए बाथरूम में गया तो वह भीतर से बंद था। अम्मा नहा रही थी। वैसे वह रोज़ दोपहर को ही नहाती थी। आज कोई खास बात है क्या।' मैं सोचने लगा। इस बीच मैंने उससे बोलना भी छोड़ दिया था। मुश्किल से दो–चार शब्द बोले होंगे। बस।

अम्मा ने बाहर निकल कर साफ़ साड़ी पहन ली थी। जैसे वह बाहर जाने की तैयारी में हो। मंजु बैठक की बाल्कनी में बैठी कुछ चीज़ें सहेज रही थी। अम्मा तैयार होकर मेरे पास आना, मुझसे कुछ कहना चाह रही थी। दो बार आकर लौट–लौट गयी थी। इतने दिनों तक हमारे बीच कोई संवाद नहीं हुआ था। शायद इसीलिए संकोच कर रही हो। लेकिन संकोच ज़्यादा समय तक नहीं रह पाया। वह मेरे सामने आकर खड़ी हो गयी। कुछ देर यों ही खड़ी रही कि मैं कुछ बोलूँ। लेकिन मैं नहीं बोला। अन्त में वही बोली – मैं बाहर जा रही हूँ।'

– ठीक है।' मैंने कह दिया।

वह वहीं पर बुत बनी खड़ी रही। इस लिए कि मैं उससे पूछूँ कि कहाँ जा रही है।

लेकिन मैंने कुछ नहीं पूछा। सो, उसे ही बोलना ़ड़ा — मंजु के साथ जा रही हूँ।'

– ठीक है।' मैंने फिर कहा। मैं बाहर गैलरी में आकर खड़ा हो गया।

– रात तक लौट आऊँगी ..... बच्चों को देख लेना ....।' मैंने कुछ नहीं कहा।

अब उससे खड़ा नहीं रहा गया। वह लौट गयी। मुझे लगा कि मौसम एकायक गरमा गया है।

बच्चे स्कूल चले गए। अम्मा मंजु के साथ चली गयी। मुझे भी कॉलेज में जाना था। लेकिन नहीं जाता। खाली घर में अकेला बिस्तर पर आकर पसर गया। लगा कि जैसे सीने में रुक–रुक कर हल्का दर्द हो रहा है। पहले कभी–कभी होता था। अब बार – बार लगातार होने लगा था। मैं चिंता में पड़ गया।

शाम हो गयी थी।

चार बज रहे थे। बच्चे स्कूल से आ गए थे। बाल्कनी से देखा, शीला आ रही थी। आते–आते पूछती है– अम्मा कहाँ गयी?'

– क्यों।' मैंने पूछा।

– मैंने रास्ते में देखा। वहीं परेल में। मंजु और राम प्यारे भी साथ में थे।'

– कुछ बात हुई?'

– नहीं। राम प्यारे के हाथ में कुछ लिफाफ़े–से थे।'

– शादी के कार्ड होंगे।'

– हो सकता है। मुझे भी ऐसा ही लगा था।' .....शैलेश से पूँछू क्या।'

– नहीं।'

– मेरे सर में दर्द हो रहा है। जरा चाय बना दो।'

मैं उठ कर रसोई की ओर मुड़ जाता हूँ।

दो चार दिनों बाद मुझे पता लग गया कि शादी हो रही है। शादी के कार्ड स्टाफ़ क्वाटर्स के प्राध्यापकों में भी बाँटे गए थे। और मज़े की बात यह थी कि उनमें निमंत्रण देने वाले के रूप में मेरा नाम छपा था। मेरे फ्लैट के बराबर में प्रोफ़ेसर प्रभु जोशी रहते थे। उन्होंने ही मुझे बधाई देते हुए कहा था–लड़का क्या करता है।'

तब जाकर मुझे पता लगा था।

अब अम्मा सुबह दिन का खाना बनाने के बाद घर से निकल जाती थी और शाम ढले ही लौटती थी। उसने मुझ से शादी के बारे में कुछ नहीं बतलाया। लेकिन जनवरी के पहले हफ़्ते में एक दिन बड़े सवेरे तैयार होकर बाहर निकलती हुई बोली – मैं जा रही हूँ। मंजु की शादी है।'

– ठीक है।' मैंने बस इतना ही कहा।

उसके जाने के बाद मैंने रसोई का जायजा लिया। मुझे लगा कि देहरादून से लाए गए कुछ बरतन गायब है। अम्मा के संदूक पर ताला लगा है। प्लास्टिक के कुछ खाली बेग तह किए हुए संदूक के पीछे पड़े हैं। मुझे यह सब देख कर, सच कहूँ, बड़ी आश्वस्ति हुई। सोचा, चलो, एक अन्तर्द्वन्द्व तो कम हुआ।

शाम को तुलसी मानस विद्यालय के प्रिंसिपल एस. एन. सिंह घर आए। घर में मैं बच्चों के साथ अकेला था। शैलेश शादी में गया हुआ था। राकेश चौथी या पाँचवी बार घर से कुछ दिन पहले ही निकल चुका था। शीला की शाम की ड्यूटी थी।

सिंह साहब दुःखी थे। मेरी उनसे वर्षों की मित्रता थी।

– मुझे मंजु से ऐसी उम्मीद नहीं थी।' वे कुछ सोचते हुए बोले।

– ऐसा भी होता है।' मैंने बात को हवा में उड़ाते हुए कहा।

– जो हुआ, बुरा हुआ।'

मैं चुप रहा।

वे इस तरह की बहुत सी बातें करते रहे। फिर चाय पीकर वे चले गए।

ऐसे अवसरों पर यदि व्यक्ति को सच्ची सहानुभूति के दो बोल भी किसी से सुनने को मिल जाते हैं तो उसे बड़ी राहत महसूस होती है। सिंह साहब से बातें करके मैं भी कुछ ऐसी ही राहत महसूस कर रहा था। मुझे इस बात से भी बड़ी राहत मिली थी कि सिंह साहब स्कूल के प्रिंसिपल होते हुए भी शादी में नहीं गए थे। स्टाफ़ क्वाटर्स से कुछ अध्यापक भी गए थे लेकिन जिन्हें यह भान था कि कहीं कुछ गड़बड़ है, वे नहीं गए।

रात पड़े माँ और शैलेश घर लौटे। मैंने शैलेश से पूछा – शादी हो गयी ?'

– हाँ।' वह बोला।

अम्मा से मैंने कुछ नहीं पूछा। उसका मुँह उतरा हुआ था।

कुछ दिन बीते। अब अम्मा का यह नियम बन गया था कि वह हर चौथे-पाँचवें दिन मंजु के घर चली जाती थी। मुझे इससे बड़ी पीड़ा होती। एक दिन मैंने उस से कहा – अम्मा, अब तुम्हारे मन की मर्जी पूरी हो गयी है। तुम्हारा बार-बार उसके घर जाना अच्छा नहीं लगता। मुझे तकलीफ़ होती है।'

– बेटी है तो जाना ही पड़ेगा।' वह थोड़ा तुर्शी से बोली। मैंने बड़ी मुश्किल से आगे कुछ कहने से अपने को ज़ब्त किया।

दिन बीतते रहे। कुछ हफ़्ते, महीने। ७ वें – ८ वें महीने बाद एक दिन रात को अम्मा बोली – मंजु को लड़का हुआ है। मैं दो-चार दिन उसी के पास रहूँगी।'

मैं कुछ नहीं बोला। अम्मा अपने कुछ कपड़े लेकर चली गयी।

तीन दिन बाद वह लौटी। मैंने कुछ नहीं पूछा। बस, इतना ही कहा – अब तुम्हें शांति से यहाँ रहना चाहिए। तुम्हारा रोज़-रोज़ का आना – जाना मुझे अच्छा नहीं लगता।'

वह कुछ बोली नहीं। पैर पटक कर कमर से निकल गयी।

मैं आहत हो उठा।

इस तरह एक साल और बीत गया। इस बीच राकेश एक बार फिर घर में आकर रहने लगा था लेकिन १-२ महीने बाद फिर चला गया था। शैलेश अब बी. एससी. कर रहा था।

इस बार अम्मा ने कुछ लम्बा समय लिया था। १५-२० दिनों से वह मंजु के घर नहीं गयी थी। मुझे थोड़ा संतोष हुआ। लेकिन कुछ दिन बाद वह सुबह-सुबह जाने की तैयारी करने लगी।

मैंने हल्के स्वर में पूछा – अम्मा, कहाँ जाने की तैयारी कर रही है।'

– आज मंजु के लड़के की पहली साल गिरह है। आज तो मैं जाऊँगी ही। इतने दिनों से नहीं गयी।'

उसने यह बात इस टोन में कही कि मैं आक्रोश से भर उठा।

– तू आज नहीं जाएगी।' मैंने अपने स्वर को कठोर बनाते हुए कहा। अगर तुझे जाना ही है तो हमेशा के लिए चली जा। मैंने तुझ से बार-बार कहा है कि तेरा इस तरह आना-जाना मुझे पसंद नहीं। तू या तो मेरे पास रह या उसके पास चली जा। तू जब वहाँ से लौटती है तो मुझे पूरा घर बदबू मारता महसूस होता है।'

वह कुछ बोली नहीं। अपना थैला पकड़ कर घर से बाहर निकल गयी।

मैं तड़प उठा। घर में अकेला था। सोचने लगा, इस तरह कब तक चलेगा। अब अंतिम निर्णय करने का वक़्त आ गया था। मैं उठा। कमरों का ज़ायजा लिया और फिर बिजली की तेज़ी से अम्मा का सामान इकट्ठा करने लगा। कुछ कपड़े, तेल की शीशी। रस्सी पर टंगा हुआ गीला पेटीकोट, कंघा और ऐसी ही छोटी–मोटी दूसरी चीजें। इन सब को इकट्ठा करके मैंने उसके संदूक में भर दिया।

यह सब करने में मैं बहुत थक गया था। साँस चढ़ी हुई थी। मैं निढाल होकर बिस्तर में लेट गया और सीने में हो रहे दर्द को महसूस करता रहा। बिस्तर पर लेटे–लेटे मैं कॉलेज से शैलेश के आने की प्रतीक्षा करने लगा।

कोई एक–डेढ़ बजे के करीब शैलेश कॉलेज से लौटा। मैंने उसके हाथ में कुछ रुपये देते हुए कहा – यह अम्मा का संदूक मंजु के घर छोड़ आ।'

वह पहले तो कुछ समझा नहीं। फिर स्थिति का कुछ–कुछ अंदाजा लगा कर उसने संदूक उठाया और नीचे ज़ीना उतरने लगा। वह अभी जीना उतर ही रहा था कि मैं बाहर आकर बोला – और तू अपने बारे में भी पूछ आना कि क्या तू भी वहाँ आकर रह सकता है।'

वह कुछ नहीं बोला। और चुपचाप बाहर सड़क की तरफ निकल गया। मैं अपने कमरे में लौटा। बहुत समय के बाद घर का जायजा लिया। फिर यकायक बाल्टी में पानी भर कर पूरे घर को धोने में लग गया। कमरों की दीवारों से चिपक कर मैंने स्वयं से कहा – अब यह घर मेरा है। सिर्फ़ मेरा।'

कोई एक–डेढ़ घंटे बाद शैलेश लौट आया।

– संदूक दे आया?' मैंने पूछा।

उसने सर हिला कर कहा – हाँ .....।' वह बहुत डरा हुआ लग रहा था।

– अपने बारे में पूछा?'

– अम्मा कहती है, अब जब मैं ही बेटी के आसरे पर हूँ तो तुझे यहाँ रहने के लिए कैसे कह सकती हूँ। तू वहीं अपने भाई के साथ रह।'

– ठीक है। लेकिन जब तक तू मेरे पास है, उन दोनों का नाम भी इस घर में मत लेना। अगर मुझे पता चला कि तेरा उनके पास आना–जाना है तो देख लेना, तेरी किताबों – कपड़ों के साथ तेरा भी पार्सल कर दूँगा। मैंने तुम लोगों के लिए बहुत सह लिया है। अब और नहीं।'

वह कुछ नहीं बोला। धीरे–धीरे मेरे कमरे से बाहर निकल कर बाहर बाल्कनी में जाकर खड़ा हो गया।

मैं अब अपने को थोड़ा शांत हुआ महसूस कर रहा था। लेकिन सीने का दर्द था कि थमने का नाम ही नहीं ले रहा था।

काफ़ी देर यों ही बिस्तर पर पड़ा–पड़ा मैं उल्टे–सीधे विचारों में खोया रहा। फिर उठ कर सड़क की ओर खुलने वाली बाल्कनी में आकर खड़ा हो गया। मैंने देखा – मेरी दोनों बच्चियाँ स्कूल से लौट रही थीं। आपस में लड़ती–झगड़ती हुई। उन्हें देख कर मेरा मन हुमक उठा। अब मुझे इन्हीं के लिए जीना है, मैंने सोचा।

शाम को शीला अस्पताल से लौटी। मैंने उसे सारी घटना विस्तार से बतला दी। सुनने के बाद वह बोली – देबू, हमने ऐसा तो नहीं सोचा था।'

– सोचा तो मैंने भी नहीं था।' मैं बोला।

– अम्मा तो ऐसी नहीं थी। बच्चों का कितना ध्यान रखती थी।'

– शीला, मंजु के यहाँ आने से पहले सब ठीक था। लेकिन बाद में घर में क्या होता था, इसका तुम्हें पता नहीं है।'

– क्या होता था।'

– बच्चों को उनके गिलास में छटाँक–छटाँक भर दूध मिलता था। मंजु की चाय दूध में बनती थी। उस पर मलाई ऊपर से डाली जाती थी। मैंने अपनी आँखों से यह सब देखा है।'

कुछ रुक कर मैं फिर बोला – तुमने कभी देखा कि वह बच्चों के लिए एक चाकलेट या एक केला लेकर आई हो। घर में ऐसे थोड़े ही रहा जाता है।'

शीला चुप रही, कुछ बोली नहीं। कुछ देर ठहर कर वह चाय बनाने किचन में चली गयी।

तभी मेरे कुछ मित्र आ गए। मैं उनसे बतियाने में लग गया। सालों बाद उस दिन मैं निश्चिंत होकर अपनी बैठक में बैठा था। घर को धुला–पुँछा देख कर एक अजीब प्रकार की शांति मिल रही थी।

मुझे लग रहा था कि एक और अध्याय पूरा हो गया है। यह १९६८–१९६९ का साल था।

# बारह

किताबें होती हैं और उनमें अध्याय होते हैं। कई अध्यायों के बाद, किताब पूरी हो जाती है। व्यक्ति की जीवन गाथा भी एक किताब जैसी ही होती है। अनेक घटनाओं, संस्मरणों, पहलुओं और अनुभवों वाली किताब। कुछ किताबें कई भागों में लिखी जाती हैं। और हर भाग में भिन्न भिन्न आयामों का विवरण होता है। मेरी लम्बी यात्रा का परिचय देने वाली यह किताब भी कुछ ऐसी ही है।

यहाँ तक के पारिवारिक अनुभवों, अन्तर्द्वन्द्वों और संघर्ष के साथ – साथ मुझे अपने कैरियर के उतार –चढ़ावों, शैक्षणिक जगत के अनुभवों, मित्रों–परिचितों से अपने संबंधों, उनके स्नेह, उनकी आत्मीयता और विरोधों तथा उपेक्षाओं से भी दो–चार होना पड़ा है। सब होते हैं। कुछ कम और कुछ ज़्यादा। इस संदर्भ में मेरे साथ एक यह बात अच्छी रही है कि मुझ में संघर्ष और विषम स्थितियों से मुकाबला करने की दृढ़ इच्छा–शक्ति एक ज़िद के रूप में हमेशा विद्यमान रही है। इसी ज़िद ने मुझे समय–समय पर आत्म बल दिया है और रचनात्मक दृष्टि दी है। जहाँ तक अपने कॉलेज का संबंध है, मुझे कभी कोई परेशानी नहीं हुई। यह नहीं कि यहाँ मेरी अनेक उपलब्धियों को अनदेखा नहीं किया गया या उनके प्रति उदासीनता नहीं बरती गयी। फिर भी यह सच है कि अपने अध्यापक–कर्म का निर्वाह करते हुए मेरे सामने कोई अड़चन खड़ी नहीं की गयी। मुझे लिखने–पढ़ने की पूरी आज़ादी मिली। किसी न किसी स्तर पर मेरी ईमानदारी को स्वीकारा भी गया। जैसे १९७८ में विभागाध्यक्ष बनने और १९९३ में रिटायर होने के बीच हिंदी विभाग में छह बार हिन्दी प्राध्यापकों की नियुक्तियाँ हुईं। और प्रत्येक नियुक्ति के समय (मात्र आखिरी नियुक्ति को छोड़ कर) मुझे अकेले को चयनकर्ता की भूमिका निभानी पड़ी। कोई प्रिंसिपल, कोई एक्सपर्ट, कोई मैंनेजिंग कमेटी का सदस्य – कोई, कोई भी मेरे साथ नहीं बिठाया गया। अधिकारियों का मेरे चयन पर हमेशा विश्वास बना रहा।

और मैं कहूँ कि मैंने उनके विश्वास को बनाए रखने का भरसक प्रयत्न किया। इसके लिए मुझे अपने निकटस्थ संबंधियों और मित्रों की आलोचना भी सहनी पड़ी। मैं नहीं समझता कि मुंबई के किसी अन्य हिंदी विभागाध्यक्ष को इतनी आजादी दी गयी हो। खैर.....

१९६९।

फरवरी–मार्च की रात होगी। कोई ९ बजे होंगे। सोये–सोये मुझे लगा कि कोई मेरी छाती को अपने अंगूठे से जोर से दबा रहा है। मैं जागा और पाया कि पूरा बदन पसीने से तर–ब–तर हो गया है और छाती पर पत्थर जैसी कोई भारी चीज रखी हुई है। मैंने पास सोई शीला को जगाया। उसे अपनी हालत बतलाई। उसने मेरी नाड़ी देखी। नाड़ी ठीक चल रही थी। वह बोली – कल शाम शादी में कुछ ज़्यादा खा लिया होगा। मैं कॉफ़ी बना कर लाती हूँ। पी कर सो जाना।'

शीला ने रसोई में जाकर कॉफ़ी बनायी और लाकर मुझे दे दी। अब तक छाती का भारीपन कुछ हल्का हो गया था। कॉफ़ी पी कर मैं सो गया। अच्छी नींद आई। सबेरे उठा तो अपने को काफ़ी स्वस्थ महसूस कर रहा था। फिर भी शीला ने कहा – चाहो तो दिन में मेरे हॉस्पिटल आ जाना। डॉ. कामत को दिखा दूँगी।'

मैं बोला – उसकी कोई ज़रूरत नहीं है। मैं ठीक हूँ।'

कोई साढ़े छह बजे के करीब शीला अपनी ड्यूटी पर चली गयी। मैंने बच्चों को जगाया। उन्हें स्कूल के लिए तैयार किया और खुद भी कॉलेज जाने के लिए तैयार हो गया। और बच्चों के साथ ही बाहर निकल आया।

बच्चों को स्कूल की बस में बिठा कर मैं अपने नियत बस स्टैंड पर आकर खड़ा हो गया। तभी मुझे महसूस हुआ कि छाती के पास दर्द की एक हल्की–सी लहर उठी है। एक–दो सैकंड के बाद मैं सामान्य हो गया। कॉलेज गया। अपने पीरियड्स लिए और जल्दी ही साढ़े दस बजे के करीब घर लौट आया। अब तक दर्द की बात मैं भूल चुका था।

शाम को जब शीला लौट कर आयी तो उसने मेरी तबियत के बारे में पूछा। मैंने कहा – बिल्कुल ठीक हूँ मैं। बस, सुबह कॉलेज जाते हुए छाती में हल्क–सा दर्द महसूस हुआ था, उसके बाद से कुछ नहीं हुआ।'

– अच्छा है कि तुम डॉक्टर को दिखला ही दो।' वह बोली।

– क्या बात करती हो तुम भी। अगर इन छोटी–छोटी बातों के लिए डॉक्टर

के पास जाने लगूँ तो हो गया....।'

– फिर भी। मन का काँटा तो निकल जायेगा।'

– काँटा हो तो।' मैंने उसकी बात को हवा में उड़ा दिया।

लेकिन आगे के दिनों में दर्द की वह लहर यदा–कदा छाती में उठती और कुछ सैकंड्स के बाद सब ठीक हो जाता।

इसी प्रकार अप्रैल का महीना बीत गया। इस बीच अपने दर्द के विषय में मैंने शीला को कुछ नहीं बताया। नियमित रूप से कॉलेज जाता रहा। घर का काम करता रहा। मित्रों के साथ खाना–पीना बदस्तूर चलता रहा। अपनी बेटियों की देखभाल भी करता रहा।

लेकिन एक दिन सुबह–सुबह फिर से छाती में जोर का दर्द उठा और मैं पसीने–पसीने हो गया। शीला मेरी मुद्रा से भाँप गयी कि कहीं कुछ गलत हो रहा है। दर्द काफ़ी देर तक रहा – करीब २–३ मिनट तक। वह अस्पताल जाने को तैयार हो रही थी। मेरे पास आकर बोली – तुम आज हॉस्पिटल आ ही जाओ। डॉ. कामत को दिखला दूँगी।'

छुट्टियाँ चल रही थीं। मैं नाश्ता करके अस्पताल चला आया। डॉ. कामत ने चेक–अप किया और मेरा ईसीजी लिया। ईसीजी सामान्य नहीं था। गंभीर होकर वे बोले – कुछ तो है। और टैस्ट करने होंगे।'

सुन कर शीला चिंतित हो गयी। मैं निर्वाक् बना रहा। डॉ. कामत ने कुछ दवाइयाँ लिख दीं। फिर पूछा – स्मोकिंग करते हो ?'

मैंने स्वीकृति में सर हिला दिया। बोला – पाइप पीता हूँ .....।'

वे थोड़ा सा मुस्करा दिए। – उसे थोड़ा कम कर दो। चलते वक्त मत पिया करो।' वे बोले।

मैंने सर हिला दिया। लेकिन उनके मुस्कराने का रहस्य समझ नहीं आ रहा था। बाद में शीला ने बतलाया – डॉ. कामत भी पाइप पीते थे। कुछ समय पहले ही छोड़ा है। इन दिनों सुपारी या तम्बाकू मुँह में रखते हैं।'

सुन कर मैं भी मुस्करा दिया।

मेरे पाइप पीने की कथा भी दिलचस्प है। मैं सप्ताह में तीन दिन रिज़र्व बैंक ऑफ इंडिया के अधिकारियों को हिन्दी पढ़ाने जाया करता था। वहाँ हिंदो विभाग

में काम करने वाली गीता जोशी से मेरी अच्छी मित्रता हो गयी। एक दिन वह बोली – सर, आप सिगरेट की जगह पाइप पिया कीजिए। उससे आपकी पर्सेनिलिटी और भी निखर आएगी।' तब से मैं पाइप खरीदने के बारे में सोचने लगा।

कुछ दिन बाद जब मुझे 'बिलिट्ज' से पुस्तक–समीक्षा के कुछ पैसे मिले तो मैंने पाइप और तम्बाकू के साथ उसे साफ़ करने वाले उपकरण भी खरीद दिए। मन में जल्दी ही उसका उपयोग करने की उत्सुकता जाग गई। सो, मैं वी. टी. स्टेशन के रास्ते पर पड़ने वाले एक ईरानी रेस्ट्राँ में जाकर बैठ गया। वेटर को चाय का आर्डर दिया और उससे उसकी माचिस की डिबिया भी मांग ली। फिर मैंने पाइप में दबा–दबा कर तम्बाकू भरा और माचिस से उसे जलाने लगा। ५–६ तीलियाँ जलाने के बाद भी पाइप नहीं जल पाया। तभी वेटर ने आकर चाय की प्याली मेज़ पर रखते हुए कहा – साब' घर जाकर 'ट्राई' करना और पास ही रखी हुई अपनी माचिस की डिबिया उठा ली। शर्मिंदगी में मैं उससे कुछ नहीं कह पाया और जल्दी–जल्दी चाय सुड़क कर रेस्ट्राँ से बाहर निकल आया।

घर आकर मैं बाहर बाल्कनी पर आकर बैठ गया। दो–तीन तीलियों को एक साथ ले कर पाइप को जलाया और जोर से साँस खींची। इस बार धुँआ सीधे हलक तक पहुंच गया और ज़ोर की खाँसी आई। लगा, पूरी दुनिया घूम रही है। आँखों से पानी बहने लगा। एक तरह से मैं उल्टा हो गया। फिर भी मैं किसी तरह उठा और पाइप को मेज़ की दराज़ में छिपा कर रख दिया, यह सोच कर कि कहीं शीला न देख ले।

बाद में मैंने धीरे–धीरे प्रैक्टिस करके पाइप जलाना सीख लिया और खुले आम उसका मजा लेने लगा।

गीता जोशी का कहना सच निकला। अब मेरे 'कलीग' और मित्र मुझे हसरत की नजर से देखने लगे थे।

मुंबई विश्वविद्यालय में हिंदी विभाग खुल चुका था। डॉ. छोटे लाल 'प्रभात' वहाँ रीडर के पद पर आसीन हो चुके थे। विभाग में केवल एक वही एकमात्र अध्यापक थे। १७–१८ साल तक हिन्दी विभाग को एक रीडर, २–३ क्लर्कों और एक चपरासी ने ही चलाया। बीच में एक बार प्रोफ़ेसर की पोस्ट भी सेंक्शन हुई थी। डॉ. छोटे लाल प्रत्याशी थे। विशेषज्ञ के रूप में दिल्ली से डॉ. नगेंद्र आए थे। साक्षात्कार हुआ था और डॉ. छोटे लाल समेत किसी भी प्रत्याशी को डॉ. नगेंद्र ने प्रोफ़ेश्वर के योग्य नहीं समझा था। फिर वर्षों तक एक मात्र रीडर के रूप में डॉ. छोटे

लाल विभाग चलाते रहे। एम. ए. की कक्षाएँ पढ़ाने के लिए तब कॉलेजों के प्राध्यापक ही जाया करते थे। इसके लिए दो केंद्र थे। एक विश्वविद्यालय और दूसरा मेरा रुइया कॉलेज। मैं तब तक एम. ए. कक्षाएँ पढ़ाने की योग्यता प्राप्त कर चुका था। लेकिन छोटे लाल जी की कृपा से मुझे दो सालों तक टाला जाता रहा। बाद में विश्वविद्यालय के रजिस्ट्रार और उपकुलपति से पत्राचार करने के बाद ही मुझे एम. ए. की कक्षाएँ पढ़ाने के लिए दी गयीं। एम. ए. में पढ़ाते समय मैंने पाया कि अज्ञेय के 'नदी के द्वीप' को पिछले १०–१२ सालों से निरन्तर पाठ्यक्रम में रखा जा रहा है। मैंने इसका विरोध किया। यह विरोध भी २–३ साल तक चलता रहा। डॉ. छोटे लाल विभाग के सर्वेसर्वा थे। रीढ़ की हड्डी न रखने वाले हिंदी प्राध्यापकों को साथ लेकर उन्होंने अपना गुट–गिरोह बना लिया ता। सो, 'बोर्ड ऑफ स्टडीज़' में भी उनका बोल बाला था। एक ओर मैं अकेला लड़ रहा था और अधिकारियों से पत्राचार कर रहा था और दूसरी ओर पूरा गुट–गिरोह था जो डॉ. छोटे लाल की चाटुकारी में लगा हुआ उन्हें और भी अक्खड़, एकाधिकारी और निरंकुश बना रहा था। लेकिन मैंने भी हार नहीं मानी और बड़ी मुश्किल से 'नदी के द्वीप' को पाठ्यक्रम से हटवा दिया। यहाँ मेरा विरोध न अज्ञेय जी से था, न 'नदी के द्वीप' से। मेरा विरोध इस कारण था कि हिंदी के इतने अच्छे और सशक्त उपन्यासों की उपेक्षा करते हुए पिछले १०–१२ सालों से 'नदी के द्वीप' को ही क्यों पाठ्यक्रम में स्थान दिया जा रहा है।

जिस प्रकार अपने वैयक्तिक और पारिवारिक जीवन में मुझे टुच्चे संघर्षों से जूझना पड़ा, उसी प्रकार शिक्षा के क्षेत्र में भी मुझे अपने उचित अधिकारों के लिए भी संघर्ष करना पड़ा। मुझे लगता कि संघर्ष करना ही जैसे मेरी नियति है। एम. ए. की कक्षाएँ पढ़ाने की तरह ही मुझे 'रिसर्च गाइड' बनने के लिए भी संघर्ष करना पड़ा। 'रिसर्च गाइड' की योग्यता प्राप्त कर लेने के बाद मैंने विश्वविद्यालय में उसके लिए आवेदन पत्र प्रस्तुत कर दिया था। २–३ साल तक मेरा वह आवेदन - पत्र हिंदी विभाग की फाइलों में बंद रहा। विश्वविद्यालय और हिंदी विभाग की ओर से बड़ी कोशिश करने के बावजूद कोई सूचना न मिलने के कारण मैं बहुत कसमसा रहा था। तभी संयोग से एक दिन उस समय के उपकुलपति श्री राम जोशी से मेरी भेंट हो गयी। दरअसल, श्री राम जोशी के छोटे भाई प्रभु जोशी हमारे कॉलेज के अर्थशास्त्र विभाग में प्राध्यापक थे। श्री राम जोशी भी १९६० तक हमारे कॉलेज में राजनीति शास्त्र विभाग के प्रमुख थे। बाद में वे नए खुले एसआइइएस कॉलेज में प्रिंसिपल बन कर चले गए थे और उसके बाद विश्वविद्यालय में उपकुलपति (Vice Chancellor) हो गए थे। उन दिनों उन के छोटे भाई प्रो. प्रभु जोशी अपनी माँ और

छोटे भाई के साथ हमारे साथ स्टाफ़ क्वार्टर में मेरे पड़ोस में ही रहते थे। प्रो. राम जोशी उनसे मिलने आते रहते थे। एक दिन जब वे स्टाफ क्वार्टर्स में आते हुए मुझे गेट पर मिले और मैंने उनका अभिवादन किया तो वे बोले – कैसे हो प्रो. ठाकुर। सब ठीक चल रहा है न।'

– जी, कॉलेज में तो सब बहुत ठीक चल रहा है। लेकिन आपकी युनिवर्सिटी से क्षुब्ध हूँ।'

– क्यों क्या हुआ। कोई प्रॉब्लम ?' उन्होंने पूछा।

मैंने उन्हें सीढ़ियों पर चढ़ते हुए अपनी व्यथा - कथा सुना दी।

वे बोले – कल एक फ्रेश एप्लीकेशन मेरे पी. ए. को दे आना।'

– जी धन्यवाद! कल ही दे आऊँगा।'

– और कुछ ?' उन्होंने पूछा।

– और कुछ नहीं सर.......।' मैंने मुस्करा कर कहा।

वे भी मुस्करा दिए। बोले – कोई भी प्रॉब्लम हो तो सीधे मुझ से कांटेक्ट कर लिया करो।'

– जी.......।' मैं आल्हादित हो उठा था।

तब तक मेरी ५–६ पुस्तकें प्रकाशित हो चुकी थी। 'रिसर्च गाइड' बनने के लिए थीसिस के अतिरिक्त मात्र एक और प्रकाशित पुस्तक के होने का नियम था। मैं दूसरे ही दिन अपना प्रार्थना – पत्र उपकुलपति के पी. ए. को दे आया। प्रो. राम जोशी ने उस पर तुरंत एक्शन लिया और तार देकर औरंगाबाद और पुणे से वहाँ के हिंदी विभागाध्यक्षों को एक्सपर्ट के रूप में बुला लिया। ८–१० दिन के भीतर ही मुझे विश्वविद्यालय की ओर से 'रिसर्च गाइड' बनने की सूचना मिल गयी। यह संभवत: १९७२ का साल था।

बात बहुत बड़ी और महत्त्वपूर्ण नहीं है। महत्त्वपूर्ण यह है कि मुझे अपने छोटे–से छोटे अधिकार को पाने के लिए कैसा और कितना संघर्ष करना पड़ा है। ऐसा ही कटु अनुभव मुझे और दो बार हुआ। मेरे छोटे भाई शैलेश ने बी. एससी करके एक सार्वजनिक बैंक में नौकरी कर ली थी। और अब अर्थशास्त्र में बी. ए. कर रहा था। बाद के वर्षों में उसके कुछ मित्रों ने एम. ए. हिंदी की कक्षा में प्रवेश ले लिया था। उसने भी सोचा कि हिंदी में एम. ए. ज्वाइन कर लिया जाय। तब एम. ए. की कक्षाएँ शाम को लगती थीं। उन दिनों यह नियम था कि बी. ए. में हिंदी

विषय न होने वाले छात्रों को एम. ए. (हिंदी) में प्रवेश लेने के लिए हिंदी की एक परीक्षा देनी पड़ती थी। शैलेश ने इसके लिए आवेदन कर दिया। दो साल तक उसका आवेदन – पत्र डॉ. छोटेलाल की मेज़ के ड्रावर की शोभा बढ़ाता रहा। तब खीझ कर मैंने फिर विश्वविद्यालय के अधिकारियों से सम्पर्क किया। तब जाकर आवेदन करने के दो साल बाद उसके हिंदी ज्ञान की परीक्षा ली गयी और उसे एम. ए. में एडमिशन दिया गया।

दूसरी घटना मेरे बी. ए. में परीक्षक बनने को लेकर है। उन दिनों कॉलेजों में इन्टर की कक्षाएँ भी चलती थीं और परीक्षा भी विश्वविद्यालय ही लेता था। मैंने १९५६ से कॉलेज में पढ़ाना आरम्भ कर दिया था। लेकिन मज़े की बात यह है कि १९७८ तक, जब तक मैं विभागाध्यक्ष नहीं बन गया और जब तक मैं हिंदी बोर्ड में सदस्य के रूप में चुन कर नहीं आया, मुझे बी. ए. में परीक्षक नहीं बनाया गया। जब कि मुझ से कहीं जूनियर अध्यापक बी. ए. के परीक्षक नहीं, मॉडरेटर तक के रूप में कार्य कर रहे थे। १९७८ में जब मैं पहली बार बी. ए. का परीक्षक बना तो पार्ले कॉलेज के मुझ से काफी जूनियर प्राध्यापक राधे मोहन शर्मा मेरे मॉडरेटर थे। उन दिनों मैं अस्वस्थ चल रहा था, सो अपनी पत्नी को साथ लेकर मैं प्राध्यापक शर्मा के घर गया। प्रो. शर्मा बड़े असमंजस में पड़ गए। बोले – सर, आपने क्यों तकलीफ़ की। आप मुझे फ़ोन कर देते। मैं कापियाँ लेने आ जाता।' (यह प्रो. शर्मा की शालीनता थी। वैसे वे डॉ. छोटे लाल के प्रिय पिट्ठू थे और उन्हें हर बार बोर्ड में 'नॉन हैड' टीचर के रूप में मनोनीत किया जाता था। उन दिनों बोर्ड्स में दो 'नॉन हैड' टीचर्स को मनोनीत करने की व्यवस्था थी )।

इस प्रकार का टुच्चापन मेरे साथ बार–बार हुआ है। इसी संदर्भ में बहुत बाद की एक और घटना याद आ रही है। मुझे डी. लिट्. की डिग्री मिल चुकी थी। अब डॉ. छोटे लाल को भी डी. लिट् करने की खुजली होने लगी। वे अभी तक रीडर ही थे लेकिन यूजीसी ने फिर से हिंदी विभाग में प्रोफेसर की एक पोस्ट सैंक्शन कर दी थी। १९७८ के बाद से अपने सेवा काल के अन्त तक मैं हिंदी बोर्ड का सदस्य बना रहा। तो, प्रो. छोटे लाल ने प्रतीकवाद पर जल्दी–जल्दी एक किताब निकाल कर उसे डी. लिट् की उपाधि के लिए प्रस्तुत कर दिया। यहाँ मुंबई विश्वविद्यालय में डी. लिट् के लिए मुद्रित पुस्तक ही प्रस्तुत करनी होती है। उन वषः में डॉ. विजयेंद्र स्नातक और डॉ. प्रभाकर माचवे हिन्दी बोर्ड के एक्सटरनल सदस्य थे। डॉ. विजयेंद्र स्नातक तो डॉ. छोटे लाल के आवास पर ही ठहरते थे। ख्यातिप्राप्त विद्वान होने के कारण बोर्ड के सभी सदस्यों की दृष्टि में वे सम्मानित थे। अपने रिवाज़ और आदत के

मुताबिक डॉ. छोटे लाल ने पहले से ही ज़मीन तैयार कर ली थी कि उनके डी. लिट् के शोध–प्रबंध के लिए कौन–कौन परीक्षक होंगे। सो, जब बोर्ड की मीटिंग शुरू हुई तो बोर्ड के अध्यक्ष डॉ. छोटे लाल प्रभात यह कहते हुए बाहर चले गए कि चूँकि मेरे शोध–प्रबंध पर परीक्षक नियुक्त होने है; इस लिए मैं इसका हिस्सा नहीं बनना चाहता। बोर्ड में बैठा सबसे वरिष्ठ व्यक्ति ही इस मीटिंग की अध्यक्षता करेगा।

इस पर आनन फ़ानन छोटे लाल जी के अनुचरों ने खालसा कॉलेज के विभागाध्यक्ष डॉ. पारसनाथ मिश्र का नाम सुझा दिया। मैंने चुटकी ली – प्रभात जी, सबसे वरिष्ठ प्राध्यापक या सबसे अधिक योग्यता प्राप्त अध्यापक।'

डॉ. छोटे लाल जी ने इसका कुछ जबाव नहीं दिया और कक्ष से बाहर निकल गए। उधर विजयेंद्र स्नातक जी ने भी मुझे आगे कुछ न कहने का इशारा किया। मैं चुप हो गया।

इसके बाद बोर्ड के कुछ सदस्य (डॉ. छोटेलाल द्वारा सुझाव गये) कुछ नामों को परीक्षक के रूप में रखने की अनुशंसा करने लगे। इनमें लगभग सभी नाम ऐसे थे जिनका शोध के विषय से कोई लेना – देना नहीं था। सभी डॉ. छोटे लाल के गिरोह के व्यक्ति थे। मैंने यह कह कर इन नामों का विरोध किया कि अनुशंसित विद्वानों को प्रस्तुत शोध के विषय में कोई विशेषज्ञता प्राप्त नहीं है। इस बार मुझे डॉ. प्रभाकर माचवे ने इशारे से चुप रहने के लिए कहा। मैं खीज़ कर चुप हो गया। इन दोनों विद्वानों के प्रति मेरा जो आदर–भाव था, वह वहाँ बैठे–बैठे गलने लगा। परीक्षकों के नाम निश्चित हो गए। मीटिंग समाप्त हो गयी। चाय–पानी चला और फिर सभी सदस्य एक–एक करके मीटिंग – रूम से बाहर आ गए। मेरा दिमाग अभी भी भन्ना रहा था। सो जैसे ही डॉ. विजयेंद्र स्नातक और डॉ. प्रभाकर माचवे कक्ष से बाहर आए, मैंने अपने क्षोभ को व्यक्त करते हुए उन से कहा – आप लोग विद्वान हैं। मैं उस नाते आपका बड़ा आदर करता हूँ। आज मीटिंग में जो कुछ भी आपने किया, मुझे आपसे ऐसी उम्मीद नहीं थी।' फिर डॉ. विजयेंद्र स्नातक की ओर मुखातिब होकर मैं बोला – डॉक्टर साहब, आप दिल्ली में कुछ भी करें लेकिन यहाँ तो वहाँ की सड़ांध मत फैलाइए।'

दोनों से कुछ कहते नहीं बन रहा था। कहना न होगा कि उस घटना के बाद वे कभी हिंदी बोर्ड की मीटिंग में नहीं आए।

अब जब शैक्षणिक राजनीति की बात चल पड़ी है तो सोच रहा हूँ कि पहले उसे ही पूरा कर लूँ।

स्पष्ट वादिता और मुखरता (अपने विरोधियों के अनुसार 'वाचालता') मुझे यहाँ के अध्ययन – विरोधी और तिकड़मी हिंदी प्राध्यापकों की देन रही है। अधिकांश प्राध्यापकों का पढ़ने–लिखने से कोई संबंध नहीं था। वे या तो कॉलेज–विश्वविद्यालय की जोड़–तोड़ वाली राजनीति में लगे रहते थे या अपने इतर व्यवसाय में संलग्न रहते थे। किसी ने आटा पीसने की चक्कियाँ चला रखी थीं। किसी की चने–मुरमुरे की दूकान थी। कोई हलवाई की दूकान खोले बैठा था। कोई कोयले का धन्धा करता था और कोई Real Estate की खरीद–फरोख़्त में मशगूल रहता था। ये अध्यापक मेरी अध्ययनशील प्रवृत्ति से ईर्ष्या करते थे। अनेक हिंदी प्राध्यापकों ने, जो पहले म्युनिसिपल प्राइमरी स्कूलों या प्राइवेट हाईस्कूलों में अध्यापक थे, यहाँ प्राध्यापक बन कर मराठी – गुजराती महिलाओं से दूसरी शादी रचा ली थी। अर्थात् एक गांव वाली और एक शहर वाली। इन से मेरी कभी नहीं बन पायी। इसी लिए मुझे अपना प्राप्य प्राप्त करने के लिए हर कदम पर संघर्ष करना पड़ा। और मैंने किया। गनीमत यह थी कि अपने कॉलेज के अधिकारियों का मुझे सहयोग मिलता रहा। प्रिंसिपल से लेकर वरिष्ठ प्राध्यापक तक मुझे एक अध्ययनशील अध्यापक के रूप में देखते थे। मेरे लिए यही बहुत था।

जिन वर्षों में मैं अपनी पारिवारिक उलझनों से जूझ रहा था, उन वर्षों में अपना ध्यान 'डाइवर्ट' करने के लिए मैंने तेज़ी से पढ़ना–लिखना आरंभ कर दिया था। डी. लिट् की पढ़ाई भी साथ–साथ चल रही थी। अनेक कवियों और लेखकों को मैंने इसी दौरान पढ़ा। इससे मुझ में आत्म विश्वास बढ़ा। सन् ७२–७३' तक आते–आते मेरी ५–६ समीक्षा पुस्तकें प्रकाशित हो चुकी थी। ३–४ कॉलेजोपयोगी सामान्य पुस्तकें भी। लेकिन विश्वविद्यालय में किसी भी पुस्तक का संदर्भ–ग्रंथ के रूप में कोई नोटिस नहीं लिया गया। यद्यपि तब तक प्रकाशित–मेरी सभी समीक्षा पुस्तकें एम. ए. में संदर्भ ग्रंथ के रूप में लगाई जा सकती थीं। डॉ. छोटे लाल 'प्रभात' के रहते यह संभव भी नहीं था। मुझे इससे अपने काम करने में कोई अड़चन पैदा नहीं हुई। अब तक इस प्रकार की उपेक्षा का मैं अभ्यस्त हो चला था।

रिसर्च गाइड बनने के बाद जब मेरे पहले शोध विद्यार्थी नन्दलाल यादव के शोध – ग्रंथ के लिए परीक्षकों की नियुक्ति का प्रश्न आया तो भाई लोगों ने ऐसे परीक्षकों का नाम सुझाने की योजना बनायी जो मुंबई आवास काल में डॉ. छोटे लाल 'प्रभात' के सम्मानित अतिथि हुआ करते थे। मुझे इस बात की शंका पहले से थी सो मैंने डॉ. छोटे लाल के एक चारण को बुला कर यह स्पष्ट कर दिया कि अगर शोध–विषय से संबंधित परीक्षकों को नहीं बुलाया गया तो मैं वी. सी. के पास

अपना प्रतिवेदन भेजूँगा और यदि आवश्यक हुआ तो राज्यपाल तक जाने में भी संकोच नहीं करूँगा। साथ ही, 'प्रभात' गुट के सभी शोध निदेशकों के शोध-विद्यार्थियों के लिए परीक्षकों की नियुक्ति पर यह देखूँगा कि शोध-विषय के अनुकूल परीक्षकों की नियुक्ति की गयी है या नहीं। मेरी मुद्रा से प्रभात गुट भयभीत हो गया और नन्दलाल यादव के शोध से संबंधित सभी व्यक्ति ठीक-ठीक नियुक्त किए गए। चूंकि यादव का विषय उपन्यासों से संबंधित था इसलिए पटना के डॉ. गोपाल राय को भी परीक्षक के रूप में नियुक्त किया गया। मौखिकी के लिए वे आए और उन्होंने यादव के उत्कृष्ट शोध की प्रशंसा भी की। (डॉ. गोपाल राय की आगे की कथा बाद में )। तब से अनौपचारिक रूप से यह निश्चित किया गया कि अपने शोध-विद्यार्थियों के परीक्षकों के नाम मैं दूँगा और अन्य शोध-निदेशक अपने शोध-विद्यार्थियों के लिए जिन परीक्षकों के नाम देना चाहे, दे सकते हैं। मैं उसमें कोई विघ्न नहीं डालूँगा। (हालाँकि तब तक मैं हिंदी बोर्ड का सदस्य नहीं बना था)।

अपने सेवा-काल के दौरान मेरे निर्देशन में केवल १४ विद्यार्थियों ने अपना शोध-प्रबंध पूरा किया। प्रिंसिपल आर. टी. साने, जो मेरे अंतिम प्रिंसिपल थे, इस बात की डींग मारा करते थे कि उन्होंने सवा - सौ, डेढ़-सौ पी-एच. डी. निकाल दिए हैं, यद्यपि रुइया कॉलेज में उनका सेवा-काल मुझसे काफी कम रहा है। मुझे आश्चर्य होता था कि एक व्यक्ति अपने इतने से सेवा-काल में इतने पी-एच. डी. कैसे निकाल सकता है। वैसे मेरे निर्देशन में भी लगभग ५० शोध-विद्यार्थी पंजीकृत हुए थे। मैं एम. ए. में बी-प्लस और उससे अधिक अंक लेने वाले प्रत्येक शोध-विद्यार्थी को ले लेता था लेकिन साथ ही एक शर्त यह भी रखता था कि यदि एक साल में उसका कार्य संतोषपूर्ण नहीं रहा तो उसका रजिस्ट्रेशन निरस्त कर दिया जायेगा। इसीलिए ३५-३६ विद्यार्थियों का पंजीकरण निरस्त किया गया।

उन दिनों शोध-निदेशक के अधिकार बड़े व्यापक हुआ करते थे। आपके पास कोई शोधार्थी आया। विषय निश्चित हुआ। एक आरंभिक रूप-रेखा बनाई गयी। फार्म भरा गया। फीस जमा की गयी और आपका रजिस्ट्रेशन हो गया। मैंने कभी भी शोधार्थी को इधर-उधर नहीं भगाया। मात्र एक घंटे में उसके विषय के पंजीकरण का कार्य पूरा हो जाता था।

मेरी दूसरी शर्त यह होती थी कि बंबई आवास के दौरान मौखिकी के लिए आने वाले विशेषज्ञ का सारा खर्च विद्यार्थी को वहन करना पड़ेगा। विशेषज्ञ चाहे यहाँ एक दिन रहे या तीन - चार दिन। इस शर्त को भी मैं रजिस्ट्रेशन से पहले ही विद्यार्थी को बतला देता था। मुझे इस बात का संतोष है कि मेरे शोधार्थियों का कार्य

हमेशा संतोषपूर्ण रहा है। और शायद किसी भी विद्यार्थी ने तीन साल से पहले अपना शोध पूरा नहीं किया। एक–दो विद्यार्थी तो ६–६, ७–७ साल तक मेरे साथ सर खपाते रहे। मैं परीक्षण के लिए उनके शोध–प्रबंध की तभी अनुशंसा करता था जब मुझे यह आश्वस्ति हो जाती थी कि शोधार्थी अपने बूते पर मौखिकी को झेल लेगा।

यहीं पर एक और बात। यह बात कुछ लोगों को बड़ी विचित्र लग सकती है। मौखिकी के दौरान आरम्भ में एक–दो अवसरों को छोड़ कर मैं कभी भी विशेषज्ञ के साथ नहीं बैठा। वैसे नियम यह था कि मौखिकी लेने वाले विशेषज्ञ के साथ शोधार्थी के निर्देशक और विश्वविद्यालय के एक अधिकारी को बैठना चाहिए। चूँकि मुझे अपने विद्यार्थी पर पूरा भरोसा होता था अत: मौखिकी आरम्भ होने पर मैं कमरे से बाहर निकल जाया करता था और लगभग एक घंटे के बाद औपचारिकताएँ पूरी करने के लिए लौट आता था।

लेकिन सभी जगहों पर और सभी अवसरों पर ऐसा होता हो, ऐसा नहीं था। इसी संदर्भ में मुझे एक घटना याद आती है। मैं पुणे विश्वविद्यालय में एक शोध विद्यार्थिनी की मौखिकी लेने गया था। उस समय वहाँ डॉ. आनंद प्रकाश दीक्षित विभागाध्यक्ष थे। शोध–विद्यार्थिनी और शोध निर्देशिका दोनों प्रौढ़ महिलाएँ थीं और विश्वविद्यालय से सम्बद्ध कॉलेजों में पढ़ाती थीं। मौखिकी में डॉ. दीक्षित भी बैठे थे। यह ठीक है कि शोधार्थी का शोध–प्रबंध कमजोर था। हिंदी का अपेक्षित ज्ञान भी ज़्यादा नहीं था। वर्तनी की कुछ त्रुटियाँ भी थीं। लेकिन परिश्रम ईमानदारी से किया गया था। मैंने शोधार्थी को पी–एच. की उपाधि देने की अनुशंसा कर दी। डॉ. दीक्षित मेरे इस निर्णय से बहुत क्षुब्ध हुए। वे चाहते थे कि शोध–प्रबंध को 'रिजेक्ट' कर दिया जाय। लेकिन मेरी सोच यह थी कि हम महाराष्ट्र में रहते हैं। मराठी भाषी विद्यार्थियों को हमें कुछ ढील देनी ही चाहिए। हिंदी–प्रदेश से भी जो पी–एच. डी. निकल रहे हैं, उनका स्तर क्या है। फिर इस महिला ने परिश्रम तो किया है। ठीक है, उसकी भाषा में कहीं–कहीं मराठी का प्रभाव झलकता है लेकिन उसके अध्ययन–परिश्रम पर कोई शंका नहीं की जा सकती। हाँ, मैंने अपनी रिपोर्ट में इतना अवश्य लिख दिया कि शोध प्रबंध को इसके मूल रूप में प्रकाशित न किया जाय। लेकिन डॉ. आनंद प्रकाश दीक्षित इस से संतुष्ट नहीं थे।

चाय–पानी के बाद जब टी. ए., डी. ए. देने की बात आई तो डॉ. दीक्षित बोले–एकाउंट ऑफिस में जाकर ले लीजिए।' एकाउंट ऑफिस उनके कक्ष से करीब १०० मीटर की दूरी पर था–थोड़ी सी चढ़ाई भी थी। मुझे तीन बार वहाँ आना – जाना पड़ा। अन्य विश्वविद्यालयों में ऐसा नहीं होता था। पहले तो परीक्षक की

राशि ले आकर उसे दे दी जाती थी और यदि एकाउंट ऑफिस में जाना भी होता तो निदेशक या विभागाध्यक्ष उसके साथ जाता था। डॉ. दीक्षित का यह शुष्क व्यवहार मुझे भीतर तक साल गया और मैंने मन ही मन निश्चय किया कि इस युनिवर्सिटी में दुबारा कभी नहीं आऊँगा। यह दूसरी बात है कि इस घटना के बाद मुझे वहाँ बुलाया ही नहीं गया।

संयोग से हुआ यह कि अगले वर्ष मेरी अनुशंसा पर डॉ. दीक्षित को मेरी एक शोध – विद्यार्थिनी विशाखा ठाकूर का परीक्षक बनाया गया। वे ही मौखिकी के लिए भी आए। मैं हमेशा की तरह विशाखा और डॉ. दीक्षित को परीक्षा–कक्ष में बिठा कर बाहर निकल आया। एक – सवा घंटे के बाद जब मैं लौटा तो पाया डॉ. दीक्षित विशाखा से प्रश्न पर प्रश्न पूछे जा रहे थे। मैं भी पास ही कुर्सी खिसका कर बैठ गया। डॉ. दीक्षित का प्रश्न पूछना जारी था। उनके प्रश्न विषय से हट कर थे। कुछ देर तक तो चुपचाप बैठा रहा लेकिन जब बहुत हो गया तो मैंने कहा–डॉ. साहब, यदि और प्रश्न पूछने हों तो विषय से संबंधित प्रश्न पूछिए .....।

इस पर डॉ. साहब झल्ला उठे। बोले–लाइए, कहाँ है कागज़। मैं रिपोर्ट लिख कर 'साइन' कर देता हूँ। पास खड़े क्लर्क ने तैयार रिपोर्ट की फाइल आगे कर दी। डॉ. साहब ने 'साइन' कर दिए। लेकिन उनके चेहरे पर अभी भी तमतमाहट थी।

फिर मैंने उन्हें उनका डी. ए., टी. ए. दिलवाया। पास के होटल में जाकर हमने लंच किया। लंच करके हुए वे बोले–मुझे अभी पुणे लौटना है। वे अभी भी सामान्य नहीं हो पाये थे। लंच के बाद हम वी.टी. स्टेशन पर आए। मैंने उनके लिए द्वितीय श्रेणी का एक टिकट खरीदा और उन्हें गाड़ी में बिठा दिया।

स्पष्टत: मैं भी उनकी इस झल्लाहट को पचा नहीं पाया था।

बहुधा ऐसा होता है कि हम अपने पक्ष को ही महत्त्वपूर्ण और सही मानते है। एक ही बात का कोई दूसरा पक्ष भी हो सकता है, इसकी ओर हमारा ध्यान नहीं जाता या हम उस पर विचार ही नहीं करना चाहते। यह एकांगी दृष्टि कभी–कभी हमें बहुत कठोर, अतार्किक और हठी बना देती है। आश्चर्य की बात तो यह है कि विद्वत्‌गणों में यह प्रवृत्ति अधिक देखी जाती है। वैसे तो मैं भी बहुत हठी रहा हूँ लेकिन दूसरे व्यक्ति के विचारों को सुनने–समझने का मादा भी मुझ में है। झल्लाहट मुझे भी होती है। लेकिन डॉ. साहब की झल्लाहट का कारण मैं समझ नहीं पा रहा था। खैर ......।

उन दिनों वार्षिकी के रूप में मैं 'समीचीन' पत्रिका का प्रकाशन–संपादन कर रहा

था। हमारे उन दिनों के एक प्राध्यापक मित्र डॉ. त्रिभुवन राय थे। वे खालसा कॉलेज में अध्यापन करते थे और नियमित रूप से मेरे कॉलेज में मुझ से मिलने आते थे। अच्छी मैत्री थी हमारी। डॉ. राय अपने को बड़ा काव्य शास्त्री मानते थे। संभवत: इसी लिए डॉ. आनंद प्रकाश दीक्षित के प्रति उन में अतिशय श्रद्धा–भाव था। एक दिन मुझ से आकर बोले – देवेश जी, 'समीचीन' का एक विशेषांक डॉ. दीक्षित पर निकलना चाहिए। मैंने कहा कि अतिथि सम्पादक के रूप में यदि तुम उसके प्रकाशन का जिम्मा लेते हो, तो निकाल लो। वैसे सामग्री तुम्हें जुटानी पड़ेगी और कुछ विज्ञापन भी लाने होंगे।'

वे झट से राजी हो गए। फिर कुछ देर बाद बोले – मैं बाद में कुछ और लेख जोड़ कर अपने संपादन में उन पर एक पुस्तक भी छपवा लूँगा।'

मुझे इस पर क्या आपत्ति हो सकती थी। मैंने हामी भर ली।

उन दिनों 'समीचीन' मेरठ के जी. टी. प्रिंटर्स में मुद्रित हुआ करता था। सो, पांडुलिपि वहाँ भेज दी गयी। संयोग से उन्हीं दिनों 'कथा शिल्पी : देवेश ठाकुर' भी वहीं से मुद्रित हो रही थी। प्रकाशक के स्थान पर डॉ. राय के 'अरविंद प्रकाशन' का नाम दिया गया था। डॉ. राय ने 'समीचीन' के उपर्युक्त विशेषांक में कुछ और लेख जोड़ने और उसे पुस्तकाकार बनाने के निमित्त श्री दीपक मित्तल के लिए १००० रु. की राशि मुझे दी थी। जो मैंने मेरठ की अपनी मित्र डॉ. अरुणा दुबलिश के हाथों जी. टी. प्रिंटर्स के मालिक श्री दीपक मित्तल को भिजवा दी थी। 'कथा–शिल्पी – देवेश ठाकुर' के मुद्रण का करीब आधा खर्च मैं श्री दीपक को अग्रिम राशि के रूप में पहले ही दे चुका था। जब 'कथा – शिल्पी' छपी तो मैं मेरठ जाकर उसकी २५० प्रतियाँ उठा लाया था। कुल ५०० प्रतियाँ छपनी थी। शेष प्रतियों की बाइंडिंग वायदे की तिथि पूरी हो जाने के ३–४ महीने के बाद भी नहीं हो पाई थीं। अत: मैंने श्री दीपक की शेष राशि को रोक लिया था और शेष २५० प्रतियाँ वहीं छोड़ दी थीं।

सो, श्री दीपक ने डॉ. दीक्षित पर संपादित 'समीचीन' विशेषांक के पुस्तक रूप, जिस में कुछ और लेख जोड़े गए थे, को रोक लिया और कहा कि पहले पुस्तक और 'कथा–शिल्पी' पर बनी पुस्तक की पूरी राशि दो तभी पुस्तक मिल पायेगी। यह इसलिए कि विशेषांक का पुस्तक रूप और कथा – शिल्पी दोनों डॉ. राय के 'अरविंद प्रकाशन' से प्रकाशित हुई थीं। अरविंद प्रकाशन ने मेरी कुछ और पुस्तकें भी विक्रय के लिए ले रखी थीं। इस घटना से मेरे और डॉ. राय के बीच विवाद उत्पन्न हो गया। और कभी घनिष्ट रहे हम दोनों के बीच पत्र व्यवहार चलने लगा। उसके पश्चात् हमारे बीच कोई संवाद स्थापित नहीं हो पाया। मेरी पुस्तकों की

कुल राशि २१०४ रु. अरविंद प्रकाशन की ओर निकलती थी। अक्टूबर १९८७ में डॉ. राय ने ९६४ रु. का चैक मुझे दिया और यह निश्चित हुआ कि अप्रैल १९८८ में डॉ. राय मुझे ६०० रु. की राशि देंगे और शेष ५४० रु. की राशि अक्टूबर १९८८ में। अप्रैल १९८८ में जब मैंने डॉ. राय से ६०० रु. की मांग की तो वे मुकर गए और कहने लगे कि उल्टे मुझे उन्हें १००० रु. की राशि देनी है। डॉ. राय तो नहीं, उनका बेटा मृगेंद्र राय दो–तीन बार मुझ से हिसाब करने के लिए मेरे कॉलेज आया। जब मैंने उससे अपनी बकाया राशि के बारे में पूछा तो उसने कहा कि वह राशि चेक द्वारा आपको दी जा चुकी है। मैंने उससे चैक नंबर देने के लिए कहा तो वह बोला – मैं अगली बार आकर आपको चैक नंबर दे दूँगा। लेकिन उसके बाद वह आज तक कभी मेरे पास नहीं आया।

डॉ. राय अपने को 'आचार्य' कहलाने की प्रवृत्ति से ग्रस्त रहे हैं। हाँलाकि उन्होंने लेखन के नाम पर संपादन ही अधिक किया है। दरअसल उन के लेखन के नाम पर उनके पास ३–४ संपादित पुस्तकों की पूंजी है। और इनमें से कम से कम दो पुस्तकें 'समीचीन' के अतिथि संपादक के रूप में छपी हैं। एक 'डॉ. आनंद प्रकाश दीक्षित' पर संपादित पुस्तक और दूसरी 'नाटक और नाट्य समीक्षा' जो बाद में मेरे ही 'संकल्प प्रकाशन' से पुस्तक रूप में प्रकाशित हुई है। बहुत सालों के बाद उन्होंने डॉ. महावीर अधिकारी पर भी एक पुस्तक 'औघड़ यात्रा' का संपादन किया। इस पुस्तक के प्रकाशन – संपादन की कथा भी बड़ी दिलचस्प है :

डॉ. अधिकारी मेरे बड़े हितैषी रहे हैं। बम्बई में उनकी प्रेरणा और प्रोत्साहन मेरी शक्ति और पाथेय रहा है। वे बहुत अच्छे वक्ता, साहसी, फक्कड़ और उन्मुक्त व्यक्ति थे। उन्होंने ही मुझे 'नवभारत टाइम्स' में 'समीक्षा' का कॉलम दिया था जो ८–१० साल तक अनवरत चलता रहा। 'टाइम्स' से अवकाश ग्रहण करने के बाद उन्होंने 'करंट' साप्ताहिक के हिंदी संस्करण के प्रथम सम्पादक का पद – भार संभाल लिया। उस साप्ताहिक में भी ब्लिट्ज के हिंदी संस्करण की भाँति एक तरह से अनुवाद का कार्य ही होता था। कुछ समय के पश्चात् उन्होंने गद्दाफ़ी की 'ग्रीन बुक' का धारावाहिक अनुवाद प्रकाशित करने की योजना बनायी। पहली एक – दो किश्तों को उन्होंने 'नवभारत टाइम्स' के अपने चेलों से अनूदित कराया। लेकिन वे उनके अनुवाद से संतुष्ट नहीं थे। एक दिन उन्होंने मुझे अपने 'करंट' के ऑफिस में बुला भेजा। मैं गया। मुझे 'ग्रीन बुक' पकड़ाते हुए वे किताब का एक पृष्ठ खोलते हुए बोले – तुम्हें यहाँ से इसका अनुवाद करना है। कर सकोगे?'

– आप कहते हैं तो ज़रूर कोशिश करूँगा।' मेरा उत्तर था।

– तो शुरू हो जाओ। हर हफ़्ते इसकी किश्त 'करंट' में जायेगी।

– ठीक है। मैं २ दिन में आपको अगले अंक के लिए मैटर दे दूँगा।'

मैं किताब लेकर घर लौट आया। घर आकर जब मैंने उसे पढ़ना शुरू किया तो वह मुझे दिलचस्प लगी। मैं उसके अनुवाद में लग गया।

तीसरे दिन मैंने 'करंट' के ऑफिस में जाकर दो किश्तों की अनुवाद – सामग्री दे दी। सरसरी निगाह से मेरे किए अनुवाद को पढ़ कर वे आश्वस्त हो गए।

कुछ देर बाद बोले – देवेश, तुम हफ़्ते में दो दिन के लिए 'करंट' में क्यों नहीं आ जाते। शनिवार और सोमवार को।'

– आप कहते हैं तो आ जाया करूँगा।'

इस तरह मेरी 'नौकरी' करंट में लग गयी। 'करंट' का हिंदी स्टाफ छोटा था। दो अनुवादक, कॉलमिस्ट और एक टाइपिस्ट। बस। चौथा मैं था। मेरे जाने से अधिकारी जी को काफी सुविधा हो गयी थी। सम्पादकीय सहित मुख्य लेखों के अनुवाद का भार मैंने सँभाल लिया था।

अब अधिकारी जी मुझ से मित्रवत् व्यवहार करने लगे थे। हंसी – मजाक भी चलता रहता था। मुझे भी थोड़ी आर्थिक सुविधा हो गयी थी। बड़ी बेटी मेडिकल कर रही थी। खर्च बढ़ गया था। अधिकारी जी को आए दिन पार्टियों में जाना पड़ता था। वहाँ से वे मेरे लिए खाना भी ले आते थे। ड्रिंक्स करने जाते तो मुझे भी साथ ले जाते। और हमेशा अपना खर्च करते। अपना पैसा खर्च करने की आदत मुझे उन्हीं से पड़ी। कॉलेज के अपने मित्रों को जब मैं होटल ले जाता तो सामान्यत: बिल का पूरा पैसा मैं ही अदा करता। कभी – कभी अपने बी. ए. (फाइनल) के विद्यार्थियों को भी होटल ले जाता या केबिन में ही कुछ मँगवा लेता। बिल मैं ही अदा करता था। इससे मुझे बड़ा संतोष मिलता। वैसे भी मैं दोस्तबाज़ किस्म का व्यक्ति रहा हूँ क्योंकि कुछ सच्चे दोस्तों ने ही मुझे बनाया है। लेकिन यह भी सच है कि दोस्ती का मुखौटा लगा कर मेरे आगे–पीछे रहने वालों की संख्या सच्चे दोस्तों से कहीं ज़्यादा रही है। उन सब के बारे में बाद में। पहले मैं अधिकारी जी और डॉ. राय के प्रकरण को पूरा कर लूँ।

एक दिन करंट के कार्यालय में हम चाय पी रहे थे कि एक महाशय किसी रचनाकार पर अपना प्रकाशित शोध–प्रबंध लेकर उसे समीक्षा के लिए देने अधिकारी जी के पास आए। अधिकारी जी ने ग्रंथ को उलटा–पलटा और हल्के से व्यंग्य के साथ मेरी ओर बढ़ा दिया। और मेरी ओर इशारा करते हुए उन महाशय से बोले – इन्हें जानते हो?'

उन महाशय ने मेरी ओर देखा और अपरिचय में सर हिला दिया।

– ये देवेश ठाकुर हैं।

– ......अच्छा, अच्छा। इनके नाम से तो मैं परिचित हूँ। 'नवभारत टाइम्स' और 'ब्लिट्ज' में इनके लेख पढ़े हैं मैंने।'

– लेख नहीं, समीक्षाएँ पढ़ी होंगी।'

जी, जी, वही। कविताएँ तो पढ़ी ही हैं।'

मैं मुस्करा दिया। बोला – मैं कविताएँ तो लिखता ही नहीं।'

वे महाशय थोड़ा–सा झेंपे और मुस्करा दिए।

खैर, अपना शोध–प्रबंध मुझे पकड़ा कर वे चल गए।

अधिकारी जी बोले – कैसे – कैसे लोग कैसे – कैसे लोगों पर पी.एच.डी. करवा रहे हैं। कोई स्साला हम पर नहीं करवाता। जानते हो, मैंने कितना लिखा है। कितने किलो संपादकीय लिख मारे हैं दिल्ली से मुंबई तक के पत्रों में .........। क्रियेटिव राइटिंग भी इतना है कि उस पर २–४ पी–एच.डी. तो कराई ही जा सकती हैं।'

– आपने इस बारे में कोई संकेत ही नहीं दिया।' मैंने धीरे–से कहा।

– अबे, अब संकेत नहीं तो क्या ...... दे रहा हूँ।

मैं मुस्करा दिया। एक खिसियानी हँसी।

उन दिनों हमारे यहाँ जूनियर कॉलेज में एक श्री त्रिगुणायत पढ़ाया करते थे। साहित्य और लेखन से उनका दूर का रिश्ता था। कॉलेज में आने से पहले म्युनिसिपैलिटी के स्कूल में पढ़ाया करते थे। कॉलेज में आने के बाद भी उनका स्कूल से संबंध बना रहा था। एक तरह से बड़े चौकस नवयुवक थे / हैं।

मैंने अधिकारी जी पर एक टॉपिक देकर उन्हें पी–एच. डी. के लिए रजिस्टर कर लिया।

अधिकारी जी मुझ से प्रसन्न हो गए।

५–६ महीने बीत गए। त्रिगुणायत के शोध में कोई प्रगति नहीं हुई। एक–दो बार अधिकारी जी ने पूछा भी। एक दिन मैंने त्रिगुणायत को बुलाकर पूछा कि भई, शोध कितना आगे बढ़ा है।'

वह बड़ी सहजता से बोला – सर, समझ में नहीं आता, कहाँ से शुरू करूँ।'

मैंने कहा – हला अध्याय अधिकारी जी के जीवन वृत्त, उनके व्यक्तित्व

और कृतित्व' की भूमिका के रूप में है। उसमें तुम्हें क्या मुश्किल हो रही है। अधिकारी जी के पास जाओ और उनसे यह सब पूछ लो।'

उसने ऐसा ही किया। अधिकारी जी के पास जाकर वह नोट्स लेने लगा। बाद में स्वयं अधिकारी जी उसे डिक्टेट कराने लगे.....। किसी तरह पहला अध्याय पूरा हो गया।

फिर पाँच–छह महीने और बीते। एक दिन अधिकारी जी का फ़ोन आया। — देवेश, मुझ पर एक पुस्तक संपादित करने की योजना बन रही है। तुम आकर यह काम सँभाल लो।'

तब तक हिंदी 'करंट' का प्रकाशन बंद हो चुका था।

दूसरे दिन मैं अधिकारी जी के घर गया। उन्होंने अपने परिचितों – मित्रों के नामों की एक सूची दी जिनसे लेख–शुभकामनाएँ मँगवानी थीं। मैंने उस पर तुरंत काम शुरू कर दिया और २–३ महीने में ही लगभग १५० पृष्ठों की सामग्री एकत्र हो गयी। इस बीच जब मैं एक दिन अधिकारी जी के घर गया तो देखा कि बैड–रूम में रखे एक ड्रम में कुछ रद्दी कागज और कुछ किताबें पड़ी हैं। उत्सुकतावश मैंने ड्रम में पड़ी किताबों को उलटना – पुलटना शुरू किया। मेरे आश्चर्य का ठिकाना नहीं रहा कि वहाँ मेरा एक उपन्यास 'काँचघर' भी पड़ा था जिसकी एक प्रति मैंने उन्हें 'सादर' भेंट की थी। इस से मुझे कितना क्षोभ हुआ होगा, इसका अंदाजा सहज ही लगाया जा सकता है। खैर, मैंने अधिकारी जी से कुछ नहीं कहा और स्वयं खून की सी घूँट पी कर रह गया।

अधिकारी जी के शोध – प्रबंध की कोई प्रगति नहीं हो रही थी। एक दिन उनका फ़ोन आया – यार, मैंने तुम्हारे लिए इतना कुछ किया। अब तुम्हीं मेरा .... बनाने पर लगे हो। उस त्रिगुणायत के बच्चे को तुमने इस लिए रजिस्टर कर लिया ताकि कोई दूसरा शोध–निदेशक मुझ पर कोई टॉपिक रजिस्टर न कर सके .......। वे और भी बहुत कुछ बोलते रहे। उन्हें सुनते हुए मेरा खून खौल रहा था लेकिन अपने स्वर को भरसक नम्र बनाते हुए मैंने कहा – अधिकारी जी, आप कान के कच्चे हैं। किसी की बात पर सहज ही विश्वास कर लेते हैं। अगर आप सोचते हैं कि मैंने आपके साथ विश्वासघात किया है तो मैं त्रिगुणायत का रजिस्ट्रेशन कल ही कैंसिल कर देता हूँ। आप अन्य किसी के निर्देशन में अपने पर काम करवा लें। साथ ही, पुस्तक संपादन का जो कार्य आपने मुझे दिया है, उसे भी अपने किसी चेले को दे दें। अब मुझसे यह नहीं हो पायेगा।' कह कर मैंने फोन नीचे रख दिया।

अगले दिन मैंने त्रिगुणायत को डाँटा और शोध में संतोषजनक प्रगति न होने की बात कह कर उसका पंजीकरण वैंसिल कर दिया।

और इस बिंदु पर डॉ. त्रिभुवन राय अवतरित हुए। उन्होंने एक-डेढ़ साल लगा कर पुस्तक का संपादन कार्य पूरा किया जो 'औघड़ यात्रा' के नाम से प्रकाशित हुआ। मित्रों ने बतलाया कि इन दिनों डॉ. राय बहुत उत्साह में हैं। इसलिए कि अधिकारी जी के साथ उनके संबंध प्रगाढ़ हो गए हैं और इसलिए भी कि उन्होंने मुझे अच्छी पटकनी दी है।

डॉ. राय की कठिनाई यह है कि वे अपने को काव्य शास्त्र का विद्वान समझते हैं। बड़बोलापन भी कम नहीं है उनमें। साहित्य रचना के लिए जिस साधना और संकल्प की आवश्यकता होती है, उससे वे शून्य हैं। उपर्युक्त घटना से कुछ समय पूर्व एक दिन (९ मई १९८२) मेरी केबिन में बैठ कर उन्होंने कहा था कि वे अगले साल ३१ मार्च १९८३ तक अपनी दो पुस्तवें प्रकाशित कर के दिखा देंगे। नहीं करवा सके तो उन्हें कोई भी दण्ड स्वीकार होगा।

मैंने उनसे कहा – राय, तुमसे यह सब नहीं हो पायेगा। यह तुम्हारे बस की बात नहीं है।'

वे बोले – देख लेना। मैं शर्त लगाता हूँ।'

– तुम हार जाओगे।' मैंने हंसते हुए कहा।

वे बोले – इस बार मैं बहुत सीरियसली कह रहा हूँ।'

– तो ठीक है। मैं इस बाबत एक मसौदा लिखता हूँ। तुम उस पर अपने हस्ताक्षर कर दो।'

– ठीक है। लिखो।' वे जोश में थे।

मैंने अपनी उस दिन की डायरी में लिखा –

– डॉ. त्रिभुवन राय का कहना है कि मार्च ३१, १९८३ तक वे मुझे अपनी दो पुस्तवें प्रकाशित करके दिखा देंगे। १. ध्वनि सिद्धांत और हिंदी के प्रमुख आचार्य २. आधुनिकता और साहित्य। ......मेरा कहना है कि यदि उपर्युक्त तिथि तक उनकी पुस्तवें छप गयीं तो मैं उन्हें ताज महल में खाना खिलाऊँगा और नहीं छपीं तो वे मेरे लिए पीटर – स्कॉट व्हिस्की की दो बोतलें लायेंगे और अगर उन्होंने व्हिस्की न दी तो सरे बाजार उनकी पैंट खोलने का अधिकार मुझे होगा।'

उन्होंने इस मसौदे को पढ़ा और नीचे तिथि सहित अपने हस्ताक्षर कर दिए। साथ ही एक टिप्पणी भी जोड़ दी — पुस्तकों के नाम बदले भी जा सकते हैं।'

फिर वर्ष बीतते गए। उनकी उपर्युक्त पुस्तकों में से एक भी पुस्तक प्रकाशित नहीं हो पाई। लेकिन १९८८ तक उनका मेरे कॉलेज में आना – जाना बना रहा। १९८८ में डॉ. आनंद प्रकाश दीक्षित की पुस्तक को लेकर हमारे बीच जो विवाद, पत्राचार हुआ (पत्राचार भी मेरे पास सुरक्षित रखा है) उससे हमारे संबंध एक प्रकार से बिल्कुल ही टूट गए। बाद के वर्षों में मुझ से टूट कर वे डॉ. छोटे लाल 'प्रभात' की गोद में जाकर बैठ गए थे।

ऐसे थे / हैं डॉ. त्रिभुवन राय।

सोचता हूँ कि राय – प्रकरण को समाप्त करने से पूर्व उनकी चरित्रावली में से एक निकृष्ट प्रसंग और प्रस्तुत कर दूँ .....

१९९३।

जून में कॉलेज खुल गए थे। जुलाई, ३१ को मुझे अवकाश ग्रहण करना था। रुइया कॉलेज की सामान्यतः यह परम्परा रही है कि अवकाश प्राप्त करने वाले प्राध्यापक के सेवा–काल में ही उसके स्थान पर नए प्राध्यापक की नियुक्ति निश्चित कर ली जाय। सो, अन्य विषयों के साथ हिंदी प्राध्यापक के लिए भी विज्ञापन दिया गया। नियम के अनुसार कॉलेज – स्टॉफ में ३३% स्थान रिज़र्व वर्ग के होने चाहिए थे और शेष के लिए खुली स्पर्धा होनी चाहिए थी। रुइया कॉलेज मूलतः हिंदूवादी कॉलेज रहा है। अतः १९९३ तक सवा सौ–डेढ़ सौ के स्टॉफ में रिज़र्व वर्ग के मुश्किल से २–३ प्राध्यापक ही थे। इस बार हिंदी के लिए रिज़र्व वर्ग के १०–१२ प्रार्थियों के आवेदन–पत्र आए थे और लगभग इतने ही प्रार्थना–पत्र खुले वर्ग के लिए थे।

साक्षात्कार की तिथि निश्चित होने और दोनों वर्ग के प्रार्थियों की सूची तैयार करने के बाद मुझे पता लगा कि विश्वविद्यालय द्वारा डॉ. त्रिभुवन राय हिंदी के विशेषज्ञ के रूप में आ रहे हैं। साक्षात्कार लेने वालों में मेरे और प्रिन्सिपल डॉ. रमेश टी. साने के अलावा बी. सी. (बैकवर्ड क्लास) सैल के अंबेडकर कॉलेज के प्रिंसिपलल प्रो. गायकवाड़ भी थे। डॉ. त्रिभुवन राय तो थे ही।

रिज़र्व वर्ग में हमारे एक विद्यार्थी बरसाती कश्यप ने भी आवेदन किया था। कश्यप के विषय में मेरी क्या, सभी हिंदी प्राध्यापकों की यह धारणा थी कि उसका अध्ययन कई प्राध्यापकों से बढ़ कर है। वह उन दिनों एक स्कूल में पढ़ा रहा था।

योग्यताएँ पूरी थीं। डॉ. राय का कभी वह प्रिय शिष्य हुआ करता था। डॉ. राय की उसने वर्षों तक घरेलू सेवकों की तरह सेवकाई की थी। एम. ए. के दिनों में मैं भी उसके अध्ययन से प्रभावित था। सो, मुझे उसके चयन को लेकर तनिक भी शंका नहीं थी।

इधर डॉ. राय कुछ दूसरी तरह सोच रहे थे। उनके बेटे मृगेंद्र राय ने हिंदी में एम. ए. कर लिया था और डॉ. राय के प्रयत्नों से उसे प्रथम श्रेणी भी प्राप्त हो गयी थी। लेकिन वे अभी तक उसे कहीं लगा नहीं पाये थे। शायद उनका मानना रहा हो कि उनके बेटे के बेरोजगार रहते हुए बरसाती कश्यप रुइया जैसे डिग्री कॉलेज में प्राध्यापक कैसे बन सकता है। चूँकि वे विशेषज्ञ थे, इसलिए अपने पुत्र का चयन करने की हिम्मत उनमें नहीं थी। वह भी मेरे रहते हुए। यद्यपि उनके बेटे ने भी यहाँ आवेदन किया था लेकिन वह स्पष्ट कारणों से साक्षात्कार के लिए नहीं आया।

साक्षात्कार के लिए दो वर्ग बनाए गए थे। एक सुरक्षित वर्ग वालों का वर्ग था और दूसरा खुले वर्ग वालों का। पहले दिन सुरक्षित वर्ग के प्रत्याशियों का साक्षात्कार होना था। इनमें बरसाती कश्यप भी था। डॉ. त्रिभुवन राय उससे प्रश्न पर प्रश्न पूछते रहे। प्रिन्सिपल साने ने मुझ से कहा – आप भी कुछ पूछिए।' मैंने कहा – मुझे कुछ नहीं पूछना है। मैं इस प्रार्थी की योग्यता से परिचित हूँ।' बी. सी. सैल के विश्वविद्यालय द्वारा मनोनीत सदस्य प्रि. गायकवाड़ ने भी कुछ ज्यादा नहीं पूछा। बरसाती कश्यप का इंटरव्यू बहुत अच्छा हुआ था। डॉ. राय का चेहरा थोड़ा मुरझा गया। जब सभी प्रत्याशियों के इन्टरव्यू हो गए तो हम निर्णय लेने लगे। मैंने डॉ. राय से पूछा : बरसाती के विषय में आपकी क्या राय है।' डॉ. राय कुछ बोल नहीं पाये।

मैंने कहा – तो उसके चयन की अनुशंसा कर दीजिए।'

चाय आ गयी थी। प्रिंसिपल साने बाथ रूम में चले गए थे। डॉ. राय ने बड़े बेमन से चयन – फार्म पर बरसाती की अनुशंसा कर दी। मैंने भी अपने हस्ताक्षर कर दिए। मेरे बराबर की डॉ. साने की सीट खाली थी। प्रि. गायकवाड़ समोसे भकोरने में जुटे थे। वे जैसे साक्षात्कार के लिए नहीं बल्कि चाय – पानी पीने के लिए ही आए थे। मैं हस्ताक्षर करके पेपर प्रि. गायकवाड़ की तरफ बढ़ा ही रहा था कि प्रि. साने बाथरूम से लौट आए। उन्होंने पेपर मेरे हाथ से ले लिया और उसमें डॉ. राय द्वारा की गयी अनुशंसा को पढ़ने लगे। फिर वे तपाक से उठे और डॉ. राय से कहा — 'जरा मेरे साथ आइए।' डॉ. राय उनके साथ सामने के दूसरे कमरे में गए। और १०–१५ मिनट के बाद जब वे लौटे तो मैंने पाया कि पहले वाला अनुशंसा–पत्र फाड़ डाला गया है और दूसरे नए पत्र में यह लिखा हुआ है कि 'उपस्थित

प्रार्थियों में से कोई भी हिंदी प्राध्यापक के पद के योग्य नहीं है।' उस पर डॉ. राय और प्रि. साने ने अपने हस्ताक्षर भी कर दिए थे। प्रि. साने ने वह पेपर प्रि. गायकवाड़ की तरफ बढ़ा दिया। चाय की घूँट भरते हुए प्रा. गायकवाड़ ने आँख मूँद कर उस पर हस्ताक्षर कर दिए। ऐसी स्थिति में अब मेरे लिए कुछ करने – कहने को नहीं रह गया था।

डॉ. राय के चेहरे पर एक बुझी हुई चमक आ गयी थी।

दूसरे दिन खुले वर्ग के प्रार्थियों का इन्टरव्यू था। इसमें मेरी एक विद्यार्थिनी भी थी — डॉ. वसुधा सहस्रबुद्धे। इन्टरव्यू शुरू हुआ। वसुधा का विषय शंकर शेष के नाटकों पर था। डॉ. राय अपने को नाट्यशास्त्री मान कर चलते थे। सो, उन्होंने वसुधा पर सही – गलत प्रश्नों की बौछार कर दी। वसुधा ने बड़े परिश्रम से अपना शोधकार्य किया था। उसने हर प्रश्न का सटीक उत्तर दिया। मैंने वसुधा को पहले ही तैयार कर दिया था। वैसे मैंने उससे एक भी प्रश्न नहीं पूछा। डॉ. राय को ही पूछने दिया। वसुधा पूरे विश्वास के साथ उनके सभी प्रश्नों का उत्तर देती रही। कई बार तो ऐसा लगता था कि वह डॉ. राय को नाट्यशास्त्र पढ़ा रही है।

डॉ. राय को मालूम था कि वसुधा ने मेरे निर्देशन में पी–एच. डी. की है। इसीलिए वे घुमा–फिरा कर उससे अप्रासंगिक प्रश्न पूछते चले जा रहे थे। लेकिन डॉ. साने इससे अनभिज्ञ थे। वसुधा से बातें करते हुए जब उन्हें पता लगा कि वह मेरी विद्यार्थिनी है तो उनका मुँह थोड़ा उतर गया। लेकिन उन्हें संतोष था कि एक ब्राह्मणी का चयन किया गया है।

डॉ. राय द्वारा बरसाती कश्यप के साथ किए गए व्यवहार की बात हिंदी प्राध्यापकों के बीच आग की तरह फैल गयी। सब ने उनको बुरा–भला कहा। अपराध–भाव से पीड़ित डॉ. राय बहुत दिनों तक किसी हिंदी अध्यापक के सम्मुख आने से कतराते रहे।

बरसाती का एक पाँव चोटिल था। चलने में बड़ी दिक्कत होती थी। पैर का कई बार आप्रेशन हो चुका था। फिर भी वह अपना काम जी–जान लगा कर करता था। कुछ सालों के बाद खालसा कॉलेज के जूनियर प्रभाग में जगह निकली। अब तक डॉ. राय रिटायर हो चुके थे। वहाँ के प्रिंसिपल की बरसाती के प्रति बड़ी सहानुभूति थी। वे जानते थे कि वह अध्ययनशील है। उन्होंने उसे जूनियर कॉलेज में नियुक्त कर दिया। और अब वह वहाँ खुश है।

# तेरह

मैंने कहीं पढ़ा था कि लेखन एक प्रकार का संवाद है और प्रभावी लेखन के लिए संक्षिप्तता, सहजता, स्पष्टता और सच्चाई का होना आवश्यक है। अब आत्मकथा लिखते हुए मुझे इन तत्त्वों का महत्त्व अनुभव हो रहा है। १९७२ से लेकर अब तक लिखी गयी अपनी डायरियों से मुझे इसे लिखने में बड़ी सहायता मिल रही है। लगभग आधी आत्मकथा लिखने के बाद आगे भी मेरा प्रयास रहेगा कि संक्षेप में, सहज रूप से स्पष्टता और सच्चाई के साथ अपने अनुभवों को शब्द दूँ :

एक बार फिर थोड़ा पीछे लौट चलें।

१९८०-८१ के वर्ष।

मैं अभी भी अतिरिक्त आय के लिए पत्र-पत्रिकाओं में समीक्षाएँ और ए. आर. शेठ के लिए हाई स्कूल और जूनियर कॉलेज के पाठ्यक्रम में निर्धारित पाठ्य पुस्तकों की गाइड्स लिख रहा था। गाइड्स लिखने का काम १९६१-६२ से शुरू हो गया था जो अब तक अनवरत रूप से चल रहा था। साथ ही, अपना साहित्यिक लेखन भी हो रहा था। अब तक मेरी मौलिक और संपादित २५-३० पुस्तकें प्रकाशित हो चुकी थीं और मैं अपने में भरा-भरा अनुभव करने लगा था। सन् १९७० के बाद मेरे अध्ययन की गति भी काफी बढ़ गयी थी। इस दौरान मैंने मार्क्सवाद, डा. लोहिया, गाँधी, अस्तित्ववाद, फ्रायड आदि की मूल निष्पत्तियों को समझने का प्रयत्न किया था और साथ ही हिंदी के अधुनातम साहित्य (विशेष रूप से कथा-साहित्य) के साथ-साथ कुछ विदेशी कृतियों के हिंदी अनुवाद भी पढ़ डाले थे। अब तक (१९७३-७४ में) मेरा सम्पर्क मेरठ के मीनाक्षी प्रकाशन से हो चुका था। यहाँ से सबसे पहले मेरा डी. लिट् का शोध प्रबंध प्रकाशित हुआ। फिर मैंने १७५ कहानियाँ 'कथा-क्रम' में दो बृहद खंडों में संपादित की। और इसके बाद कुछ उपन्यास और समीक्षा-शोध पुस्तकें भी यहां से छपीं। इनके साथ-साथ '८१-

८२' तक मैं हर वर्ष कथा–वर्ष का संपादन भी करता रहा था। इन्हीं वर्षों में नवयुग प्रकाशन, पराग प्रकाशन, मौलिक साहित्य प्रकाशन तथा वाणी प्रकाशन से भी मेरी कुछ पुस्तकें आईं। यों कहूँ कि मैं अब बहुत व्यस्त हो गया था और देश के इस क्षेत्र में मेरी पहचान भी बनने लगी थी। मैं साहित्यिक सम्मेलनों में निमंत्रित होने लगा था — प्रपत्र पढ़ने, सम्मेलन की अध्यक्षता करने या विशेष अतिथि के रूप में। अब मुझे साहित्यिक गतिविधियों में आनंद आने लगा था। इसी सब से उत्साहित होकर मैंने अपने कॉलेज में भी वर्ष में एक बार साहित्यिक गोष्ठी करने का निर्णय लिया। २–३ वर्षों में ही गोष्ठी का कार्यक्रम बहुत लोकप्रिय हो गया। इसमें मैंने उन बाहरी लोगों को भी आमंत्रित किया जिन्हें अपनी साहित्यिक प्रतिभा दिखाने के लिए कोई योग्य मंच नहीं मिल पा रहा था। मेरा सोचना यह था कि यदि इन में से किसी एक भी व्यक्ति को साहित्यिकों के बीच प्रमुखता प्राप्त हो जाये तो मेरा श्रम सफल हो जाएगा। ऐसे ही एक बाहरी नव युवक आत्मा राम थे जिन्हें मैं हर साल प्रपत्र - पाठन के लिए आमंत्रित करता था। वे जे. एन. यू. के छात्र थे और यहाँ महाराष्ट्र सरकार की हिंदी पत्रिका 'महाराष्ट्र मानस' में पहले उप संपादक थे और बाद में सम्पादक बन गए थे। उनके कार्यकाल में पत्रिका के कुछ विशेषांक भी निकले जो साहित्यिक जगत में खूब सराहे गए। लेकिन आत्माराम की मुश्किल यह थी कि वे जल्दी ही अपने को शहर का विशिष्ट बुद्धिवादी और विचारक समझने लगे थे और उसी मुद्रा में बातें और व्यवहार करने लगे थे। एक तरह से यह थोड़ी–सी सफलता उनके सर चढ़ गयी थी। उनके प्रपत्रों में विदेशी साहित्यकारों और विचारों के अधिकाधिक उद्धरण होते थे जिनका संदर्भ उन्हें भी मालूम नहीं होता था। एक बार गोवा विश्वविद्यालय में आयोजित एक सम्मेलन के एक सत्र की अध्यक्षता मैं कर रहा था। श्री आत्माराम अपना प्रपत्र पढ़ रहे थे। प्रपत्र पढ़ने के बाद जब प्रश्नोत्तर का दौर शुरू हुआ तो मैंने उनसे यह प्रश्न पूछ लिया कि जो उद्धरण आपने दिए हैं, उनके संदर्भ क्या हैं।' तो वे बगले झाँकने लगे और कुछ बोल नहीं पाये। थोड़ी सी सफलता प्राप्त कर लेने का अहम् व्यक्ति को कभी–कभी भारी मुसीबत में डाल देता है। आत्माराम जी के साथ भी यही हुआ। अब वे मुझ से कटने लगे थे। धीरे–धीरे हमारे बीच का संवाद एक प्रकार से समाप्त ही हो गया। फिर यह भी हुआ कि कुछ वर्षों बाद उनकी पत्रिका ही बंद हो गयी और उन्हें किसी अन्य वि ाग में एक कुर्सी पर बिठा दिया गया। इससे भी उनकी 'लोकप्रियता' को बड़ा झटका लगा।

इन सम्मेलनों की असंख्य घटनाएँ हैं जो मेरी डायरियों में टँकी हुई हैं। न चाह कर भी उनमें से २–३ घटनाओं का वर्णन अवश्य करना चाहूँगा।

उस साल सांगली (महाराष्ट्र) में एक राष्ट्रीय साहित्यिक गोष्ठी का आयोजन किया गया था। देश के कुछ ख्यात विद्वान वहाँ आए हुए थे। संयोग से मुझे भी निमंत्रित किया गया था। बम्बई से एक और साहित्यकार डॉ. चंद्रकांत बांदिवडेकर भी निमंत्रित थे। उन्हें तो जाना ही था। वहाँ अज्ञेय जी जो आ रहे थे। यद्यपि मैं कुछ ही दिन पहले कोल्हापुर में आयोजित एक सम्मेलन से लौटा था, मैंने गोष्ठी में जाना इसलिए निश्चित किया कि उसमें दिल्ली से मेरे एक मित्र डॉ. गंगा प्रसाद विमल भी आ रहे थे। विमल में चिंतन की जितनी गहराई है उतना ही फक्कड़पन भी है। अपने अंतरंग मित्रों के बीच वे पूरी तरह खुल जाते हैं। अपनी विद्वत्ता का बोझ सर पर उठा कर नहीं चलते। सामान्य व्यवहार में मैं भी कुछ उन जैसा ही हूँ। इसीलिए हमारे बीच अच्छी पटती है (यह 'अच्छा पटना' इसलिए भी है कि हम दोनों पर्वतीय हैं और हमारी पत्नियाँ पंजाबी हैं)। विमल से बहुत दिनों से मिलना नहीं हुआ था सो मैंने इस अवसर का लाभ उठाया। विशेष बात यह थी कि वहाँ मान्य 'अज्ञेय' जी का अध्यक्षीय भाषण होने वाला था।

गोष्ठी आरम्भ हुई। मैं और विमल पीछे की सीटों पर बैठे थे और कागजों पर वक्ताओं के कार्टून बना रहे थे। और चुप–चुप खूब हँस रहे थे और आपस में बतिया रहे थे। स्थानीय वक्ताओं के भाषण हो चुके थे। अज्ञेय जी अपना भाषण देने के लिए उठे। हम दोनों ने अपने चेहरों पर गंभीर मुद्रा ओढ़ ली और उनका भाषण सुनने का अभिनय करने लगे।

२०–२५ मिनट के बाद भाषण समाप्त हुआ। आयोजक प्रा. कुलकर्णी मंच पर आकर बोले – अगर आप में से कोई अज्ञेय जी से कुछ प्रश्न पूछना चाहते हैं, तो पूँछ लें।'

मैंने स्कूल के बच्चों की तरह हाथ खड़ा कर दिया। संयोग से उन्हीं दिनों मेरी समीक्षा पुस्तक 'नदी के द्वीप' की रचना प्रक्रिया' छप कर आई थी। और मैंने उसमें अज्ञेय जी की व्यक्तिवादी प्रवृत्ति की अच्छी खिंचाई की थी।

प्रा. कुलकर्णी जी ने मुझे मंच पर बुला लिया। अपने वक्तव्य में मैंने कुछ इस तरह कहा कि अज्ञेय जी देश के महान् साहित्यकार हैं। इन दिनों यह चर्चा भी है कि उन्हें इस वर्ष साहित्य का नोबल पुरस्कार दिया जाने वाला है। उनकी रचनाओं को, विशेष रूप से उनके कथा–साहित्य को मैंने ध्यान से पढ़ा है। उनके उपन्यासों में 'नदी के द्वीप' की सर्वाधिक चर्चा हुई है। उनके आलोचक साथी श्री नेमि चरण जी ने 'नदी के द्वीप' की रेखा को हिंदी उपन्यास जगत की महान् पात्र बतलाया है। मैं श्रद्धेय अज्ञेय जी से और यहाँ उपस्थित सभी विद्वानों से यह प्रश्न पूछना चाहता हूँ

कि क्या आप रेखा जैसी नायिका को अपनी माँ, बहन या पत्नी के रूप में स्वीकार करना चाहेंगे?'

मेरा प्रश्न सुन कर गोष्ठी में सन्नाटा छा गया। मुश्किल से एक मिनट ठहर कर मैं मंच से नीचे उतर आया।

प्रा. कुलकर्णी जी ने अज्ञेय जी की तरफ देखा और बोले — आप कुछ कहना चाहेंगे?

अज्ञेय जी बोले — नहीं, मुझे कुछ नहीं कहना है।'

यह अज्ञेय जी से मेरी दूसरी भेंट थी। पहली भेंट देहरादून में अपने कॉलेज के दिनों में हुई थी जब वे कॉलेज में आयोजित वार्षिक कवि–सम्मेलन में भाग लेने आये थे। वहाँ 'नीरज' और स्थानीय कवि 'कुल्लढ़' की कविताओं को सुन कर वे लघु–शंका के बहाने मंच से नीचे उतर गए थे और फिर वापस नहीं लौटे थे।

वैसे मैं साहित्यकार 'अज्ञेय' जी का बड़ा आदर करता हूँ। उनकी भाषा की प्राजंलता का मैं प्रशंसक रहा हूँ। लेकिन उनकी व्यक्तिवादिता और अभिजात्य शालीनता के आवरण में छिपी अहम्मन्यता मुझे कभी रास नहीं आई। संभवत इसीलिए अपने अंतिम वर्षों में वे निपट अकेले पड़ गए थे। केवल डॉ. चंद्रकांत बांदिवडेकर ही, सम्मान के परस्पर आदान–प्रदान के कारण, इनके अनुचर और प्रशंसक और प्रवक्ता शेष रह गए थे।

दूसरी घटना प्रेमचंद शताब्दी के अवसर पर गुरु नानक विश्वविद्यालय, अमृतसर की है। यहाँ आयोजित अधिवेशन में वस्तुतः प्रेमचंद को वामपंथी घोषित करने की अघोषित योजना बनाई गयी थी। हिंदी विभागाध्यक्ष डॉ. रमेश कुंतल मेघ (जो स्वयं भी वामपंथी कहलाते हैं लेकिन जिनका अधिकांश कार्य मिथकों पर है) ने 'मित्रता के नाते' मुझे भी इस अधिवेशन में निमंत्रित कर के एक पर्चा पढ़ने के लिए कहा था। मुझे उत्तर–भारत के विश्वविद्यालय से निमंत्रण पाकर बड़ी प्रसन्नता हुई क्योंकि वहाँ के विद्वानों में रचनाकार के रूप में मेरी गिनती न के बराबर थी। मैंने बड़े परिश्रम से प्रेमचंद की कहानियों पर १५–१६ पृष्ठों का एक पर्चा तैयार किया (जो बाद में जस का तस मेरी पुस्तक 'आलेख'में छपा) और अमृतसर के लिए चल दिया। अमृतसर में अनेक परिचित विद्वानों से मिलना हुआ और अनेक साहित्यकारों से परिचय भी। डॉ. शिव कुमार मिश्र, डॉ. विश्वंभर, उपाध्याय, डॉ. कमल किशोर गोयनका आदि भी वहाँ उपस्थित थे। डॉ. कमल किशोर गोयनका यद्यपि किसी भी कोण से 'जनवादी' नहीं थे, फिर भी उन्हें विवशतावश इस लिए निमंत्रित किया

गया था कि प्रेमचंद पर जितना और जिस स्तर का कार्य उन्होंने किया है, उसका छटांक भर भी किसी जनवादी/प्रगतिवादी साहित्यकार ने नहीं किया था।

जिस सत्र में मुझे पर्चा पढ़ना था उसकी अध्यक्षता डॉ. शिव कुमार मिश्र कर रहे थे। अपना नाम पुकारे जाने पर जब मैं मंच पर जाने लगा तो आयोजकों में से एक सज्जन ने मुझ से कहा–आपको दस मिनट में अपना पर्चा पढ़ लेना है।' यह सुन कर मैं क्षुब्ध हो उठा क्योंकि मुझ से पहले पर्चा पढ़ने वाले ३० मिनट से लेकर ४५–४७ मिनट तक लेते रहे थे। उनके पर्चों से ऐसा लगा था कि जैसे प्रेमचंद घोषित मार्क्सवादी थे। खैर, मैंने अपना पर्चा पढ़ना आरंभ किया। मेरे पर्चे का सार यह था कि एक ओर प्रेमचंद का बाह्य परिवेश सभी प्रकार की विडंबनाओं, असंगतियों, अतियों और शोषण से आपूर्ण था और दूसरी ओर इन सब के प्रति एक असंतोष और प्रतिक्रिया की भावना भी सर्वत्र बल पकड़ रही थी। इसी अनवरत संघर्ष के काल में प्रेमचंद के कहानीकार का उदय और विकास हुआ; कि प्रेम चंद की आरंभिक (१९०५–१९२०) कहानियों में एक ओर जहाँ चारित्रिक आदर्श, और घर - परिवार की मान–मर्यादा का भाव अभिव्यक्त हुआ है, वहीं दूसरी ओर आकस्मिकता, चमत्कार तथा सामंती संस्कृति का निरूपण ही नहीं, प्रतिष्ठा भी हुई है और कहीं भी इसका विरोध नहीं दिखाई देता। प्रेम चंद की द्वितीय चरण (१९२१–३०) की अधिकांश महत्त्वपूर्ण कहानियाँ व्यक्ति चरित्रों, चारित्रिक और नैतिक आदर्शों और राष्ट्रीय चेतना की कहानियाँ हैं। उनकी तृतीय चरण की कहानियाँ, द्वितीय चरण से आगे की कहानियाँ हैं। इनमें विषय वस्तु और लेखकीय दृष्टि अधिक वस्तुवादिता के साथ रेखांकित हुई है। अनेक–अनेक कहानियों के उदाहरण देते हुए मैंने यह प्रमाणित करने का प्रयास किया था कि उनकी अधिकांश कहानियाँ ग्रामीण परिप्रेक्ष्य की न होकर शहरी और कस्बई परिप्रेक्ष्य की हैं। हाँ, उनकी अधिकांश सफल, सशक्त और चर्चित रचनाएँ ग्राम्य जीवन में व्याप्त असंगतियों, अन्याय और शोषण को वाणी देती हैं। सामान्यतः सामाजिक परिवेश और संस्कारों के अतिरिक्त उनकी कहानियों में अपने समय में चल रहे सुधार वादी आंदोलनों और राजनीतिक हलचल का प्रभाव भी परिलक्षित होता है। आर्य–समाज और गाँधीवाद से वे प्रभावित थे। हाँ, कहीं - कहीं मार्क्सवादी प्रभाव की हल्की हल्की छाया भी उनमें दृष्टिगत होती है। इन सब के मिले जुले प्रभाव से समन्वित उनकी रचनाएँ अन्ततः आदर्शवादी बिंदु पर पूरी होती है। उनकी अनेक रचनाओं में समस्या का समाधान या तो हृदय-परिवर्तन के द्वारा दिखाया गया है या आत्म हत्या के रूप में। हाँ, पुरुष प्रधान समाज में उन्होंने 'कुसुम' को छोड़ कर नारी को पुरुष की नृशंसता के नीचे दबा हुआ ही चित्रित किया है। मैंने यह भी लिखा था कि प्रेमचंद की कहानियों में सभी प्रकार के

चरित्रों की प्रस्तुति हुई है लेकिन उनकी कहानियों की विशाल संख्या को देखते हुए उनकी सफल, सशक्त और चर्चित रचनाओं की संख्या अधिक नहीं है और यह भी कि उन पर मार्क्सवादी होने का ठप्पा नहीं लगाया जा सकता आदि।

स्वाभाविक था कि तथाकथित मार्क्सवादी बुद्धिजीवियों को मेरा यह पर्चा अच्छा नहीं लगा। पर्चा समाप्त होते ही वहाँ बैठे श्रोताओं ने मुझ पर प्रश्नों की झड़ी लगा दी। मैंने अपनी बात कहने का प्रयास किया तो मेरा समय पूरा होने की घोषणा कर दी गयी। अधिवेशन के अन्त में डॉ. शिव कुमार मिश्र अपना अध्यक्षीय भाषण देने के लिए उठे। उन्होंने अपने ५०–५५ मिनट के भाषण में मुझे बुरी तरह गरियाया। वे आवेश में थे और बोले जा रहे थे। मैं उठ कर हॉल से बाहर निकल आया।

अनंतर, उसी दिन रात्रि भोजन के लिए हम ३०–४० लोग एक साथ बैठे भोजन कर रहे थे। डॉ. शिव कुमार मिश्र और उनके अंतरंग चंद्रबली पांडेय एक छोर पर विराजमान थे। दूसरे छोर पर मैं और डॉ. कमल किशोर गोयनका बैठे थे। मेरी बगल में डॉ. विश्वंभर नाथ उपाध्याय थे। डॉ. उपाध्याय, डॉ. मिश्र और चंद्रबली बिल्कुल 'टुन' थे। तभी उपाध्याय जी ने सब को सुनाई पड़ने वाले स्वर में मुझ से कहा – देवेश जी, आपका नाम तो सुना है लेकिन आप से पूरा परिचय नहीं है। अपना परिचय देंगे?'

मैं कुछ बोलता, इससे पहले ही डॉ. शिव कुमार मिश्र अपनी जगह से उठे और बोले – देवेश का परिचय मैं देता हूँ। उन्होंने अपने एक साक्षात्कार में कहा है कि कमलेश्वर ने उनका उपयोग टायलॅट पेपर की तरह किया है। और मैं कहता हूँ कि टॉयलट पेपर की जगह यहाँ नहीं, वेस्ट पेपर बॉस्केट में होती है .....।

इतना सुनना था कि मैं उबल पड़ा। उठ कर मैं बोला – ब्राह्मणवाद के गटर में पलने वाले, तुझे क्या मालूम 'मार्क्सवाद' क्या होता है। मैं तेरी असलियत 'सागर' के दिनों से जानता हूँ। तेरी तथाकथित विद्वत्ता, तेरा खोखला अहम्, तेरे कॉम्प्लेक्स — सब कुछ। तू तो साहित्यकार के नाम पर एक धब्बा है .......।'

यह सुन कर डॉ. मिश्र अपनी जगह से उठे और मेरी ओर बढ़ने लगे। लोगों ने हम दोनों को पकड़ लिया और बीच–बचाव करने लगे। डाइनिंग रूम में हो – हल्ला हो गया। मेरे सामने बैठे किसी कॉलेज के अध्यापक ने कहा – देवेश जी, इतने बड़े समीक्षक के लिए आपको ऐसी भाषा इस्तेमाल नहीं करनी चाहिए थी।'

तभी डॉ. गोयनका ने उसकी कमीज पकड़ ली और बोले – तुम शिव कुमार को जानते होगे, देवेश को नहीं। ज्यादा बोले तो ठिकाने पर लगा दूँगा।'

वह बेचारा अध्यापक चुपचाप सिकुड़ कर बैठ गया। हो–हल्ला सुन कर डॉ. रमेश कुंतल मेघ भी वहाँ आ गए और मुझे चुप कराने का प्रयत्न करने लगे। मैंने उनसे कहा — भाई साहब, बतलाइए, मैं कहाँ गलत था। शुरुआत किसने की।' उन्होंने माना कि गलती शिवकुमार मिश्र की थी। उन्हें ऐसा नहीं कहना चाहिए था।' उनकी बात सुन कर मैं संतुष्ट हो गया।

पहले दिन जो डॉ. मिश्र अपने अंतरंग मित्र चन्द्रबली पांडेय के साथ कैम्पस में नेतागिरी के अंदाज में सीना तान कर चला करते थे, इस घटना के बाद दूसरे दिन मुझ से मुँह चुराते दिखने लगे।

इस (दु) घटना के वर्षों बाद १९८९ में जब पहले पहल 'समीचीन –११' में मेरा लघु उपन्यास 'गुरुकुल' प्रकाशित हुआ और उसकी एक प्रति मैंने भाई 'मेघ'जी को भेजी तो उनका पत्र आया। पत्र शब्द–ब–शब्द इस प्रकार है :

प्रियवर,

उत्तेजना का कारण 'समीचीन–११' में छपा आपका औपन्यासिक रिपोर्ताज 'गुरुकुल' है। पूरी सड़ी हुई डबल रोटी की बस एक फाँक है। तथापि विश्वसनीय से ज़्यादा सच है। बधाई! क्या आप वहाँ युनीवर्सिटी में प्रोफ़ेसर नहीं हुए। क्या छोटेलाल–ओछेलाल प्रभात – 'आलोक' रिटायर नहीं हुए? पत्राचार के अभाव में मैं तो यही जाने–माने बैठा था कि देवेश अब बम्बई में कुछ कर गुजरेंगे। मेरा मोहभंग हुआ। मुझे झटका लगा है। मैं बिना दो रायों के कहता रहा हूँ कि महाराष्ट्र में आपके तथा बांदिवड़ेकर के अलावा तीसरा इस पद के योग्य नहीं है; कि महाराष्ट्र युनि. को दो प्रोफ़ेसर – पद निकालने ही चाहिए / थे। किंतु क्या हुआ — ? उपन्यास से कुछ अन्दाज लग ही गया।

'मेरे लिए बम्बई में आप ही अकेले दोस्त थे / रहे हैं जो महानगरीय भीषण स्वार्थों तथा विकृतियों से भी ऊपर उठ सकता है। आपने मुझे हमेशा नेवाज़ा और भाई जैसा प्रहर–दो प्रहर का प्यार दिया। वहाँ (प्रोफ़ेसर के पद पर) आपका न 'होना' आपका सौभाग्य किन्तु हमारा दुर्भाग्य है।

छाई है एक घटना : अमृतसर में पुराने अंतरंगों की झड़प में मैं आधा कट गया – एक ओर भाई था, दूसरी ओर प्रिय बंधु। (बाद में) – शिवकुमार (मेरे साथ) बंबई आए तो मैंने कहा – एक कीमती और सच्चे इंसान के साहचर्य का सौभाग्य हम क्यों खोयें? शिव कुमार बिना किसी हिचक के हमारे साथ आपके घर पहुँचे और आपने बिना किसी लचक के उनको अथाह मान–प्यार दिया। मैं निहाल हो गया। उस दिन आप और शिव कुमार मेरे क़द से दुगने–तिगुने हो गए थे।

आपका कृतित्व आपकी अमर काया है। किंतु इससे लोक में कुछ मिलता – विलता नहीं। हम इसे जानते तो हैं। अतः इसे स्वीकार भी कर लें।

हाँ, जब सफलता का एक मात्र मार्ग आदर्श न होकर दुर्खीम वाली anomie हो गयी है तो देश के सभी क्षेत्रों में राजीव गांधी, ओछेलाल, नटरवरलाल, हाजी मस्तान ही पैदा होंगे।

ओछेलाल की जगह शीतांशु यहाँ, मैं (वहाँ), देवेश (तहाँ) हो सकते हैं। कोई खास फ़र्क नहीं पड़ता क्योंकि गंतव्य ओछा है; मंतव्य अनैतिक है तथा कर्तव्य धोखाधड़ी है।

प्यारे बंधु, मैं भी अब जून १९९१ में रिटायर होकर शांति से लखनऊ जाकर बस जाऊँगा। इन वर्षों में क्या पाया? पता नहीं। खूब खुश रहो, खूब लिखो, खूब जुतियायो।

आपका स्नेही

रमेश कुंतल मेघ

ए–५, युनिवर्सिटी कैम्पस

अमृतसर – १४३००५

मैंने उपर्युक्त पत्र का उत्तर १७ जुलाई १९८९ को जिस रूप में दिया, उसे यहाँ उद्धृत करना आवश्यक समझ रहा हूँ। मेरा पत्र इस प्रकार था :

प्रति,

डॉ. रमेश कुंतल मेघ, अमृतसर

मान्य बड़े भाई

'गुरुकुल' लिखने का और कोई लाभ हुआ हो, न हुआ हो, आपका मौन तो टूटा। 'प्रतिक्रियावश' ही सही। आभारी हूँ।

उपन्यास आपके शब्दों में 'पूरी सड़ी हुई डबल रोटी की बस एक फाँक' है। छपने के बाद रचना लेखक की नहीं पाठक की हो जाती है। और उसे उस पर अपनी मानसिकता के अनुकूल प्रतिक्रिया जाहिर करने का पूरा अधिकार है। आपने यह भी लिखा है कि 'उपन्यास' विश्वसनीय से ज़्यादा सच है।

आपको शायद यह लगा है कि 'गुरुकुल' प्रोफ़ेसरशिप के मेरे दूसरे Interview को केंद्र बना कर लिखा गया है। नहीं, ऐसी बात नहीं है। यह उपन्यास मेरे पहले Interview पर आधारित है। जब मैं और छोटे लाल प्रभात ही इन्टरव्यू में (प्रत्याशी) थे। दूसरे Interview पर (भी) शीघ्र ही लिखूँगा। लेकिन उसका केंद्र व्यक्ति नहीं, हमारी सबसे पुरानी University होगी। वह गुरुकुल – २ होगा। (यह उपन्यास 'शिखर–पुरुष' शीर्षक से प्रकाशित और पुरस्कृत हुआ है)।

प्रोफ़ेसरी मेरे लिए कभी बड़ी चीज़ थी – लेकिन १९६३ में जयपुर विश्वविद्यालय में लेक्चरर शिप और १९७८ में कुमाँऊ की प्रोफ़ेसरशिप की संभावना छोड़ कर मैं उस महत्त्वाकांक्षा से ऊपर उठ आया हूँ।

आपने अमृतसर की घटना का वर्णन किया। लेकिन मैं मानता हूँ कि संस्कार बड़ी चीज़ होते हैं। और संस्कार परिवार और परिवेश के बीच बनते हैं। शिवकुमार जी ने जो कुछ भी वहाँ किया, वह उनके अपने कॉम्प्लैक्स और संस्कार थे। आपने मेरे सम्मुख माना कि शिव कुमार गलत थे। लेकिन (मुझे मालूम है) शिव कुमार जी से कहा कि अब देवेश को पंजाब में नहीं बुलाया जाएगा।

जिस प्रकार की गोष्ठी अमृतसर में हुई और जिस तरह वहाँ भाई–भतीजावाद और मित्रतावाद निभाया गया, वह 'सड़ी हुई डबल रोटी' से कहीं अधिक सड़ा हुआ और दुर्गंधयुक्त था। शिव कुमार आपके भाई होने के नाते आपके साथ मेरे घर आए। आपके शब्दों में मैंने उन्हें 'अथाह मान–प्यार' दिया। लेकिन (सूचनार्थ निवेदन है), उसके बाद वे कम से कम २० बार बंबई आए होंगे। मुझे एक फोन तक करने की आवश्यकता उन्होंने नहीं समझी।

अमृतसर के अधिवेशन में किसी को ५८ मिनट दिए गए पर्चा पढ़ने को और मुझ जैसे 'कॉलेज के अध्यापक' से कहा गया कि १५ मिनट में पर्चा पूरा कर दिया जाय। .......आपके घर आपके चहेते मित्रों की मंडली जमी रहती थी। आपके बुलावे पर एक दिन मैं भी आपके घर आया था। एक गिलास पानी भी नहीं पूछा गया मुझ से (जब कि आपके मित्र नाश्ता–पानी में जुटे थे)।

आज आप लोग जनवाद का झंडा उठाए चल रहे हैं। लेकिन इस झंडे के नीचे कैसे लोगों को आपके भाई प्रश्रय दे रहे हैं — आप को पता ही होगा। मैंने क्या लिखा है और कैसे लिखा है और आपके प्रगतिशील (प्रगतिवादी) और जनवादी लेखक और विचारक उस के बारे में क्या कहते हैं – इसकी चिंता मैं नहीं करता। करूँ भी तो उससे क्या बनेगा।

उनके Complex और Reaction को तो मैं कम नहीं कर सकता। इस (जनवादी) झंडे के नीचे (कम से कम बंबई में) जन विरोधी और अध्ययन–लेखन के शत्रु लोग अपने स्वार्थ भुना रहे हैं। अपने को छोड़ भी दूँ तो ज. प्र. दीक्षित जैसे अध्ययन शील लोगों से (सम्मेलन में पढ़ने के लिए) पर्चे लिखवा कर उन्हें ऐन मौके पर मंच पर नहीं आने दिया जाता तो इस से क्या ध्वनि निकलती है। यही कि यह सम्मेलन जनवादियों का नहीं, एक गुट और गिरोह विशेष का है जो एक–दूसरे की जय जयकार करने (के लिए) एकत्र होते हैं। — यही अमृतसर में भी हुआ था। शिक्षण–संस्थाओं को 'सड़ी हुई डबल रोटी' आखिर – किसने बनाया और उसमें 'जनवादी आचार्यों' का कितना योग है – यह भी महसूस करना चाहिए आप को।

मैं इसलिए यह सब नहीं लिख रहा कि मुझे Professorship नहीं मिली। मैंने तो डॉ. बांदिवड़ेकर और विश्वविद्यालय के खिलाफ (कोर्ट में) केस कर दिया था। और मुझे Stay order भी मिल गया था। लेकिन (अपने अनुचर डॉ. दशरथ को लेकर) स्वयं बांदिवड़ेकर के मेरे पास आने से मैंने केस इसलिए वापस ले लिया कि अगर बांदिवड़ेकर हिंदी विभागाध्यक्ष–प्रोफ़ेसर नहीं बनते तो छोटे लाल का चमचा विनोद गोदरे रीडर–अध्यक्ष बना रहता।

इतना ही नहीं, (आपके) शिवकुमार मिश्र की कृपा से एक Physical Instructor की नियुक्ति (वि.वि.) में लेक्चरर के रूप में हुई है। ब्राह्मणवादी रिश्तों के कारण हुई या पद–पूजन के कारण, या दोनों के कारण – मैं नहीं जानता।

आपने आदमी के रूप में मुझे बहुत मान लिया है। लेकिन (आप समेत) कितने प्रगतिशील / प्रगतिवादी हैं जिन्होंने मेरे लेखन का Notice लिया। आज के दिन तक मुझ पर तीन (आलोचनात्मक) पुस्तकें आ चुकी हैं। ५ विश्वविद्यालयों में (मेरी रचनाधर्मिता पर) पी. एच. डी. के लिए शोध हो रहा है। ४–५ लघुशोध (एम.फिल.) लिखे जा चुके हैं। सब उन लोगों के निर्देशन में जिनके सीने पर प्रगतिवाद या जनवाद का कोई बिल्ला नहीं है। किसी भी आत्म सम्मानी व्यक्ति के लिए, जो मठाधीशों की चापलूसी करने में विश्वास नहीं करता, आपके जनवाद में कोई स्थान नहीं है।

आपने अपने पत्र में मेरी प्रशंसा की है – उसके लिए आभारी हूँ। लेकिन मेरे लेखन को (आपने भी) दर किनार किया है। मैं कहूँ कि भले ही मेरा लेखन सेकंड–थर्ड ग्रेड का हो, लेकिन वह (पाठक की) समझ में तो आता है। मैं मिथकों और सौंदर्यशास्त्र का भौंडा Translation तो प्रस्तुत नहीं करता। मुझे यही संतोष है। अपने ही वर्ग (के लोगों द्वारा) इतनी उपेक्षा के बावजूद जो मुझे मिला / (मिल रहा) है – वह मेरे लिए बहुत है। और अभी तो मैंने लिखना शुरू ही किया है।

बुरा नहीं मानेंगे और मेरे पत्र को उसी स्प्रिट में लेंगे, जिस में वह लिखा गया है।

सादर.

आपका

देवेश ठाकुर

भाई 'मेघ' जी ने अपने उपर्युक्त पत्र में मेरी प्रशंसा के साथ-साथ अपने भ्राता डॉ. शिव कुमार मिश्र की उदारता का भी उल्लेख किया है कि वे (अमृतसर में इतना सब कुछ होने के बाद भी) मेरे घर आए। मैंने भी, जितना हो सकता था, उनका आदर-सत्कार ही किया। लेकिन उसके बाद (जैसा कि मैंने अपने पत्र में कहा है) डॉ. मिश्र कम से कम २० बार बंबई आए होंगे लेकिन उन्होंने कभी एक फोन करने तक की आवश्यकता नहीं समझी। उनकी पीड़ा यह रही है कि मैंने उन्हें आदर तो दिया लेकिन उनकी साहित्यिक नेतागिरी को स्वीकार नहीं किया। उनकी अपने को विशिष्ट और साहित्यिक नायक समझने की दुष्प्रवृत्ति का एक और उदाहरण देकर मैं इस प्रकरण को समाप्त करना चाहूँगा।

अभी कुछ साल पहले (शायद २००२-३ में) मुझे शिवाजी विश्वविद्यालय में आयोजित पुनश्चर्या पाठ्यक्रम के अन्तर्गत वक्ता के रूप में बुलाया गया था। डॉ. मिश्र भी वहाँ उपस्थित थे। दोपहर का समय था। मैं अपना व्याख्यान पूरा करके गेस्ट हाउस आ रहा था। गेस्ट हाउस को सीढ़ियों पर डॉ. मिश्र बैठे थे। मैंने उन्हें औपचारिकतावश नमस्कार किया। वे बोले – आओ देवेश, बैठो।'

मैं उनकी बगल में जाकर बैठ गया।

कुछ सोचते हुए वे बोले – देवेश, बड़े भाई के नाते मैं तुमसे कुछ कहना चाहता हूँ।'

– ज़रूर कहिए। क्या बात है।' मैंने सहज रूप से कहा।

वे बोले – देवेश, तुम कुछ अच्छा लिखो।'

वही अपनी खोखला वर्चस्व जताने की प्रवृत्ति। वही अपने को श्रेष्ठ साहित्यिकार समझने का अहम्। वही, विश्वविद्यालय में प्रोफ़ेसर होने का दंभ।

मैं बोला – डॉक्टर साहब, पढ़ने की बात मैं नहीं कहता, आपने मेरी कितनी पुस्तकों के कवर तक देखे हैं।'

सुन कर उनसे कुछ कहते नहीं बना। उनकी पहले से ही लाल आँखें कुछ और रक्तिम हो गयीं।

कुछ देर चुप रहने के बाद वे बोले – तुम अपनी तीन चार 'अच्छी' किताबें मेरे पास भेज दो। मैं उन पर लिख कर अपना प्रायश्चित कर लूँगा।'

– ठीक है। मैं मुंबई जाते ही आप के पास किताबें भिजवा दूँगा।'

तब तक शिवाजी वि. वि. के विभागाध्यक्ष डॉ. पी. एस. पाटील भी वहाँ आ गए थे। डॉ. मिश्र समेत हम सब की फोटो खींची गयी। माहौल थोड़ा हल्का हो गया।

डॉ. मिश्र मुंबई आते रहते थे। कभी किसी आयोजन के अध्यक्ष के रूप में, कभी विशेष अतिथि के रूप में और कभी प्रमुख वक्ता के रूप में। कोई एक महीने बाद वे किसी कॉलेज के कार्यक्रम में मुंबई आए। मुझे जब इसका पता लगा तो मैंने अपने एक शिष्य-मित्र डॉ. सतीश पांडेय के हाथों अपनी तीन – चार पुस्तकें उनके पास भिजवा दीं। उन्होंने बड़े बेमन से वे पुस्तकें अपने पास रख लीं।

इस घटना को तीन–चार वर्ष तो बीत ही गए होंगे। मैं अभी भी अपनी पुस्तकों पर उनके लेख की प्रतीक्षा में हूँ।

दरअसल, डॉ. मिश्र की परेशानी यह है कि वे अपने को साहित्यिक अखाड़े का शीर्ष पहलवान मानते हैं। उन्हें यह लगता है कि कॉलेज का प्राध्यापक साहित्यिक दृष्टि से नगण्य होता है। उनके अहम् को मुंबई में डॉ. दशरथ सिंह और डॉ. राम प्रसाद त्रिवेदी जैसे प्राध्यापकों ने हवा दे रखी थी। इसीलिए उनका अहंकार उनके सर चढ़ कर बोलता रहा। उनके खान-पान की (पान की अधिक) जिम्मेदारी भी ये लोग ओढ़े रहते थे। उनकी अपेक्षा यह भी थी कि मुझ से उम्र में (सर्विस में नहीं) ज्येष्ठ होने के नाते और गुरुभाई के रूप में मेरे कनिष्ठ होने के नाते और विश्वविद्यालय में अपने प्रोफ़ेसर होने के नाते मुझे डॉ. दशरथ सिंह या डॉ. त्रिवेदी की तरह उनका पिछलग्गू बना रहना चाहिए था जो मैं नहीं बन पांया, मैंने बनना नहीं चाहा। इस 'उपेक्षा' की पीड़ा उन्हें मेरे सामने पड़ने पर सालती रहती है।

हो सकता है, डॉ. मिश्र एक बड़े समीक्षक हों, अच्छे प्रोफ़ेसर हों, अच्छे वक्ता हों लेकिन व्यक्ति के लिए अच्छा इंसान होना — अच्छा समीक्षक , प्रोफ़ेसर या वक्ता होने से ज़्यादा महत्त्वपूर्ण होता है।

बिरला कॉलेज के हिंदी विभागाध्यक्ष डॉ. राम प्रसाद त्रिवेदी से मेरा अधिक परिचय नहीं रहा है। लेकिन एक–दो अवसरों पर जब भी उनसे मिला, उनके मुस्कराते चेहरे के भीतर मेरे प्रति छिपी कुटिलता कभी छिप नहीं पायी। एक बार जब वे आर.के.टी. कॉलेज उल्हास नगर में ही प्राध्यापक थे, (तब वहाँ डॉ. दशरथ सिंह विभागाध्यक्ष थे), प्रेमचंद शती के अवसर पर मुझे भी वक्ता के रूप में निमंत्रित किया गया। डॉ. दशरथ सिंह की यह मेरे ऊपर पहली 'मेहरबानी' थी। आयोजन की अध्यक्षता विख्यात 'प्रगतिशील' और फ़िल्म

निर्माता मुजफ्फर अली कर रहे थे। आयोजक डॉ. त्रिवेदी थे। हॉल में कल्याण के बुद्धिजीवी और पत्रकार बड़ी संख्या में उपस्थित थे। कुछ एम. ए. के विद्यार्थी भी थे जो मुंबई से वहाँ पढ़ने जाते थे। वे मुझ से भली भाँति परिचित थे और मेरा सम्मान करते थे। मैंने अपने भाषण के अन्त में यह कह दिया कि अगर उल्हास नगर में दो–चार छोटे–छोटे प्रेमचंद भी पैदा हो जायें तो यह नगर उस तरह नहीं जाना जायेगा, जिस तरह यह जाना जाता है।' बस, मेरा इतना कहना था कि वहाँ उपस्थित पत्रकार भड़क उठे। उन्होंने जम कर मुझे कोसा और अपने नगर की प्रशंसा में कसीदे पढ़े। मैं भी अपनी तरह से अपने पर लगे उनके आक्षेपों का उत्तर देता रहा। जब बात बहुत बढ़ गयी तो डॉ. राम प्रसाद उचक कर मंच पर चढ़ आए और जैसे पानी पी–पी कर मुझे कोसने लगे। उन्होंने यह भी कहा कि देवेश जी को निमंत्रित करके हमने बड़ी गल्ती की है। हमें उन्हें निमंत्रित करने से पहले दस बार सोचना चाहिए था।

उनकी बकवास सुन कर मेरा पारा चढ़ गया। मैंने उनके हाथ से माइक छीन लिया और बोला – डॉ. राम प्रसाद त्रिवेदी इस आयोजन के आयोजक मात्र हैं। और आयोजक का काम अतिथियों और निमंत्रित व्यक्तियों के लिए दरी और कुर्सियाँ बिछाने और पानी पिलाने का होता है। उन्हें मेरे भाषण पर इस तरह की घटिया टिप्पणी करने का कोई अधिकार नहीं है। यह अधिकार केवल अध्यक्ष महोदय का है।'

और वामपंथी अध्यक्ष श्री मुज़्जफर अली की हालत यह थी कि वे एकदम खामोश बैठे तमाशा देख रहे थे।

आयोजन की समाप्ति बिना अध्यक्षीय भाषण के हो गयी। विद्यार्थी डॉ. त्रिवेदी पर बरस पड़े और उनके घेराव कर दिया। कुछ लोग मुझे भी समझाने–बुझाने में लगे थे। वे मुझे लेकर कैंटीन में चले आए। वहाँ डॉ. त्रिवेदी हाथ जोड़ते हुए मेरे पास आए और क्षमा–प्रार्थना करने लगे।

मैं कुछ नहीं बोला। मैं अभी भी भमका हुआ था। मैं सोचने लगा कि व्यक्ति भले ही कितना बड़ा चाटुकार हो, सत्य के सामने लड़खड़ा जाता है।

ऐसी अनन्त कथाएँ हैं जो मेरे कार्यकाल से जुड़ी रही हैं। वैसे सन् १९७५ से लेकर सन् '९० तक का काल मेरा स्वर्णिम काल रहा है। इस काल में मैंने बीसियों साहित्यिक यात्राएँ की। खूब लिखा–पढ़ा और खूब मौज मस्ती भी की। खूब विवादों में भी रहा और खूब सारे (मुंबई के बाहर के) साहित्यिक मित्र भी बनाए। इन वर्षों में मुझे सम्मान और स्वीकृति भी कम नहीं मिली। लेकिन उसके साथ–साथ यदा–कदा उपेक्षा भी मिली और आत्म – सम्मान पर चोट भी सहनी पड़ी। कुछ 'मित्रों' के असली चेहरे भी सामने आए और अप्रत्याशित रूप से कुछ अपरिचित लोग मित्र भी बने। इसी

बिंदु पर मुझे लोकप्रिय फिल्म निर्माता, निदेशक और अभिनेता धीरज कुमार का सान्निध्य भी प्राप्त हुआ। स्पष्ट रूप से कहूँ तो इनके सम्पर्क में आकर मेरी आर्थिक स्थिति सुधरी और अपने परिचितों – मित्रों को खिलाने–पिलाने तथा घर–परिवार का सामान जोड़ने के लिए मेरे पास पर्याप्त धन आने लगा।

हुआ यों कि एक दिन अपने कॉलेज के गुजराती विभाग के अध्यक्ष प्रोफेसर भट्ट ने बातों–बातों में मुझ से कहा – देवेश जी, आप इतना लिखते रहते हैं (उन दिनों ए. आर. शेठ की गाइड्स तथा अन्य सहायक पुस्तकें मैं स्टाफ़ रूम की बड़ी मेज़ पर बैठ कर ही लिखता था) आप फ़िल्मों के लिए क्यों नहीं लिखते।' मैंने कहा – भट्ट जी, यों बेकार की दौड़–भाग मुझसे नहीं की जाती। कोई ठोस बात हो तो बतलाइए।'

वे बोले – कुछ दिन पहले मेरे एक मित्र ने मुझ से कहा था कि धीरज कुमार को एक अच्छे 'राइटर' की खोज है। आप उनसे मिल लीजिए न। मैं कल अपने मित्र से बात करके उनकी सारी डिटेल्स आप को दे दूँगा।'

– ठीक है।' मैंने कहा।

दूसरे दिन उन्होंने मुझे धीरज कुमार का पता दे दिया और अपने मित्र का रेफरेंस भी। मैंने अगले ही दिन भट्ट जी के मित्र का रेफरेंस देते हुए धीरज जी से फ़ोन पर बात करके दूसरे दिन उनसे मिलना निश्चित कर लिया। उन दिनों वे जुहू रोड स्थित 'संगीता अपार्टमेंट' के एक बेड रूम के फ्लैट में रहते थे। वही एक तरह से उनका कार्यालय भी था। बाद में उन्होंने पास ही स्थित 'ब्लू डाइमंड' में अपना कार्यालय बना लिया था।

सो, मैं नियत समय पर धीरज जी से मिलने गया। उन दिनों दोपहर को दूरदर्शन से १५–१५ मिनट के एपीसोड वाले सीरियल प्रसारित हुआ करते थे। उन्होंने इन्हीं सीरियल्स को लेकर मुझसे बातचीत की। उन्होंने मुझसे कहा कि उन्हें दूरदर्शन से इन सीरियलों को बनाने की अनुमति मिल गयी है और वे पहला सीरियल वृद्ध और अवकाश प्राप्त व्यक्तियों की जीवन्तता पर बनाना चाहते हैं , कि मैं एक – दो लोगों से इन्टरव्यू लेकर पूरी स्क्रिप्ट उन्हें दिखला दूँ।'

– मैं कोशिश करूँगा।' मैंने कहा।

– कोशिश नहीं देवेश जी, आप को ही यह करना है।'

अपनी प्रशंसा और अपने पर धीरज जी के विश्वास पर मैं मुस्करा दिया।

फिर जब मैं जाने लगा तो उन्होंने एक हजार रु. का चैक मेरे हाथ में पकड़ा कर

मुझसे कहा — यह आपका 'साइनिंग एमाउन्ट' है। बाद में आपके हिसाब में एडजस्ट कर लिया जाएगा।'

मैंने थोड़ा हिचकिचा कर चैक ले लिया।

घर लौटते हुए मेरा दिमाग जीवन्त वृद्धों के विषय में ही सोचता रहा। उन से क्या कहा जाय; उनसे कौन-कौन से और कैसे प्रश्न पूछे जाय, उन्हें इस सीरियल की उपयोगिता के बारे में क्या कहा जाय, उन्हें इन्टरव्यू देने के लिए राशि दी जाय या नहीं, सीरियल का शीर्षक क्या हो – इन्हीं सब बातों में मैं उलझा रहा।

फिर मैंने अपने परिचितों और विद्यार्थियों के माध्यम से कुछ ऐसे प्रौढ़ों – वृद्धों से सम्पर्क किया जो या तो अवकाश ग्रहण कर के किसी सामाजिक संस्था से जुड़ गए थे या एकल रूप में अपना ही कोई काम कर रहे थे। हफ़्ते भर में मैंने दो व्यक्तियों का इंटरव्यू लिया। उसकी स्क्रिप्ट बनायी और धीरज जी को दिखाने ले गया। धीरज जी एपीसोड्स की स्क्रिप्ट्स देखकर संतुष्ट दीखे। फिर कुछ रुक कर उन्होंने कहा – देवेश जी, आप ही इन लोगों का इंटरव्यू क्यों नहीं ले लेते। उसके लिए आपको एक्सट्रा पेमेंट कर दिया जायेगा। अंधा क्या चाहे, दो आँखें। मैंने खुशी – खुशी हामी भर ली।

अब शूटिंग के लिए टीम बनाई गयी। उसमें अनवर खान को डाइरेक्टर बनाया गया। चतुर्वेदी रेकार्डिस्ट और अजय टंडन सिनेमेटोग्राफ़र नियुक्त किए गए। कुछ सहायक और धीरज जी के प्रोडक्शन डाइरेक्टर राम मिलन वर्मा को भी हमारे साथ कर दिया गया। तीन-चार दिन बाद शूटिंग शुरू हो गयी। धीरज जी ने अनवर खान को यह निर्देश दिया कि एक दिन में एक एपीसोड पूरा होना चाहिए।

हम लोग ११ बजे के करीब शूटिंग को निकलते और शाम के ६-७ बजे तक अपना काम पूरा कर लेते। हम सब के बीच एक तरह का भाईचारा स्थापित हो गया था। यह दुनिया कॉलेज की दुनिया से बहुत अलग थी। हम लोग काम भी करते थे और खूब हँसी मज़ाक भी। काम कब शुरू हुआ और कब खत्म, पता ही नहीं चलता था। इस सीरियल का नाम रखा गया — जीवन संध्या में भी प्रकाशवान्।

धीरज जी को यह सीरियल अच्छा लगा।

दूरदर्शन ने इस सीरियल को बीसियों बार दिखलाया।

इसके बाद तो १५ मिनटों वाले सीरियल्स का एक सिलसिला ही चल निकला। इसके बाद 'सांध्यदीप', 'सुषमा वल्लरी' आदि कई सीरियल मैंने लिखे। फिर मुझे 'दिशाहीन' नामक एक टेलिफिल्म मिली। वह पंजाब के आतंकवादियों पर आधारित थी। लेकिन शूटिंग के समय उस में भारी फेर-बदल कर दिया गया जो मुझे अच्छा नहीं लगा।

धीरज जी के साथ काम करने का मुझे सब से बड़ा लाभ यह हुआ कि कुछ अनाग–अचर्चित व्यक्तियों ने मुझसे सम्पर्क साधना शुरू कर दिया। स्क्रिप्ट लिखने के लिए। वे एक एपीसोड लिखवाते, उसके पैसे देते और फिर गुल हो जाते। इस प्रकार मैंने ३०–४० एपीसोड लिखे।

इसी दौरान मेरा परिचय अपनी एक सहकर्मी मनीषा वियाला के भाई कैलाश वियाला से भी हुआ। उन्होंने मुझसे १२–१४ सीरियल लिखवाए। वे मूलतः सिनेमेटोग्राफर थे लेकिन अब निर्माता बनना चाहते थे। उनके पिता भी किसी फ़िल्म कम्पनी में एकाउंटैंट थे। कैलाश वियाला ने कभी धीरज जी के साथ भी काम किया था लेकिन किसी विवाद के कारण उसने उनके युनिट से अपना हाथ खींच लिया था। आरंभ में कैलाश से मेरे बड़े मधुर संबंध रहे लेकिन बाद में पेमैंट के मामले में हमारे बीच विवाद उत्पन्न हो गया। उस पर आज भी मेरे लगभग २१ हजार रु. बाकी हैं जो सूद मिला कर अब तक एक लाख रु. से अधिक हो गए हैं।

अब मैंने गाइड्स लिखने का काम छोड़ दिया था। अपने हिसाब से मैंने इन सात–आठ वर्षों में इतना पैसा जोड़ लिया था कि मैं अगले ५–६ वर्षों तक सुविधापूर्ण जीवन जी सकूँ।

लेकिन अब मैं महसूस करने लगा था कि इससे मेरी साहित्यिक दृष्टि कुंठित हो रही है। मेरा अपना लेखन बहुत धीमा हो चला था। इस आंशिक फिल्मी–जीवन में भी एकरसता–नीरसता आने लगी थी। सो मैंने फिर से साहित्य की ओर मुड़ने का निश्चय कर लिया। कुछ ऑफ़रों को स्वीकार नहीं किया। वैसे तब तक मेरी ३०–३५ पुस्तकों का प्रकाशन हो चुका था। सो, मेरे मन में अपनी रचनावली छपवाने का विचार आया। विचार बनते ही तुरत–फुरत उस पर काम करना शुरू कर दिया। और परिणाम स्वरूप १९९२ में सात खंडों में मेरी रचनावली (देवेश ठाकुर रचनावली) प्रकाशित हो गयी। उसका बड़ी धूमधाम से विमोचन कराया गया। मराठी के विख्यात कवि नारायण सुर्वे की अध्यक्षता में यह विमोचन – समारोह सम्पन्न हुआ। इसका मुझे यह लाभ मिला कि मैं विभिन्न विश्वविद्यालयों के कतिपय प्रोफ़ेसरों – रिसर्च गाइड़ों की नजर में आ गया। और मेरे व्यक्तित्व–कृतित्व पर शोध–कार्य होने लगा। रचनावली के प्रकाशन का ही यह परिणाम रहा कि अब तक मुझ पर विभिन्न विश्वविद्यालयों में १४ शोध – प्रबंध पी. एच. डी. के लिए स्वीकृत हो चुके हैं और इससे भी अधिक लघुशोध प्रबंध एम. फिल. के लिए लिखे जा चुके हैं और अभी भी लिखे जा रहे हैं। अपने जीवन काल में अपने व्यक्तित्व– कृतित्व पर हुआ इतना कार्य, सारी उपेक्षाओं, विवादों और विरोधों के बावजूद, मुझे आश्वस्ति प्रदान करता है। मुझे इस बात का भी संतोष है कि पी–एच. डी. के तीन शोध–प्रबंध (१. चौधरी चरण सिंह विश्वविद्यालय,

मेरठ (जिसका सीमा-क्षेत्र पहले आगरा विश्वविद्यालय , जहाँ से मैंने एम. ए. किया, के अन्तर्गत आता था ), २. सागर विश्वविद्यालय (जहाँ से मैंने पी. एच. डी. और डी. लिट. की उपाधियाँ लीं) तथा ३. मुंबई विश्वविद्यालय (जहाँ मैंने अध्यापन कार्य किया) में रजिस्टर और स्वीकृत हुए। एक लेखक को अपने जीते जी इतना मिल जाय तो फिर और क्या चाहिए। इतना ही नहीं, इस दौरान मेरे व्यक्तित्व और कृतित्व पर आठ स्वतंत्र पुस्तकें भी आ चुकी हैं। और इस सब से मैं संतुष्ट हूँ।

तो, टी. वी. लेखन से धन उपलब्ध होने के पश्चात् मैंने रचनावली ही प्रकाशित नहीं की, अपनी दबी हुई इच्छाओं की पूर्ति की ओर भी ध्यान दिया। सब से पहले मैंने अपने कपड़ों की खरीदारी की। तब तक अपने कपड़ों के संदर्भ में मैं हीन-भावना से ग्रस्त रहता था। एम. ए. के दिनों तक कई बार अपने मित्र सुदेश के कपड़ों से काम चलाता था। चप्पलें तक खरीदने का सामर्थ्य नहीं था मुझमें। बी. ए. का एक साल मैंने चट्टियाँ पहन कर गुजारा। कॉलेज में भी चट्टियाँ पहन कर जाता था। अब समय आया था कि मैं उस हीन-भावना से मुक्त हो लूँ। सो, मैंने धड़ाधड़ कपड़े खरीदने शुरू कर दिए। एक समय तो मेरे पास सौ-सवा सौ कमीजें बुशशर्ट और कुर्ते और ३०-४० पैंटे एकत्र हो गयीं थी। वैसे (१९९३ में) अवकाश प्राप्त करने के बाद मेरी खरीदारी काफ़ी कम हो गयी है लेकिन अब भी खरीदारी का शौक बना हुआ है।

रचनावली के प्रकाशन में मेरा एक लाख अस्सी हजार रु. खर्च हुआ। इसमें से ७५ हजार रु. मेरी मित्र डॉ. रोहिणी शिवबालन ने मुझे दिए। रचनावली की बिक्री से अपना पैसा निकालने और सब से लिया कर्ज़ उतारने के बाद भी मेरे पास दो-ढ़ाई लाख रुपये बच गए। इन्हीं से मैंने अपने फ्लैट का (जो १९६९ में ही ले लिया था) इंटीरियर करवाया। इस प्रकार धीरज जी के कारण मेरी लड़खड़ाती आर्थिक गाड़ी पटरी पर आ गयी।

मैं स्वीकार करता हूँ कि मेरा स्वभाव बड़ा जिद्दी रहा है। यह मेरी ज़िद ही है जो मुझे अपनी अवमानना, उपेक्षा और विरोध में और अधिक दृढ़ निश्चयी बना देती है। और मुझे अपने कार्य में लगा देती है। कई बार मन में आता है कि मैं अपने विरोधियों का आभार मानूँ जिनके कारण मैं व्यक्तिगत और साहित्यिक क्षेत्र में इतना कुछ कर पाया हूँ। यदि मेरे ये विरोधी नहीं होते, यदि मैं विश्वविद्यालय की गलीज़ राजनीति में फँस जाता और यदि मैं भी अन्य अध्यापकों की तरह जोड़-तोड़ और खेमेबाजी में लिप्त हो जाता तो निश्चित था कि मैं न तो इतना कार्य कर पाता और न ही अपने इतने अच्छे मित्र बना पाता।

मित्रों की बात निकली है तो सहसा मेरे ज़हन में दिल्ली के कुछ मित्र आ जाते हैं। हिमांशु जोशी और गंगा प्रसाद 'विमल' की याद सबसे पहले आती है। आरंभिक वर्षों में मेरा परिवार हर साल मेरठ (जहाँ मेरी ससुराल है) जाता था। इसी दौरान मैं दो-चार दिन

के लिए दिल्ली चला आता था। हिमांशु जोशी से मेरा परिचय एक लेखक के रूप में ही हुआ होगा। लेकिन धीरे–धीरे हमारे बीच घनिष्ठता बढ़ गयी। हिमांशु जोशी से शायद ही कभी कोई गंभीर साहित्यिक चर्चा हुई हो। मैं 'हिंदुस्तान साप्ताहिक' के कार्यालय में जब भी मिलता, हमारे एक दो घंटे घर–परिवार की कुशल क्षेम और हंसी मज़ाक में बीत जाते। हाँ, हँसी – मज़ाक में साहित्यिकता का अंश भी अवश्य होता। एक बार मेरी एक कहानी 'सिर्फ़ संवाद' साप्ताहिक में स्वीकृत हो गयी। मैंने हिमांशु को फोन करके पूछा कि कहानी कब छप रही है। उन्होंने बतलाया कि इसे हम अगले सप्ताह के बाद ले लेंगे। तभी संयोग से मेरा दिल्ली जाना हुआ। हिमांशु से मिलना हुआ। उन्होंने कहा – यार देवेश, तुम्हारी कहानी छपने में समय लगेगा। जिस अंक में तुम्हारी कहानी जानी थी, उसमें पड़ोस की एक महिला की कहानी जा रही है।'

दिल्ली से लौटते समय मैं एक बार हिमांशु से मिलने साप्ताहिक के कार्यालय में गया। हिमांशु बोले – तुम्हारी कहानी अगले ही इश्यू में आ रही है।'

– उसमें तो तुम्हारे पड़ोस की महिला की कहानी आनी थी। फिर ऐसा क्या हो गया इन दो–तीन दिनों में।'

– ऐसा है देवेश कि मैंने बाद में सोचा कि अगर अगले इश्यू में उसकी कहानी छाप दी तो फिर उसके फ़ोन आने बंद हो जायेंगे। नहीं छापूँगा तो और दो–तीन बार तो फ़ोन करेगी ......। इसीलिए तुम्हारी कहानी छाप रहा हूँ।'

हमारी बातचीत के विषय कुछ इसी प्रकार के रस–भरे होते थे।

हिमांशु वैसे बड़े शिष्ट, मधुर भाषी और मित भाषी जीव हैं। लेकिन जब भी कुछ बोलते हैं तो उसमें एक प्रकार की टिप्पणी अवश्य होती है जो गंभीर से गंभीर वातावरण को हल्का कर देती है।

शिष्ट, मधुर भाषी डॉ. गंगा प्रसाद विमल भी हैं। मेरी कुछ छवियाँ भी उनके व्यक्तित्व में घुली मिली हैं। लेकिन उनमें और हिमांशु में वही अंतर है जो एक पत्रकार और एक प्राध्यापक में होता है। वैसे दोनों के बोलने का ढंग लगभग एक जैसा ही है। रुक–रुक कर, समझाते हुए, धीरे–धीरे बोलने का ढंग। विमल ने प्रत्यक्ष–अप्रत्यक्ष रूप से मेरी बड़ी सहायता की है। एक बार जब दिल्ली में मैंने यूजीसी के लिए किसी मेज़र प्रोजेक्ट का विषय सुझाने के संदर्भ में डॉ. विमल से चर्चा की तो उन्होंने झट से मुझे एक विषय सुझाया – इस पर अच्छा और नितांत नया काम हो सकता है। तुम इसके बारे में सोचो।'

मुंबई लौटने पर मैंने उस विषय पर गंभीरता से विचार किया और अन्ततः वही विषय यूजीसी द्वारा स्वीकृत हो गया। और जब प्रोजेक्ट भारतीय विद्या भवन, मुंबई से डॉ.

विमल के और मेरे कितने निकट के संबंध रहे हैं, यह उनके केंद्रीय हिंदी निदेशालय के पैड पर २५–५–१९९० को एक युवती के हाथ भेजे गए इस पत्र से भी स्पष्ट हो जाता है। पत्र में लिखा था :

प्रिय देवेश,

मैं तुमसे सख़्त नाराज हूँ। इसीलिए नहीं कि मुझे पत्र नहीं लिखा या तुमने मुझ से सम्पर्क नहीं किया। इसलिए (नाराज हूँ) कि तुम सारी दुनिया को नाराज़ किए बैठे हो और खुद दाढ़ी खुजलाते हुए हँसते नज़र आते हो। ऐसे खतरनाक दोस्त से सिर्फ़ नाराज़ ही हुआ जा सकता है।

बहरहाल, – बाकी फिर। अभी एक स्वार्थ। पत्रवाहिका तुम्हारे नगर की शोधकर्ता है। तुम इनकी हर तरह से सहायता करोगे – यह 'प्रार्थना' है।

कृपा कर मेरी पूज्य भाभी जी को तुम मेरी ओर से प्रणाम कहना। बेटियों को शुभाशीष।

हाँ, दिल्ली कभी मत आना। वरना हम सब साहित्यकार मिल कर तुम्हारी कृतियों की धज्जियाँ उड़ाने में कसर न उठाएँगे।

तुम्हारा ही

गंगा प्रसाद विमल

प्रेमचंद शती के अवसर पर अमृतसर में हुई घटना से पहले मेरा डॉ. कमल किशोर गोयनका से कोई सीधा परिचय नहीं था। बस, एक–दूसरे के लेखन से ही हम परिचित थे। लेकिन अमृतसर में डॉ. गोयनका ने जिस प्रकार मेरा साथ दिया, उससे मैं अभिभूत हो गया और व्यक्तिगत स्तर पर भी कुछ समय के लिए हमारी मित्रता को पंख लग गए। दिल्ली में पत्नी शीला की बड़ी बहिन पुष्पा उन दिनों अशोक विहार में रहती थीं। और डॉ. गोयनका भी अशोक विहार में ही रहते थे। हम दिल्ली में पुष्पा जी के घर पर ही ठहरते थे। सो, जब कभी भी हमारा दिल्ली – मेरठ जाना होता, मैं डॉ. गोयनका के आवास पर अवश्य जाता। इस सम्पर्क से हमारे संबंध काफ़ी प्रगाढ़ हो गए।

एक बार जब मैं दिल्ली में था तो मैंने डॉ. गोयनका को फ़ोन किया। डॉ. गोयनका ने बतलाया कि इन दिनों राँची के डॉ. वचन देव कुमार यहाँ आए हुए हैं। दरियागंज के

एक होटल में ठहरे हैं। आज उनका रात्रि का भोजन मेरे घर पर है। तुम अवश्य आना भाभी को साथ लेकर। मैं सहर्ष सहमत हो गया। शाम को मैं और शीला उनके घर गए। घर पास में ही था। वहाँ जाकर मैंने देखा कि वचन देव कुमार काफी 'टुन' हैं। लेकिन इसके बावजूद उनका गोयनका को निर्देश था कि वे भोजन से पहले और ड्रिंक्स लेंगे। डॉ. गोयनका के लिए यह बड़ी असमंजस की स्थिति थी। उनका परिवार निरामिष भोजी था। शराब जैसी चीज़ की तो उनके घर में कल्पना भी नहीं की जा सकती थी। लेकिन उन्होंने पत्नी से अनुनय–विनय करके वचन देव जी के लिए ड्रिंक्स की व्यवस्था कर ली थी। मुझे (संभवत:) इस लिए नियंत्रण दिया गया हो कि मैं ड्रिंक्स में डॉ. वचन देव का साथ दे सकूँ। यह सारा आयोजन एक तरह से विवशता में ही किया गया था। उन दिनों डॉ. गोयनका डॉ. वचन देव कुमार के निर्देशन में डी. लिट् कर रहे थे और साथ ही डॉ. वचन देव के ५० वर्ष पूरे होने के उपलक्ष्य में उन पर एक किताब का सम्पादन भी कर रहे थे। ऐसी स्थिति में 'बनिया प्रवृत्ति' के डॉ. गोयनका कोई रिस्क नहीं लेना चाहते थे। (एक बार बातचीत के दौरान वे मुझ से कह भी चुके थे कि भाई, मैं तो 'बनिया' हूँ। हर काम तोल–मोल कर करता हूँ)। खैर ........

तो, भोजन से पहले ड्रिंक शुरू हुआ। पहले से ही लड़खड़ाते हुए डॉ. वचन देव ने देखते–देखते आधी बोतल खाली कर दी। मैंने भी डेढ़ पैग का अपना कोटा पूरा कर लिया। इसके बाद भोजन शुरू हुआ। वचन देव जी के हाथ का कौर कभी मुँह के दाँयी ओर चला जाता और कभी बायीं ओर। मुँह से दाल या सब्जी टपक रही होती। ऐसा दृश्य मैंने अपने जीवन में पहली और अन्तिम बार ही देखा। उनकी स्थिति बड़ी हास्यास्पद हो गयी थी। बेचारे कमल किशोर गोयनका निरीह बने खड़े थे और डॉक्टर साहब की सेवा–सुश्रुषा में लगे थे। तभी डॉ. वचन देव कुमार को एक बड़ी उल्टी हो गयी। डॉ. गोयनका उनको पकड़ कर बाथ रूम में ले गए। उनका मुँह धुलवाया और फिर उन्हें विश्राम करने के लिए एक कुर्सी पर बिठा दिया।

भोजन समाप्त हो चुका था। जब मैं हाथ धोने सिंक पर गया तो शीला पास आकर बोली – तुम्हारे हिंदी के लेखक ऐसे होते हैं क्या।'

मैंने उसे चुप रहने का इशारा किया और बोला – थोड़ी देर की बात और है। हम जल्दी ही यहाँ से निकल लेंगे।'

डॉ. वचन देव कुमार को उस हालत में अकेले होटल भेजना संभव नहीं था। सो उनका २२–२३ वर्षीय बेटा उनको किसी तरह टैक्सी में बिठा कर उन्हें होटल छोड़ने उनके साथ चला गया। हम भी दूसरी टैक्सी लेकर अपने घर आ गए।

कोई रात के ११ बजे के करीब टेलिफोन बजा।

मैं अभी आधी नींद में ही था। मैंने उठ कर फ़ोन उठाया। दूसरी तरफ डॉ. गोयनका थे। वे बोले – देवेश जी, मैं बड़े असमंजस में पड़ गया हूँ। क्या करूँ।'

मैंने पूछा – आखिर बात क्या है।'

वे बोले – वचन देव ने रास्ते में मेरे बेटे से बहुत ही बदतमीजी से बात की। उसका खून खौल रहा है। मेरा तो मन होता है कि वचन देव का गला घोंट दूँ। पहले तो उसने यहाँ तमाशा किया। तब से पत्नी का मुँह तमतमाया हुआ है। अब मेरे बेटे के साथ ......

उन गंभीर क्षणों में भी मुझे हँसी आ गयी। बोला – यार, तुम तो बनिए हो। पहले अपनी डी. लिट् पूरी कर लो। बाद में देखेंगे। और कई मौके मिलेंगे ..... बदला लेने के।' मैंने किसी तरह गोयनका को शांत किया और अगले दिन मिलने और चर्चा करने का आश्वासन देकर फ़ोन रख दिया।

डिनर की टेबल पर ड्रिंक्स से पहले डॉ. वचन देव ने मेरी नौकरी, घर–परिवार और मेरे लेखन को लेकर काफी दिलचस्पी दिखलाई थी। और यह भी कहा था कि वे मुझे जल्दी ही राँची बुलाएंगे।

और मेरे आश्चर्य का तब ठिकाना न रहा जब १५–२० दिनों के भीतर ही राँची विश्वविद्यालय द्वारा मुझे सूचित किया गया कि मेरी नियुक्ति पी – एच. डी. के एक शोध-प्रबंध के परीक्षक के रूप में हुई है और मैं तुरंत अपना स्वीकृति पत्र भेज दूँ। लेकिन इस से अधिक आश्चर्य मुझे तब हुआ जब शोध विद्यार्थी का शोध – प्रबंध डाक से मेरे पास पहुँच गया। शोध–प्रबंध के साथ ही मुझे डॉ. वचन देव का एक निजी पत्र भी मिला जिसमें लिखा था कि 'बंधुवर, आपको शोध प्रबंध मिल गया होगा। आप शीघ्र ही उस की रिपोर्ट भेज दें। पत्र में यह भी लिखा था कि मौखिकी के लिए भी आपको राँची निमंत्रित किया जायेगा।'

अब मैं सच में डॉ. वचन देव जी के प्रभाव से प्रभावित हो गया था। लेकिन उनके विशेष प्रभाव को देखना अभी बाकी था।

शोध प्रबंध की रिपोर्ट मैंने भेज दी थी। कोई दो–तीन हफ़्ते बाद मुझे विश्वविद्यालय से मौखिकी लेने संबंधी निमंत्रण भी आ गया। वचन देव जी का एक छोटा–सा पत्र भी मिला कि राँची आने पर मैं सीधे उनके घर पर पहुँच जाऊँ। पता करने में कोई कठिनाई नहीं होगी।

मैंने मौखिकी की तिथि के अनुसार अपना सैकंड क्लास के स्लीपर का टिकट रिजर्व करवा लिया और नियत समय पर राँची पहुँच गया। वचन देव जी का घर मिलने में कोई कठिनाई नहीं हुई। इक्केवाले को उनके घर का पता मालूम था। उस

समय शाम के दो बज रहे थे।

डॉ. वचन देव जी ने बड़े प्रेम से मेरा स्वागत किया और एक कमरे में अपनी अटैची रखने और थोड़ा विश्राम करने के लिए यह कह कर बाहर निकल गए कि शाम को मुझे राँची की सैर कराएँगे।

शाम हुई। चाय–पानी हुआ। वचन देव जी ने अपनी कार निकाली और हम राँची – दर्शन के लिए निकल पड़े। बाजार में हर फर्लांग पर गाड़ी रुकती। वचन देव जी दरवाजा खोलते। उनके दर्शनार्थी और शिष्यगण उनके चरण–स्पर्श करते। फिर गाड़ी आगे बढ़ जाती। ऐसा दो–ढ़ाई किलोमीटर के सफर में कम से कम चार – पाँच बार तो हुआ ही होगा।

मैं आश्चर्य चकित था। एक हिंदी प्रोफ़ेसर को इतनी स्वीकृति, इतना सम्मान। सच कहूँ तो आश्चर्य से अधिक मुझे भय लग रहा था। मैं कार के एक कोने में गुमसुम बैठा हुआ वचन देव जी की लीला देख रहा था। देखता जा रहा था।

तभी एक छोटे–से होटल के सामने कार रुकी। वचन देव जी के साथ मैं भी नीचे उतरा। होटल का मालिक हाथ जोड़ते हुए कार के पास आया। वचन देव जी ने धीरे से उससे कुछ कहा।

– अभी लो।' कह कर मालिक ने अपने सेवकों को आदेश दिया कि होटल के अंदर बड़े से खुले अहाते में वे मेज़ – कुर्सियाँ लगा दें। एकदम। फटाफट।

अहाते में, जो दूकान के बाहर से नहीं दिखलाई पड़ता था, एक छोटी – सी मेज़ और कुछ कुर्सियाँ बिछा दी गयीं। गिलास लाए गए। जग में पानी लाया गया। बर्फ़ लाई गयी। नमकीन की, आमिष – सामिष की प्लेटें सजाई गयीं और अन्त में एक शराब की बोतल को मेज़ पर रख दिया गया।

वचन देव जी ने अपना चौथाई गिलास भर कर बोतल मेरी ओर सरका दी। और फिर गिलास टकराए गए। सैशन आरम्भ हो गया।

कोई घंटे भर बाद हम बाहर निकल आए।

रास्ते में वचन देव जी मुझ से बोले – वाइवा कल सुबह ही रख लेते हैं। क्यों ...... ?'

मैंने कहा – जैसा आप कहें।'

उसके बाद रास्ते में और कोई विशेष बात नहीं हुई।

घर लौट कर हम मुंबई की, राँची की बातें करते रहे। कुछ साहित्यिक बातें भी हुईं। मैंने पाया कि वचन देव जी की जीवन–शैली चाहे जैसी भी हो, साहित्य में उनकी गहरी पैठ है। वे जो भी कहते, उसमें उनका आत्मविश्वास झलकता। वे कुछ इस तरह बात करते कि जैसे उनका कथन ही अंतिम सत्य है। देखने में सौम्य, व्यवहार में कुशल और बोलचाल में प्रत्युपन्न मति उनके गुण थे। अधिकार – भाव भी उनमें कूट–कूट कर भरा था। हिंदी प्राध्यापकों के बीच उन जैसा सौम्य और सुपठित और साथ ही उज्जड़ व्यक्तित्व मैंने और कहीं नहीं देखा।

रात हो चली थी। अंदर से खाने के लिए बुलावा आया। हम ने साथ बैठ कर भोजन किया और बाद में अपने-अपने कमरों में सोने के लिए चले गए।

दूसरे दिन सुबह नित्यकर्म करने के पश्चात् जब मैं बैठक में आया तो देखा, वचन देव जी एक व्यक्ति से बतिया रहे हैं। मुझे देखकर वे उठ खड़े हुए और मेरे पास आकर चरण–स्पर्श के लिए झुक गए।

वचन देव जी बोले — ये अमुक–अमुक हैं। हमारे विभाग में ही प्राध्यापक हैं। इन्हीं के छोटे भाई का 'वाइवा' है।'

जहाँ तक मुझे याद है कि शोध–प्रबंध का विषय था – रामचरित मानस में अलंकार योजना।'

हम नाश्ता कर ही रहे थे कि उन महाशय का छोटा भाई, जो शोध–विद्यार्थी था, भी वहीं आ गया। नाश्ते के बाद मैंने वचन देव जी से पूछा — यूनिवर्सिटी कब चलना है ?

– युनिवर्सिटी में क्या करेंगे जाकर। आप यहीं इस का वाइवा ले लीजिए। कैंडीडेट यहीं आ गया है न।'

मैं कुछ समझा, कुछ नहीं समझा। किसी प्रकार का प्रतिवाद करने का साहस मुझ में नहीं रह गया था।

कुछ देर बाद ड्राइंग रूम से सटे छोटे–से कमरे में वचन देव जी ने हमारे बैठने की व्यवस्था कर दी।

मैंने शोधार्थी (नाम याद नहीं आ रहा) से सामान्य रूप से बातचीत की। शोधप्रबंध की परीक्षा करते समय ही मैंने जान लिया था कि शोध के नाम पर खानापूर्ति की गयी है। शोधार्थी ने मानस के दोहों की नकल करके उसमें प्रयुक्त अलंकार का नाम भर लिख दिया था। विवेचन–विश्लेषण के नाम पर दो शब्द तक नहीं थे। ३००–४०० पृष्ठों की पूरी थीसिस इसी प्रकार लिखी गयी थी। लेकिन जब मैंने एक पद पढ़ कर उसमें प्रयुक्त अलंकार

के विषय में पूछा, तो उसने बड़ी विनम्रता से कहा — गुरु जी, आप यह सब बड़े भाई जी से पूछ लीजिए। उन्होंने ही थीसिस लिखी है।'

सुन कर मैं सन्न रह गया। वह कहने लगा – हम लोग यहीं खेती – बारी करते हैं। पी–एच.डी. मिल जाएगी तो आसपास के किसी कॉलेज में लग जाऊँगा। घर की खेती – बारी भी चलती रहेगी और पढ़ाने के काम से कुछ आमदनी भी हो जाएगी।'

पूछने के लिए अब कुछ नहीं रह गया था। इतने में वचन देव जी भीतर आए और बोले – देवेश जी, बस हो गया वाइवा। आप इस फार्म पर दस्तखत कर दीजिए।

उस अनजान शहर में वचन देव जी की टोन से मैं इतना डर गया था कि मैंने चुपचाप फॉर्म पर हस्ताक्षर कर दिए।

वाइवा पूर्ण हो चुका था। शोधार्थी को पी–एच.डी. की डिग्री का मिलना निश्चित हो गया था।

तभी वचन देव जी ने आल्मारी खोल कर एक मोटी सी चैक बुक निकाली और मुझे ३००० रु. का चैक काट कर दे दिया। चैकबुक विश्वविद्यालय की थी।

कुछ देर रुक कर वे बोले – यह आपका टी. ए. डी. ए. है। परीक्षण और मौखिकी का पैसा युनिवर्सिटी वाले भेज देंगे।

– लेकिन मैं तो सैंकड क्लास से आया हूँ और जाने का मेरा रिजर्वेशन भी सैकंड क्लास का है।

– रिजर्वेशन कब का है ?

– कल का है गीतांजलि से।'

– उसे कैंसिल करा देते हैं। आप दो – चार दिन यहाँ रहिए। पटना चलेंगे ... आप को थोड़ा घुमा–फिरा दें।'

– वचन देव जी, मैं ठहर तो जाता। लेकिन पत्नी की तबियत ठीक नहीं है ....... इसलिए जल्दी ही जाना होगा।' दरअसल मैं वचन देव जी की व्यवस्था से बहुत भयभीत हो गया था।

– तो ठीक है। अगली बार आएँ तो समय निकाल कर आइए। मैं कल आपके जाने का प्रबंध करा दूँगा। गाड़ी तो आपको जमशेदपुर से ही पकड़नी होगी।

– जी.....।'

अगले दिन वचन देव जी ने दो विद्यार्थियों को मुझे बस – स्टैंड तक छोड़ने के लिए कह दिया। बोले — मैं भी आता, लेकिन विश्वविद्यालय में एक जरूरी मीटिंग है।'

– कोई बात नहीं। आप अपने काम में लगिए। एक दिन में ही आपने मेरे लिए बहुत कुछ कर दिया।

बस स्टैंड की तरफ जाते हुए शहर के एक मोड़ पर हिंदी विभाग के एक प्राध्यापक डॉ. श्रवण कुमार गोस्वामी दौड़ते हुए बस की तरफ आते दीखे। उन्होंने मुझे अपना एक उपन्यास दिया। अपना परिचय देते हुए बोले — देवेश जी, इसे पढ़ कर अपनी प्रतिक्रिया ज़रूर भेजिए।'

– जी, ज़रूर पढूँगा और प्रतिक्रिया भी भेजूँगा।' मैंने कहा।

(बाद के वर्षों में यही श्रवण कुमार गोस्वामी मेरे अभिन्न मित्र बन गए)।

बस स्टैंड पर पहुँच कर पाया कि बस तैयार खड़ी थी। विद्यार्थियों ने मेरा टिकट लेकर मुझे पकड़ा दिया। थोड़ी देर बाद बस चल पड़ी।

रास्ता बड़ा सुहावना था। सड़क के दोनों ओर खड़े घने वृक्षों की छाँव थी। साफ–शफ़्फाक सड़क पर बस दौड़ती जा रही थी कि तभी एक तगड़े झटके के साथ बस रुक गयी और ३–४ युवक बस में चढ़ आए। जब वे बैठ गए तो उनमें से एक ड्राइवर से बोला – जरा तेज़ चलाओ, हमें जल्दी पहुँचना है।'

कंडक्टर उनका टिकट काटने के लिए उनके पास आया। उनमें से एक लड़का जो दुबला – पतला लेकिन लम्बा था, बोला — अबे पतुरिया के .... जानत नहीं, हम कौन हैं .....।'

कंडक्टर डर गया और दूसरी तरफ जाकर एक खाली सीट पर बैठ गया। उसका चेहरा मुरझा गया था।

कोई १०–१२ किलोमीटर आगे उन लड़कों ने बस को रोका और उतर गए।

मुंबई में बिहार की कई कहानियाँ सुनी थीं। वहाँ के लोगों की सज्जनता और सहजता के बारे सुना था। लेकिन यहाँ तो इस तरह की यह गुंडई ......। मैं और ज़्यादा डर गया।

किसी तरह जमशेदपुर पहुँचा। गाड़ी चलने में अभी दो–तीन घंटे थे। मैंने प्लैटफार्म की एक बैंच पर अपनी अटैची जमा ली और वहीं पास में बैठ गया।

कोई चार बजे के करीब गाड़ी चली। मैंने संतोष की साँस ली।

तो बात कमल किशोर गोयनका की हो रही थी। अमृतसर की घटना को लेकर मेरे मन में उनके प्रति कृतज्ञता जाग उठी थी और मैं उससे किसी प्रकार उऋण होना चाहता था।

मैं जानता था कि गोयनका ने जितना काम प्रेमचंद पर किया है, प्रगतिवादी कहलाए जाने वाले किसी भी लेखक ने नहीं किया था। इस मजबूरी के चलते ही उन्हें अमृतसर के आयोजन में आने का निमंत्रण दिया गया था। यद्यपि सभी जानते थे कि वे खाकी निक्कर और लाठी वाले हैं। उनकी भाषा से भी उनकी संघी प्रतिबद्धता स्पष्ट हो जाती थी।

मेरे साथ यह बड़ी अजीब बात रही है कि प्रगतिवादियों की अपेक्षा मेरे मित्रवत् परिचित तथाकथित 'प्रतिक्रियावादी' ही रहे हैं। समय–समय पर उन्होंने ही मेरा साथ दिया है और उनमें से कुछ के साथ मेरे आत्मीय संबंध भी रहे हैं। दिनेश कुकरेती और नैथानी जी तक एक तरह से हिंदुत्ववादी रहे हैं। हमारे बीच प्रखर वाद – विवाद भी हुए हैं लेकिन हार्दिकता और मित्रता बनी रही है।

सो, मैं गोयनका के लिए कुछ ऐसा करना चाहता था जिससे मैं अपने तईं यह अनुभव कर सकूँ कि मैंने उनके ऋण को कुछ अंशों में चुका दिया है। मेरी यह आदत रही है कि किसी का किसी भी प्रकार का ऋण मेरे भीतर उस समय तक बोझ बना रहता है, जब तक मैं उससे अपनी तरह से उऋण न हो जाऊँ।

सन् '८५–'८६ के आसपास मैंने एक अर्धवाषिक पक्रिका 'समीचीन' का सम्पादन–प्रकाशन आरंभ कर दिया था। २–३ साल बाद मेरे मन में विचार आया कि क्यों न गोयनका पर एक विशेषांक निकाल दूँ। शीर्षक भी तुरंत तय कर लिया गया – प्रेमचंद साहित्य के अध्येता : डॉ. कमल किशोर गोयनका।'

इसके बाद मैंने गोयनका को अपनी इस योजना की सूचना दी। स्वाभाविक था कि वे इसके प्रति उत्साहित हो उठते। मैंने उनसे निवेदन किया कि वे अपने मित्रों से कुछ लेख लिखवा लें। उन्होंने हामी भर ली। आगे के कोई चार महीनों में ही इस विशेषांक के लिए प्रचुर सामग्री एकत्र हो गयी। १९९० में 'समीचीन' का यह विशेषांक प्रकाशित हुआ और उसी अंक को करीब २५० पुस्तक–प्रतियों के रूप में जिल्दबंद भी करवा लिया गया। यह कार्य सम्पन्न करने पर मुझे बड़ी शांति मिली।

लेकिन पुस्तक प्रकाशित होने के बाद हमारे बीच पत्र–व्यवहार कम होते–होते एक प्रकार से लगभग बंद सा हो गया। हालाँकि इससे पहले महीने में कम से कम एक पत्र का आदान–प्रदान तो होता ही था।

इन्हीं दिनों वे मेरे एक शोध – विद्यार्थी की थीसिस की मौखिकी लेने बम्बई भी आए थे। लम्बे समय तक उन्हें विश्वविद्यालय से अपना पारिश्रमिक नहीं मिला। एक – दो साल के बाद उनके पोस्ट कार्ड आने लगे कि शोध – प्रबंध के परीक्षण का पैसा भिजवा दें। उनके कुछ पत्रों में आदेश का सा भाव होता था जो मुझे खल जाता था। अब तक मेरी बीमारी कुछ ज़्यादा ही बढ़ गयी थी। डॉक्टर लोग 'ओपन हर्ट सर्जरी' के लिए कह रहे थे। अतः मेरा बाहर आना – जाना काफी कम हो गया था। लेकिन जब बार–बार गोयनका के पोस्ट – कार्ड आने लगे तो एक बार मैं हिम्मत करके युनिवर्सिटी गया। वहाँ क्लर्क ने बतलाया कि भूल से उनका पारिश्रमिक रह गया है। वह १–२ दिन में भेज दिया जायेगा।

कुछ दिनों बाद गोयनका को युनिवर्सिटी की ओर से भेजा गया पारिश्रमिक मिल गया। और उसके बाद उनके पत्र आने बंद हो गए। मैंने यह सोच कर संतोष कर लिया कि इसमें गोयनका का कोई दोष नहीं है। उन्होंने तो बहुत पहले ही स्वीकार कर लिया था कि 'भई मैं तो बनिया हूँ।' सो मुझे उनसे कोई शिकायत नहीं होनी चाहिए।

अब वे कभी–कभी 'समीचीन' के लिए कोई लेख भेज देते हैं और मैं अगले अंक में उसे प्रकाशित भी कर देता हूँ।

बिल्कुल यही बात डॉ. नरेंद्र कोहली के बारे में भी सही है। वे भी कभी कभार 'समीचीन' के लिए लेख भेज देते हैं। जिस में उनका कोई साहित्यिक स्पष्टीकरण या आत्म सम्मान या बारीकी से प्रस्तुत किया हुआ दर्प बोलता है। वैसे मेरा उन से कभी कोई पत्र–व्यवहार नहीं रहा। हाँ, एक – दो बार, जब वे बंबई आए थे, मुझ से मिलने मेरे आवास पर सपत्नीक अवश्य आए थे। शोध–निदेशक के रूप में मैंने ही उनकी कृतियों पर शोध करवाया था और संभवतः वह उन पर लिखा गया प्रथम शोध था। बहुत–बहुत साल पहले उन्होंने अपने एक मित्र तेजेंद्र शर्मा को मेरे पास भेजा था कि मैं उनकी पत्नी इन्दु शर्मा को पी–एच.डी. के लिए अपने निर्देशन में ले लूँ। इन्दु जी मुझे बड़ी विदूषी लगीं और मैंने उन्हें पी–एच.डी के लिए रजिस्टर ही नहीं किया बल्कि अपने जूनियर कॉलेज में उनकी नियुक्ति भी करवा दी। किन्तु अपने 'पारिवारिक कारणों' से वे अध्यापन का कार्य स्वीकार नहीं कर पाईं। रिसर्च में उनकी गति इतनी तीव्र और व्यवस्थित थी कि ३–४ महीनों में ही उन्होंने आरम्भ के दो प्रकरण पूर्ण कर लिए। जिनमें मेरे द्वारा सुधार की कोई गुंजाइश नहीं थी। बाद में न जाने क्या हुआ, उन्होंने शोध कार्य भी बंद कर दिया।

तेजेंद्र शर्मा ने (संभवतः) दिल्ली विश्वविद्यालय से अंग्रेजी में एम. ए. किया था और वे एयर इंडिया में पर्सर थे। वे बड़े सक्रिय, बोल–चाल में चुस्त और व्यवहार कुशल थे। मेरा बड़ा सम्मान करते थे। इसी नाते मैंने एक बार उनसे विदेश से अपनी बेटियों के लिए एक टाइप राइटर भी मँगवाया था। लेकिन बाद में उनकी व्यवहार कुशलता और

चुस्ती से मैं घबड़ा गया और हमारे संबंध धीरे–धीरे शिथिल होते गए। अब तक धीरेंद्र अस्थाना उनके अच्छे मित्र बन गए थे। वे उन दिनों बहुत पीते थे। तेजेंद्र ने मुझे बतलाया कि कई बार उन्होंने अस्थाना का सड़क से उठा कर घर तक पहुँचाया। वैसे वे स्वयं भी अस्थाना की प्यास बुझाने में योग देते थे।

कुछ वर्षों के बाद मुझे पता लगा कि इंदु शर्मा कैंसर से पीड़ित हैं। सुनकर मुझे दुख हुआ। एक–दो बार मैं उनसे मिलने भी गया। वे तब काफी मुरझा गयी थीं। फिर ३–४ बार उनके लम्बे–लम्बे फ़ोन आए। हर बार वे यह अवश्य कहती थीं कि मैंने क्या सोचा था, क्या हो गया।'

और फिर एक दिन अप्रैल '९५ में मुझे उनके निधन की सूचना मिली। मैं २–३ दिन बाद उनके घर गया। देखा, घर का वातावरण सामान्य था। मैयत में आए संबंधियों के साथ पंजाबी नाश्ता चल रहा था। तेजेंद्र और इंदु का एक बड़ा सा फोटो ड्राइंग रूम में रखा था जिसमें तेंजेंद्र कुर्सी पर बैठी हुई इन्दु पर झुके खड़े थे। तेजेंद्र उस फोटो के विषय में बहुत देर तक बतलाते रहे कि स्टुडियो में पूरा एक दिन लगा कर किस तरह यह फोटो खिंचवायी गयी थी। इंदु के विषय में कोई बात नहीं हुई। बच्चों के चेहरों पर भी माँ के चले जाने का कोई दुःख का भाव नहीं दीखा। वहाँ सब कुछ सहज और सामान्य था।

कुछ दिनों बाद एक बार वे मुझे सिडनहॅम कॉलेज में आयोजित एक कार्यक्रम में मिले। उनके साथ बड़ी हो गयी उनकी बेटियाँ थीं और एक प्रियादर्शिनी युवती भी। युवती से मेरा परिचय कराते हुए वे बोले — यह इन्दु की सहेली 'अमुक' है। बच्चों की खातिर मैंने इनसे विवाह कर लिया है।' मैंने उन्हें बधाई दी और भविष्य के लिए अपनी शुभकामना भी प्रकट कर दी।

उस के बाद कुछ समय यहाँ बम्बई में रह कर वे इग्लैंड चले गए। इंदु जी के निधन के तुरंत बाद १९९५ में ही किसी भारतीय हिंदी लेखक को वार्षिक 'इंदु शर्मा कथा–सम्मान' देने की योजना कार्यान्वित हो गयी। २००० में इसे कथा – यूके के बैनर तले 'अन्तर्राष्ट्रीय इंदु शर्मा कथा सम्मान' में परिवर्तित कर दिया गया क्योंकि अब तेजेंद्र लंदन में रहने लगे थे। इसी वर्ष एक और वार्षिक 'पद्मानन्द साहित्य सम्मान' की भी घोषणा की गयी जो विदेशों में बसे किसी हिन्दी विद्वान को दिया जाता है। वस्तुतः ये सम्मान तेजेंद्र की इन्दु जी के प्रति श्रद्धांजलि ही माने जाते हैं।

# चौदह

रुइया कॉलेज में मैंने पूरे ३३ साल तक अध्यापन किया। इस दौरान सात प्रिंसिपल (डॉ. मूर्ति, प्रो. अंक, प्रो. गोडबोले, डॉ. कुलकर्णी, प्रो. वलसंगकर, प्रो.ए.पी. राव और डॉ. आर. टी. साने) आए और गए — डॉ. साने को छोड़ कर। प्रो. ए. पी. राव तक मेरा समय बड़ी निर्द्वंद्वता और सहजता से बीता। डॉ. कुलकर्णी के कार्य-काल में कॉलेज ने बड़ी प्रगति की लेकिन उसके बाद धीरे-धीरे कॉलेज का स्तर गिरने लगा। प्रो. वलसंगकर के लम्बे कार्यकाल (१९७९-९०) में कॉलेज में जोड़-तोड़ की राजनीति शुरू हो गयी। प्रगतिशील और स्वतंत्र चेता प्राध्यापकों की अवहेलना होने लगी। तिकड़मबाजी और विलासिता बढ़ने लगी। कॉलेज में ही खान-पान और बैठकों का दौर देर रात तक चलने लगा। मुझे याद नहीं आता कि उनके कार्यकाल में कॉलेज का कोई विकास हुआ हो। किंतु मेरे साथ उनके संबंध सामान्य ही रहे। हाँलाकि उनके कार्यकाल के अंतिम दिनों में मैं उनसे थोड़ा दूर रहने लगा था। दूर रहने का कारण था। उस समय तक मेरी छोटी बेटी आरती (जो रुइया की ही विद्यार्थिनी थी) ने एम. ए. (अर्थशास्त्र) कर लिया था और परीक्षा का परिणाम घोषित होने से काफ़ी पहले कॉमर्स के एक सीनियर कॉलेज में प्रवक्ता के रूप में उसकी नियुक्ति भी हो चुकी थी और उसको वहाँ पढ़ाते ३-४ साल भी हो गए थे। लेकिन वह किसी अच्छे आर्ट्स कॉलेज में आना चाहती थी। उसे बी. ए. में युनिवर्सिटी में द्वितीय स्थान मिला था और एम. ए. में तृतीय स्थान। एम. फ़िल और नैट भी उसने कर लिया था। कॉलेज में भी, जब वह बी. ए. में थी, उसे सर्वश्रेष्ठ विद्यार्थी का पुरस्कार मिल चुका था। इस सब के होते, जब प्रो. वलसंगकर के कार्यकाल में कॉलेज में अर्थशास्त्र के प्रवक्ता की जगह हुई तो मैंने उनसे कहा कि आरती यहां एप्लाई करना चाहती है। वे आरती को भली-भाँति जानते थे क्योंकि स्टाफ़ क्वार्टर में वे कई साल हमारे साथ ही रहे थे। मेरे घर में भी वर्ष में एक-दो बार उनका खान-पान चलता था। लेकिन उन्होंने आरती में कोई

दिलचस्पी नहीं ली और मुझ से कहा — देवेश, वह जहाँ है, उसे वहीं रहने दो। यहाँ आकर क्या करेगी।' मैं समझ गया कि उनकी निगाह में कोई दूसरा कैंडीडेट है। मुझे बुरा तो लगा लेकिन चुपचाप उन के इस व्यवहार को पी गया।

मैं कहूँ कि मेरे स्वभाव का एक अंश बड़ा जिद्दी रहा है। इसी ज़िद के चलते जब प्रो. ए. पी. राव के कार्यकाल में फिर से अर्थशास्त्र-विभाग में एक स्थान रिक्त हुआ तो मैंने आरती से एप्लाई करवा दिया। उसका चयन हो गया और उसे नियुक्ति पत्र भी मिल गया। लेकिन उसने यह कह कर ज्वाइन करने से मना कर दिया कि मेरा चयन दो साल पहले हो जाना चाहिए था। मैंने यह पोस्ट पाने और फिर उसे अस्वीकार करने के लिए ही एप्लाई किया था।

प्रि. ए. पी. राव भी, जब वे प्राध्यापक ही थे, मेरे बगल के ही फ्लैट में रहते थे। उनसे हमारे संबंध मधुर और सहज थे। एक तो इसलिए भी कि उनकी एकमात्र बेटी शुभा मेरी बेटियों से कुछ ही छोटी थी और उन्हीं के साथ खेलती थी। दूसरे, इसलिए भी कि तब राव साहब के यहाँ टेलिफ़ोन की सुविधा नहीं थी। उनके टेलिफ़ोन मेरे घर पर आते थे। हमें कुछ असुविधा तो अवश्य होती थी लेकिन पड़ोसी और एक ही कॉलेज में सहकर्मी होने के नाते कई साल तक हमें यह सब सहन करना पड़ता था। फिर जब वे वाइस प्रिंसिपल हो गए तो वे दादर (सेंट्रल) स्थित कॉलेज की दूसरी बिल्डिग 'पाम व्यू' के एक फ्लैट में जाकर रहने लगे। वाइस प्रिंसिपल बन कर वे बड़े व्यस्त हो गए। वे सुबह से शाम तक क्लर्कों की तरह काम से लदे रहते। इतना व्यस्त वाइस प्रिंसिपल मैंने अन्य किसी कॉलेज में नहीं देखा।

प्रो. राव के अवकाश ग्रहण करने के पश्चात् प्रिंसिपलशिप के लिए दो उम्मीदवार सामने आए। अंग्रेजी विभाग के अध्यक्ष प्रो. जयकर और यूजीसी की एक स्कीम के अन्तर्गत रिसर्च को बढ़ावा देने के लिए रुइया कॉलेज में नियुक्त डॉ. आर. टी. साने। डॉ. साने बड़े महत्त्वाकांक्षी व्यक्ति थे और उतने ही चालाक और अपना उल्लू सीधा करने के लिए प्राध्यापकों को आपस में भिड़ा देने में माहिर। हाँलाकि वरिष्ठता के नाते मैं भी इस पद का उम्मीदवार बन सकता था लेकिन मैंने सार्वजनिक रूप से उम्मीदवार बनने से मना कर दिया था। प्रो. जयकर पिछले १५-१६ वर्षों से वाइस प्रिंसिपल के पद पर काम कर रहे थे (तब कॉलेज में दो वाइस प्रिंसिपल नियुक्त किए जाते थे) और परम्परा के अनुसार प्रो. जयकर को प्रिंसिपल बनना था। लेकिन डॉ. साने के उम्मीदवार बन जाने से मामला अदालत में चला गया। वैसे डॉ. साने ने एक बार पहले भी प्रिंसिपलशिप हथियाने की कोशिश की थी। लेकिन बीएससी और एमएससी पढ़ाने का अनुभव न होने और केवल रिसर्च कराने के कारण उस

समय उनका चयन नहीं हो पाया था और वाइस प्रिंसिपल प्रो. राव प्रिंसिपल बना दिए गए थे।

लेकिन इस बार मामला अदालत में पहुँच गया था। चूँकि डा. साने यूजीसी के 'साइंस फैकल्टी डेवलपमैंट प्रोग्राम' के अन्तर्गत रीडर के रूप में आए थे। और बाद में एक राजनेता की कृपा से यह 'रीडरशिप' 'प्रोफेसरशिप' में बदल दी गयी थी इसीलिए पद की इसी वरिष्ठता के कारण अदालत ने उनके पक्ष में फैसला सुना दिया। इस पूरे प्रकरण में मैंने तथा २–४ अन्य सहकर्मियों ने खुले रूप से प्रा. जयकर का साथ दिया था। इन सहकर्मियों में मेरी मित्र डॉ. रोहिणी शिवबालन और राजनीति विभाग के प्रो. वी. के. सिन्हा भी थे और प्रो. वलसंगकर की भूमिका दोहरी थी। यद्यपि वे रिटायर हो चुके थे, कॉलेज में उनका आना–जाना होता रहता था। वैसे वे प्रा. जयकर के पुराने मित्र थे। जयकर के घर पर सुबह हो या शाम — मेज़ – गिलासों, बोतलों, आइस बॉक्स, सोडे और नमकीन की प्लेटों से सजी रहती थी। प्रा. वलसंगकर जब भी उनके घर आते, उनका 'खान–पान' से सम्मान होता। उधर वे डॉ. साने से भी मिले रहते। हो सकता है कि किसी फायदे की बात को लेकर वे उस समय डॉ. साने के सहभागी रहे हों। जयकर मनमौजी स्वभाव के खुले दिलवाले व्यक्ति थे। किसी भी तरह की राजनीति से वे परे थे। जिस दिन न्यायालय का फ़ैसला डॉ. साने के पक्ष में हुआ, उसी दिन शाम को वे प्रा. जयकर के घर आए। डॉ. साने के घर पर मैं और प्रा. सिन्हा बैठे थे। डॉ. साने ने हम दोनों के चरणों का स्पर्श किया और बोले — कॉलेज तो आप ही लोगों को चलाना है, मैं तो निमित्त मात्र हूँ।'

हम चूँकि डॉ. साने के तौर–तरीकों से अब तक वाकिफ़ हो चुके थे, इसलिए ज्यादा कुछ नहीं बोले। कुछ देर तक हम तीनों से बतिया कर वे चले गए।

लेकिन दो–तीन दिन के बाद ही उनका असली रूप हमारे सामने आने लगा। सबसे पहले उन्होंने प्रा. सिन्हा से केबिन खाली करने के लिए कहा। जब २–३ दिनों तक वे केबिन खाली नहीं कर पाये तो उनका सामान उठा कर बाहर पैसेज में रखवा दिया गया। प्रो. जयकर वर्षों से चले आ रहे पहली मंजिल के अच्छे–बड़े कमरे में बैठते थे। उन्हें वहाँ से उठा कर तल मंजिल में एक छोटी–सी केबिन दे दी गयी। एक बहुत ही कनिष्ठ प्राध्यापिका को वाइस प्रिंसिपल बना दिया गया।

मेरे विभाग में प्रा. मुकुंद जोशी थे। वे सीनियर कॉलेज में थे। लेकिन सीनियर कॉलेज में काम न होने के कारण उन्हें अधिकांश लेक्चर जूनियर कॉलेज में दिए गए थे। उस साल उन्होंने साल के अंत तक बी. ए. की क्लास का एक भी लेक्चर नहीं

लिया। जब मुझे इसका पता लगा तो मैंने प्रि. डॉ. साने से इसकी शिकायत की। प्रिंसिपल ने प्रो. जोशी को बुलाकर पूछा तो उन्होंने कहा कि टाइम टेबल मुझे सूट नहीं करता। इसलिए मैं क्लासेस नहीं ले पाया। डॉ. साने ने मुझे बुला कर पूछा। मैंने बतलाया कि प्रा. जोशी को बी. ए. की क्लासेस में, जो सुबह लगती हैं, बचे हुए दो लेक्चर दिए गए हैं। जूनियर कॉलेज के लेक्चर दोपहर को होते हैं। मैंने जितना संभव हो सका है, इनके लेक्चरों को 'एडजस्ट' करने की कोशिश की है। लेकिन फिर भी इन्हें कोई शिकायत थी तो ये मुझे या टाइम टेबल के इन्चार्ज प्रोफ़ेसर से अपनी मुश्किल कह सकते थे। इन्होंने मुझ से इस संबंध में कोई बात नहीं की।'

दूसरे दिन प्रि. साने का बनाया हुआ टाइम टेबल मुझे मिला। उसमें मेरे दो लेक्चर बदल दिये गये थे। मैंने डॉ. साने को लिखा : चूंकि मैं विभाग का अध्यक्ष हूँ और मुझे पता है कि कौन क्या पढ़ा सकता है। अत: बदले हुए लेक्चर मैं नहीं लूँगा।' इस पर डॉ. साने के साथ मेरा पत्र–व्यवहार शुरू हो गया। मैंने बदले हुए लेक्चर नहीं लिए और पहले निश्चित किए गए अपने लेक्चर ही लेता रहा। जब बात बहुत बढ़ गयी तो डॉ. साने झूठी बातें गढ़ने पर उतर आए। मैं भी पत्रों में उनको लिख कर जवाब देता रहा कि वे झूठे हैं, विभाग के अध्यक्ष से विचार–विनिमय किए बिना उन्हें किसी विभाग पर टिप्पणी करने या उस विभाग के टाइम - टेबल को बदलने का कोई अधिकार नहीं है।

जब बात और बढ़ गयी तो उन्होंने कहा – आप प्रो. जोशी को पत्र लिख कर उन्हें अपने पुराने लेक्चर लेने के लिए कह दें। मैंने जोशी को तद्विषयक पत्र लिखा तो उन्होंने लिख दिया कि वे लेक्चर लेने में असमर्थ हैं।' निश्चित ही यह कार्य मुझे नीचा दिखाने के लिए डॉ. साने के इशारे पर किया गया था। जब मैंने डॉ. साने को जोशी का पत्र दिखलाया तो वे बोले – मैं देखूँगा।' लेकिन उसके बाद भी जोशी ने अपने लेक्चर नहीं लिए।

सच तो यह है कि डॉ. साने की नीति 'बाँटो और राज्य करो' की रही है। झूठ बोलना और बातों को गलत परिप्रेक्ष्य में ले जाना उनकी आदत है। उनके कार्यकाल में कॉलेज का स्टाफ़ दो स्पष्ट खानों में बँट गया था। अपने महत्त्व को जताने के लिए जगह–जगह उनकी फोटो और अखबारों की कटिंग लग गयी थीं। रिसर्च स्कॉलरों के प्रपत्र उनके नाम के साथ छपते थे। मुंबई विश्वविद्यालय में रिसर्च गाइड को एक समय में केवल दस शोध–विद्यार्थियों को लेने का प्रावधान था लेकिन उनके निर्देशन में एक समय में १५–१५, २०–२० विद्यार्थी पंजीकृत होते थे। इस सब के साथ बार–बार यह भी प्रचारित किया जाता था कि उनके निर्देशन में सौ–सवा सौ

शोधार्थियों को पी - एच.डी. मिल चुकी है। इतना ही नहीं, सौ पी–एच.डी. कराने के उपलक्ष्य में अपने चमचे शोधार्थियों और प्राध्यापकों द्वारा अपने लिए होटल ताज में एक सम्मान समारोह भी आयोजित कराया गया और उसमें उनके चमचों ने उनके सम्मान में कसीदे भी पढ़े।

एक बार बम्बई अस्पताल में नॉर्मल स्लाइन लगाते समय कुछ मरीजों की मौत हो गयी। स्लाइन का विश्लेषण करने का काम डॉ. साने को सौंपा गया। परीक्षण करने पर यह तथ्य सामने आया कि स्लाइन में मिलावट की गयी है। बस, यहीं से डॉ. साने का सितारा चमक उठा। रुइया कॉलेज के स्टाफ़ क्वार्टर्स के तल मंजिल पर 'ड्रग टेस्टिंग लैब' की स्थापना की गयी। उसके सर्वेसर्वा डॉ. साने बने। प्रसिद्ध फार्मेसीकल कम्पनी 'सिप्ला' ने इस में अपना योग दिया। और सालों तक यह लैब 'रुइया - सिप्ला ड्रग टैस्टिंग लैब' के नाम से जाना जाता रहा। डॉ. साने की चांदी बनने लगी। बाद में जब 'सिप्ला' वालों को डॉ. साने की कारगुजारियों को पता लगा तो उन्होंने इससे अपना हाथ खींच लिया।

लेकिन लैब चलता रहा। इस लैब में डॉ. साने अपने निर्देशन में पी–एच.डी. करने वाले विद्यार्थियों को Bonded Labour की तरह यूज करते थे। बड़ी फार्मेसियों के बड़े अधिकारियों को पी–एच.डी. के लिए रजिस्टर किया जाता था और अपने शोध–विद्यार्थियों से उन के विषय पर शोध कराया जाता था। वस्तुतः डॉ. साने के कार्यकाल में कैमिस्ट्री विभाग में रिसर्च का बाजारीकरण हुआ। प्रिंसिपल होने के नाते डॉ. साने ने यूजीसी में भी अपनी पैठ बना ली थी। उनके कार्यकाल में रुइया कॉलेज, रुइया कॉलेज ऑफ कैमिस्ट्री के नाम से जाना जाता था। आर्ट्स डिपार्टमैंट्स का तो कोई अस्तित्व ही नहीं रह गया था। साइंस में भी जूलॉजी विभाग को बुरी तरह उपेक्षित किया गया।

डॉ. रोहिणी शिवबालन और डॉ. मैय्या (दोनो जू लॉजी विभाग की प्राध्यापक) को इस संदर्भ में सबसे ज़्यादा सहना पड़ा। डॉ. रोहिणी को अपने निर्देशन में पी–एच.डी. के शोधार्थी रजिस्टर नहीं करने दिए गए। सम्मेलनों में भाग लेने के लिए डॉ. मैय्या को ड्यूटी लीव तो क्या केजुअल लीव तक नहीं दी गयी। बाहरी दिखावे के लिए कॉलेज की बिल्डिंग पर रंग–रोगन तो किया गया लेकिन आंतरिक रूप से उसे खोखला बना दिया गया।

दरअसल डॉ. साने अत्यंत महत्त्वाकांक्षी व्यक्ति रहे हैं। साथ ही उनके सारे प्रयत्न अपने शुभलाभ के लिए होते थे। उनकी निरंकुशता से पूरा कॉलेज आहत था। अपनी लोकप्रियता के लिए उन्होंने जूनियर प्राध्यापकों को अपने साथ मिला

कर सीनियर प्राध्यापकों की पूरी उपेक्षा की। अंग्रेजी विभाग की अध्यक्ष मिसेज प्रांजपे भी उनकी अहम्मन्यता का शिकार बनीं। महत्वाकांक्षा और अहम्मन्यता के साथ-साथ अपने साथ न चलने वालों को नीचा दिखाने की प्रवृत्ति भी उनमें थी। कान के बहुत कच्चे थे। Revenge लेना उनकी आदत में शुमार था। रुइया कॉलेज के पूरे इतिहास में जितना कार्य मैंने किया था और जितना कार्य मुझ पर किया गया था, उतना कॉलेज के आरंभ होने से लेकर अब तक किसी प्राध्यापक ने नहीं किया था। फिर भी मुझे हाशिये पर डालने की कोशिश में कोई कमी नहीं की गयी।

डॉ. साने जिसके पीछे पड़ जाते थे, उसे निचोड़ देने में कोई कसर नहीं रखते थे। वे कहते थे कि मैं तो चित्त पावन ब्राह्मण हूँ। हम केकड़े की तरह होते हैं जिसे पकड़ लेते हैं, उसे छोड़ते नहीं। ऐसा था डॉ. साने का स्वभाव और चरित्र।

डॉ. साने को लेकर और भी अनेक दंत कथाएँ प्रचलित हैं। उन्हें फिर कभी और फिर कहीं।

रुइया कॉलेज में ऐसा पहले कभी नहीं हुआ था। उसकी अपनी स्वस्थ परम्परा थी। हिंदुत्ववादी कॉलेज होने के बावजूद वहाँ संकीर्णता के लिए कोई स्थान नहीं था। उदारता का भाव भी कम नहीं था। मेरे रहते लगभग ५-६ प्रोफ़ेसर ऐसे थे जिन्होंने अपनी छात्राओं अथवा सहकर्मियों से प्रेम-विवाह किया था। और कॉलेज के अधिकारियों ने इसका कोई विरोध नहीं किया था। ऐसे कॉलेज में डॉ. साने की प्रिंसिपलशिप एक विडम्बना ही थी।

कॉलेज में कुछ दिलचस्प चरित्र भी थे। वह (संभवत:) प्रिंसिपल डॉ. कुलकर्णी का जमाना था जब फ्रेंच विभाग में प्रो. इंजीनियर की नियुक्ति हुई थी। प्रो. इंजीनियर बहुत ही दुबली-पतली कद-काठी के संशयी व्यक्ति थे। पर, अपने विषय में निष्णात। पारसी बाबा थे। और थोड़े सनकी भी। साथ ही, उनकी अपेक्षा थी कि स्टाफ के सभी लोग उनके विषय में जानें। उन दिनों स्टॉफ में वे अकेले ही फ्रेंच के अध्यापक थे। हैड और टेल दोनों वे स्वयं थे। वे स्वयं के नाम से, कॉलेज के पते पर पत्र लिखते। उस पर पता लिखा होता – Professor M. K. Engineer, Head of the French Department, Ramnarain Ruia College, Matunga, Bombay-19. वे Letters की Tray में उस पत्र को पड़ा रहने देते ताकि दूसरे प्राध्यापक अपने पत्र देखते समय उनके Letter को देख सकें। कई महीनों तक यह तमाशा चलता रहा। फिर जब उनकी कारगुजारी पर कुछ प्राध्यापकों को शक हुआ तो उन्होंने प्रिं. कुलकर्णी से बातों-बातों में यह बात कही। प्रिं. कुलकर्णी दबंग व्यक्तित्व वाले थे और पहले एन. सी. सी. में रह चुके थे। उन्होंने प्रो. इंजीनियर को

बुला कर डाँट दिया। तब से प्रो. इंजीनियर के स्वयं लिखे पत्र आने बंद हो गए।

उन दिनों बम्बई के कॉलेजों के अधिकांश हिंदी प्राध्यापकों को कोई मान नहीं दिया जाता था। इसके लिए वे खुद जिम्मेदार थे। वे म्युनिसिपल स्कूलों और प्राइवेट हिंदी माध्यम के स्कूलों के संस्कारों को अपने साथ लेकर आए थे। इसलिए महाराष्ट्र के विद्वत् जनों में थोड़ी नीची नज़र से देखे जाते थे। हमारे कॉलेज में डॉ. आर. वाई. सिंह 'भ्रमर'जैसे ऐसे लोगों के प्रतिनिधि थे। वे हर बात की आलोचना करते, सभी चीज़ों में मीन-मेख निकालते और उनका मुँह हमेशा पान की गिलौरी से भरा होता। विभाग में वे अब तक विभागीय अध्यक्ष बन चुके थे। मेरा नम्बर दूसरा था। एक दिन वे मुझ से बोले — देवेश, मैं कथा-साहित्य पर एक पुस्तक का संपादन कर रहा हूँ। उसमें बड़े-बड़े लेखकों के लेख जा रहे हैं। तुम कथा - साहित्य के 'अमुक' पक्ष पर एक लेख लिख दो। लेख थोड़ा बड़ा होना चाहिए। यही ४०-४५ पृष्ठों का। तुम्हें ढाई सौ रुपये मिल जाएंगे। मैंने हामी भर ली। वे विभागीय अध्यक्ष जो थे।

मैंने एक महीना लगा कर उन्हें लेख दे दिया। उन्होंने दूसरे दिन मेरे हाथ में २५० रु. पकड़ा दिए। बात यहीं समाप्त हो गयी।

कोई साल भर बाद 'ब्लिट्ज' से मुझे एक पुस्तक समीक्षा के लिए मिली। किसी महिला का शोध-प्रबंध था। मैंने किताब को उलटा-पलटा। फिर अचानक मेरी निगाह उस लेख पर पड़ी जो मेरा लिखा हुआ था और जिसे एक प्रकरण के रूप में शोध-प्रबंध में दिया गया था।

मैं अचंभित था। दूसरे दिन मैंने 'भ्रमर' जी से इसके बारे में पूछा तो वे बड़ी सहजता से बोले — भई, तुम्हें तुम्हारे लेख का पैसा मिल गया न। अब वह जैसे भी छपे, जहाँ भी छपे, उससे तुम्हारा क्या लेना-देना।' बाद में पता लगा कि उक्त महिला 'भ्रमर' जी के निर्देशन में पी-एच.डी. कर रही थी और उसकी पूरी थीसिस इसी प्रकार लिखी गयी थी। मैं असहाय सा बना, कुढ़ कर रह गया।

कॉलेज में एक संस्कृत के वरिष्ठ प्रोफ़ेसर थे श्री आर. आर. देशपांडे। विभागीय अध्यक्ष थे। कॉलेज के अधिकारियों में उनका बड़ा सम्मान था। हिंदी वालों के प्रति उनकी राय अच्छी नहीं थी। एक दिन उन्होंने मुझ से कहा — हिंदी तो संस्कृत से निकली है। बिना संस्कृत के अध्ययन के हिंदी का अध्ययन हो सकता है क्या।'

उनकी वरिष्ठता और सम्मान को बनाए रख कर मैंने बहुत विनम्रता से उनसे कहा — जहां तक मैं जानता हूँ देशपांडे जी, संस्कृत और हिंदी के व्याकरण भिन्न

हैं। इस हिसाब से हिंदी उर्दू के ज्यादा निकट है। हाँ, उसमें संस्कृत के शब्दों की बहुलता है लेकिन फिर भी उसका अध्ययन संस्कृत को जाने बिना भी किया जा सकता है।

– कैसे।' वे थोड़ी प्रखरता से बोले।

– मान भी लें कि हिंदी संस्कृत से निकली है जैसे शिशु माँ के गर्भ से निकलता है। लेकिन बड़ा होने के पश्चात् उसका व्यक्तित्व स्वतंत्र हो जाता है। हिंदी भी इसी प्रकार संस्कृत से स्वतंत्र देश की एक अग्रणी भाषा हो गयी है। अब उसे संस्कृत का पल्ला पकड़ कर चलने की आवश्यकता नहीं रही।'

वे कुछ नहीं बोले। लेकिन उत्तेजन उनके चेहरे पर साफ़ झलक रहा था।

इस घटना के कुछ समय पश्चात् एक दिन हम टी–रूम में बैठे चाय पी रहे थे। कॉलेज के वाइस प्रिंसिपल प्रो. गुप्ते भी थे। और भी दो – चार प्राध्यापक वहाँ बैठे थे। उन्हीं दिनों (१९७१) मुझे डी. लिट् की उपाधि मिली थी। वहाँ बैठे एक प्राध्यापक ने मुझे डी. लिट् करने के लिए बधाई दी।

देशपांडे जी सहसा बोल उठे – हिंदी में डी. लिट् तो ५–५ हजार रुपयों में मिल जाती है।'

सुन कर मैं आवेश से भर गया। बोला — देशपांडे जी मैं आपको दस हजार रुपये देता हूँ। आप मुझे डी. लिट् की एक डिग्री और दिलवा दीजिए। बोलना बहुत आसान होता है। आप इतने वरिष्ठ हैं। आपने इतने सालों में क्या और कितना लिखा है। आपने एक नाटक लिखा और उसे कॉलेज की मेगजीन में छपवा लिया। आपकी साहित्यिकता और आपका सम्मान कभी कॉलेज की दीवारों से आगे नहीं गया ......।

वातावरण गंभीर हो गया था। प्रो. गुप्ते ने मुझे चुप रहने का संकेत किया।

मैं बोला — सर, किसी 'कलीग' पर इस तरह की घटिया छींटाकशी क्या किसी को शोभा देती है।'

चाय का मज़ा किरकिरा हो गया था। मैं टी–रूम से उठ कर स्टाफ रूम में चला आया।

लेकिन बाद में इसी टी. रूम में मेरा अपनी एक सहकर्मी डॉ. रोहिणी शिवबालन से परिचय हुआ। सन् ८५ के आसपास के दिनों की बात है। मैं टी–रूम में बैठा चाय पी रहा था। तभी डॉ. रोहिणी मेरे बराबर में खाली कुर्सी पर आकर बैठ गयीं। वे बहुत उदास थीं और उनकी आँखें भरी–भरी सी थीं। इससे पूर्व मेरा उनसे कोई

परिचय नहीं था। वे जूलोजी विभाग में थीं। उनके साथ २–३ महिलाएँ भी वहाँ आकर बैठ गयीं। पहले से वहाँ बैठे हुए कुछ लोगों ने उनके प्रति संवेदना जताई। वैसे उनके आते ही टी–रूम का माहौल कुछ गंभीर हो गया था। मुझे बाद में पता लगा कि उनके पति का अभी कुछ दिन पहले निधन हो गया है। पति के निधन के बाद उस दिन वे पहली बार कॉलेज आई थीं। मेरा, चूँकि उनसे परिचय नहीं था, मैं उस समय अपने को बड़ी असमंजस की स्थिति में पा रहा था। उसी असमंजस में मैं औपचारिक रूप से भी उनके प्रति संवेदना प्रकट नहीं कर सका। अपनी चाय पीकर मैं वहाँ से उठ गया।

फिर कुछ बाद में एक दिन जब वे स्टाफ़ रूम में दीखीं तो मैंने उन्हें 'हलो' किया। वे धीरे से 'हलो' का उत्तर देकर टी. रूम में चली गयीं। मैं भी उनके पीछे–पीछे टी. रूम में आ गया। वहाँ और भी प्राध्यापक बैठे थे। तभी मुझे पता लगा कि वे एन. सी. सी. की कैप्टन भी हैं। मैं थोड़ा मज़ाकिया मूड में था। उसी मूड में मैंने कह दिया — एन. सी. सी. वाले भी क्या अजीब लोग हैं। हिंदी में इतने अच्छे - अच्छे गीत हैं और उन्होंने अपने लिए कैसे गीत का चयन किया - हम होंगे कामयाब एक दिन।' यह भी कोई गीत हुआ?'

इस पर डॉ. रोहिणी मुझ से तर्क करने लगीं। थोड़ी देर तर्क–वितर्क करने के बाद हम टी रूम से बाहर निकल आए। यह मेरा डॉ. रोहिणी के साथ पहला संवाद था। उसके बाद हम कई बार स्टाफ़ रूम में मिले लेकिन 'हलो' से आगे हमारा संवाद बढ़ नहीं पाया।

मेरे एक मित्र थे। प्रो. वर्द्धन। कैमिस्ट्री विभाग में थे। डॉ. रोहिणी के भी अच्छे मित्र थे। एक दिन वे डॉ. रोहिणी के साथ मेरी केबिन में आए। औपचारिक अभिवादन के पश्चात् हम इधर–उधर की बातें करने लगे। बातों में डॉ. रोहिणी बार–बार आइंस्टीन को 'कोट' कर रही थीं और अपने तर्कों को बड़ी दृढ़ता से प्रस्तुत कर रही थीं। मुझे अच्छा लगा। लगा, कि इस युवती में कुछ तो है।

तब से हमारे बीच सौहार्दपूर्ण बोलचाल शुरू हो गयी। कभी वे प्रो. वर्द्धन के साथ मेरी केबिन में आतीं और कभी अकेले ही। हम आपस में अनेक विषयों के बारे में बातें करते। वह मेरे लेखन के विषय में जिज्ञासु होतीं। मैं उन्हें बतलाता कि मैं अब क्या लिख रहा हूँ। धीरे–धीरे हम मित्र बन गए। हम में व्यक्तिगत, पारिवारिक बातें भी होने लगीं। अब मुझे पता लगा कि उनके पति का मात्र पाँच वर्ष के वैवाहिक जीवन के पश्चात् ही निधन हो गया था। उनका एक ३–४ साल का बेटा है और एक छोटी बच्ची है, जो पति के निधन के ३–४ महीने बाद पैदा हुई थी। घर में माँ है और मौसी है।

नियति की इस कठोरता पर मुझे उनके प्रति बड़ी संवेदना हो आयी। लेकिन संवेदना से अधिक उनकी दृढ़ता पर मुझे गर्व हुआ। और मैं उनको अतिरिक्त सम्मान देने लगा। अपने कार्य के प्रति उनमें बड़ी निष्ठा थी। पति की मृत्यु के कुछ दिन बाद ही वे एन. सी.सी की अतिरिक्त ट्रेनिंग के लिए बड़ौदा चली गयी थीं। तब मैंने उनको एक लम्बा पत्र लिखा था और उन्हें अपनी सीमा के भीतर उस हर प्रकार की सहायता देने का आश्वासन दिया था जिसकी उन्हें उस समय बड़ी आवश्यकता थी।

बड़ौदा से लौटने के बाद वे मेरे और निकट आ गयीं। अब हम घने मित्र बन गए थे। फिर कई बार वे मेरे घर पर भी आईं। शीला और मेरी बेटियों से उनका परिचय हुआ। सभी ने उनको मान दिया।

अब इन २०–२२ वर्षों की मित्रता में वे मेरे परिवार का अंग बन गयी हैं। मुंबई और मुंबई के बाहर के मेरे सभी मित्र उनसे परिचित हैं। मेरी दोनों बेटियों के विवाह समारोह में उन्होंने बढ़–चढ़ कर भाग लिया और दोनों विवाहों में 'विटनेस' भी वही बनीं। मेरी रचनावली के विमोचन के अवसर पर, मेरे कॉलेज से अवकाश ग्रहण करने पर, मेरी साहित्यिक यात्रा के ५० साल पूरे होने तथा मेरे ७५वें जन्म–दिन के उपलक्ष्य में किए गए सार्वजनिक आयोजन भी उनकी ही प्रेरणा और परिश्रम से सम्पन्न हुए। सन् '९५ में जब मेरी 'ओपन हार्ट सर्जरी' हुई तो उन्होंने ही एनसीसी की केड्टस से सात बोतल खून की व्यवस्था की। इस दौरान मेरी बड़ी बेटी आभा की नवजात पुत्री निष्ठा का ध्यान भी उन्होंने रखा। इस प्रकार हर मौके पर वे मुझ से आगे बढ़ कर मेरे आयोजनों में कार्य करती रहीं। मैंने भी अपनी तरह से जितना हो सकता था, उन्हें सहयोग देने का प्रयत्न किया। जब वे एन. सी. सी. के 'इन्डो – कनाडा यूथ एक्सचैंज प्रोग्राम' के अन्तर्गत कनाडा गयीं तो उनके परिवार की कुछ देखभाल मैंने भी की। उनके बेटे के विवाह के अवसर पर कन्यादान मैंने ही ग्रहण किया। ऐसी असंख्य घटनाएँ हैं जब हमने एक–दूसरे की जरूरतों को समझा और पूरा किया। संक्षेप में यही कि डॉ. रोहिणी के रूप में मुझे एक निष्ठावान, परिश्रमी, संवेदनशील, सहृदय और साथ ही एक सच्ची मित्र उपलब्ध हो गयी। वह मुझे आवश्यकता से अधिक मान देती हैं। छोटी–सी छोटी बातों और प्रसंगों की मेरे साथ चर्चा करना और मेरी राय लेना वह नहीं भूलतीं और उस पर एक अच्छे बच्चे की तरह अमल भी करती हैं।

सच तो यह है कि मैंने लोगों को बहुत कम दिया है लेकिन मुझे उनसे मुझे बहुत मिला है। इस संदर्भ में मुझे अपने एक प्राध्यापक मित्र डॉ. शिव शंकर पांडेय की याद आती है जिनके लिए मैंने ज़्यादा कुछ नहीं किया, बस एक अवसर पर उनसे दो–चार ऐसी

बातें कह दीं जिनका उन पर भारी असर हुआ और उनका सोच ही बदल गया।

मैंने इस खण्ड के आरंभ में कहीं लिखा है कि जब राजकोट से लौट कर मैं यहाँ मुंबई में नौकरी की खोज कर रहा था तब सिडनहम कॉलेज के प्रोफेसर लिमये उस साल (१९६०) एक नए खुलने वाले दहानुकर कॉमर्स कॉलेज में प्रिंसिपल हो गए थे। और उन्होंने मुझे आश्वस्त किया था कि यदि मेरी नियुक्ति अन्य किसी आर्ट्स कॉलेज में नहीं होती तो मुझे उनके कॉलेज में नियुक्त कर लिया जाएगा। लेकिन जब मेरी नियुक्ति रुइया कॉलेज में हो गयी तो शिव शंकर पांडेय जी दहानुकर कॉलेज में ले लिए गए। श्री पांडेय दयानन्द विद्यालय, माटुँगा में मेरे छोटे भाई शैलेश के अध्यापक रह चुके थे और मुझ से उनका अच्छा परिचय था।

कुछ वर्षों के बाद एक दिन उन्होंने मुझे अपने निवास पर आने का निमंत्रण दिया। वे शिवाजी पार्क स्थित एक बड़ी बिल्डिंग में किसी डॉक्टर बी. के. शर्मा के बड़े-से निवास में रहते थे। जब मैं उनके निवास पर पहुँचा तो पाया कि डॉ. शर्मा ने उन्हें अलग से एक कमरा दे रखा था। प्रा. पांडेय ने मुझे बतलाया कि डॉ शर्मा की कृपा से उन्हें यह कमरा मिला है। इसकी एवज़ में वे उनके बच्चों को अपने साथ बिठा कर पढ़ा देते हैं। बस, इसी तरह जिंदगी चल रही है।

वे वहाँ अकेले रहते थे। परिवार गाँव में था। मैं सोचने लगा यह व्यक्ति इस तरह कब तक, कैसे रह पायेगा। स्पष्टवादी तो मैं था ही — बोला, पांडेय भाई, इस तरह कब तक दूसरे की कृपा पर निर्भर रहोगे। इस से तो कहीं ज़्यादा अच्छा होगा कि तुम अपनी आज़ादी के साथ किसी झोपड़पट्टी या चाल में रहो।'

पांडेय जी को मेरी यह बात लग गयी। वे कुछ ही महीनों बाद खार (पूर्व) के जवाहर नगर चाल के एक कमरे में आकर रहने लगे। उन्होंने एक पोस्टकार्ड लिख कर इस परिवर्तन की सूचना मुझे दी। मैं एक दिन उनसे मिलने उनके नए आवास में गया। आवास क्या था, टीन के पतरों से बनी दीवारों का एक कमरा था। वैसा ही, जैसे कालूराम वर्मा की चाल में मेरे मामा जी का आवास था और जहाँ मैंने उनके साथ ७-८ महीने बिताए थे। प्राध्यापक जैसे सुशिक्षित जीव को ऐसी चालों में किन-किन कठिनाइयों का सामना करना पड़ता है, इसका अंदाजा ही लगाया जा सकता है।

अब पांडेय जी यह अपना आवास था। उन्होंने अपने बेटे और भतीजे को भी गाँव से बुला लिया था। सारी कठिनाइयों के बावजूद मैंने उनके चेहरे पर खुशी झलकती देखी। मुझ से बोले – देवेश जी, तुम्हारी, सिर्फ़ तुम्हारी प्रेरणा से मैं दादर

के बंधन से मुक्त हुआ हूँ और अब मैं अपने भीतर बड़ी राहत महसूस करता हूँ।'

फिर '७१ में उन्होंने कुछ पैसा बचा कर और कुछ पैसे का प्रबंध करके चिंचपाला रोड, कल्याण (पूर्व) में कुछ ज़मीन खरीद ली। कुछ वर्षों के बाद एक बिल्डर ने उनसे वहाँ बिल्डिग का निर्माण करने के लिए उन से वह ज़मीन ले ली और बदले में उस ज़मीन पर बने 'अमरावती एपार्टमेंट' की पूरी की पूरी तीसरी मंजिल उन्हें दे दी। इस मंजिल में ५ फ्लैट हैं। एक फ्लैट स्वयं रख कर उन्होंने अपने चार अन्य फ्लैट अपने बच्चों को दे दिए हैं। और अपनी इस प्रौढ़ि में, आवास के संदर्भ में वे सुखी और संतुष्ट हैं। मुझ से जब भी मिलते हैं तो बड़ी विनम्रता के साथ मेरा आभार मानते हैं कि मेरे ही कारण उनका यह कायाकल्प हुआ।

कुछ साल दहानुकर कॉमर्स कॉलेज में रह कर वे उसी संस्था के आर्ट्स और साइंस कॉलेज में स्थानांतरित हो गए। इससे पहले खार (पूर्व) में रहते हुए उन्होंने पी - एच.डी. कर ली थी। अपने कार्यकाल के अंतिम वर्षों में वे पी–एच.डी. के गाइड भी बन गए थे। तब तक अन्य विश्वविद्यालयों में मेरे व्यक्तित्व और कृतित्व पर काफी शोध हो चुका था। पी–एच.डी. और एम. फिल. दोनों के लिए। डॉ. पांडेय ने एक छात्रा को मेरे उपन्यासों की 'पात्र–योजना' पर विषय देकर उसे पी–एच.डी. के लिए अपने निर्देशन में रजिस्टर कर लिया। यह उनकी उदारता और मेरे तथाकथित 'ऋण' से मुक्त होने का प्रयास ही था कि जिस विश्वविद्यालय में मैंने ३८ सालों तक अध्यापन किया और मेरी ५०–५५ पुस्तकों में से किसी भी पुस्तक को संदर्भ - ग्रंथ तक के योग्य नहीं समझा गया, उसी विश्वविद्यालय से उन्होंने सारे विवादों और विरोधों के बावजूद मेरे लेखन पर पी–एच. डी. कराने का साहस दिखलाया। मैं सचमुच, अपने को बड़ा भाग्यशाली मानता हूँ ऐसे मित्रों को पाकर।

इसी क्रम में मुझे और कुछ मित्र भी याद आ रहे हैं। सर्वश्री घनश्याम नेगी, नैन सिंह रावत, चंचल सिंह बिष्ट आदि मेरे ऐसे मित्र रहे हैं जिन को मैं कुछ नहीं दे पाया, बल्कि जिन्होंने निःस्वार्थ भाव से मेरे साथ अपनी मैत्री का प्रमाण दिया और मुझे समय–समय पर सहयोग ही नहीं दिया बल्कि सहयोग देने में उत्साह भी दिखलाया। श्री घनश्याम नेगी मेरे प्रिय, स्नेहिल मित्रों में से हैं। मैंने इनके लिए सिर्फ़ इतना किया कि १९७० में कॉलेजों में प्रवेश बंद हो जाने के बाद भी सिडनहम कॉलेज के अपने सहकर्मी प्रिंसिपल लिमये के सहयोग से जुलाई के मध्य में इन्हें बी कॉम में दाखिला दिलवा दिया। इसके अतिरिक्त मैंने इनके लिए कभी कुछ किया हो, मुझे याद नहीं आता। आज वे इनॉक्स एयर प्रोडक्ट्स लि. में ब्रांच मैनेजर हैं और काफी रिसोर्सफुल हैं। मेरे प्रति अपनी कृतज्ञता को वे बार–बार दोहराते रहते हैं। मैं पिछले १६–१७

सालों से एक लघु–पत्रिका 'समीचीन' का सम्पादन–प्रकाशन कर रहा हूँ। इसके लिए वे ही विज्ञापन जुटाते हैं। यदि मैं यह कहूँ कि 'समीचीन' उन्हीं के बल पर चल रही है तो इसमें कोई अत्युक्ति नहीं होगी। इतना ही नहीं, मेरा आर्थिक आधार भी कई अवसरों पर इन्होंने ही सुदृढ़ किया है।

श्री नैन सिंह रावत के. ई. एम. अस्पताल में वार्ड ब्वाय थे। इनसे मेरा परिचय मेरे एक अन्य मित्र श्री. पान सिंह ने कराया था। रावत की प्रेरणा से ही मेरा 'हिमालय पर्वतीय संघ' में आना–जाना आरम्भ हुआ। इन्होंने ही मुझ से संघ की त्रैमासिक पत्रिका 'कूर्मांचल' आरम्भ करवाई और इन्हीं की प्रेरणा से मैंने यहाँ असल्फ़ा की 'हिमालय सोसाइटी' में फ़्लैट लिया। दरअसल, संघ को असल्फ़ा में एक मंत्री की कृपा से काफी जमीन उपलब्ध हो गयी थी। उस समय तक पर्वतीय प्रवासियों के पास अपनी कोई ज़मीन नहीं थी। एक शेर सिंह जी थे जो हिंदुस्तान लीवर कम्पनी में अधिकारी थे। वे भी कुछ ज़्यादा पढ़े–लिखे नहीं थे लेकिन बहुत अधिक व्यावहारिक थे। सच तो यह है कि उनके और नैन सिंह जी के अथक प्रयासों से ही संघ को यह जमीन प्राप्त हुई थी। उस समय यह जमीन बिल्कुल उजाड़ थी और आसपास कुछ झोपड़पट्टियों के अलावा और कुछ नहीं था। ज़मीन का अधिग्रहण करने के बाद संघ के प्रयत्नों से एक 'कॉ–ऑपरेटिव हाउसिंग सोसाइटी' की स्थापना की गयी और ५ बिल्डिगों का निर्माण–कार्य आरंभ कर दिया गया। इन बिल्डिगों में कुल १६० फ्लैट बने जिनमें पर्वतीय प्रवासियों को स्थापित करने का प्रयत्न किया गया। जैसा कि आम सोसाइटियों में होता है, यहाँ भी कुछ व्यक्तियों ने अपना स्वार्थ साधा। लेकिन फ्लैट बने और उनमें कुछ सदस्य आकर रहने भी लगे। ज़्यादातर सदस्यों ने इंवैस्टमैंट के हिसाब से ये फ्लैट खरीदे थे।

उस समय (१९६४) में मेरे पास इतना पैसा नहीं था कि मैं सोसाइटी की सदस्यता के लिए २५१ रु. भी भर सकूँ। जब मैंने अर्थाभाव के कारण सोसाइटी की सदस्यता की राशि भरने में अपनी असमर्थता प्रकट की तो नैन सिंह बोले — ठाकुर साब' जब आप जैसे लोग ही वहाँ नहीं रहेंगे तो सोसाइटी बनाने का क्या फायदा हुआ। और जहाँ तक सदस्यता का पैसा भरने की बात है, उसकी आप चिंता न करें। वह राशि मैं भर दूँगा।' और सचमुच वह राशि भर कर उन्होंने एक दिन मेरे हाथ में रसीद पकड़ा दी। आज मैं उसी हिमालय सोसाइटी के फ्लैट में रह कर मन ही मन (स्व.) नैन सिंह रावत को नमन कर लेता हूँ।

अपने ऐसे ही मित्रों में डॉ. शरेश चन्द्र चुलकीमठ (धारवाड़), डॉ. वसंत मोरे और डॉ. पी. एस. पाटील (कोल्हापुर), डॉ. सत्यनारायण (हैदराबाद), डॉ. बी.

गणेश (बंगलूर) तथा प्रि. गुंडे (सांगली) आदि का अप्रतिम, निस्वार्थ सहयोग भी मुझे प्राप्त हुआ। इन महानुभावों ने मेरे साहित्यिक व्यक्तित्व को देश के इस भाग में प्रतिष्ठित करने में सर्वाधिक योग दिया। उत्तर भारत में तो मैं अब तक हाशिए पर ही डाला गया रहा हूँ। हाँ, राँची के डॉ. श्रवण कुमार गोस्वामी के साथ कालांतर में मेरे बड़े आत्मीय संबंध बने। इन सभी संबंधों को लेकर मैं अपने आप में भरा-भरा अनुभव करता हूँ। और मैं अनुभव करता हूँ कि यदि आप ईमानदार और सच्चे हैं तो किसी न किसी बिंदु पर आपको सुहृद व्यक्तियों का साथ प्राप्त हो ही जाता है। मेरे साथ भी ऐसा ही हुआ है। मैं कभी भी ऐसी स्थिति में नहीं रहा कि किसी के लिए कुछ कर सकूँ लेकिन इसके बावजूद अनेक मित्रों ने मुझे सहयोग और सम्मान दिया। अपनी आत्मकथा में उनका स्मरण मेरा नैतिक कर्तव्य है।

अपनी सारी छोटी–बड़ी समस्याओं, उपेक्षाओं, विवादों और विरोधों से घिरा होने के बावजूद मेरे व्यक्तित्व का एक पक्ष बड़ा निर्द्वन्द्व, संकल्पशील, जिद्दी और फक्कड़ रहा है। संभवत: इन्हीं 'गुणों' के कारण मुझे इतने अच्छे मित्र और शुभाकांक्षी उपलब्ध हुए। मैं पिछले ४० वर्षों से दिल का मरीज़ रहा हूँ। कालान्तर में प्रोस्टेट और डाइबिटीज ने भी मुझे ग्रस लिया। लेकिन इन बीमारियों को बीमारी न समझ कर मैं पूरे प्रवेग से अपना लिखना–पढ़ना करता रहा हूँ। आज भी यही स्थिति है। शायद ही मैंने अपनी बीमारी को लेकर किसी से कोई चर्चा की हो। सच तो यह है कि मुझे याद ही नहीं रहता कि मैं इतना बीमार हूँ।

सन् १९८६ में, जब मेरा चलना–फिरना काफ़ी कम हो गया तो बेटी आभा ने एन्ज्योग्राफी कराने की जिद्द की। जसलोक अस्पताल में एन्ज्योग्राफी हुई। उसमें ४ आर्ट्रीज में ९०%, ७०%, ७०% और ५०% ब्लॉकेज़ निकला। लेकिन मैंने ओपन हार्ट सर्जरी कराने से साफ़ मना कर दिया। सच तो यह है कि मेरे पास उतना पैसा ही नहीं था। डॉक्टरों ने कुछ दवाइयाँ लिख दीं। मैं उनको लेता रहा। अब भी ले रहा हूँ। लेकिन किसी को विश्वास नहीं होगा कि इतने सालों से दवाइयाँ लेने के बावजूद मुझे अपनी दवाइयों के नाम अभी तक याद नहीं है। सुबह के समय पूरे दिन की दवाइयाँ बनाते समय मैं लाल गोली, नारंगी गोली, सफेद गोली, बड़ी और छोटी गोली के हिसाब से अपनी शीशियाँ तैयार करता हूँ। एक बात और.......मुझ से खाने–पीने का परहेज़ नहीं हो पाता। होटलों में जाने का क्रम अभी भी ज़ारी है। हाँलाकि होटलों में खाना अब काफी महँगा हो गया है। होटलों में जाना तब शुरू हो गया था जब मैं धीरज जी के यहाँ टेलिविज़न के लिए सीरियल्स लिख रहा था। यद्यपि टेलिविजन में लिखना छोड़े १५ साल से ज़्यादा हो गए हैं, लेकिन बाहर का

खाना–पीना अभी तक जारी है। तम्बाकू खाने की आदत, बहुत कोशिश करने के बाद भी अभी तक नहीं छोड़ पाया हूँ। सच तो यह है कि मैंने पिछले कुछ सालों से कोशिश करना ही छोड़ दिया है।

तो, १९९५ तक मैं यों ही दवाइयों पर चलता रहा। बीच–बीच में छोटे–छोटे झटके आते रहे। १९९०–९१ में जब मेरी रचनावली का मेरठ में मुद्रण चल रहा था, एक रात मुझे बहुत गंभीर स्ट्रोक हुआ। तब मैं अक्टूबर की छुट्टियों में अकेला ही रचनावली के मुद्रण के सिलसिले में मेरठ गया हुआ था और अपनी ससुराल में ठहरा हुआ था। मेरी हालत देखकर परिवार वाले बहुत चिंतित हो गए और उन्होंने बंबई में मेरे परिवार वालों को सूचित कर दिया। इधर ससुराल वालों ने डॉक्टरों को घर बुलाया। मुझे इंजेक्शन और दवाइयाँ दी गयीं। स्ट्रोक के दूसरे दिन मेरी हालत बहुत बिगड़ गयी। मुझे अच्छी तरह याद है कि उस दिन मैं अवश पलंग पर लेटा हुआ था। धीरे–धीरे डूबने का सा अहसास मुझे हो रहा था। मेरे पलंग के चारों ओर परिवार के लोग चुपचाप खड़े थे। शीला का भतीजा अनिल डॉक्टर को बुलाने गया हुआ था। एक तरह से मेरे चारों ओर खड़े लोग मेरा प्राण छोड़ना देख रहे थे। लेकिन इसके अतिरिक्त कुछ भी कर सकने में अपने को असमर्थ पा रहे थे। तभी डॉक्टर आया और उसने मुझे एक इंजैक्शन दिया। इंजैक्शन देने के कुछ देर बाद मुझे नींद आ गयी और मैं शाम पड़े तक सोया रहा। जब उठा तो अपने को थोड़ा स्वस्थ अनुभव कर रहा था। २ दिन के बाद मेरी बेटी आभा और पत्नी शीला मेरठ पहुँच गए। आभा ने डॉक्टरों से सलाह–मशविरा किया। मेरी दवाइयाँ बदली गयीं और मैं धीरे–धीरे स्वस्थ होने लगा। कुछ दिन मेरठ रह कर आभा बंबई लौट आई और शीला वहीं रह गयी। उस बार मैं, जब तक पूरी तरह स्वस्थ नहीं हो गया, मेरठ में ही रहा। एक–डेढ़ महीने बाद मैं शीला के साथ बंबई लौट आया।

आभा मेरी बीमारी की गंभीरता से परिचित थी। उसने कितना कहा कि मैं आप्रेशन करवा लूँ। खर्च की चिंता न करूँ। लेकिन मैं नहीं माना। हाँ, थोड़ा नियम से रहने लगा। लेकिन नियम तो जैसे तोड़ने के लिए ही बने होते हैं। कुछ दिनों के बाद फिर मौज–मस्ती होने लगी। इसी तरह १९९५ तक मैं अपनी गाड़ी खींचता रहा।

तभी उसी साल नवम्बर में शीला के भतीजे का विवाह होना था। शीला और आभा – आरती और रोहिणी सहित हम सभी परिवार वाले विवाह में शिरकत करने के लिए मेरठ गए। जिस रात हम मेरठ पहुँचे, उसी रात फिर मुझे हल्का–सा झटका लगा। आभा मेरी दवाइयाँ और इंजैक्शन आदि लेकर चली थी। दवाइयाँ खाने और इंजैक्शन लगवाने के बाद मैं थोड़ा स्थिर हो गया। रात अच्छी तरह कट गयी।

दूसरे दिन शाम को पार्टी का प्रोग्राम था। विवाह की पार्टियाँ दरअसल ड्रिंक्स की पार्टियाँ होती हैं। घर में धूम मची हुई थी। रात होते ही बोतलें खुलने लगीं। मेरा मन भी ललचा उठा। मैंने कहा – एक पैग तो मुझे भी लेना है। आभा बोली – पागल तो नहीं हो गए बाबा। अभी रात को ही अटैक हुआ है। और अब.....।

लेकिन मैं नहीं माना। बोला – आभा, ड्रिंक्स तो लेनी ही है। और तुम्हें इसकी अनुमति देनी है।'

बहुत देर तक झक–झक होती रही। लेकिन मैं अड़ा रहा। आखिरकार आभा ने रोते–रोते अनुमति दे दी।

मैंने एक बड़ा पैग भरा। धीरे – धीरे पिया और खाना खा कर सो गया। कोई चार बजे सुबह के करीब मुझे बड़ी घबड़ाहट होने लगी। मैं उठ बैठा । आभा को जगाया। आभा ने नब्ज़ देखी। नब्ज़ बहुत गड़बड़ चल रही थी। घबड़ाहट बढ़ती जा रही थी। आभा ने मुझे कुछ गोलियाँ दीं। (शायद) इंजैक्शन भी दिया। उसके बाद क्या हुआ, मुझे कुछ याद नहीं।

सुबह होते ही शीला का भतीजा अनिल मेरठ के सबसे ख्यात कार्डियोलॉजिस्ट डॉ. सोंधी को बुला लाया। सोंधी ने आभा से बात की। आभा ने डॉ. सोंधी को सब कुछ बतला दिया। डॉ. सोंधी मेरी ओर मुड़े और बोले – बड़े शर्म की बात है। इतना पढ़ने – लिखने के बावजूद आप ऐसी हरकतें करते हैं। आप को तो बहुत पहले आप्रेशन करवा लेना चाहिए था। फिर आप गाँव में तो नहीं रहते, बम्बई में रहते हैं। वहाँ इतने बड़े–बड़े और कुशल डॉक्टर हैं। आप्रेशन की नयी – नयी तकनीकें निकल चुकी हैं और वे सफल रही हैं। मैंने आप जैसा ...... मरीज़ अब तक नहीं देखा।'

डॉ. सोंधी की बात मुझे लग गयी। थोड़ा अपमानित भी महसूस किया। कुछ देर तक मैं गुमसुम बना रहा। फिर बोला – ठीक है, आप कहते हैं तो मैं आप्रेशन करवा लूँगा। आभा ने राहत की साँस ली। डॉ. सोंधी आभा को समझा कर और कुछ दवाइयाँ लिख कर चले गए।

मुंबई लौटा तो आभा ने डॉक्टरों से संपर्क साधना शुरू कर दिया। के. ई. एम. अस्पताल में एंज्योग्राफ़ी कराई गयी तो २ रक्तवाहिनियों में शत प्रतिशत, २ रक्तवाहिनियों में ९० प्रतिशत तथा एक में ५० प्रतिशत ब्लॉकेज निकला। हार्ट का पंपिंग रेट भी २० तक नीचे चला गया था। आभा चिंतित हो गयी। के. ई. एम. अस्पताल के डॉक्टरों ने आप्रेशन करने से मना कर दिया। फिर एक अन्य विशेषज्ञ डॉ.

पंड्या को दिखलाया गया। उन्होंने भी यही कहा कि आप्रेशन बहुत Complicated है। आप्रेशन के दौरान कुछ भी हो सकता है। संजय (आभा के पति) अब तक लीवर ट्रांसपैलेंट की ट्रेनिंग के लिए लंदन जा चुके थे। आभा को भी जाना था लेकिन वह मेरी बीमारी की वजह से कुछ समय के लिए रुक गयी थी। लंदन में भी बड़े डॉक्टरों से सम्पर्क किया गया। उन्होंने कहा कि यदि आप्रेशन करने में २५ प्रतिशत छूट भी दी गयी तब भी खर्च इंडिया से तिगुना होगा। अच्छा यही है भारत में ही आप्रेशन करवा लिया जाय।

इसी बीच आभा के कुछ डॉक्टर मित्रों ने उसे सुझाया कि इस प्रकार के आप्रेशन के लिए डॉ. भट्टाचार्य सबसे अच्छे रहेंगे। आभा ने डॉ. भट्टाचार्य से संपर्क किया। पेपर्स देखकर उन्होंने बतलाया कि आप्रेशन तो मैं कर दूँगा लेकिन सामान्य रिस्क से इसमें ५ प्रतिशत ज्यादा रिस्क है। आभा यह रिस्क लेने को तैयार हो गयी। संजय को फ़ोन करके भारत बुला लिया गया। आप्रेशन की तिथि निश्चित हो गयी। ५ दिसम्बर। ३ दिसम्बर को मैं 'बंबई अस्पताल' में भरती कर दिया गया। एक ही दिन में सारे टैस्ट कर लिए गए। लेकिन अगले ही दिन आभा को पता लगा कि ७ दिसम्बर को डॉ. भट्टाचार्य किसी सेमिनार में लखनऊ जाने वाले हैं। ११–१२ दिसम्बर तक ही लौट पायेंगे। आभा चाहती थी कि आप्रेशन के बाद ४–५ रोज़ तक डॉ. भट्टाचार्य मुंबई में ही रहें ताकि किसी प्रकार की ऊँच–नीच होने पर उनसे सम्पर्क किया जा सके। सो, आप्रेशन की तिथि १४ सितम्बर के लिए स्थगित कर दी गयी।

पहली बार जब आप्रेशन के लिए ५ दिसम्बर की तिथि निश्चित की गयी थी, तब मैं बहुत घबड़ा गया था। वर्षों से मेरी आँखों में आँसू नहीं आए थे। लेकिन अब मैं अकेले में या शीला से बात करते हुए रो उठता था। लगता था कि जैसे मैं सब से विदा ले रहा हूँ। अपने परिवार वालों से, अपने मित्रों से, अपने आस–पास के माहौल से, बाल्कनी में रखे पौधों से, पींजड़े में चहचहाती लव बर्ड्स से, अपनी पुस्तकों और अपनी स्टडी टेबल से और वहाँ से दिखते आसमान के टुकड़ों से यानी सबसे। बड़ी विचित्र स्थिति थी। एक ओर मन डूब–डूब जाता था; आँखें रोने – रोने को होती रहती थीं और दूसरी ओर एक क्षीण–सी आशा का भाव भी डूबते हुए मन को सँभाले रहता था कि शायद.... शायद सब ठीक हो जाये। सच में, बड़ा मारक समय था वह।

लेकिन जब ५ दिसम्बर का आप्रेशन टल गया और जब उसके लिए १४ दिसम्बर का दिन निश्चित हो गया तो न जाने कहाँ से मेरे मन में एक सुदृढ़ विश्वास जाग उठा कि सब टीक हो जायेगा; कि चिंता की कोई बात नहीं है। मेरी घबड़ाहट

खत्म हो गयी थी। आँसुओं का बहना बंद हो गया था और उस दशा में भी मैं अपने को बिल्कुल हल्का और स्फूर्ति से भरा हुआ महसूस करने लगा था। मुझे कहीं से भी नहीं लगता था कि मैं अपने में किसी किस्म की कमज़ोरी महसूस कर रहा हूँ। मैं पहले की तरह फक्कड़ हुआ अनुभव करने लगा था। इसी फक्कड़पन में मैंने एक हास्यास्पद निर्णय लिया। मुझे १२ दिसंबर को अस्पताल में भरती होना था। मैंने ११ दिसम्बर को अपने दो–चार साथियों को घाटकोपर के एक होटल में लंच के लिए निमंत्रित किया और खाने के लिए वह सब कुछ मँगवाया जो मुझे अच्छा लगता था। ड्रिंक्स भी ली। काफ़ी देर तक हम आपस में 'हा – हू' करते रहे। मित्रों ने मुझे शुभकामनाएँ दीं। खा–पीकर मैं घर लौट गया। उस दिन रात के ११–१२ बजे तक मैं अपनी स्टडी में बैठा काम करता रहा। अपने एकाउंट्स शीला को समझाए। अपनी फाइलें ठीक कीं। एक अधूरा लेख पूरा किया और फिर, जैसे सब कुछ सम्पन्न हो गया हो, मैं शांति के साथ सोने का उपक्रम करने लगा।

दूसरे दिन, यानी १२ दिसम्बर (१९९५) को सबेरे पाँच बजे उठ कर मैंने एक बार फिर याद करने की कोशिश की कि कहीं कुछ और करना तो बाकी नहीं रह गया है। कुछ देर यों भी सोच कर मैं निश्चिंत हो गया कि सब ठीक हो गया है। उन्हीं क्षणों में मैं यह भी सोच गया कि अस्पताल से लौट आकर मुझे क्या–क्या करना है। तब तक मेरे मन में यह विश्वास घर कर चुका था कि मुझे कुछ नहीं होगा और मैं स्वस्थ होकर सही सलामत घर लौट आऊँगा। साथ में यह भी कि यदि लौट कर न भी आ पाया तो कोई बात नहीं। मैंने अपनी सारी जिम्मेदारियाँ सफलता के साथ निभा दी हैं। अपने लिखने–पढ़ने का काम भी अपनी शक्ति भर पूरा–सा कर दिया है और उससे अधिक अनुपात में स्वीकृति भी पा ली है। सो, परिवार और लेखन दोनों में मैं जो कुछ और जितना कुछ कर पाया हूँ, उससे मैं असंतुष्ट नहीं हूँ। इसीलिए अब जो होना हो, हो ले।

फिर नहा–धोकर, अपने आराध्य राम का स्मरण कर और थोड़ा –सा हल्का नाश्ता लेकर मैं परिवार–जनों के साथ बंबई अस्पताल के लिए निकल पड़ा।

१३–१४ दिसंबर के बीच की रात।

पूरी रात आँखें बंद करने–खोलने में बीत गयी। आँखें बंद करते ही सपनीले दृश्य सामने आने लगते। असम्बद्ध–तारतम्यहीन दृश्य : अचार के लिए आम की फाँकें काटता हुआ औरतों का समूह। हल्की–हल्की रिमझिम में जंगल के बीच लटके हुए झूले में झूलती शहरी लड़कियाँ–जींन्स और स्कर्ट पहने हुए। बांध का

एक हिस्सा टूटता हुआ – जैसे फ़िल्मों में बनावटी दीवारें टूटती हैं; और फिर उस से उफनती हुई जलराशि गाँवों को बहा ले जाती हुई। उसी जलराशि में एक नंगा लड़का छोटी-सी नाव में बैठा डिस्को डांस करता हुआ। हुसैन अपनी अँगुलियों के ब्रश से किसी कमसिन लड़की की पीठ पर लोक-चित्र उकेरता हुआ। आँखों में भोली गंभीरता और मन में नवयुवती को पी जाने का भाव। अपने घर की बाल्कनी में 'लव बर्ड्स' का चहचहाता समवेत स्वर। गांव की नदी की बाढ़ में छोटे मामा अपने जाल से मछलियाँ पकड़ते हुए और उसमें एक बड़े साँप का फंस जाना। 'बच्चन' दक्षिण-अफ्रीका के एक बड़े जन-समूह में 'मधुशाला' का पाठ करते हुए और अफ्रीकी-जन हाथ में जाम लेकर नाचते-गाते हुए। गांव में बन रही सड़क का मुआइना करते नरसिंह राव। हुसैन सागर ताल में भैसों के साथ नहाते बच्चे ...... एक किशोर ठूँठ के सर पर खिली हुई हरियाली डाल और डाल पर बैठा हुआ तोता। मुंबई के स्काई स्कैपर्स के ऊपर तैरता हुआ मैं और इसी प्रकार के अनेक-अनेक असम्बद्ध दृश्य।

और जब आँखें खुलती तो हल्की मद्धम रोशनी में सीलिंग पर धीरे-धीरे चलता हुआ पंखा दीखता। हल्की घर्र-घर्र के साथ। पूरा कमरा सोया हुआ महसूस होता। एक अजीब सी गंध के साथ घुली-मिली निस्तब्धता। मैं कुछ देर कमरे के परिदृश्य को देख कर फिर आँखें बंद कर लेता। सोने – जानने का यह क्रम रात भर चलता रहा; बस, चलता रहा।

फिर आई १४ दिसम्बर की सुबह।

आप्रेशन का दिन। महसूस किया कि कहीं कोई घबड़ाहट नहीं है। बस, इतना – सा डर कि आप्रेशन थियेटर के विशाल उपकरणों को देख कर कहीं विचलित न हो जाऊँ। सो, जब जूनियर डॉक्टर मुझे थियेटर में ले जाने के लिए आए तो मैंने उनसे कहा – मैं चाहता हूँ कि मुझे यहीं बेहोश कर के थियेटर में ले जाया जाय।' उन्हें इस पर कोई आपत्ति नहीं हुई और मुझे वहीं बैड पर बेहोशी का इन्जैक्शन दे दिया गया।

दूसरे दिन दोपहर को मेरी तन्द्रा टूटी। मैं आईसीयू (ICU) में था। मैंने आँखें खोली तो देखा, मेरी बगल में आभा खड़ी है। बोली – बाबा, तुम्हारा आप्रेशन ठीक-ठीक हो गया है। तुम कैसा 'फील' कर रहे हो।'

मैं बोला – बेटा, मुझे भूख लगी है।' यह आप्रेशन के बाद मेर मुख से निकला पहला वाक्य था।

आभा ने जल्दी ही पोहे की एक प्लेट मंगवाई। मैं अधलेटा होकर उसे खुद खाने लगा।

कुछ देर बाद आभा ने बतलाया कि मेरी पाँच ग्राफ्टिंग हुई हैं। उधर जब डॉ. भट्टाचार्य को पता लगा कि संजय (आभा के पति) लंदन में लीवर ट्रांसपैलेंट की ट्रेनिंग ले रहे हैं तो उन्होंने उन्हें आप्रेशन के समय थियेटर में उपस्थित रहने की अनुमति दे दी थी। हर ग्राफ्टिंग पूरी होने के बाद संजय बाहर आते और वहाँ प्रतीक्षा में बैठे परिवार वालों को बतला जाते कि एक ग्राफ्टिंग पूरी हो चुकी हैं; दो ग्राफ्टिंग, तीन, चार और पाँचवी अंतिम ग्राफ्टिंग भी हो गयी हैं। इस पूरे क्रम में मेरी मित्र रोहिणी ने बड़ी महत्त्वपूर्ण भूकि निभाई। वह एक तरफ आप्रेशन से जुड़े कामों के लिए दौड़-भाग करती रही और दूसरी तरफ आभा की नवजात बच्ची की देख-रेख भी करती रही। आप्रेशन के तीसरे दिन ही 'ब्रादर' (आईसीयू का सेवक) ने मुझे ३०-४० कदम चलाया। आगे के दिनों में तो मेरी चाल ने गति पकड़ ली।

कोई दस दिन के बाद मुझे अस्पताल से छुट्टी मिल गयी। तीन महीने तक मैंने खान-पान, चलने-फिरने आदि का पूरा परहेज किया डॉक्टरों के निर्देशों के अनुसार। उसके बाद मैं फिर निर्द्वंद्व हो गया। गाड़ी फिर तेज़ी से पुरानी पटरी पर चलने लगी। घूमना-फिरना। पढ़ना-लिखना। होटल – रेस्ट्रॉ। सम्मेलन – गोष्ठियाँ ...... सब कुछ पूर्ववत् चलने लगा, चल रहा है।

१७ दिसम्बर को संजय लंदन वापिस चले गए और कुछ दिनों बाद आभा भी चली गयी। ७-८ महीने की बच्ची (निष्ठा) को उन्होंने हमारे पास छोड़ दिया था।

# पंद्रह

एक बार फिर थोड़ा पीछे लौट चलूँ।

७० के आरंभिक वर्षों में बी. ए. (स्पेशल) की एक छात्रा **बिंदिया**। **बिंदिया** की पूरी देह-यष्टि अत्यंत मोहक थी। जब पहली बार मैंने उसे अपनी क्लास में देखा तो बस देखता ही रह गया। सुती हुई गुलाबी बाहें। बड़ी-बड़ी कजरारी मीनाक्षियाँ। मध्यम आकार के नुकीले उभार। वह कोने की बेंच पर बैठती थी और बड़ी तन्मयता से नोट्स लेती रहती थी। नोट्स लेते हुए वह अपने निचले ओठ को दबा कर रखती थी। साड़ी पहनने का उस का ढंग भी बड़ा मोहक था। मुझे वह पूरी तरह भा गयी थी। या यों कहूँ कि मैं पहली ही दृष्टि में उसके प्रति बहुत आकर्षित हो उठा था। और यह भी कि उसे लेकर मैं उन्मन रहने लगा था। लेकिन उसकी ओर से कोई संकेत न मिलने पर मैं भी उससे कुछ कहने का साहस नहीं कर पा रहा था।

एक दिन पीरियड के बाद वह मेरे पीछे-पीछे स्टाफ़ रूम में चली आई। उसने घंटी सी बजती हुई आवाज में कहा — सर ....।'

मैंने पीछे मुड़ कर देखा। गंभीर होने का नाटक करते हुए मैंने कहा – तुम्हारा नाम **बिंदिया** है न।'

– जी।' वह धीरे से बोली।

– क्या बात है ?'

– जी सर, मैं आपका ट्यूशन लेना चाहती हूँ।'

– बी. ए. में ट्यूशन ? मैं कुछ समझा नहीं।' मैं बोला।

– सर, बात यह है कि मैं ....कम्पनी में काम करती हूँ। इसलिए हमेशा अंतिम पीरियड एटैंड नहीं कर पाती। काव्य-शास्त्र वैसे भी ज़्यादा समझ में नहीं आता।'

– तुम किसी और प्रोफ़ेसर से क्यों नहीं पूछ लेती।'

– मुझे आपका पढ़ाना समझ में आता है। बी. ए. हो जाऊँगी तो कंपनी में मेरा प्रमोशन हो जाएगा।'

मैं सोच में पड़ गया। वैसे मन गुदगुदा रहा था।

बोला – लेकिन पढ़ोगी कब..... ?'

– शनिवार–रविवार की मेरी छुट्टी होती है। दोपहर के बाद मैं आपके घर आ जाया करूँगी। बस, आप हफ्ते में इन्हीं दो दिन .....।'

– ठीक है। मैं तुम्हारी मदद कर दूँगा। लेकिन ट्यूशन जैसा कुछ नहीं करूँगा।'

– वह देखा जायेगा सर ......।' वह मुस्कराते हुए बोली।

– तो इस आते शनिवार से आ जाऊँ।' बड़ी–बड़ी गहरी काली आँखों से मेरी तरफ देखते हुए वह बोली। उसकी आँखें मुस्करा रही थीं।

– आ जाना। चार बजे के बाद।'

वह आने लगी। मैं पढ़ाने लगा। जब महीना पूरा हुआ तो पढ़ाई के बाद उसने एक पैकेट और एक थैला मुझे पकड़ा कर कहा – सर, यह आपकी फीस है। और इस थैले में मेरी कम्पनी में बनने वाला कुछ साबुन, कुछ टूथ पेस्ट और कुछ डिटरजैंट है। प्लीज, इसे रख लीजिए।'

– लेकिन यह सब क्यों। मैंने तो तुमसे कहा था न कि मैं ट्यूशन नहीं करता। बस तुम्हारी मदद कर दूँगा।'

– ऐसा थोड़े ही होता है सर। आपके टाइम की भी तो कीमत है।'

मैं कुछ नहीं बोला। पैकेट और थैले को उठा कर एक तरफ रख दिया। वह अभिवादन करके बाहर निकल गयी।

मुझे महसूस हो रहा था कि मैं उसे लेकर कुछ ज़्यादा ही सोचने लगा हूँ। वह मेरे ख्यालों और सपनों में भी आने लगी। मेरा ज़्यादा समय उसी को लेकर सोचने में बीत जाता। सोचता, सुंदरता ऐसी होती है। अंग–प्रत्यंग में कि.ना सुथरापन है। चेहरे पर कितनी कांति है और आँखों में कितना आकर्षण। मैं मन ही मन उससे प्यार करने लगा।

एक दिन रात को खाना काने के बाद मैंने शीला से कहा – शीला, लगता है, मुझे **बिंदिया** से प्यार हो गया है।'

शीला ने मेरी ओर पलट कर देखा। बोली – तुम्हें शरम नहीं आती, ऐसा कहते। तुम्हारी बेटियाँ बड़ी हो रही हैं। उनकी तो कुछ शरम करो।'

– शरम तो मुझे आ रही है लेकिन **बिंदिया** पर प्यार भी आ रहा है। बताओ, मैं क्या करूँ?'

– मैं क्या बताऊँ। करोगे तो तुम अपने मन की ही। जो जी में आए करो।' कह कर शीला ने करवट बदल ली।

मैं दूसरी तरफ मुँह करके **बिंदिया** के ख्यालों में खो गया।

**बिंदिया** घर में आती रही। आते–जाते वह शीला से भी बतियाती। शीला ने कहीं भी अपना संतुलन नहीं खोया और सहज भाव से वह उससे व्यवहार करती। मुझे अच्छा लगता। लेकिन मन में एक अपराध–बोध भी होता कि मैं कहीं शीला के प्रति अन्याय तो नहीं कर रहा हूँ।

आखिरी बार जब **बिंदिया** आई तो ट्यूशन के रुपये देने के साथ शीला के लिए एक साड़ी और बच्चों के लिए ड्रैस का कपड़ा भी लेकर आई। शीला के बार–बार मना करने पर भी वह नहीं मानी और उन सब को मेज़ पर रख कर चली गयी।

उसके बाद परीक्षाएँ हुईं, रिजल्ट निकला, **बिंदिया** अच्छे अंकों के साथ पास हो गयी लेकिन वह फिर न कॉलेज में आई और न घर में। कुछ समय तक मेरे मन में उसके प्रति उत्सुकता बनी रही; फिर धीरे–धीरे वह मेरी स्मृति से निकल गयी।

लेकिन इस प्रकरण का यहीं अंत नहीं हुआ। करीब आठ–दस साल बाद, ७०' के अंतिम वर्षों में एक रात ८ बजे के करीब, जब हमने अपना भोजन किया ही था, कि दरवाज़े की घंटी बजी। शीला ने दरवाज़ा खोला तो देखा – सामने **बिंदिया** खड़ी थी। उसे ड्राइंग रूम में बिठा कर वह किचन पर मेरे पास आई और बोली – तुम्हारी 'वो' आई है। ड्राइंग रूम में बिठा दिया है। जाओ मिल लो। इतने सालों के बाद आई है।' उसके स्वर में हल्का–सा व्यंग्य था।

मैं कुछ नहीं बोल पाया। अचकचा कर उठा और ड्राइंग रूम में जाकर बड़ी नाटकीयता से बोला— अरे **बिंदिया** तुम। इतने सालों बाद। कहाँ चली गयी थी? शीला ने तुम्हें पहचाना ही नहीं।'

**बिंदिया** मेरी ओर एकटक देखती हुई अभिवादन के लिए उठी और फिर मेरे कहने से पहले सोफ़े पर बैठ गयी। मैं ग़ौर से उसकी देह यष्टि की जाँच करने लगा। उसका शरीर कुछ भर आया था। कपोलों में कोंपल जैसी लालिमा पहले जैसी थी। खिला हुआ रंग और ज़्यादा ख़िल गया था।

– कहो, इस वक्त कैसे आना हुआ?' कुछ देर चुप रह कर मैं बोला।

– सर, मैं एम. ए. करना चाहती हूँ। मैंने नौकरी छोड़ दी है।' वह धीरे–से बोली।

– यह तो बड़ी अच्छी बात है।' कह कर मैंने अपना स्वर मध्यम कर लिया कि रसोई में काम करती शीला सुन न ले। और बोला – चलो, इसी बहाने कम से कम दो साल तो मेरे साथ रहोगी।'

उसने मेरी ओर देखा और आँखें झपका लीं। उस में कोई अतिरिक्त प्रतिक्रिया मुझे नहीं दीखी।

– तो मैं कॉलेज में आ जाऊँ कल? फ़ार्म भरने ...?'

– हाँ, आ जाओ .....।

– नीचे टैक्सी खड़ी है सर। मैं चलती हूँ।' कहती हुई वह उठ खड़ी हुई। शीला ने बहुतेरा कहा – चाय पीकर जाओ।' लेकिन वह नहीं मानी। खट् – खट् करती हुई नीचे उतर गयी।

दूसरे दिन वह कॉलेज में आई। मैं बीच की बड़ी टेबल के पास बैठा था। वह आई और बिना अभिवादन किए मेरे पास आकर खड़ी हो गयी। उसके साथ एक वृद्ध सज्जन भी थे।

– मेरे पिता जी हैं।' उन की ओर इशारा करती हुई वह मुझ से बोली।

मैंने मुस्कराते हुए उनका अभिवादन किया। वे बतलाने लगे – इतनी बड़ी कंपनी है। १४ साल की सर्विस हो गयी थी। बस, नौकरी से इस्तीफा दे दिया। मुझ से पूछा तक नहीं। कहती है – एम. ए. करके टीचर बनूँगी। एक छोटा भाई है इसका। और मैं हूँ। बस। पत्नी की बहुत पहले मौत हो चुकी है ....पता नहीं, इसके सर पर क्या खपत सवार हो गया है।

मैंने उन्हें समझाने के लहजे में कहा – कोई बात नहीं, **परांजपे** साहब। ऐसा होता है। पढ़ना चाहती है तो पढ़ने दो। फिर कहीं न कहीं लग ही जाएगी। चलिए चाय पी लें ......।' मैं उठता हुआ टी–रूम की ओर चलने लगा।

– हम अभी नाश्ता करते आए हैं। आप तकलीफ मत कीजिए। वैसे भी मैं चाय कम ही पीता हूँ ......।'

मैं उठते–उठते बैठ गया। **बिंदिया** से कहा कि वह ऑफिस से फॉर्म ले आए ......।

वह उठी और नीचे ऑफिस की ओर जाने लगी।

– कोई मुश्किल हो तो मेरा नाम ले देना।' मैंने कहा।

– जी .....।' और वह नीचे उतर गयी।

उसी दिन फॉर्म भर दिया गया। फ़ीस जमा कर दी गयी। **परांजपे** साहब मुझे धन्यवाद देकर चलने के लिए उठ खड़े हुए।

– आप किसी तरह की चिंता मत कीजिए। आखिर **बिंदिया** हमारी स्टुडैंट रह चुकी है।' मैं बोला ...।

– बस, इसे आप पर छोड़ दिया है .... अब जो भी इसकी तकदीर में होगा .......।'

– सब ठीक ही होगा।' मैं उठते हुए बोला और बाप–बेटी को दरवाजे तक छोड़ आया।

**बिंदिया** नियमित रूप से कॉलेज आकर लाइब्रेरी में बैठने लगी थी। मैंने उसके पाठ्य–क्रम की कुछ पुस्तकें अपने नाम पर इश्यू करवा कर उसे दे दी थी और कहा था – एम. ए. में तुम्हारी फर्स्ट क्लास आनी ही चाहिए। तभी आगे के लिए कुछ उम्मीद हो सकती है।'

– सर, आप मुझे गाइड करते रहिए। मैं आपको नाउम्मीद नहीं करूँगी।'

बाद के दिनों में मैंने लक्ष्य किया कि **बिंदिया** जितनी आकर्षक है, उतनी ही कुशाग्र बुद्धि भी है। मैं एक बार फिर अपने को उसके बहुत पास महसूस करने लगा। वह भी धीरे–धीरे मुझ से खुलने लगी ....।

एक दिन शाम को केबिन के एकांत में मुझसे बोली – काश, आप शादीशुदा नहीं होते।' उसका यह वाक्य सुन कर मैं चौंक गया। फिर भी अपने को गंभीर बना कर मैंने पूछा – आखिर तुम कहना क्या चाहती हो।'

– मैंने कह तो दिया। क्या इतना कहना काफी नहीं है?' वह मुस्कराते हुए बोली।

मैं कुछ बोल नहीं पाया। सहसा उसके प्रति १० साल पुराना आकर्षण मेरी रग–रग में जाग गया।

– इन सालों में तुम बहुत 'शार्प' हो गयी हो।' किसी तरह से मेरे मुख से ये शब्द निकले।

– वो तो है। दस साल में इंसान क्या से क्या हो जाता है।'

– कोई हो न हो, तुम तो हो ही गयी हो। लगता है, तुम्हें अपने पर काफी विश्वास है। क्यों?'

– आप को ऐसा लगता है तो ठीक ही लगता होगा।' वह खिलखिला कर हँस पड़ी।

– चलो, कहीं बाहर चल कर चाय पीते हैं।'

– चलिए। .....लेकिन चाय आप को पिलानी पड़ेगी। मेरी नौकरी नहीं है अब।' वह फिर हंस पड़ी।

हम दोनों उठ कर बाहर निकल आए। इस प्रकार हम पहली बार एक–साथ बाहर निकले थे।

दादर टी. टी. के एक अच्छे रेस्ट्राँ में बैठ कर मैंने चाय आदि का आर्डर दिया और सोचने लगा कि इस सामने बैठी युवती से कहाँ से बात शुरू करूँ। तभी वह बोली – सर, मैं बहुत बहुत महत्त्वाकांक्षी हूँ। एम. ए. में एडमिशन बस इसीलिए लिया है कि आपकी गाइडेंस में कुछ बन सकूँ। मैंने मराठी साहित्य तो काफी पढ़ा है। लेकिन हिंदी में शून्य हूँ ....।'

– कोई बात नहीं। मैं तुम्हारे शून्य के पीछे 'एक' लगा दूँगा।' हंसते हुए मैंने कहा।

इसी तरह काफी देर तक हम बतियाते रहे। जब अँधेरा बढ़ने लगा तो हम रेस्ट्रॉ से निकल कर बाहर आ गए।

मैंने उसकी ओर देखा।

– क्या मुझे घर तक नहीं छोड़ेंगे।' वह मुस्कराते हुए बोली।

– तुम कहो और मै न छोडूँ। ऐसा हो सकता है क्या?' मैंने पास से गुजरती हुई एक टैक्सी को रोका और उसके साथ ही टैक्सी में बैठ गया।

– शिवा जी पार्क।' वह बोली।

टैक्सी चल पड़ी। मैंने उसके उजले हाथ को अपने हाथों में ले लिया। वह कुछ बोली नहीं। उसके हाथ बर्फ़ से ठंडे थे।

जल्दी ही शिवाजी पार्क आ गया। एक सड़क के मोड़ पर उसने टैक्सी रुकवाई — बस, यहीं तक। आगे गली में मैं चली जाऊँगी।' वह उतरते हुए बोली।

– अपना घर नहीं दिखलाओगी।'

– आज नहीं, फिर कभी ....।'

– ठीक है।' मैंने उतरते हुए कहा।

**बिंदिया** गली के भीतर जा चुकी थी। मैं घर लौटने के लिए बस स्टैंड की

तरफ चलने लगा।

प्यार की निगाहें लोगों से छिप नहीं पातीं। कॉलेज में भी कुछ मित्रों को मेरे और **बिंदिया** के प्यार की भनक लग चुकी थी। बुधवार के दिन मेरे लेक्चर ९ बजे ही समाप्त हो जाते थे। **बिंदिया** साढ़े नौ बजे तक मेरे केबिन में आकर बैठ जाती थी और बड़ी देर तक बैठी कभी अपनी पढ़ाई के बारे में और कभी अपने – मेरे बारे में बातें करती रहती थी। मेरे सहकर्मियों और सहयोगियों को इस विशेष दिन का पता लग गया था। डॉ. रोहिणी और प्रो. वर्धन, प्रो. सतीश पांडेय जो उन दिनों मेरे निर्देशन में पी–एच.डी. कर रहे थे और मेरा एक जूनियर सहयोगी प्रो. त्रिगुणायत **बिंदिया** और मेरे संबंधों के विषय में कुछ ज़्यादा ही जान गए थे और उस दिन वे एक–दो बार **बिंदिया** की झलक पाने के के लिए मेरी केबिन के पास से गुजरते तो सही लेकिन अन्दर नहीं आते थे। अन्यथा अन्य दिनों मेरी केबिन इन लोगों से भरी रहती थी। मौका मिलने पर रोहिणी और वर्धन मेरा मजाक भी बनाते और **बिंदिया** के बारे में टिप्पणी भी करते। रोहिणी कहती — सर, आपको तो उसने फांस लिया।' वर्धन कहता – देवेश जी, कभी आपको बधाई देने को मन करता है और कभी आपको आगाह करने को। बहुत – बहुत तेज़ लड़की है यह। बाहर से जितनी भोली दिखती है, भीतर से उतनी ही चालाक है। ब्राह्मणी है, सँभल कर रहना। कभी–कभी प्रो. सतीश पांडेय भी आए होते। लेकिन वे बोलते नहीं। बस, कभी–कभी मुस्करा देते। आखिर अपने गुरु की पसंद पर वे क्यों कर टिप्पणी करते....।

एक बार शाम की चाय पीते हुए मैंने शीला से कहा – ये लड़की फिर मेरे बहुत नजदीक आ गयी है।'

– या तुम उसके नजदीक चले गए हो।'

– कुछ समझ नहीं आता, क्या करूँ?'

– मज़े करो उसके साथ, और क्या। मुझे कोई फ़र्क नहीं पड़ता।'

– ऐसा क्यों कहती हो?'

– और क्या कहूँ। तुम करोगे तो वही जो तुम्हारा मन चाहेगा। मेरे कहने से मान जाओगे क्या ....।' वह प्यालों को ट्रे में रखती हुई बोली – लेकिन मैं कहे देती हूँ देबू कि वह तुम्हें फलेगी नहीं।' कहते हुए वह उठ गयी।

कुछ दिन, कुछ शामें **बिंदिया** के साथ मज़े में बीती। बस, टैक्सी, लोकल में अर्थहीन यात्राएँ। रोड साइड की पानी–पूरी, छोले बटूरे, फ्राइड चावल .... इडली बड़ा, भेल पूरी, बड़े होटलों – ताज, एम्बेसेडर, सन एण्ड सैन्ड में लंच और डिनर। उस

अधेड़ावस्था में भी मन बिल्कुल युवा हो गया था। उन्माद और उफान से भरा हुआ मन। वह उड़ता जाता था उस पतंग–सा जो समुद्र के किनारे किसी किशोर द्वारा उड़ाई जा रही हो और समुद्र के विस्तार की ऊंचाई पर ठुमक रही हो।

यों तीन –चार महीने पूरी मादकता में बीते। लेकिन तभी एक दिन मन की इस पतंग ने एक गोता लगाया और समय की अपार जल राशि में उसने समाधि ले ली।

हुआ यों कि एक दिन एम. ए. के किसी पेपर का एसाइनमैंट लेकर वह मेरे घर पर आई। और उसके लिए नोट्स देने के लिए कहने लगी। मैंने उसे कुछ किताबें दे दीं, कुछ पैराग्राफ़ भी डिक्टेट कर दिए और कहा कि इसे तैयार करके डिपार्टमेंट में सब्मिट करने से पहले मुझे दिखा देना। विषय के बारे में वह काफ़ी देर तक चर्चा करती रही।

मुझे अच्छी तरह याद है, वह शनिवार का दिन था। कोई ११ बजे का समय होगा। वह एसाइनमैंट तैयार करके मेरे घर आई। मैंने उसके निबंध को पढ़ा। कुछ अपूर्ण स्थलों पर निशान लगाए और कहीं कुछ घटाने – बढ़ाने के लिए कह कर यह कहते हुए निबंध लौटाने लगा कि इसे 'फेयर' करके जमा कर देना। अगला सोमवार जमा करने का आखिरी दिन था।

वह बोली–मैंने इतनी मेहनत से, इतना साफ–साफ लिखा था। आपने इस पर निशान लगा दिए। मेरे पास इसे फ़ेयर करने का वक्त नहीं है। मैं आज तलेगांव जा रही हूँ अपने अंकल के साथ .....। कल रात को लौटूँगी।'

उसने यह बात इस टोन में कही कि मैं बर्दाश्त नहीं कर पाया। अब तक मैं उस पर अपना अधिकार मानने लगा था। उसने जिस तरह तुनक कर मुझसे यह बात की, उससे मैं यकायक बिफ़र गया। मैंने उसके निबंध के पर्चों को ज़मीन पर फ़ेकते हुए कहा—तो जाओ, मरो अपने अंकल के साथ .....।'

उसने ज़मीन पर बिखरे पर्चे उठाए और खट–खट करती हुई, धमक के साथ नीचे उतर गयी।

मैंने अपने दूसरे कमरे की गैलरी में आकर, जो मेन सड़क पर खुलती थी, देखा कि सामने एक बड़ी–सी गाड़ी खड़ी है और एक महाशय चश्मा पहने ड्राइवर की सीट पर बैठे सिगरेट का धुआँ उड़ा रहे हैं। **बिंदिया** गाड़ी के पास पहुँच कर उन महाशय के साथ अगली सीट पर बैठ गयी। गाड़ी चल पड़ी।

मैं बाल्कनी में खड़ा–खड़ा खून की घूँट–सी पीकर रह गया।

– तुम्हारी 'वो' चली गयी क्या ? मैं तो उसके लिए चाय बना कर लायी थी।' शीला ट्रे में चाय का कप लिए बाल्कनी में आ गयी थी। मैंने मुड़ कर शीला की तरफ देखा, बोला कुछ नहीं।

भीतर कमरे में आकर मैं पलंग पर लेट गया। मन में खलबली मची हुई थी। एक अवश आक्रोश दिमाग को मथ रहा था। इतना अहम्। इतनी धृष्टता। इतना दंभ। मैं किसी का दंभ नहीं सह सकता, मैं सोच गया। भले ही इसका परिणाम कुछ भी क्यों न हो।

मैं मानता हूँ कि कई मायनों में मैं अतिवादी हूँ। इस अतिवादिता के कारण मैंने काफी–कुछ खोया है ...... आत्म सम्मान की कीमत पर मैंने कभी कोई समझौता नहीं किया। अब भी नहीं करूँगा ......।' मैंने जैसे निश्चय कर लिया। इस निश्चय का एक कारण मुझे भीतर से कुरेदने लगा था। एक दिन बातों – बातों में **बिंदिया** ने मुझे बतलाया था कि उसके एक अंकल है। एक सरकारी संस्थान में बहुत बड़े अधिकारी हैं। उसे बहुत प्यार करते हैं। उस की माँ के दूर के रिश्तेदार हैं। उन्होंने उसके लिए तलेगाँव में एक कॉटेज बनवाई है। कॉटेज में मारबल लगे हैं। वह कभी–कभी उनके साथ वहाँ जाती है। उस से बहुत स्नेह हैं उन्हें। तब मैंने उसकी बातों को उसके ही अर्थों में लिया था और उन पर कोई ज़्यादा ध्यान नहीं दिया था। लेकिन अब इस घटना के बाद मेरा माथ सटक गया था।

शाम हो रही थी। शीला चाय लेकर आयी। चाय को कपों में उँडेलते हुए वह बोली — क्यों हुआ क्या, तुम दोनों के बीच ?'

मैंने उसकी तरफ देखा, उसकी आँखों और चेहरे पर कोई व्यंग्य नहीं था। मैंने धीरे–धीरे संक्षेप में उसे सारी घटना बता दी।'

शीला की आँखें चमक उठीं। उस चमक को मैं अभी तक नहीं भूल पाया हूँ। चाय की पहली घूँट भर कर वह बोली – देबू जी, मैंने कहा था न, वह तुम्हें नहीं फलेगी।' फिर मज़ाक के लहजे में बोली – दुखी क्यों होते हो। कॉलेज में इतनी लड़कियाँ हैं। और कोई मिल जाएगी ?'

मैंने उसकी तरफ देखा और मुस्करा दिया। मन थोड़ा हल्का हो गया था। लेकिन दिलो–दिमाग में लगी खरोंच अभी बाकी थी।

रविवार, सोमवार, मंगलवार — तीन दिन बीत गए। इन दिनों में मैंने अपना मन पक्का कर लिया था। मेरी एक आदत रही है – जो चीज़ मुझे चाहिए, वह पूरी की पूरी चाहिए। आधा–अधूरा पाने में मैं विश्वास नहीं करता। साथ ही, मैं स्वयं भी

जिसके साथ होता हूँ, पूरी तरह होता हूँ। अन्यथा बिल्कुल नहीं। और जिससे कटता हूँ, पूरी तरह कटता हूँ। मेरे लिए उसका कोई आस्तित्व ही नहीं रहता। मेरी इस अतिवादिता से भले ही मेरा नुकसान हुआ हो लेकिन दिमाग हमेशा साफ़ रहा है। मैं अन्तर्द्वंद्व के बीच नहीं जी सकता। अन्तर्द्वंद्व और अनिश्चय मुझे बहुत पीड़ा देते हैं, इसीलिए।

बुधवार।

मैं अपनी केबिन में बैठा था। तभी प्रो. वर्द्धन मेरी केबिन में आ गए मुस्कराते हुए। बोले — देवेश जी, **बिंदिया** नहीं आई अभी तक। दस बज रहे हैं। ' मैं खिसियाया - सा मुस्करा दिया।

– मैंने उसे कल शाम देखा था किसी आदमी के साथ। गाड़ी से उतर कर प्रीतम रेस्ट्राँ में जा रहे थे दोनों।'

– हुँ ......गाड़ी किस रंग की थी ?' सहसा ही मैंने पूछ लिया।

– बड़ी गाड़ी थी, कत्थई रंग की ?' वह बोला।

कुछ देर तक इधर–उधर की बातें करके वर्द्धन बोले — चलो, टी रूम में चलते हैं। फिर मेरा लेक्चर है।'

मैं उठ खड़ा हुआ। केबिन में ताला लगा ही रहा था कि सीढ़ियों से ऊपर आती हुई **बिंदिया** दिखाई पड़ी। मैं उसे अनदेखा करके वर्द्धन के साथ टी–रूम की ओर चल दिया।

कुछ देर बाद वापस लौटा तो देखा, वह मेरी केबिन के पास खड़ी थी। मैं केबिन खोल कर अंदर चला गया। वह दरवाज़े पर खड़ी रही। मैं अपना काम करने लगा। बोला कुछ नहीं। वैसे मेरा दिमाग भन्नाने लगा था। लेकिन बहुत कोशिश करके मैंने अपने आवेश पर काबू पाये रखा।

वह दरवाज़े पर खड़ी रही। अंदर आने की, शायद उसे हिम्मत नहीं हुई। इतने में रोहिणी उधर से गुजरी। मैंने उसे आवाज देकर भीतर बुला लिया। उसने इशारे से बताया कि **बिंदिया** बाहर खड़ी है।'

मैंने उसे इशारे से ही चुप रहने का संकेत किया।

हम दोनों बातें करने लगे। सामने मेज़ पर टिफन बॉक्स रखा था। उसे खोलते हुए रोहिणी बोली — मैं आज नाश्ता करके नहीं आई। अपने हिस्से की रोटियाँ खा लूँ।'

– हाँ, हाँ, क्यों नहीं। खा लो।'

शीला हमेशा मेरे लंच बॉक्स में रोहिणी के लिए भी दो रोटियाँ रख देती थी। यह सिलसिला सालों तक या यूँ कहूँ मेरे रिटायर होने तक चलता रहा था।

रोहिणी ने रोटियाँ निकाल लीं और उन्हीं पर सब्जी रख कर खाने लगी। खाते हुए वह मुझ से बातें भी करती जाती थी।

– चलो, टी रूम में चाय पी आएँ?' रोटी खा कर वह बोली।

– अभी-अभी वर्धन के साथ पी कर आया हूँ।'

– तो क्या हुआ। आधा कप पी लेना।'

– चलो।'

मैं उठा। केबिन पर ताला लगाया और रोहिणी के साथ टी-रूम की ओर जाने लगा।

– क्यों, **बिंदिया** के साथ क्या हुआ।' उसने चलते - चलते धीरे -से पूछा।

– बाद में ...... ?

जब तक केबिन में वापस आया तब तक **बिंदिया** वहाँ से जा चुकी थी। मुझे अच्छा भी लगा और बुरा भी। मेरे दिमाग में कत्थई गाड़ी, प्रीतम रेस्ट्राँ और उस के 'अंकल' घूम रहे थे।

– 'अंकल' की बच्ची ......। मैं मन ही मन बुदबुदाया और फिर अपने काम में मन लगाने की कोशिश करने लगा।

इसके बाद १५-२० दिन तक यह क्रम चलता रहा। **बिंदिया** आती, मेरी केबिन या स्टॉफ रूम के दरवाजे के पास खड़ी होकर मुझे देखती रहती और बुलाए जाने की प्रतीक्षा करती लेकिन जब मेरी ओर से कोई रेसपॉन्स न मिलता तो चली जाती। फिर धीरे-धीरे उसका आना बंद हो गया।

फिर पता लगा कि वह मेरे विरोधियों के खेमे में चली गयी है। मेरे बारे में अच्छी-बुरी बातें कह कर उसने दूसरे कॉलेजों के कुछ प्राध्यापकों पर डोरे डाल लिए थे। वह सुंदर तो थी ही, कुशाग्र बुद्धि भी थी तो युवा प्राध्यापकों को घेरने में उसे ज़्यादा कठिनाई नहीं हुई होगी। हिंदी के प्राध्यापक इस मामले में बहुत कच्चे होते ही हैं। कम से कम मुंबई में तो यही स्थिति है।

कुछ साल और बीत गए। फिर संयोग से एक साल मैं एक कॉलेज में हिंदी

प्राध्यापक की नियुक्ति के लिए विशेषज्ञ बन कर गया। वहाँ जाकर मैंने पाया कि प्रत्याशियों में **बिंदिया** भी है। वह इस कॉलेज में पार्ट – टाइम लेक्चरर के रूप में पढ़ा भी चुकी थी। विभागाध्यक्ष चाहती थी कि उसकी नियुक्ति हो जाय। लेकिन मेरे मन में **बिंदिया** के प्रति आक्रोश तो था ही, विभागाध्यक्ष के प्रति भी कोई बहुत अच्छी भावना नहीं थी क्योंकि वह हिंदी बोर्ड में हमेशा डॉ. छोटे लाल 'प्रभात' का समर्थन करती थी। एक तरह से वह डॉ. छोटे लाल के गिरोह में थी। कुछ प्रत्याशियों के बाद जब **बिंदिया** का नम्बर आया तो उसे देखकर मैं भौंचक्का रह गया। बिल्कुल साध्वी लग रही थी वह — उदास और अपने में खोयी–सी साध्वी। चेहरे का रंग उड़ चुका था। आँखों में काजल नहीं था। एक सादी–सी साड़ी पहने थी और ब्लाउज़ भी ढीला – ढीला सा था। अपना और अपनी ड्रेस का इतना ख्याल रखने वाली **बिंदिया** का यह रूप देख कर मैं एक क्षण के लिए उसके प्रति सहानुभूति से भर उठा। लेकिन दूसरे ही क्षण अपने प्रति उसके व्यवहार को याद करके उसके प्रति मेरी कठोरता लौट आई। मैंने उससे 'काव्य–शास्त्र' के कुछ प्रश्न पूछे क्योंकि मैं जानता था कि इस विषय में वह कमज़ोर है। फिर उससे कुछ शब्द लिखवाए। ५ शब्दों में से तीन की वर्तनियाँ गलत थीं। मेरा निर्णय स्पष्ट हो चुका था। विभागाध्यक्ष कुछ बोल नहीं पायी। मैंने आरक्षित श्रेणी के एक प्रत्याशी की नियुक्ति की अनुशंसा कर दी। वैसे यह नियुक्ति अरक्षित श्रेणी के एक प्रत्याशी के लिए ही थी। कोई योग्य प्रत्याशी न मिलने पर ही किसी अरक्षित श्रेणी के प्रत्याशी को नियुक्त किया जा सकता था। एक ही तीर से दो–दो चिड़ियों का शिकार करके जैसे मैंने बड़ा तीर मार दिया था।

अब मेरा अहम् संतुष्ट हो चुका था। **बिंदिया** का प्रकरण भी समाप्त हो गया। उसके बाद आज तक मुझे कभी **बिंदिया** के दर्शन नहीं हुए।

सुन्दर और आकर्षक नारी पुरुष के लिए बड़ी मोहक होती है और वह विदूषी हो तो उसके प्रति मुझे जैसे अध्यवसायी का मोह और भी बढ़ जाता है। मेरे साथ भी यही हुआ – बहुत स्वाभाविक रूप से हुआ। क्योंकि इस प्रकार के आवेग के क्षणों में व्यक्ति के सम्मुख केवल मछली की आँख ही उपस्थित रहती है। तब वह न नैतिकता के बारे में सोचता है, न अपनी जिम्मेदारियों के बारे में और न ही आगत परिणामों को लेकर उसके मन में कोई द्वन्द्व होता है। मुझ जैसा जिम्मेदार पति और पिता भी यदि इस आवेग के अंधड़ में बह हो गया तो इस पर कोई आश्चर्य नहीं होना चाहिए। मैं मानता हूँ कि ऐसा नहीं होना चाहिए था लेकिन होनी को तो होना ही होता है। मेरे साथ भी यह अनहोनी होनी थी। सो, हो गयी। गनीमत यह रही कि इस आवेग के भँवर से मैं जल्दी ही बाहर निकल आया।

# सोलह

१९९१ – ९२ के वर्ष मेरे लिए बड़े महत्त्वपूर्ण रहे। इन्हीं वर्षों में मेरी रचनावली (देवेश ठाकुर रचनावली) प्रकाशित करने की योजना बनाई गयी और उसे प्रकाशित भी किया गया। इस सब में मेरी महत्त्वाकांक्षा तो शामिल थी ही, साथ ही अपनी मित्र रोहिणी की प्रेरणा और सहयोग भी अप्रतिम था। अब तक निजी मित्रता के अतिरिक्त हमारे पारिवारिक संबंध भी खूब गहरे हो चुके थे। जब एक दिन बातों-बातों में मैंने उससे इसके बारे में चर्चा की और साथ ही उसमें होने वाले खर्च के बारे में बतलाया तो उसने मुझे सहयोग राशि के रूप में ७५००० रु. देने का आश्वासन दिया। इससे मेरी आर्थिक समस्या सुलझ गयी और मैं तेज़ी से 'रचनावली' पर कार्य करने लगा। हिंदी के कतिपय वरिष्ठ हस्ताक्षरों को संपादक मंडल में शामिल करके मैंने सात खंडों में अपनी विशिष्ठ २४ पुस्तकों का संपादन कर लिया। उन दिनों मेरठ में मुद्रण सस्ता था। सो, वहीं युगांतर प्रेस में 'रचनावली' का मुद्रण कराया गया। उसके कवर पेज़ बनाने और बाइंडिग करवाने और वितरण का उत्तरदायित्व राधाकृष्ण प्रकाशन के अशोक माहेश्वरी ने ले लिया और वितरक के रूप में 'भूमिका प्रकाशन' का नाम दे दिया। इस बीच मैंने और रोहिणी ने मिल कर 'रचनावली' के निमित्त एक 'संकल्प प्रकाशन' की स्थापना भी कर ली थी। मैं चाहता था कि 'रचनावली' की ७५० प्रतियाँ छापी जाँय। लेकिन अशोक माहेश्वरी ने हमें सलाह दी कि 'रचनावली' की ५०० प्रतियाँ ही छापी जायँ और शेष मुद्रित सामग्री को अलग-अलग पुस्तकों के रूप में प्रकाशित किया जाय। मुझे उनकी यह सलाह जँच गयी। पुस्तकों के अलग-अलग कवर पेज बनाए गए और समय पर 'रचनावली' सहित सारी पुस्तकें तैयार हो गयीं। अशोक माहेश्वरी ने ६० प्रतिशत कमीशन पर 'रचनावली' और अन्य पुस्तकों की दो - दो सौ प्रतियाँ ले लीं और वादा किया कि वे वित्तीय वर्ष की समाप्ति पर सभी पुस्तकों की राशि मुझे भेज देंगे। मैं आश्वस्त हो गया।

इधर सह–प्रकाशन होने के नाते रोहिणी चाहती थी (और मैं भी चाहता था) कि रचनावली का विमोचन धूम–धाम से किया जाय। सो यह विचार मन में आते ही 'विमोचन समारोह' की तैयारी ज़ोर – शोर से शुरू हो गयी। इस तैयारी में मेरे विद्यार्थी और मित्र डॉ. सतीश पांडेय ने विशेष सहयोग दिया। दरअसल, आज के दिन भी मुंबई में रोहिणी और सतीश जैसे मेरे कुछ आत्मीय मित्र हैं जो मेरे विश्वस्त हैं। ऐसे मित्रों को पाना शायद मेरी सबसे बड़ी उपलब्धि रही है।

अन्ततः १२ जुलाई १९९२ को रामनारायण रुइया कॉलेज के सभागृह में विमोचन –संध्या आयोजित की गयी। उस संध्या–समारोह के अध्यक्ष हिंदी ब्लिट्ज के संपादक श्री नन्द किशोर नौटियाल थे। विमोचन मराठी के सुप्रसिद्ध कवि श्री. नारायण सुर्वे ने किया। प्रमुख वक्ताओं में कवि और राजनेता डॉ. राम मनोहर त्रिपाठी, गुजराती के कथाकार चंद्रकांत बख्शी तथा अन्य कुछ स्थानीय वक्ताओं के अतिरिक्त भोपाल से डॉ. भानुदेव शुक्ल, गोवा से डॉ. ब्रह्मदेव मिश्र, धारवाड़ से डॉ. शरेश चंद्र चुलकीमठ तथा नागपुर से डॉ. हनुमन्त नायडू आए थे। निवेदिका की भूमिका मेरी मित्र डॉ. राजम नटराजन ने अदा की थी। ऐसे अवसरों में सम्बद्ध व्यक्ति के प्रति जो कुछ कहा जाता है, वह तो कहा ही गया। लेकिन अपने निवेदन और वक्ताओं का परिचय देने में डॉ. राजम ने धारदार शब्दों में जिस प्रकार की टिप्पणियां कीं, उस से पूरा सभागृह स्फूर्त हो उठा था। हॉल खचाखच भरा था और आमंत्रित श्रोता अत्यंत अनुशासित थे। मुझे यह देखकर बड़ी आश्वस्ति हुई कि मेरे बहाने किया गया पहला आयोजन सफलतापूर्वक सम्पन्न हो गया।

जुलाई, १९९३। मेरे अवकाश – ग्रहण का वर्ष।

जून में जब कॉलेज खुले तो स्टाफ रूमके सेक्रेट्री ने मुझ से कहा– अगले महीने आप को 'सैंड ऑफ' देना है। आपको किस दिन सुविधा होगी?'

जैसा कि मैं पहले कह चुका हूँ कि १९९२ के मध्य में डॉ. आर. टी. साने की प्रिंसिपल के रूप में नियुक्ति को लेकर मेरे मन में काफी खटास पैदा हो गयी थी। फिर झूठ, मैनुपुलेशन 'डिवाइड एण्ड रूल' और नए अध्यापकों को सीनियर्स के खिलाफ भड़का कर उन पर आरोप लगाने के कारण – प्रिंसिपल साने के प्रति ही नहीं, कॉलेज के इस बदले हुए वातावरण के प्रति भी मेरे मन में एक प्रकार की जुगुप्सा पैदा हो चुकी थी। मैं, रोहिणी, प्रोफेसर सिन्हा डॉ. मिसेज़ भैय्या हमेशा

उनके निशाने पर रहते थे। मेरे मन में इस सब के कारण इतनी प्रतिक्रिया पैदा हो गयी थी कि इस कॉलेज में, जहाँ मैंने ३३ साल सम्मान और गरिमा के साथ बिताए थे, अब ज़्यादा देर ठहरने को मन ही नहीं होता था। उधर, मेरा स्वास्थ्य भी बिगड़ता जा रहा था अत: मेरे भीतर थोड़ी चिड़चिड़ाहट भी पैदा होने लगी थी।

चूँकि किसी प्राध्यापक के 'फेयर वैल' पर सवा सौ डेढ़ सौ के स्टाफ में से केवल ४० – ४५ प्राध्यापक ही उपस्थित रहते थे, यह भी मुझे खलता था। इतना ही नहीं, तीन–तीन, चार–चार प्राध्यापकों का 'फेयर वैल' भी एक साथ आयोजित कर दिया जाता था। मैं इस बात से भी क्षुब्ध था। आखिर 'अमुक' प्राध्यापक ने कॉलेज में ३०–३५ साल काम किया है तो उसके 'फेयर वैल' के मौके पर उसे इतना तो सम्मान दिया ही जाये कि स्टॉक के सभी प्राध्यापक उस मौके पर उपस्थित हों और उस अकेले को ही उस दिन सम्मानित किया जाय। और क्योंकि पिछले ५–६ वर्षों से या यों कहूँ कि प्रिंसिपल डॉ. कुलकर्णी के कार्यकाल के बाद से कुछ ऐसा ही चलन चलने लगा था, सो स्टाफ़ द्वारा 'फेयर वेल' देने की परम्परा में मेरी कोई रुचि नहीं रह गयी थी।

और जब स्टाफ़ रूम के सेक्रेट्री ने मुझ से 'फेयर वैल' देने की बात कही तो मेरे मन में बहुत पहले से इकट्ठी हुई कड़ुवाहट सामने आ गयी। मैं बोला — भई, मैं इस तरह की 'फेयर वैल पार्टी' में विश्वास नहीं करता। यदि मुझे 'फेयर वैल' देना ही है तो पहले यह निश्चित कर लो कि कॉलेज का पूरा स्टाफ उपस्थित रहेगा और दूसरे यह कि मेरे अकेले का 'फेयरवैल' होगा। यदि ऐसा नहीं हो पाता है तो 'फैयर वैल पार्टी' लेने में मेरी कोई रुचि नहीं है।'

सेक्रेट्री ने प्रिंसिपल साने से जाकर न जाने क्या कहा कि मुझे फेयर वैल पार्टी देने की बात वहीं की वहीं रह गयी।

इधर मेरे कुछ हितैषियों ने और विशेष कर डॉ. रोहिणी ने यह निर्णय किया कि मेरे अवकाश ग्रहण के दिन यानी ३१ जुलाई १९९३ को मेरी शानदार विदाई का आयोजन किया जाय। उन्होंने उसके लिए अपने कॉलेज का हॉल भी बुक करा लिया और साथ ही अतिथियों के लिए निमंत्रण पत्र भी तैयार करके भिजवाने शुरू कर दिए।

सचमुच, विदाई का यह आयोजन बड़े शालीन और सुसंस्कृत ढंग से किया गया था। यह ठीक है कि इसमें मेरी किसी प्रकार की विशेष भूमिका नहीं थी फिर भी इस बात का पूरा ध्यान रखा गया था कि सब कुछ मेरी पसंद के अनुकूल हो। विशेष

बात यह रही कि आयोजकों ने प्रि. साने को भी औपचारिक रूप से आमंत्रित किया था। प्रि. साने आए और उन्होंने अपने भाषण में मेरी साहित्यिक गतिविधियों की संक्षिप्त चर्चा तो की ही लेकिन अंत में यह भी कहा — डॉ. देवेश बहुत अच्छे मित्र और उससे अच्छे शत्रु हैं। वे दोस्ती और दुश्मनी को बड़ी साफ़गोई के साथ निभाते हैं।'

उन दिनों मैं 'रचनावली' को बेचने के चक्कर में स्वयं कॉलेजों के चक्कर काट रहा था। मुझे यह जान कर बेहद खुशी हुई कि मेरे मित्रों ने ही नहीं, मेरे विरोधी विभागाध्यक्षों तक ने अपनी लाइब्रेरी के लिए 'रचनावली' का क्रय किया। इस क्रम में लगभग सभी कॉलेजों के पुस्तकालयों में 'रचनावली' भेज दी गयी।

इसी प्रकार मुझे कोल्हापुर में भी बड़ी सफलता मिली। डॉ. वसंत मोरे ने मुझे टेलिफोन पर बतलाया कि आप रचनावली के एक-दो सैट लेकर आ जायें। हम शिवाजी युनिवर्सिटी से सम्बद्ध सभी कॉलेजों में जाकर स्वयं इसका विक्रय करेंगे।'

नियत दिन मैं कोल्हापुर पहुँच गया। वहाँ सांगली के प्रि. गुंडे मुझसे पहले से पहुँचे हुए थे। वे डॉ. मोरे के विश्वस्त मित्र हैं। लेखक के रूप में वे मेरा बहुत आदर करते थे। उनकी छोटी बेटी ने मेरे ही किसी उपन्यास पर एम. फिल की उपाधि ली थी और वह मेरे ही उपन्यासों पर पी - एच.डी. करने की योजना भी बना रही थी। प्रि. गुंडे के अतिरिक्त हिंदी विभाग के डॉ. पांडुरंग पाटील भी वहाँ उपस्थित थे। प्रो. गुंडे अपनी कार में आए थे। उनकी कार में ही हमने यानी मैं, प्रि. गुंडे, डॉ. वसंत मोरे और डॉ. पाटील ने पहले दिन कोल्हापुर स्थित कॉलेजों की परिक्रमा की। यद्यपि 'रचनावली' की कीमत उन दिनों कॉलेजों को मिलने वाली ग्रान्ट की तुलना में एक तरह से ज़्यादा ही थी, फिर भी जिन-जिन कॉलेजों में हम गये, लगभग सभी ने अपने पुस्तकालयों के लिए 'रचनावली' का क्रय किया बिना कोई विशेष छूट लिए। मुझे अच्छा लगा। फिर दूसरे दिन से हम ने शिवाजी विश्वविद्यालय से सम्बद्ध अन्य नगरों में स्थित कालॅजों की यात्रा की और वहाँ भी हमें काफी सफलता मिली। एक तरह से हमारा यह 'टूर' काफी 'अर्थवान्' रहा।

उधर राधाकृष्ण प्रकाशन के अशोक माहेश्वरी से जब मैंने उनके द्वारा लिए गए रचनावली के २०० सैट्स तथा अन्य पुस्तकों की राशि भेजने के लिए कहा तो उन्होंने बिकी हुई प्रतियों की कुछ राशि भेजते हुए यह लिखा कि अब तक बिकी पुस्तकों की राशि भेजी जा रही है। शेष बिकी हुई पुस्तकों की राशि अगले वर्ष के अन्त में ही भेजी जा सकेगी। अशोक को पुस्तकों पर ६० प्रतिशत कमीशन इसी शर्त पर दिया गया था कि उनके द्वारा लिए गए सभी सैट्स की पूरी राशि उसी फाइनेंशियल वर्ष के अन्त में चुका दी जायेगी। मेरा विचार था कि मुझे उनसे डेढ़

लाख रु. से कुछ ज़्यादा ही प्राप्त हो जाएँगे और मुझे रचनावली के प्रकाशन के लिए अपने मित्रों से लिए गए उधार को चुकाने में सुविधा हो जाएगी। जब मैंने उन्हें पत्र लिख कर जताया कि उन्हें पूरी राशि भेजनी थी तो वे मुकर गए।

इस झूठ को मैं सह नहीं पाया। आज भी 'झूठ' शब्द से मुझे घृणा है। मैंने आवेश में आकर अशोक से शेष प्रतियाँ लौटा देने के लिए लिख दिया। अशोक ने बड़ी ईमानदारी के साथ हिसाब करके शेष प्रतियाँ लौटी दीं। अब मेरे सम्मुख उनको सँभाल कर रखने का प्रश्न खड़ा हो गया। मुंबई के फ्लैटों में इतनी जगह नहीं होती कि उनमें इतनी पुस्तकों के ढेर को रखा जा सके। संयोग से मेरा फ्लैट अपेक्षाकृत बड़ा है। फिर भी समस्या तो थी ही। इस समस्या से निपटने के लिए मैंने ड्राइंग रूम में एक तरफ बड़ी - बड़ी आल्मारियाँ बनवा लीं। उसी में मेरा ३०–३५ हजार रुपया लग गया। खैर, किताबें सुरक्षित रूप से रख ली गयीं।

अब मेरे सामने किताबों के विक्रय का प्रश्न खड़ा हो गया। पढ़ना–लिखना ठप्प हो गया। सारा समय अपने प्राध्यापक मित्रों (जिनमें दक्षिण भारत के मित्र, परिचित ही प्रमुख थे ), उनके परिचित मित्रों तथा पुस्तक–विक्रेताओं के साथ पत्र–व्यवहार करने और उनके आर्डर आने पर किताबों के बंडल बनाने और उन्हें भेजने में बीतने लगा। इस क्रम में सब से सुखद बात यह रही कि मेरा यह प्रयास निष्फल नहीं हुआ और आशा से अधिक पुस्तकें निकल गयीं। इस पूरे प्रयास में मेरी लागत तो निकली ही, तीन–साढ़े तीन लाख रुपये का लाभ भी हुआ। लेकिन लगभग डेढ़–दो वर्षों के लिए मेरा लिखना–पढ़ना छूट गया। स्वास्थ्य भी काफी गिर गया और अन्ततः १९९५ में 'ओपन हार्ट सर्जरी' करवानी ही पड़ी। यद्यपि सर्जरी के खर्च का प्रबंध मेरी बेटियों ने किया, लेकिन खर्च तो हुआ ही, चाहे जिस किसी का भी हुआ हो। हाँ, 'रचनावली' के प्रकाशन से एक बड़ा फायदा यह हुआ कि मेरे कृतित्व पर विभिन्न विश्वविद्यालयों में शोध कार्य होने लगा। कुछ स्वतंत्र पुस्तकें भी लिखी और संपादित की गयीं। इससे निश्चित ही मेरा अहम् तुष्ट हुआ और अभी तक उपेक्षित होने का जो शूल मेरे मन–प्राणों को समय–समय पर बेधता रहता था, वह भी काफी मात्रा में कम हो गया।

इन्हीं दिनों मुझे एक बड़ा टी. वी. सीरियल लिखने का निमंत्रण मिला। इससे पहले यूजीसी द्वारा एक 'मेज़र प्रोजेक्ट' भी स्वीकृत हो चुका था। अतः मेरे पास करने के लिए दो बड़े काम हो गए थे। जहाँ तक सीरियल का प्रश्न है, वह 'घरौंदा' से प्रसिद्धि प्राप्त श्री भीमसेन के निर्देशन में बनने वाला था और उसके निर्माता यती जिंदल थे। उसे रैंमड ने स्पांसर किया था। सीरियल आजादी की बाद आम आदमी

की दशा पर केंद्रित था। नाम रखा गया था 'आम आदमी' Common Man। मुझे इसके लिए शोध भी करना था और इसकी स्क्रिप्ट भी लिखनी थी – विशेष रूण से स्क्रिप्ट का वह भाग जो आजादी के बाद की पंचवर्षीय योजनाओं, राजनीतिक हलचलों और सामाजिक गतविधियों से संबद्ध था। साथ ही, इनके साथ 'आम आदमी' की दशा और दिशा संबंधी प्रसंग भी जोड़ने थे। इस भाग को भीमसेन जी अपने स्टॉफ के लड़के-लड़कियों को बिठा कर उनसे लिखवाते थे। मुझे यह देख कर आश्चर्य होता था कि जिन बच्चों को कलम पकड़ने की तमीज तक नहीं थी, उनसे 'आम आदमी' के दु:ख–सुखों की कहानी लिखवाई जा रही थी। चूँकि निर्देशक के सम्मुख लेखक को अपनी बात को अपने ढंग से कहने का कोई मतलब नहीं होता इसलिए मैं चुप लगा जाता था। हाँ, निर्माता यती जिंदल से मैं अपने मन की बात कह लेता था। वे सुपठित थे और वे कई वर्षों से इस विषय पर कार्य कर रहे थे। देश के राजनीतिक और सामाजिक विषयों से सम्बद्ध संदर्भों की उन्होंने १५–२० फाइलें भी बना रखी थी। इसी विषय की अंग्रेज़ी पुस्तकों का विशाल भंडार भी उनके पास था। वह सब उन्होंने मुझे दे दिया। मैं जिस प्रकार से कार्य कर रहा था, उससे वे संतुष्ट थे। एक तरह से उनसे मेरी मित्रता-सी हो गयी थी। मेरा बहुत आदर भी करते थे। हालाँकि वे भीमसेन के सोच से कई मामलों में अलग राय रखते थे फिर भी अड़ंगा नहीं लगाते थे। उन दिनों वे भीमसेन के परिवार के साथ ही रहते थे।

मेरी हॉर्ट सर्जरी होने से पहले तक पाँच एपीसोड लिखे जा चुके थे। सर्जरी के बाद मैंने यती जिंदल से कहा कि आगे नहीं लिख पाऊँगा। लेकिन वे बोले – आप कुछ महीने आराम कर लें। यह लिखना तो आप को ही है।'

निदान, स्वस्थ होने के बाद मैंने फिर से लिखना शुरू कर दिया। अब तक शूटिंग शुरू हो चुकी थी और कुछ एपीसोड तैयार भी हो चुके थे। तैयार एपीसोड्स को लेकर भीमसेन और यती दूर-दर्शन के अधिकारियों से मिले। उन्होंने एपीसोड देखे जो डॉक्युमैंट्री के रूप में तैयार किए गए थे। दूर-दर्शन के अधिकारियों को वे एपीसोड अच्छे लगे। उन्होंने कहा – आप इस सीरियल को बनाइए। हम इस को भारत की स्वर्ण जयन्ती में दिखलाएँगे।' दिल्ली से लौट कर शूटिंग और लेखन का काम तेज़ी से होने लगा। पहले बीस एपीसोड १९९७ के आरम्भ तक तैयार भी हो गए। जब भीमसेन और यती उन्हें लेकर दिल्ली गए तो वहाँ दूरदर्शन के अधिकारियों ने, विशेष रूप से किसी 'हक़ साहब' ने मोल –भाव करना शुरू कर दिया। इससे खिन्न होकर ये लोग बंबई लौट आए। एक सप्ताह बाद ही दिल्ली से पत्र आ गया कि चूंकि

आपका सीरियल राष्ट्र विरोधी है, इसलिए इसे दूर दर्शन पर नहीं दिखाया जा सकता। (वैसे कुछ दिनों बाद ही हक़ साहब सस्पैंड हो गए थे)। उसके बाद मिनिस्टरों के पास भाग-दौड़, कोर्ट केस आदि का सिलसिला शुरू हो गया। लेकिन उस सब का कोई फल नहीं निकला। यह सुनने में आया है कि आज इतने सालों बाद भी वह मामला लटका पड़ा है।

मुझे समय-समय पर यती द्वारा मेरा पारिश्रमिक मिलता रहता था। लेकिन अन्तिम दस हजार रु. रुक गए थे। इसी बीच एक दिन यती मेरे आवास पर आए। बातों-बातों में मैंने सुझाया कि हम लोगों ने इतनी मेहनत की है रेफरेंस जुटाने में, सीरियल लिखने में। इतना मैटर है हमारे पास। क्यों न इसका उपयोग कर लिया जाय। क्यों न इस विषय पर एक किताब ही लिख ली जाय।' यती को यह सुझाव पसंद आया और उन्होंने इसके लिए हरी झंडी दिखा दी। साथ में यह भी कहा कि किताब मेरे 'इन्टरनैट प्रोडक्शन' (प्रकाशन विभाग), नयी दिल्ली से प्रकाशित होगी। और इसके प्रकाशन का सारा खर्च मेरा प्रकाशन विभाग करेगा।'

मैं आश्वस्त हो गया कि मेहनत बेकार नहीं जाएगी। यती ने किताब के लिए नोट्स जुटाए। इसमें मैंने अपने शिष्य / मित्र डॉ. सतीश पांडेय की भी भरपूर सहायता ली। मेरे लिखने की गति तेज़ हो गयी और कोई ६ महीने में ही 'आजादी की आधी सदी और आम आदमी' के तीन खण्ड तैयार हो गए। इस बीच यती अपने पिता की बीमारी के कारण दिल्ली चले गए थे। मैं यहाँ मुंबई से उन्हें मैटर भेजता रहता था और वहाँ वे उसका मुद्रण कराते रहते थे। जल्दी ही मेरे और यती के नाम से किताब बाजार में आ गयी। उन्होंने ११०० प्रतियाँ छपवाई थीं जिनमें से ३५० प्रतियाँ मुझे मिलनी थीं। मैंने उन्हें सुझाव दिया कि मेरी वे २०० प्रतियाँ 'किताब घर' दिल्ली को कमीशन पर दे दें और शेष १५० प्रतियाँ मुझे भेज दें। चूंकि यती को प्रकाशन का अधिक अनुभव नहीं था, इसलिए किताब में वर्तनी की कुछ गल्तियाँ रह गयी थीं। लेकिन उसमें उच्च कोटि का कागज लगा था और कवर भी बहुत आकर्षक और सार्थक बना था। सो, 'किताब घर' को किताब निकालने में कोई विशेष कठिनाई नहीं हुई और मुझे एक ही साल में २०० प्रतियों के पैसे मिल गए।

इधर शेष १५० प्रतियों का विक्रय करने में मुझे विशेष कठिनाई नहीं हुई। हुआ बस इतना कि एक बार मुझे फिर मुंबई के कॉलेजों के चक्कर लगाने पड़े। बाहर के मित्रों, परिचितों, प्रकाशकों और पुस्तक विक्रेताओं को पत्र लिखने पड़े। परिणामतः चार महीनों में ही सारी प्रतियाँ निकल गयीं। इस पुस्तक से मुझे सर्वाधिक आर्थिक लाभ हुआ।

यती अब तक विदेशियों के साथ मिल कर उनके लिए कई डॉक्युमैंट्रीज़ बना चुके थे। इसी तरह की एक डॉक्युमैंट्री बनाने के सिलसिले में वे उन दिनों बंबई आए हुए थे। उन्होनें फ़ोन किया कि मैं फलाँ स्टुडियो में उनसे मिलने आ जाऊँ। कोई ज़रूरी काम है।

मैंने सोचा, शायद कोई नया प्रोजेक्ट होगा जिसमें वे मुझे शामिल करना चाह रहे होंगे। मैं तैयार हो कर स्टुडियो में पहुँच गया। वहाँ जब यती से मिला तो उन्होंने १००–१०० के नोटों का एक बंडल मेरे हाथों में पकड़ाते हुए कहा – देवेश जी, आपके ये १०००० रु. रह गए थे। मैं तब दे नहीं पाया था, कुछ 'अन एक्सपैक्टैड' खर्चे आ गए थे। आप इन्हें रख लीजिए।'

फिल्मी स्क्रिप्ट लेखन के संदर्भ में पता नहीं क्यों, मेरे साथ यह होता आया है कि जब भी कोई बड़ी और महत्त्वपूर्ण योजना सामने आती है तो वह किसी न किसी कारण से पूरी नहीं हो पाती। अभी दो–तीन साल पहले धीरज कुमार ने बुद्ध की जीवनी पर एक महत्त्वाकांक्षी सीरियल बनाने का निश्चय किया। उसके निर्माण में चीन और जापान के फिल्म निर्माताओं की भी भागीदारी थी। करोड़ों का प्रोजेक्ट था। उसे दो तीन भाषाओं में बनना था। धीरज कुमार ने शोध करने और स्क्रिप्ट लिखने का काम मुझे सौंपा और स्क्रीन प्ले तैयार करने का कार्य 'सहारा' में कार्यरत डॉ. रोहिणी सिंह के जिम्मे कर दिया। चूँकि बुद्ध मेरे लिए हमेशा से प्रेरणा और श्रद्धा की वस्तु रहे हैं , अतः मैं मन लगा कर सीरियल के लिए शोध – कार्य में लग गया। सामग्री जुटाने में साल भर से ज़्यादा ही बीत गया। उसके बाद ३ एपीसोड भी तैयार हो गए। तभी एक दिन धीरज जी ने हमें बुलाकर कहा कि विदेशी भागीदारों ने इस प्रोजेक्ट से अपने हाथ खींच लिए हैं और मैं इसे अकेले बना नहीं सकता, इसलिए इसे खत्म ही समझो। प्रोजेक्ट के रुकने का मुझे दु:ख तो ज़रूर हुआ लेकिन तत्काल मेरे मन में यह विचार भी उठा कि जितनी सामग्री मैंने एकत्र की है, उसकी सहायता से बुद्ध पर एक अच्छी किताब तो लिखी ही जा सकती है। सो मैं बुद्ध पर एक पुस्तक लिखने में जुट गया। साल भर में पुस्तक तैयार भी हो गयी और अपने नए प्रकाशक श्री अतुल 'पुष्पार्थी' ने अपने 'शैवाल प्रकाशन' से उसे 'बुद्ध गाथा' के रूप में प्रकाशित भी कर दिया।

# सगह

मैं अपने अकेले क्षणों  में भी अकेला नहीं रहता। उन क्षणों में या तो अतीत की खट्टी-मीठी स्मृतियाँ मेरे साथ होती हैं या मैं भविष्य में किए जाने वाले लेखन की योजना बनाने में खोया रहता हूँ। अपनी स्मृतियों को एक बार फिर से जी लेने का अनुभव बड़ा रोमांचक होता है। यह रोमांच मुझ में बड़ी ऊर्जा उत्पन्न करता है और मैं फिर से सक्रिय हो उठता हूँ ....

अपनी ज़िंदगी के बीते दिनों को याद करते हुए मुझे सहसा ही सागर में बिताए उन दिनों की याद हो आती है  जब मैं अपने शोध-कार्य के सिलसिले में वहाँ जाया करता था। सागर विश्वविद्यालय का परिसर जहाँ मुंबई की तुलना में मुझे सूना-सूना सा लगता था, वहीं हिंदी विभाग के प्राध्यापकों के कुछ चरित्तर मुझे बड़े दिलचस्प लगते थे। वहां एक ओर विभागाध्यक्ष पं. वाजपेयी का वटवृक्षी व्यक्तित्व था और दूसरी ओर विभाग के अन्य प्राध्यापक थे जो उठने-उभरने की कोशिश में और भी छोटे लगने लगते थे। मुझे याद नहीं आता कि पं. वाजपेयी के कार्यकाल में विभाग के किसी प्राध्यापक को रीडर तक की पोस्ट मिली हो। तब सभी प्रवक्ता (लेक्चरर) थे और प. वाजपेयी जी की जी हजूरी में ही उनका अधिक समय बीतता था। लेकिन इनमें एक व्यक्तित्व ऐसा भी था जिससे मैं बहुत अधिक प्रभावित हुआ और साथ ही उनसे बहुत कुछ सीख पाया। ये डॉ. भानुदेव शुक्ल थे। बहुत शालीन, स्पष्ट और वस्तुवादी तथा निःस्पृह। अपने विषय के मर्मज्ञ। इन्होंने ही मेरा परिचय अन्य प्राध्यापकों से कराया। इससे मुझे एक बड़ा लाभ यह हुआ कि विश्वविद्यालयी प्राध्यापकों की तुलना में कॉलेजीय प्राध्यापकों को दोयम श्रेणी का मानने की सामान्य प्रवृत्ति से मेरा विश्वास उठ गया। मैं यह मानने लगा कि कॉलेजों में भी कुछ अध्यापक ऐसे हो सकते हैं जो अपनी प्रतिभा और परिश्रम के बल पर कहीं तक भी उठ सकते हैं। उनके लिए विश्वविद्यालय का प्राध्यापक होना ज़रूरी

नहीं होता। डॉ. रामविलास शर्मा इसके उपयुक्त उदाहरण हैं। भानु जी ने जिस आत्मीयता से मुझ में आत्मबल भरा, उससे मेरी अनेक कुंठाएँ शमित हो गयीं और अपने और अपने लेखन के प्रति मेरा विश्वास बढ़ गया।

सागर – आवास के दिनों में मैं उन्हीं के घर पर ठहरता था। उनसे साहित्यिक विचार–विमर्श करने, उनके साथ राजनीति की चर्चा और अपने पारिवारिक जीवन के प्रसंगों को सुनने–सुनाने में हमारा काफ़ी समय बीत जाता था। साहित्यिक होने के साथ–साथ वे बड़े पारिवारिक व्यक्ति भी थे/हैं। उनसे उस समय जो संबंध बने, वे अभी तक बने हुए हैं। उनके माध्यम से ही मुझे विभाग के दिग्गजों से मिलने–देखने और उन्हें जाँचने का अवसर मिला।

एक संध्या को भानु जी के माध्यम से ही मेरा डॉ. प्रेम शंकर से मिलना हुआ। उनका बात करने का ढंग अभिजात्य था। तोल–मोल कर और रुक –रुक कर शब्दों का उच्चारण करते थे। मुझे लगा कि इस व्यक्ति में प्रतिभा तो है लेकिन साथ ही कुंठा भी कम नहीं है। साहित्य में उनकी पैंठ तो थी लेकिन स्वयं उन्होंने कम ही लिखा था। उन दिनों वे कविताएँ भी लिखते थे। चाय पीते हुए उन्होंने हमें एक–दो कविताएँ सुनायीं। मैंने औपचारिक रूप से प्रशंसा की तो अपनी काव्य–रचना की गुणवत्ता पर भाषण–सा ही दे बैठे। सागर में प्राध्यापक बनने में पहले वे लखनऊ के क्रिश्चियन कॉलेज में प्रवक्ता के रूप में कार्य कर आए थे। वहीं वे प्रगतिशील व्यक्तियों के सम्पर्क में आए और उनसे प्रभावित होकर वहीं उन्होंने अपना जातिसूचक नाम 'तिवारी' अपने नाम से हटा दिया। अब वे केवल प्रेमशंकर थे।

बाद के वर्षों में उनसे भेंट और चर्चा होने पर मैंने पाया कि वे लोगों के प्रति बड़े आशंकित रहते हैं। विभागीय सहकर्मियों की आलोचना करने और उन्हें आपस में एक–दूसरे से कटवाने और भिड़ाने के प्रयासों में उनकी 'प्रतिभा' विशेष रूप से सक्रिय रहती थी। डॉ. शिवकुमार मिश्र और डॉ. राममूर्ति त्रिपाठी के विषय में उनकी राय बहुत अच्छी नहीं थी। इन दोनों मित्रों के बीच दरार डालने का प्रयास भी उन्होंने किया। वे हमेशा यह चाहते रहते थे कि कनिष्ठ प्राध्यापक और छात्र उनकी ही छत्र–छाया में शरण लें और पलें – बढ़ें। उनकी यह भी अपेक्षा रहती कि उनके शोध–विद्यार्थी प्रतिदिन उनके दरबार में हाजिरी दें। धनंजय वर्मा उनके निर्देशन में पी–एच.डी. कर रहे थे लेकिन जी–हजूरी करने उनके दरबार में जाकर उनके अहम् को संतुष्ट करने में उनकी कोई रुचि नहीं थी। अपने ही विद्यार्थी होने के बावजूद डॉ. प्रेमशंकर ने उन्हें पटकनी देने का प्रयास किया लेकिन धनंजय के शोध–कार्य की गुणवत्ता के कारण सफल नहीं हो पाये।

सागर में रहते हुए डॉ. प्रेम शंकर की गाथा के और भी बहुत से किस्से सुनने को मिले। मैं अपना शोध कार्य पूर्ण होने के बाद भी एक – दो बार सागर गया था। तभी यह सामग्री मुझे प्राप्त हुई। डॉ. कमला प्रसाद सागर से पी – एच.डी. करके किसी सरकारी कॉलेज में प्रवक्ता नियुक्त हो चुके थे। प्रेमशंकर ने बहला – फुसला कर उन्हें डी. लिट् करने के लिए तैयार कर लिया और स्वयं उनके सलाहकार (डी. लिट्. के लिए निर्देशन की व्यवस्था नहीं होती थी) बन गए। डॉ. कमला प्रसाद ने सागर में दो–ढाई साल रह कर शोध–कार्य किया और इसी दौरान वहाँ 'प्रगतिशील लेखक संघ' का यूनिट भी बना लिया। उससे उनकी ख्याति बढ़ने लगी। 'संघ' के सदस्य उनके पास आते–जाते रहते थे। प्रेमशंकर उस समय तक विभागाध्यक्ष बन गए थे। उन्हें डॉ. कमला प्रसाद के पास छात्रों का आना–जाना बहुत खलता था। एक बार तो उन्होंने एम. ए. छात्रों को बुलाकर धमकाया भी कि अगर वे डॉ. कमला प्रसाद के साथ बने रहे तो उनकी जिंदगियाँ खराब हो सकती हैं। डॉ. कमला प्रसाद इससे बहुत दुखी हो गए और शोध कार्य छोड़ कर वापस जाने का मन बनाने लगे। लेकिन उनके कुछ शुभचिंतकों ने उन्हें समझाया कि पहले अपना शोध पूरा कर लो, बाद में प्रेमशंकर के साथ निपट लेना। बहुत असमंजस के बाद कमला प्रसाद सागर में रुक गए और अपना कार्य पूरा कर परीक्षण के लिए थीसिस प्रस्तुत कर दी। उनके शोध प्रबंध के एक परीक्षक डॉ. नामवर सिंह थे। प्रेम शंकर ने नामवर को एक धूर्तता भरा पत्र लिखा जिसमें कमला प्रसाद की योग्यताओं की प्रशंसा के साथ–साथ यह भी लिखा गया कि यह योग्य व्यक्ति निजी पारिवारिक परेशानियों के कारण अपनी योग्यतानुसार कार्य नहीं कर पाया है। यदि उसे कुछ अधिक समय मिल जाय तो वह अपने विषय (संभवतः उनका विषय हजारी प्रसाद द्विवेदी के गद्य–साहित्य से सम्बद्ध था) के साथ अधिक न्याय कर सके। प्रकारांतर से यह कहने की कोशिश की गयी थी कि शोधार्थी से थीसिस 'रिवाइज़' करने के लिए कहा जाय। नामवर के लिए संभवतः (प्रगतिशील होने के नाते) प्रेम शंकर की अपेक्षा कमला प्रसाद का महत्त्व अधिक था। इसलिए यहाँ भी प्रेमशंकर जी की नहीं चल पाई।

दरअसल, इससे पूर्व मैं स्वयं डॉ. प्रेमशंकर की इस प्रकार की टुच्चई का शिकार बन चुका था। मेरे विरोधियों की शुरुआत मुंबई से ही होती थी। डी. लिट् की थीसिस प्रस्तुत करने से काफी पहले प. वाजपेयी जी उप कुलपति बन कर उज्जैन जा चुके थे और उनके स्थान पर पुणे से डॉ. भगीरथ मिश्र अध्यक्ष बन कर सागर आ गए थे। जब मेरी थीसिस सब्मिट हो गयी तो उस समय तक मुंबई के प्राध्यापकों में कोई भी डी. लिट् नहीं था। छोटेलाल 'प्रभात' और उनके गुर्गे कभी

नहीं चाहते थे कि मुझे डी. लिट. की उपाधि मिले। सो, उनका प्रेमशंकर जी से पत्राचार शुरू हो गया (यह जानकारी मुझे अपने ही एक विद्यार्थी से मिली जो उन दिनों 'प्रभात' जी के निर्देशन में पी–एच.डी. कर रहा था)। मैंने अपना शोध–प्रबंध १९६९ में प्रस्तुत कर दिया था। मेरी थीसिस के परीक्षक डॉ. नगेंद्र और डॉ. हजारी प्रसाद द्विवेदी थे तथा मौखिकी के लिए डॉ. शिवमंगल सिंह 'सुमन' और 'डॉ. विश्वनाथ प्रसाद मिश्र नियुक्त किए गए थे। कोई ४–५ महीने बाद मुझे डॉ. भगीरथ मिश्र के पत्र से पता लगा कि परीक्षकों की अनुकूल रिपोर्ट आ गयी है, कि अब मौखिकी भर होनी है और वह ३–४ महीने में हो जाएगी। चूँकि प्रेमशंकर में यह साहस नहीं था कि वे प. हजारी प्रसाद द्विवेदी या डॉ. नगेंद्र को थीसिस के बारे में पत्र लिखते, लेकिन मध्यप्रदेशी होने के नाते वे डॉ. सुमन और डॉ. मिश्र का किसी न किसी बहाने सागर आना टलवाते रहे। लेकिन जब बहुत निराश होकर '७० के अन्त में मैं डॉ. भगीरथ से मिलने और अपनी मौखिकी की तिथि के विषय में पूछने स्वयं सागर गया और उन्हें अपनी शंका जतलायी तो डॉ. भगीरथ मिश्र जी सक्रिय हो गए और उन्होंने तुरंत डॉ. सुमन और डॉ. मिश्र को फोन किया और मौखिकी की तिथि निश्चित करवा ली। सम्भवतः '७१ के आरम्भ में ही मेरे साथ ही, मेरे तब के मित्र डॉ. पी. जयरामन की मौखिकी भी हुई। यद्यपि सागर विश्वविद्यालय की स्थापना १९४७ में हुई थी लेकिन वहाँ से हिंदी में डी. लिट् की उपाधि प्राप्त करने वाले पहले शोधकर्मी हम दोनों ही थे।

विभाग के दूसरे वरिष्ठ प्राध्यापक डॉ. झा थे। वे पंडित जी के आवास पर शाम को होने वाली 'विभागीय गोष्ठियों' में हमेशा उपस्थित रहते थे। जब भी मैं सागर में होता, अन्य शोध–विद्यार्थियों की तरह मैं भी एक कोने पर बैठ जाया करता था और विभाग के वरिष्ठ प्रोफेसरों की परस्पर चर्चा को सुनता रहता था। ऐसे अवसरों पर पंडित जी भी कभी–कभार अपनी गुरु–गंभीरता को छोड़ कर अपने सहकर्मियों और बाहर के अन्य हम उम्र प्राध्यापकों की चुटकी ले लिया करते थे। डॉ. झा प्रतिभाशाली तो थे लेकिन उनके आलस्य और हर तरह का नशा करने की आदत ने उन्हें कहीं का नहीं छोड़ा था। हाँ, १०–१२ साल लगा कर बड़ी मुश्किल से उन्होंने पी–एच.डी कर ली थी। पंडित जी के उपकुलपति बन कर उज्जैन जाने और डॉ. भगीरथ मिश्र के सागर में विभागाध्यक्ष बनने के बाद विभाग में पहली बार दो और प्रोफेसरों के पदों का निर्माण किया गया। वरिष्ठता के नाते डॉ. प्रेमशंकर और डॉ. झा की नियुक्ति की संभावनाएँ हो सकती थी। उम्र में डॉ. झा प्रेमशंकर से बड़े भी थे। प्रेमशंकर को खतरा था कि कहीं डॉ. झा को प्रोफ़ेसर बना कर उन्हें अध्यक्ष भी न बना दिया जाय। सो, उन्होंने ऐसी चाल चली कि सीधे–सादे झा उनसे मात खा

गए और प्रेम शंकर के साथ – साथ एक डॉ. कांतिकुमार जैन, जो पहली बार विश्वविद्यालयीन सेवा में आए थे (इससे पहले वे किसी कॉलेज में प्राध्यापक थे), विभाग में प्रोफ़ेसर के रूप में प्रतिष्ठित हो गए। उस समय तक डॉ. शिवकुमार मिश्र वल्लभ विद्यानगर जा चुके थे और डॉ. राममूर्ति त्रिपाठी उज्जैन आ गए थे। इधर विभागाध्यक्ष डॉ. भगीरथ मिश्र के अवकाश ग्रहण करने के बाद डॉ. प्रेमशंकर अध्यक्ष बना दिए गए। प्रेमशंकर की अहम्मन्यतापूर्ण और तिकड़मी प्रवृत्ति के प्रतिकूल डॉ. जैन अत्यंत व्यवहार कुशल तथा सही व्यक्ति से अच्छे संबंध रखने वाले व्यक्ति थे। उन्हें यह अहसास हो गया था कि विभाग में उनकी टक्कर डॉ. प्रेमशंकर (तिवारी) से ही होगी। सो, उन्होंने डॉ. भानुदेव शुक्ल तथा अन्य कनिष्ठ सहयोगियों – जो डॉ. शुक्ल के विद्यार्थी रह चुके थे — को लेकर अपनी स्थिति को सुदृढ़ करना शुरू कर दिया। धीरे–धीरे उन्होंने डॉ. प्रेमशंकर द्वारा किए गए कुकर्मों और उनके विरुद्ध जानकारियों की एक मोटी फाइल बना ली। उपयुक्त अवसर पाकर वह फाइल विश्वविद्यालय के कुलाधिपति (चांसलर) को भेज दी गयी। कुलाधिपती ने उपयुक्त कार्रवाई करने के निर्देश के साथ फाइल उपकुलपति (V.C.) को प्रेषित करवा दी। जांच – पड़ताल के बाद डॉ. प्रेम शंकर को अध्यक्ष का पद छोड़ना पड़ा और उनके स्थान पर डॉ. कांतिकुमार जैन विभागाध्यक्ष के पद पर प्रतिष्ठित हो गए।

ये सारी सूचनाएँ मुझे विभाग के प्राध्यापकों और कार्यालय के कतिपय अधिकारियों से प्राप्त हुईं। मैं सोचने लग गया कि जो जैसा बोता है, अन्ततः उसे वैसा ही काटना पड़ता है। डॉ. प्रेमशंकर ने डॉ. झा का पत्ता काटा था प्रोफेसरशिप की होड़ में, डॉ. कांतिकुमार जैन ने उनका ही पत्ता साफ़ कर दिया। एक विभागाध्यक्ष का आरोपों के बीच पद छोड़ना कितना त्रासद हो सकता है, इसे डॉ. प्रेम शंकर के अलावा और कौन जान सकता था।

एक बार (शायद तब मैं अंतिम बार सागर गया था ) डॉ. भानुदेव शुक्ल मुझे डॉ. कांतिकुमार जैन के आवास पर ले गए, परिचय करवाने के लिए। (तब तक शायद वे अध्यक्ष नहीं बने थे)। डॉ. जैन बड़े स्नेह से मुझसे मिले। साहित्य की, मुंबई की और विभाग की बातें हुईं। उन की पत्नी चाय लेकर आईं और फिर हमारे बीच ही बैठ गयीं। कांति कुमार से बातें करते हुए किसी बात पर डॉ. प्रेम शंकर का प्रसंग आ गया। बस, फिर तो दोनों पति–पत्नी शुरू हो गए। कांतिकुमार जी तो फिर भी संभल–संभल कर बोल रहे थे लेकिन उनकी पत्नी शोभा जी (प्रेमशंकर की पत्नी) की बखिया उधेड़ने में लग गयीं। मुझे आश्चर्य हुआ कि युनिवर्सिटी के किसी पठित और शालीन प्रोफेसर की अभिजात्य दिखने वाली पत्नी इतनी वाचाल और अशालीन

भी हो सकती है। उनकी तुलना में मुझे डॉ. कान्तिकुमार में अधिक शालीनता, व्यवहार कुशलता और अपरोक्ष काइयाँपन ही अधिक दीखा। इन सब के साथ – साथ मुझे यह भी लगा कि उनमें भीरुता की मात्रा कुछ ज़्यादा ही है। संभवतः इसी भीरुता के चलते शालीनता का लबादा ओढ़े रहते थे। और काइयाँपन तो उनमें निश्चित रूप से था और है। काइयाँ न होते तो वे प्रोफेसर के विरोध और कनिष्ठ प्राध्यापकों के स्वीकार के बीच संतुलन कैसे रख पाते; काइयाँ न होते तो प्रेमशंकर की शिकायतों की फाइल को गवर्नर के पास भेजकर प्रेमशंकर से कैसे विभागीय अध्यक्षता छीन पाते। लेकिन इस सब के बावजूद वे न तो अपने छोटे लाल जैसे छोटे थे और न प्रेमशंकर की तरह कुंठित। उनके काइयाँपन का प्रमाण उनके इन दिनों (२००६) 'हंस' में प्रकाशित संस्मरणात्मक लेखों से मिल जाता है जिन में वे सागर विश्वविद्यालय के दिवंगत प्राध्यापकों — आचार्य नन्द दुलारे वाजपेयी, प्रा. राजनाथ पांडेय और डॉ. रसाल आदि– पर स्तरहीन छींटाकशी करते रहे हैं। जहाँ तक मुझे मालूम है कि उन्होंने किसी भी जीवित विद्वान पर अभी तक कोई नकारात्मक संस्मरण नहीं लिखा है। संभवतः यहाँ पर उनका 'जैनत्व' आड़े आ जाता हो।

सागर विश्वविद्यालय के सब से दिलचस्प चरित्र थे डॉ. लक्ष्मी नारायण दुबे। दुनिया के हर विषय पर लेख लिखने में सिद्धहस्त। अपने जीवन काल में उन्होंने चौथाई ट्रक साहित्य तो लिखा ही होगा। उनके निवास पर लगभग सभी विषयों की पुस्तकें उपलब्ध थीं। जिस विषय पर उन्हें लेख लिखना होता, उसकी २–३ पुस्तकें सामने रख लेते और कुछ ही घंटों में मौलिक लेख तैयार हो जाता। भानुदेव जी के क्वार्टर के पास ही उनका क्वार्टर था। अतः जब भी सागर जाता, उनसे मिलना हो ही जाता था। वे मुझ से बार–बार प्रत्यक्ष रूप से यह निवेदन करते कि मुंबई विश्वविद्यालय में प्रस्तुत किसी शोध–ग्रंथ का उन्हें परीक्षक बनवा दें। फिर इसी विषय को लेकर उनके पत्र भी आने लगते। पत्रों में मुझे चुग्गा भी डाला जाता कि वे सागर विश्वविद्यालय में मुझे परीक्षक बनवाने के प्रयास में लगे हैं। वे जहाँ भी जाते, वहाँ थोड़ी भी साहित्यिक संभावना देखने पर किसी भी विषय पर, किसी भी समय, किसी भी प्रकार का भाषण देने या चर्चा करने के लिए उतावले हो जाते। प्रगतिशीलों के मंच पर प्रगतिशील बन जाते और संघियों की सभा में हिंदुत्ववादी। इस प्रकार दुबे जी महाराज सर्वरूपेण थे; एक प्रकार से सागर विश्वविद्यालय के ब्रह्म। उनके संबंध में प्रो. राजनाथ पांडे का कहना था कि दुबे तो बैल को भी दुह सकते हैं।' किसी भी सभा में मंचस्थ होने का उनका शौक सारी सीमाएँ पार कर गया था। एक बार दर्शन विभाग में बौद्ध दर्शन पर एक सेमिनार आयोजित किया गया

था। उन्होंने ऐन–केन प्रकारेण उस में वक्ता के रूप में अपना नाम जुड़वा लिया। उन्होंने अपने शोध–पत्र में बौद्ध – दर्शन का क्रिया – कर्म कर दिया। उनका शोध – पत्र बच्चन की कविता 'बुद्ध और नाचघर' पर आधारित था। मुझे डॉ. शुक्ल ने बतलाया कि उनका भाषण सुनकर दर्शन विभाग के प्राध्यापक ही नहीं, हिंदी विभाग के अध्यापक भी सकते में आ गए थे और बहुत शर्मिंदा हो गए थे। लेकिन ऐसी बातों का डा. दुबे पर कोई प्रभाव नहीं पड़ता था और वे अपनी 'साख' बढ़ाने में लगे रहते थे। उनके विषय में सोच कर मुझे सहज रूप से अपने प्रिंसिपल डॉ. साने की स्मृति हो आती है। अंग्रेजी में एक शब्द है 'परसीवियरेंस' अर्थात् लगे रहो। इसी 'परसीवियरेंस' के बल पर डॉ. दुबे ने पद्मश्री भी प्राप्त कर ली थी। इसके बाद वे पद्मश्री डॉ. लक्ष्मी नारायण दुबे हो गए थे।

सागर विश्वविद्यालय के प्राध्यापकों की कारगुजारियाँ जो थीं सो थीं। वहाँ के क्लर्क और अन्य अधिकारी भी अपने को तीसमारखाँ से कम नहीं समझते थे। एक दिन मुझे विश्वविद्यालय से एक पत्र मिला जिसमें लिखा था कि मेरा डी. लिट् का रजिस्ट्रेशन निरस्त किया जाता है क्योंकि मैंने ११ महीने तक युनिवर्सिटी में रहने की कंडीशन पूरी नहीं की है। मैं तत्काल सागर के लिए रवाना हो गया। मेरा आधे से अधिक कार्य पूरा हो चुका था। मैं वहाँ अपने 'सुपरवाइजर' डॉ. भगीरथ मिश्र से मिला। डॉ. मिश्र ने पहले मुझसे युनिवर्सिटी के कार्यालय में जाकर सारी बात का पता लगाने के लिए कहा। मैं युनिवर्सिटी के कार्यालय में गया। वहाँ किसी वाजपेयी नाम के क्लर्क के पास मेरी फाइल थी। पूछने पर उसने बतलाया कि अब यह नियम हो गया है कि डी. लिट् के शोधार्थी को कम से कम ११ महीने तक युनिवर्सिटी में रह कर शोध करना होगा। मैंने कहा कि जब मेरा रजिस्ट्रेशन हुआ था तब ऐसी कोई कंडीशन नहीं थी। वह बोला — हम पिछली डेट से यह कंडीशन लगा सकते हैं। हम कुछ भी कर सकते हैं और आपने तो फीस भी नहीं भरी। मेरे यह कहने पर कि फीस (२० रु. महीना) की ३ साल की अग्रिम राशि तो मैं भर चुका हूँ, वह मुझे घूर कर देखने लगा और यह बड़बड़ाता हुआ रजिस्टर चैक करने उठ गया कि कैसे – कैसे लोग कहाँ – कहाँ से शोध करने आ जाते हैं। बाद में डॉ. भगीरथ मिश्र द्वारा रजिस्ट्रार से चर्चा करने पर मामला सुलझा लिया गया। मैं अगले दो वर्ष की फीस भर कर बंबई लौट आया और अपने शोध में लग गया।

यह लिखते हुए सागर विश्वविद्यालय के एक और डॉ. दुबे याद आ रहे हैं। डॉ. श्यामा चरण दुबे। समाजशास्त्र विभाग के अध्यक्ष। इनसे मेरा परिचय बड़े नाटकीय ढंग से हुआ। एक बार जब मैं सागर में स्टेशन पर उतर कर बाहर आया तो देखा

पथरिया हिल्स (सागर विश्वविद्यालय परिसर) तक जाने के लिए कोई तांगा उपलब्ध नहीं था। इसी असमंजस में कि अब क्या किया जाय, मैं अपनी अटैची लिए वहाँ खड़ी एक कार की आड़ लेकर खड़ा हो गया। इतने में एक सज्जन कार के पास आए। पास बैठे हुए ड्राइवर ने दरवाजा खोला। मैं थोड़ा पीछे हट गया। उन सज्जन ने मुझे देखा और बोले – आपको कहाँ जाना है? कहाँ से आ रहे हैं?'

मैंने उन्हें बतलाया कि मैं सागर विश्वविद्यालय का रिसर्च स्टुडैंट हूँ। यहाँ हिंदी में डी. लिट् कर रहा हूँ। आज यहाँ कोई ताँगा नहीं दीख रहा। इसीलिए थोड़ा पेशोपेश में हूँ।

वे बोले – मैं दुबे हूँ। युनिवर्सिटी में ही पढ़ाता हूँ, समाजशास्त्र विभाग में। वहीं जा रहा हूँ। आप मेरे साथ चलिए। ........आप हॉस्टल में ठहरते हैं क्या?'

– जी नहीं। यहाँ हिंदी विभाग के डॉ. भानुदेव शुक्ल मेरे मित्र हैं। मैं उनके आवास पर ही ठहरता हूँ।'

– अच्छा, अच्छा। वे मेरे भी मित्र हैं। मैं आपको वहीं छुड़वा देता हूँ।

डॉ. दुबे का आवास डॉ. भानुदेव जी के आवास से पहले पड़ता था। अपने आवास पर उतर कर उन्होंने ड्राइवर से मुझे भानुदेवजी के आवास पर छोड़ देने के लिए कह दिया।

जब मैंने भानु जी को परिसर आने की कथा सुनायी तो उन्होंने बतलाया कि डॉ. दुबे यहाँ परिसर में 'डी लक्स दुबे' के नाम से जाने जाते हैं। बहु पठित, स्पष्ट सोच और अत्यंत सुसंस्कृत आचरण वाले हैं। ३५–३६ वर्ष की आयु में ही वे प्रोफ़ेसर हो गए थे। मात्र अपनी योग्यता के बल पर। भानु जी ने यह भी बतलाया कि डॉ. दुबे जूनियर प्राध्यपकों से भी सहज और समान भाव से व्यवहार करते थे। उनकी बात को ध्यान लगा कर सुनते और उन्हें उचित परामर्श और मान देते हैं। उन्होंने यह भी बतलाया कि हिंदी साहित्य में उनकी काफी रुचि है। अनेक नयी हिंदी पुस्तकों की जानकारी तक उनसे मिल जाती थी। कि उनकी पत्नी लीला दुबे भी समाज – शास्त्र में महत्त्वपूर्ण शोध – कार्य कर चुकी हैं।

उस यात्रा के बाद जब कभी भी मैं सागर गया, डॉ. दुबे से भेंट करना नहीं भूला।

कुछ लोग होते हैं जो पहली ही भेंट में अपना प्रभाव छोड़ जाते हैं। डॉ. श्यामाचरण दुबे के बारे में जानकर मैं प्रभावित तो हुआ ही, ऐसे व्यक्ति के प्रति मन

में श्रद्धा का भाव भी पैदा हो गया। हिंदी विभाग के कतिपय महाप्रभुओं की तुलना में डॉ. दुबे मुझे अलग ही लोक के व्यक्ति लगे। सागर के इन कतिपय हिंदी महाप्रभुओं के बारे में जब भी सोचता हूँ तो लगता है कि केवल मुंबई में ही 'छोटे लाल' नहीं हैं, सभी जगह 'छोटे–बड़े लाल' हैं। ऐसे लोगों ने सभी जगह शिक्षण संस्थाओं को गंदला कर रख दिया है। शिक्षा का क्षेत्र जो कभी अत्यंत पवित्र और महत्त्वपूर्ण माना जाता था, आज वही टुच्ची राजनीति, जोड़–तोड़ करवाने वाले, भाई–भतीजावाद चलाने वाले और अध्ययन विरोधी अध्यापकों का कूड़ाघर बन कर रह गया है। मेरठ में मेरी एक मित्र हैं डॉ. अरुणा दुबलिश। डी. लिट् हैं। एक पोस्टग्रेजुएट कॉलेज में पढ़ाती हैं। विभागाध्यक्ष हैं। बहुत अच्छी कवयित्री हैं और उतनी ही अच्छी साहित्य की अध्येता। लेकिन उन्हें कभी काम नहीं करने दिया गया। कॉलेज की प्रिंसिपल उन्हें उल्टे–सीधे कामों में उलझाती रही। हार कर उसका मन लिखने–पढ़ने से उचाट हो गया। अन्यथा हिंदी साहित्य को एक जागरूक कवयित्री और एक सुधी समीक्षक मिल सकती थी।

पहले साधनों के अभाव में भी अध्यापक का मस्तक ऊँचा रहता था, समाज उसे मान देता था और छात्र उसको पूजनीय मान कर चलते थे। मैं अपनी ज़िद से इस पेशे में आया। लेकिन आज के माहौल को देखकर एक जुगुप्सा–सी होती है। देश आगे बढ़ा है अवश्य लेकिन गुरु की गुरुता निरन्तर क्षीण होती गयी है। इसके लिए व्यवस्था जितनी जिम्मेदार है उनमें कम अध्यापक समुदाय नहीं। क्योंकि इस क्षेत्र में कुछ शरारती और कलुषित प्रवृत्ति के 'भाई लोग' प्रवेश कर गए हैं और जिन्होंने अपने शुभ लाभ के लिए कुछ भाँडों को अपने साथ ले लिया है। इसी कारण पूरी शिक्षा व्यवस्था सडांध फैलाने वाला गटर बन कर रह गयी है। लेकिन इसके साथ ही कुछ आश्वस्ति इस बात को लेकर होती है कि ऐसी गलीज स्थिति में भी कुछ लोग हैं जो अभी भी शिक्षक के आदर्शों और उसकी रीति–नीति के प्रति प्रतिबद्ध हैं। शायद उन्हीं के सकारात्मक सोच और रचनात्मक दृष्टि के कारण कुछ मूल्य अभी भी बचे हुए हैं। अस्तु।

# अठारह

जब भी मैं रचनात्मक और उदार दृष्टि वाले अध्यापकों के बारे में सोचता हूँ तो मेरे ज़हन में आचार्य हजारी प्रसाद द्विवेदी का चेहरा घूम जाता है। मैं कभी उनका विद्यार्थी नहीं रहा लेकिन उनके साहित्य को पढ़कर तथा उनके व्यक्तिगत व्यवहार की उदारता को देख कर मैं उनके प्रति श्रद्धान्वित हो उठा। जब मैं डी. लिट् के लिए अध्ययन कर रहा था, उस समय आचार्य प्रवर चंड़ीगढ़ जा चुके थे। मुझे अपने शोध के संदर्भ में मानववाद और मानवतावाद के अन्तर को स्पष्ट करना था। इस विषय में मैं विभिन्न विद्वानों के विचारों का जितना अध्ययन करता, उतना ही उनमें उलझ कर रह जाता। इसी सिलसिले में मैंने आचार्य – जी का एक लेख भी पढ़ा : ततः किम्।' उसमें उन्होंने मानववाद की अवधारणा को स्पष्ट किया था लेकिन प्रत्यक्षतः उसे 'मानवतावाद' की संज्ञा दी थी। इससे मेरी उलझन और बढ़ गयी और मैंने चंडीगढ़ जाकर स्वयं उनसे चर्चा करने का निर्णय किया। उस समय शीला के भाई कॉमरेड सत्यपाल डंग पंजाब की संविद सरकार में खाद्य मंत्री थे। स्वाभाविक था कि मैं उन्हीं के पास जाकर ठहरता। एक सुबह मैंने उन्हें बतलाया कि मुझे आचार्य प्रवर से मिलना है अपने शोध के सिलसिले में। उन्होंने कहा कि उनका ड्राइवर उन्हें विधान सभा छोड़ कर मुझे विश्वविद्यालय ले जाएगा। फिर उन्होंने ड्राइवर को कुछ रुपये देकर उससे गाड़ी में दो लीटर पैट्रोल भरवाने के लिए कहा। ड्राइवर ने उनकी ओर देख कर इतना ही कहा था – डांग साब' ... तभी भाई सत्यपाल ने उसकी ओर देखा। वह चुप हो गया। गाड़ी विधान सभा में भाई जी को छोड़ कर द्विवेदी जी के आवास की ओर चल पड़ी। उनक दिनों दशहरे – दिवाली की छुट्टियाँ चल रही थीं।

औपचारिक अभिवादन, अपने परिचय तथा कुशल – क्षेम के पश्चात् मैंने उनके सम्मुख अपनी समस्या रख दी। मेरी आशंका सुन कर वे बोले – मैंने उस

लेख में मानववाद की ही बात की है – Humanism की। अगर मैंने उसके लिए मानवतावाद Humanitarianism शब्द का प्रयोग किया है तो वह गलत है। तुम उसका संदर्भ देकर अपना आशय स्पष्ट कर दो ...।'

इतना औदार्य आज के तथाकथित प्राध्यापकों में कहाँ रह गया है। मेरे मन में उनके प्रति और अधिक श्रद्धा हो आई।

चाय–पानी के बाद जब मैं चलने को हुआ तो वे मुझे छोड़ने बाहर तक आए। बाहर दरवाज़े के पास भाई जी की लाल बत्ती वाली गाड़ी खड़ी थी। देख कर बोले — यहाँ कहाँ ठहरे हो?'

मैंने बतला दिया।

वे बोले – ये डांग कौन होते हैं।'

मैंने हँस कर कहा – गुरु जी, यह तो मुझे भी पता नहीं। मैंने कभी अपनी पत्नी से इस के बारे में नहीं पूछा। वैसे मैं पूछ कर बतला दूँगा।'

वे मुस्कराने लगे। चेहरे पर जैसे एक चमक आ गयी थी। बोले – देश प्रगति कर रहा है।'

उनके चरण – स्पर्श कर मैं गाड़ी में बैठ गया।

१९७४ में मेरे डी. लिट् के शोध–प्रबंध का प्रकाशन हुआ। १९७५ में हिंदी संस्थान लखनऊ की ओर से उस पर मुझे तुलसी पुरस्कार से नवाजा गया। उस समय संस्थान के अध्यक्ष आचार्य द्विवेदी जी ही थे।

इसी समय की एक और बात याद आ रही है। बंबई से लखनऊ जाते हुए डॉ. श्रीधर मिश्र मेरे साथ थे। प्रो. इंदु प्रकाश पांडेय उनके लिए गुरुवत् थे। दोनों ने इलाहाबाद से एम. ए. किया था। उस समय डॉ. मिश्र खालसा कॉलेज, मुंबई में प्राध्यापक थे। डॉ. मिश्र ने मुझे बतलाया कि प्रो. इन्दु प्रकाश पांडेय के जर्मनी जाने के बाद उनकी पत्नी अपने पिता के साथ कानपुर में रहती है; कि मैंने उनसे कानपुर स्टेशन पर मिलने के लिए पत्र लिखा है। वे अवश्य आयेंगी।' श्रीमती पांडेय से मेरा भी अच्छा परिचय था। मुंबई में कोलाबा स्थित उनके घर आता–जाता रहता था। तब प्रो. पांडेय से मेरे अच्छे संबंध थे।

जब कानपुर में गाड़ी रुकी तो श्रीधर भाभी जी को देखने के लिए नीचे उतर गए। श्रीमती पांडेय भी उन्हें खोज रही थीं और डिब्बे–डिब्बे में झाँक रही थीं। जल्दी ही हमारे डिब्बे के सामने ही उनसे भेंट हो गयी। उन्हें देख कर मेरे मन में उनके प्रति सहानुभूति उमड़ आई। उनका स्वस्थ शरीर अब कृशकाय हो गया था।

चेहरे पर दयनीयता झलक रही थी। सच कहूँ तो वे पगली–सी लग रही थी। उनके पिता साथ थे। बूढ़े, थके–हारे से पिता। वहीं भाभी जी ने बतलाया कि बच्चों को पांडेय जी ने जर्मनी बुला लिया है और यह भी कि उन्होंने वहाँ किसी 'मेम' से शादी कर ली है। गाड़ी वहाँ ८–१० मिनट रुक कर आगे बढ़ गयी। मैं श्रीमती पांडेय और उनकी उस स्थिति के बारे में बड़ी देर तक सोचता रहा। कुछ वर्षों के बाद मुझे पांडेय जी की मेम को देखने का अवसर भी मिल गया। वे उनके साथ मुंबई आए हुए थे। एक प्रौढ़ महिला – बहुत साधारण दिखने वाली। लेकिन मृदुभाषी। पांडेय जी के सुगढ़ व्यक्तित्व के सामने वह कहीं ठहरती ही नहीं थी। पांडेय जी ने उसमें ऐसा क्या देखा जिसके कारण उन्होंने अपनी अतिशय शालीन पत्नी की इस तरह उपेक्षा कर दी। फिर सोचा कि इस सब के बारे में मैं क्यों सोचूँ। हर व्यक्ति के व्यवहार और चाल के अपने व्यक्तिगत कारण होते हैं।

वैसे अब तक पांडेय जी के प्रति मेरा आक्रोश काफी मात्रा में शमित हो चुका था। प्रो. नैथानी के आग्रह पर मैंने उन्हें एक पत्र लिखा था। नैथानी जी ने बतलाया था कि इन्दु प्रकाश ने उनको लिखे पत्र में इस बात पर बड़ा दुख प्रकट किया है कि तुम उनसे नाराज़ हो। हालाँकि तुम्हारी नाराज़गी जायज़ थी।

सो, मैंने नैथानी जी का मान रखते हुए इन्दु प्रकाश को जर्मनी के पते पर एक पत्र लिख दिया था। कुछ ही दिनों में उन का उत्तर आ गया। कई – कई साल पहले इंटर की परीक्षाओं के सिलसिले में चीफ़ मॉडरेटर छोटे लाल से मेरी शिकायत करने के संदर्भ में अप्रत्यक्ष रूप से वे दुखी थे। पत्र इस प्रकार था :

प्रिय देवेश,

तुम्हारा ३० दिसंबर (१९६३) का पत्र पाकर बड़ा संतोष हुआ और पढ़ कर मानसिक शांति प्राप्त हुई। पता नहीं क्यों, पर मैंने प्राय: यह पाया है कि मैं अपनों के साथ काफी कठोरता का व्यवहार कर बैठता हूँ। वही तुम्हारे साथ भी अक्सर हो गया। पर बात इतनी कभी नहीं बढ़ी जितनी तुम्हारे साथ। इसीलिए जितना दु:ख और पश्चाताप इस स्थिति के कारण मुझे रहा, उतना कभी नहीं हुआ। तुम्हारे पत्र से मुझे बहुत सुख मिला। मन की मलिनता अपने को बड़ा कष्ट देती है। तुम मुझ से गुस्सा हो गए – इतना ही नहीं, रूठ कर अलग चले गए। मैंने कितनी ही बार नैथानी से कहा – मेरा कैसा दुर्भाग्य है कि मैं देवेश का स्नेह खो बैठा। मैं अपनापन तोड़ कर कभी शांति से नहीं रह सकता। मैंने जीवन भर अपने को कष्ट में रखना उचित समझा है, अपेक्षा इस के कि किसी अन्य को कष्ट दूँ। अगर भूल से भी किसी को मुझ से कष्ट मिला तो मुझे हमेशा बड़ा दु:ख हुआ है। मैंने हमेशा उस स्थिति को

मिटाने की कोशिश की है। पर तुमने मुझे बहुत बड़ी सज़ा दी। जब Liberly Cinema में तुम मिले थे, मैं चाहता था कि कुछ ऐसा करूँ कि सफ़ाई हो जाये – मन की मलिनता मिट जाये। तुम को पास लाकर स्नेह से कहूँ कि देवेश भूल जाओ। पर मुझे विश्वास न हो सका कि तुम उसके लिए तैयार हो। मैं चाह कर भी कुछ न कर सका।

मनुष्य कितना विवश हो जाता है कि जो स्वाभाविक है उसे भूल जाये और जो अनावश्यक और अस्वाभाविक है, उसे करता जाये। हम अपने को कितना बाँधते हैं? उम्र में, पद में, अनुभव में, स्थितियों में; हम अपने को जकड़ते चले जाते हैं और आत्मा को जड़ बना देते हैं। जड़ता में मानवीय स्नेह और जीवन की ऊष्मा समाप्त होती चली जाती है। हम अपनी स्थितियों के दास होकर जीवन यापन करते हैं; और प्रायः घृणित आचरण। हम स्वतंत्र नहीं हो पाते। यही मानव मन की पीड़ा है। जो वह दरअसल है, रहने नहीं पाता; जो वह नहीं है, वही बनने को विवश होता है। और इसीलिए जीवन का संगीत बेसुरा और अटपटा हो जाता है। मेरे जीवन के सरगम में भी ऐसे ही विषम स्वरों का समावेश हो गया है कि संगीत का माधुर्य मिट–सा गया है। फिर भी मैं अभी बहुत नहीं भटका हूँ। प्रायः धुन सुर –ताल में भी बजने लगती है और मैं बेसुरेपन को पकड़ लेता हूँ। मेरे मन की पीड़ा को समझ कर, मुझे आशा है, कि तुम मुझे अपने निर्मल हृदय से उसी प्रकार देखोगे जैसा तुमने मुझे सचमुच पाया है।

दो बच्चियों के पिता होने पर मेरी बधाई स्वीकार करो। आशा है सौ. बहू और बच्चे मज़े में होंगे। मुझे आशा है कि लौटने पर सौ. बहू और बच्चों को देखने का अवसर मिलेगा। आशा है, तुम सब प्रसन्न होगे। जर्मनी में Adjust करने की बात के बारे में क्या लिखूँ? शायद ऊपरी कठोरता हवाई जहाज में बैठते ही काफूर हो गयी और मेरा असली भावुक रूप खुल गया। सब की याद ने मुझे झकझोर दिया। नहीं तो हाइडेलबर्ग तो एक गाँव है। ४०००० की आबादी का छोटा–सा शहर है – पुराना शहर। अपने देश के किसी शहर में यहाँ से अधिक सुविधाएँ हो सकती हैं। यहाँ आकर मुझे बड़ा Disappointment हुआ। खैर, अब तो समझौता कर चुका हूँ। आखिर लगभग नौ महीने होने आ रहे हैं। यदि प्रोग्राम बन गया तो जुलाई, अगस्त, सितम्बर (समर वेकेशन) में भारत आ जाऊँ। उधर का हिसाब भी देखना है। कहीं नौकरी ढूँढनी होगी। अब नाराज़ मत होना। पत्र देते रहना। सब के समाचार देना। सब को मेरा यथायोग्य। दिनेश को बधाई देना। तुम्हारा स्नेहाधीन :

**इन्दु प्रकाश**

इस पत्र के कुछ वर्ष बाद वे अपनी जर्मन पत्नी के साथ मुंबई आए। मैंने उन्हें अपने घर भोजन के लिए निमंत्रित किया। वे आए। अच्छी बातें हुईं। सामान्य रूप से जर्मनी की संस्कृति, वहाँ के लोगों और शिक्षा प्रणाली पर। विशेष कोई बात नहीं हुई। इसका कारण यह हो सकता है कि मेरे मन से अभी तक काँटा पूरी तरह से नहीं निकला था। मुझे इस बात का अहसास है कि मैं कुछ बातों को लेकर अतिवादी हो जाता हूँ। विशेष रूप से अपने स्वाभिमान को लेकर। वैसे मेरा यह मानना,रहा है कि मेरे लिए मुझसे मिलने या सम्पर्क रखने वाला हर व्यक्ति उस समय तक अच्छा है जब तक वह स्वयं अपने व्यवहार से अपनी टुच्चई न दिखला दे या मेरे आत्म सम्मान को चोट न पहुँचा दे। ऐसे व्यक्ति को मैं क्षमा नहीं कर पाता। यह मेरी कमज़ोरी है। मैं इसे स्वीकार करता हूँ।

फिर बहुत–बहुत वर्षों के बाद एक दिन हरिद्वार से डॉ. कमलाकांत बुधकर का पत्र मिला कि वे इन्दु प्रकाश पांडेय पर एक विशिष्ट आयोजन कर रहे हैं। इसी अवसर पर एक अभिनंदन ग्रंथ के प्रकाशन की भी योजना है। और मैं उसके लिए कोई संस्मरण या लेख भेज दूँ।

कुछ दिनों तक मैं बड़ी ऊहापोह में रहा कि उनके अभिनंदन ग्रंथ के लिए क्या लिखूँ। जब मैं कुछ निर्णय नहीं कर पाया तब मैंने डॉ. बुधकर को एक संक्षिप्त – सा पत्र लिख कर अपनी असमर्थता प्रकट कर दी। मैंने लिखा कि मेरे पास ऐसे शुभ अवसर पर डॉ. पांडेय (अब तक वे जर्मनी से हिंदी के आंचलिक उपन्यासों के अध्ययन पर डी. लिट् की उपाधि प्राप्त कर चुके थे) के विषय में लिखने के लिए कोई योग्य सामग्री या संस्मरण नहीं है और जो है, उसे अभिनंदन ग्रंथ में प्रकाशित नहीं किया जा सकता। अतः क्षमा करेंगे।'

उसके बाद डॉ. बुधकर जी ने चुप्पी साध ली। पहले साल–छह महीने में उनका कोई न कोई पत्र आ ही जाता था, अब वर्षों बीत गए हैं, उनकी खामोशी अभी तक नहीं टूटी है। पता नहीं, डॉ. पांडेय ने मुझे उनके सम्मुख किस रूप में पेश किया होगा।

कुछ पंक्तियाँ अपने पत्रिका–प्रकाशन के प्रेम, संपादन – प्रकाशन और पसंदीदा संपादक मित्रों के विषय में भी।

कॉलेज के दिनों से ही मुझे पत्रिका निकालने का चस्का पड़ गया था। मैंने सबसे पहली मुद्रित पत्रिका का संपादन डी. ए. वी. कॉलेज के हिंदी विभाग द्वारा प्रकाशित होने वाली पत्रिका (नाम याद नहीं आ रहा) से किया। (संभवत: इसका जिक्र पहले किया जा चुका है)। उसके बाद जब मैं बंबई के सिडनहम कॉलेज में प्रवक्ता के रूप में नियुक्त हुआ तो मैंने विभागाध्यक्ष प्रो. दुबे को इस बात के लिए मना लिया कि हिंदी साहित्य मंडल की ओर से एक मुद्रित पत्रिका निकाली जाय। सो, पहली बार १९५७–५८ में मैंने मंडल के तत्त्वावधान में 'किरण' का संपादन किया। इससे पहले विद्यार्थीगण 'वॉल पेपर' निकाल कर ही संतुष्ट हो जाते थे।

लघु–पत्रिका का प्रकाशन अपने आप में एक अत्यन्त दुष्कर कार्य है। और जब आप को अकेले ही सब कुछ करना हो तो यह और भी दुष्कर हो जाता है। रुइया कॉलेज में आकर भी मेरी यह खाज मिटी नहीं, हालाँकि यहाँ आकर मैं अन्य प्रकार के लेखन कार्य में काफ़ी व्यस्त हो गया था। यहाँ हिंदी विभाग में मेरे एक सहयोगी थे प्रो. विष्णुपंत निवसरकर। उन्हें भी पत्रिका निकालने का शौक था। उन दिनों वे शींव के पास एक परिचित परिवार के साथ रहते थे। मेरा आवास उनके घर से ज़्यादा दूर नहीं था। यह १९६९–७० के आसपास का समय था। प्रो. निवसरकर हमारी सरकार की तरह योजनाएँ बनाने में बड़े पटु थे। लेकिन वे अपनी किसी भी योजना को कार्यान्वित नहीं कर पाते थे। अवकाश प्राप्ति तक हम साथ–साथ रहे, या यों कहूँ कि दोनों ने साथ–साथ ही अवकाश ग्रहण किया। सो, जब पत्रिका प्रकाशित करने की बात निकली तो वे बहुत उत्साहित हो गये। उन्होंने अपने दो मित्रों – एल. के. बजाज और गीता जोशी – को भी साथ ले लिया। हर तीसरे दिन उनके आवास पर मीटिंग होने लगी। दो–चार मीटिंगों के बाद पत्रिका का नामकरण किया गया 'आकलन।' फिर आलेख तथा अन्य सामग्री प्राप्त करने के लिए पत्र लिखे गए। लेकिन इसमें कोई ज़्यादा सफलता नहीं मिली। हमने मुद्रण आदि के खर्च के लिए कुछ धन भी कंट्रीब्यूट किया। कोई ५–६ महीनों के 'अथक परिश्रम' के बाद ४०–४२ पन्नों की एक सामान्य–सी पत्रिका निकल पाई। निवसरकर इतने हतोत्साहित हो गए कि उन्होंने अपना हाथ खींच लिया। पत्रिका बंद हो गयी।

उसके बाद १९७१ के अंतिम महीनों में एक दिन एक वयोवृद्ध सज्जन मेरे आवास पर आए। तब तक बंबई के साहित्यिक वातावरण में मैं थोड़ा जाना जाने लगा था। ब्लिट्ज़, नवभारत टाइम्स, नवनीत आदि पत्रिकाओं में मैं नियमित लेखन कर ही रहा था। ये सज्जन जे. आर. शास्त्री थे। कट्टर कम्युनिस्ट कार्यकर्ता। बहु पठित। बहुत सुसंस्कृत और व्यवहार में अतिशालीन। संत्याशु विभाव के नाम

से लिखते थे। उन्होंने मेरे सम्मुख एक साहित्यिक – राजनीतिक त्रैमासिक पत्रिका के प्रकाशन का प्रस्ताव रखा। उन्होंने मुझ से कहा कि संपादन में हम दोनों तथा उनके एक बहुत पुराने मित्र श्री पित्ती का नाम जाएगा और प्रकाशन का सारा खर्च वे उठाएँगे। मैं तैयार हो गया। वे चाहते थे कि पत्रिका में धाँसू लेख जायें; कि वे राजनीतिक विषयों पर लिखेंगे और साहित्यिक विषयों पर मैं लिखूँगा। कुछ लेख अन्य लेखकों से भी मंगवा लिए जायेंगे। हफ्ते भर बाद ही हम पत्रिका के प्रकाशन की तैयारी करने में जुट गए। जनवरी, १९७२ को उसका प्रथम अंक निकला। बाद में इसी पत्रिका में बारी–बारी से मेरे चार विशिष्ट लेख प्रकाशित हुए। 'रचनात्मक दृष्टि का दस्तावेज़ : बाण भट्ट की आत्म कथा', 'नपुंसकता का आदर्शीकरण : गुनाहों का देवता', 'महत्त्वपूर्ण किन्तु अपूर्ण : राग दरबारी' तथा 'बुद्धिजीवी सैक्स चर्वण : नदी के द्वीप'। बाद में ये चारों लेख मेरे लेख–संकलन 'आलेख' में संकलित हुए। 'विचार' के ४–५ अंकों के प्रकाशन के बाद ही 'विचार' की ख्याति देश के बुद्धिजीवियों के बीच फैल गयी। यहाँ तक कि केंद्रीय हिंदी निदेशालय ने कुछ सौ संस्थाओं की एक सूची हमें भेजी ताकि हम उन्हें 'विचार' की प्रति भेज सके। लेकिन तभी शास्त्री जी की पत्नी बहुत बीमार पड़ गयी और उनका सहयोग मिलना एक तरह से बंद हो गया। किसी तरह एक–दो अंक निकालने के बाद पत्रिका को बंद कर देना पड़ा।

'विचार' का प्रकाशन तो बंद हो गया लेकिन 'पत्रिका' निकालने का भूत अभी भी मेरे सर पर सवार था। उन दिनों मैं 'हिमालय पर्वतीय संघ' का अध्यक्ष था। मैंने वहाँ भी संघ की कार्यकारिणी में पत्रिका निकालने का प्रस्ताव रखा जो एक मत से पारित कर लिया गया। इस पत्रिका का स्वरूप दूसरे ढंग का था। इसमें उत्तराखंड की संस्कृति, वहाँ के विशिष्ट व्यक्तियों, वहाँ की समस्याओं और प्रवासी उत्तराखंडियों की स्थितियों को केंद्र में रखना था। इस पत्रिका का नामकरण 'कूर्मांचल' के रूप में हुआ। इसके सभी प्रकार से संपादकीय – प्रकाशकीय अधिकार मुझ दे दिये गए। वैसे मैंने स्वयं भी इसी प्रकार की शर्त रखी थी। यह पत्रिका भी ५–६ अंक निकल कर बंद हो गयी।

उसके बाद कमलेश्वर की पत्रिका 'कथा–यात्रा' में मुझे उप–संपादक बनाया गया। उसके भी कमलेश्वर की कृपा से ५–६ अंक ही निकल पाये (यह पूरी कथा अगले खंड में)।

अब पिछले १३–१४ वर्षों से मैं 'समीचीन' का संपादन–प्रकाशन कर रहा हूँ। इसमें डॉ. रोहिणी शिवबालन और डॉ. सतीश पांडेय मुझे सहयोग दे रहे हैं।

पहले यह पत्रिका त्रैमासिक थी। फिर वार्षिक हुई। फिर कुछ समय के लिए बंद हो गयी। और अब यह अर्धवार्षिक के रूप में नियमित रूप से प्रकाशित हो रही है और इसे पाठकों – लेखकों का अच्छा प्रतिसाद मिल रहा है।

इसी क्रम में मुझे कुछ पत्रिकाओं के सम्पादकों का स्नेह भी प्राप्त हुआ। उनकी – विशेष रूप से अरविंद कुमार, महावीर अधिकारी, नन्द किशोर नौटियाल, आनन्द प्रकाश जैन आदि की चर्चा प्रसंगवश पिछले पृष्ठों में हो चुकी है। यहाँ मैं दो अन्य संपादक मित्रों की बात कहना चाह रहा हूँ जिन्होंने मुझे स्नेह और मान तो दिया ही, साथ ही जो अपने उदार और चरित्रवान् व्यक्तित्व से मुझे कुछ शालीन बनाने में भी सहायक हुए। इनमें पहला नाम प. संत्यकाम विद्यालंकार का है और दूसरे नाम श्री शरद जोशी का जो थोड़े समय के लिए ही 'हिंदी एक्सप्रैस' के सम्पादक रहे। लेकिन इस थोड़े समय में ही उनके व्यक्तित्व ने मुझ पर काफी प्रभाव डाला।

प. सत्यकाम विद्यालंकार शींव (सायन) में मेरे आवास के बिल्कुल पास ही रहते थे हालाँकि मुझे इसका पता बहुत बाद में चला। मैं अक्सर उनसे 'नवनीत' के कार्यालय में ही मिलता था। उन दिनों वे 'धर्मयुग' से अवकाश प्राप्त कर हिंदी डाइजेस्ट 'नवनीत' के संपादक बन गए थे। उनके संपादकत्व में 'नवनीत' ने बड़ी ऊँचाइयों को छुआ। पहले वे मुझे कुछ लेखों का अनुवाद करने का काम देते थे। बाद में उन्होंने मुझे अँग्रेजी क्लासिक्स का संक्षेप करने का काम दे दिया। यह संक्षेप १६ पृष्ठों में करना होता था। इससे मेरी अच्छी आय हो जाती थी। आय के अतिरिक्त उनसे मुझे बहुत सीखने को मिला। वे बहुत शांत स्वभाव के थे। समझा – समझा कर बातें करते थे। मैंने उन्हें कभी भी अपने पद का वैशिष्ट्य जताते, क्रोधित होते या चिड़चिड़ाते नहीं देखा। यद्यपि उनके स्टॉफ में नारायण दत्त के अलावा सभी नौ सिखिए थे फिर भी वे सबसे सामान्य रूप से स्नेहिल व्यवहार करते थे। बाद के वर्षों में मेरे प्रति उनका स्नेह कुछ ज़्यादा ही बढ़ गया था। जब उन्हें मालूम हुआ कि मेरा क्वार्टर उनके आवास के बहुत निकट है तो वे कभी–कभी मुझे अपने घर में बुला लेते थे। लेकिन उनके घर जाने में मैं संकोच करता था। मेरे संकोच का कारण उनकी पत्नी प्रभा जी थीं। जब मैं उनके घर की घंटी बजाता तो ज़्यादातर प्रभा जी ही दरवाज़ा खोलती थीं। मैं अन्दर आने लगता तो वे एक कोने की ओर इशारा करके कहतीं – चप्पलें यहाँ उतारो।' उनके व्यवहार में भी अहम्मन्यतापूर्ण अभिजात्य का भाव होता। मुझे यह सब बुरा लगता लेकिन कुछ कह नहीं पाता था। पंडित जी जितने शांत और शालीन स्वभाव के थे, मुझे उनकी पत्नी उतनी ही अहम् भावी और एक सीमा तक कृत्रिम व्यवहार करने वाली लगी।

बहुत बाद में पता लगा कि प्रभा जी राजपाल एण्ड सन्ज के श्री विश्वनाथ की बहिन थीं और बंबई की फ़िल्मी दुनिया में अपना 'लक' आजमाने आ गयी थीं। एकाध फ़िल्म में उन्होंने काम भी किया लेकिन सफल नहीं हो पाईं। बाद में 'गुरुकुल' के रिश्तों के कारण उनका विवाह किसी तरह सत्यकाम जी से कर दिया गया था।

बाद के वर्षों में सत्यकाम जी मेरे आवास पर आने लगे थे। कहते — देवेश जी, आज तुम्हारी चाय पीने आया हूँ।' मेरे परिवार के सभी लोग उनका आदर करते। मेरी छोटी बेटी आरती से उन्हें बहुत लगाव था। उसे उन्होंने एक तंबूरा भी भेंट किया था। वे खुले मन के व्यक्ति थे। मज़ाक भी कर लेते थे लेकिन उसका एक स्तर होता था। 'गुरुकुल' के सुसंस्कार उनमें कूट–कूट कर भरे थे। मुझे बातों–बातों में अप्रत्यक्ष रूप से जीवन को जीने की उन्होंने कई बातें समझायीं। कहते थे – व्यक्ति को शांत, धीर होकर 'एडजेस्ट' करना सीखना चाहिए। तभी वह कुछ बन पाता है। तभी वह जीवन जी पाता है।' उनकी कुछ सीखों को अपने व्यवहार में लाने का प्रयास मैं करता था लेकिन ज़्यादा सफल नहीं हो पाता था। मेरे अपने संस्कार थे, अपनी स्थितियाँ थीं। टुच्चे लोगों के बीच रहने के लिए मैं विवश था। सो, उनकी बातों को, उनकी सीखों को व्यवहार में कम ही ला पा सका था। फिर भी उनके प्रति मेरे मन में बहुत श्रद्धा थी और इसी कारण मैं उन्हें पिता–तुल्य मानता था। हाँ, उनके होठों पर उभरी हुई उदास मुस्कराहट मुझे विचलित कर देती थी लेकिन उस संदर्भ में मैं कुछ नहीं कर पा सकता था।

पं. सत्यकाम जी के पश्चात् श्री नारायण दत्त जी 'नवनीत' के संपादक बने। उनके कार्य–काल में उनके द्वारा 'नवनीत' के २० वर्ष के २४० अंकों में से कुल १०० लेखों का संकलन 'नवनीत सौरभ' के रूप में किया गया था। जिसका प्रकाशन '७२–७३' में हुआ था। उस में मेरा एक लेख 'एन्साइक्लोपीडिया ब्रिटेनिका' भी था। पंडित जी ने मुझ से यह लेख लिखवाने के लिए संदर्भों की एक लम्बी सूची दी थी और कहा था कि देवेश, यह काम तुम्हीं कर सकते हो।' मैंने भी उसे लिखने में बड़ा श्रम किया था। वह श्रम 'नवनीत सौरभ' में लेख के शामिल होने से सफल हो गया था।

पंडित जी सामने खड़े व्यक्ति की क्षमताओं और दुर्बलताओं को तत्काल ताड़ लेते थे। इसीलिए एक ओर वे मुझे कठिन कार्य देते और दूसरी ओर बड़े स्नेह के साथ समय–समय पर मुझे समझाते। ऐसे थे पंडित जी।

एक दूसरे लेखक–सम्पादक मित्र, जिनके प्रति मेरे मन में बड़े आदर का भाव बना रहा, शरद जोशी थे। वैसे तो वे हिंदी के शीर्ष व्यंगकार थे लेकिन संपादन में

भी अपना हाथ आजमाने का उन्हें अवसर मिल गया था। इंडियन एक्सप्रेस ने जब 'हिंदी एक्सप्रैस' नामक पत्रिका निकाली तो जोशी जी को उसका सम्पादक बना दिया। मैं इससे पहले भी कभी-कभार उनसे मिलता रहता था। थे तो वे व्यंग्यकार लेकिन उनका मानवीय पक्ष बड़ा उदार था। मुझे उनके व्यक्तित्व का यही पक्ष बहुत अधिक भा गया था।

एक दिन शाम को उनका फ़ोन आया कि मैं उनसे आकर मिल लूँ। दूसरे दिन जब मैं उनके पास पहुँचा तो वे बोले – सुना है, तू बड़ा पढ़ाकू हो गया है।' मुंबई में वे ही एकमात्र व्यक्ति थे जो मुझे 'तू' से संबोधित करते थे। यह उनका मेरे प्रति स्नेह ही था।

अभिवादन की औपचारिकता के बाद वे बोले – तू सभी पत्रिकाओं में पुस्तक – समीक्षा करता है , 'हिंदी एक्सप्रैस में नहीं करेगा क्या?'

– क्यों नहीं करूँगा भाई साहब! बस, मुझे मौका दीजिए।'

– मैंने तुझे इसीलिए तो बुलाया है।' कहते हुए वे उठे, एक आल्मारी की तरफ बढ़े और उसमें से ४-५ पुस्तकें निकाल कर मेरे सामने रख दीं और बोले – ले; ये पुस्तकें समीक्षा के लिए आई हैं। लेकिन पढ़ कर इनकी समीक्षा करना।' कहते हुए उन्होंने उन पुस्तकों को मेरे सामने रख दिया।

मैं हिंदी एक्सप्रैस में भी समीक्षा करने लगा।

एक दिन शाम को हम दोनों उनके ऑफिस से नीचे उतर रहे थे। तभी परिसर के भीतर ही उनके बराबर में सेठ जी की एक बड़ी गाड़ी आकर रुकी। गाड़ी में बैठे-बैठे सेठ जी ने जोशी जी को एक लिफ़ाफा पकड़ा दिया। फिर गाड़ी आगे बढ़ गयी। जोशी ने लिफ़ाफा खोला। उसमें एक चैक और एक पत्र था। पत्र में 'हिंदी एक्सप्रैस' को तत्काल बंद करने की बात कही गयी थी और जोशी जी की सेवाओं को समाप्त कर दिया गया था।

पत्र पढ़ कर वे बोले – ले, अपनी तो छुट्टी हो गयी। चलो, अच्छा ही हुआ।' उनके चेहरे पर कोई शिकन नहीं थी।

मुझे आश्चर्य हो रहा था कि क्या इस तरह का व्यवहार भी किसी शीर्ष लेखक के साथ किया जा सकता है। मैं उनसे कुछ कहना चाहता था। लेकिन उस स्थिति में मेरी ज़बान नहीं खुली।

कुछ देर बाद चलते-चलते वे बोले – चल, कहीं बैठ कर चाय पीते हैं।'

हम चलते–चलते 'समोवार' में आ गए। चाय मंगवाई गयी। पी गयी। वे ज़्यादा कुछ नहीं बोले। चाय पी कर हमने एक दूसरे से विदा ली।

बाद में उन्होंने 'नवभारत टाइम्स' में एक कॉलम 'प्रतिदिन' के नाम से लिखना शुरू कर दिया। एक बार वी. टी. में मुझसे मिले तो मैंने कहा – भाई साहब, आपका कॉलम पढ़ता हूँ। हर रोज़ इस कॉलम को लिखना भारी पड़ता होगा।'

वे बोले – अभी तो नहीं पड़ रहा। पड़ेगा तो छोड़ दूँगा।'

उन दिनों वे फिल्मों में भी लिख रहे थे। बहुत काम था उनके पास। 'प्रतिदिन' का बोझ ऊपर से था। जल्दी ही वे बीमार पड़ गए और उनका निधन हो गया।

आज इतने वर्षों बाद उन्हें याद करते हुए उनका गौर–वर्णी मुख, उनकी सौम्यता–शालीनता और मेरे प्रति उनका स्नेह मेरे सम्मुख स्पष्ट हो जाता रहा है।

उनकी स्मृति में उनकी बेटी नेहा शरद हर वर्ष एक भव्य आयोजन करती है। जब भी मुझे निमन्त्रण मिलता है, मैं उसमें जाना नहीं भूलता। नेहा भी टी. वी. सीरियल्स में काम करती रही है। उसके द्वारा पिता की स्मृति में किया गया आयोजन बड़ा भव्य होता है। इसे देखकर शरद भाई के व्यक्तित्व की भव्यता मेरे सामने आकर खड़ी हो जाती है।

# उन्नीस

सन् २००२।

एक दिन घर में मैं, सतीश और रोहिणी साथ बैठे चाय पी रहे थे। तभी रोहिणी ने पूछा कि सर, आपको लिखते हुए कितने साल हो गए हैं। मैंने सोच कर कहा कि ५० वाँ साल चल रहा है। बस तभी मेरी रचनाधर्मिता के ५० वर्ष का आयोजन करने की योजना तुरत-फुरत तैयार कर ली गयी। उससे पहले एक अत्यन्त अप्रिय तथा अप्रत्याशित घटना घट चुकी थी। (जिसका जिक्र अगले तीसरे खंड में विस्तार से किया गया है)। उस घटना ने मुझे जितना विह्वल किया था, इससे ज़्यादा शायद रोहिणी को किया होगा। इसीलिए इस नयी योजना की रूपरेखा बनाने तथा इसको आयोजित करने में अधिक समय नहीं लगा। यहाँ यह भी कह दूँ कि मुझे लेकर जितने भी बड़े आयोजन किए गए, उनमें रोहिणी और सतीश ही मुख्य आयोजक रहे हैं। सतीश आयोजन के साहित्यिक पक्ष को सँभालते हैं और रोहिणी आर्थिक पक्ष को। मुख्यत: ये दो लोग ही सारा कार्य संभाल लेते हैं। मेरा कार्य केवल सुझाव देने का होता है। इस बार भी चर्चा के दौरान मैंने कहा कि मैं चाहता हूँ कि आयोजन में सम्मिलित सभी वक्ता बाहर के हों। बस, बंबई से एक-दो वक्ताओं को ही निमंत्रित किया जाय। मेरी यह बात मान ली गयी और आयोजन की तैयारियाँ होने लगीं। आयोजन की तिथि १९ सितंबर २००२ रखी गयी। वक्ताओं में विभिन्न विश्वविद्यालयों से जिन सात सुधी प्रोफेसरों को आमंत्रित किया गया था, वे सब के सब आयोजन में उपस्थित थे। मुंबई से मात्र एक वक्ता आमन्त्रित थे। आयोजन में प्राध्यापकों की अपेक्षा नगर के मेरे मित्र, शुभेच्छु और प्रशंसकों की भारी भीड़ थी। मुंबई के प्राध्यापक - वर्ग की उपेक्षा और अनुपस्थिति की शंका मुझे पहले से ही थी। मैं जानता था कि यह तो होना ही था। इसीलिए साढ़े चार सौ सीटों वाले हॉल के लिए हमने कोई ७५० निमंत्रण कार्ड बाँटे थे। सो, हॉल पूरा का पूरा भर गया था। वक्ताओं ने स्वभावत: साहित्यिक देय को तो सराहा ही, भविष्य के लिए शुभकामनाएँ

भी दीं। उस दिन के भव्य आयोजन से मैं सचमुच अभिभूत हो गया था। मुझे लगा कि इस आयोजन ने मेरे विरोधियों के मुख पर करारा तमाचा जड़ दिया है।

इससे कुछ वर्ष पहले भी मुझे इसी प्रकार की सुखद अनुभूति हुई थी। मुझे उस्मानिया विश्वविद्यालय, हैदराबाद में बुलाया गया था। मैं सपत्नीक वहाँ पहुँचा तो पाया कि स्टेशन पर कुछ प्राध्यापकों के साथ–साथ डॉ. इन्दु वशिष्ठ भी आई हुई हैं। जैसे ही मैं गाड़ी से उतरा, इन्दु जी ने एक छपा हुआ कार्ड मेरे हाथ में पकड़ा दिया। उसमें लिखा था – एक शाम, देवेश ठाकुर के नाम।' उसके नीचे लिखे विवरण में कहा गया था कि मेरे सम्मान में उसी दिन शाम को ५ बजे हिंदी प्रचार सभा में एक काव्य गोष्ठी का आयोजन किया गया है और मुझे उसकी अध्यक्षता करनी है। उस समय दो बज रहे थे। मैं विश्वविद्यालय के अतिथि–गृह में जाकर तैयार हुआ। पत्नी को साथ लिया और कुछ प्राध्यापक मित्रों के साथ गोष्ठी–स्थल की ओर चल दिया। वहाँ स्थानीय कवियों ने अपनी रचनाओं का पाठ किया और मुझसे भी एक कविता सुनाने का आग्रह करने लगे। खैर किसी तरह याद कर–कर के मैंने एक कविता सुनायी। बड़े ही शोभनीय बिंदु पर गोष्ठी विसर्जित हुई।

दूसरे दिन विश्वविद्यालय में 'एक्सटैंशन लेक्चर्स' के अन्तर्गत मेरा भाषण होना था। भाषण के बाद डॉ. टी. मोहन सिंह और डॉ. सत्यनारायण जी के साथ हैदराबाद भ्रमण किया गया। रात्रि भोजन डॉ. टी. मोहन सिंह के आवास पर था। वहाँ खान–पान सब हुआ। दूसरे दिन सुबह के समय विभाग की एक प्राध्यापिका श्रीमती माणिक्याम्बा शीला को अपने साथ कुछ खरीदारी के लिए बाज़ार ले गयीं। दूसरे दिन मुझे दोनों नगरों के कॉलेज अध्यापकों के बीच में बोलना था। वहाँ भी सब ठीक–ठीक निपट गया। यहाँ तक तो सब स्वाभाविक और स्वाभाविक था। इसी दिन मुझे मुंबई वापस लौटना था। मुझे यह देख कर अपार आश्चर्य और प्रसन्नता हुई कि हिंदी विभाग के प्रायः सभी प्राध्यापक मुझे स्टेशन पर विदा देने आए थे। मेरे लिए यह अभूतपूर्व क्षण था। मैंने बंधुवर डॉ. सत्यनारायण जी से कहा – डॉक्टर साहब, यह तो बहुत ज़्यादा हो गया। मैं तो कॉलेज का सामान्य–सा अध्यापक हूँ।' वे बोले – हम आपका अध्यापक के रूप में नहीं बल्कि सम्मान्य लेखक रूप में आदर कर रहे हैं। अध्यापक तो यहाँ बहुत से आते हैं। अभी कुछ समय पहले केंद्रीय विश्वविद्यालय में दिल्ली से डॉ. नामवर सिंह आए थे। उन्हें छोड़ने के लिए एक रिसर्च स्टुडैंट को भेज दिया था।'

सबसे सस्नेह विदा लेकर हम गाड़ी में बैठ गए। गाड़ी चल पड़ी। मेरी आँखें भर आईं। मैंने शीला से कहा – इन लोगों का इतना स्नेह पाकर अब आगे जीने की कोई

इच्छा नहीं रह गयी है।' सुन कर शीला खामोश हो गयी। वह भी मेरे प्रति लोगों में इतना स्नेह देख कर अभिभूत हो गयी थी।

एक ओर जहाँ मुझे लेखक के रूप में पराए शहर में इतना स्नेह और सम्मान मिला, वही अपने महानगर में मुझे कुत्सित ढंग से नकारने के प्रयास भी किए गए। बहुत साल पहले मेरे एक उपन्यास 'गुरुकुल' पर एक गोष्ठी का आयोजन किया गया था। उसमें कुछ प्रपत्र पढ़े गए थे और कुछ लोगों ने भाषण भी दिए थे। एक सहकर्मी प्राध्यापक डॉ. सत्यदेव त्रिपाठी ने भी एक पर्चा पढ़ा था। पर्चे का शीर्षक था 'एक रोचक रपट के उपन्यास बने का हादसा'। और पर्चे की पहली पंक्ति थी – गुरुकुल एक कथ्य विहीन कृति है।' आगे लिखा गया था कि 'गुरुकुल देखे–सुने घिनौने यथार्थ की सिर्फ़ रपट भर है। इसमें औपन्यासिकता के स्तर पर कहने–पाने के नाम पर कुछ खोजना व्यर्थ है....।' मुंबई का प्रबुद्ध वर्ग इस बात से सुपरिचित है कि डॉ. त्रिपाठी में दृष्टि–दोष है। 'गुरुकुल' पर उनकी ऐसी प्रतिक्रिया संभवत: इसलिए हुई कि उसमें उनके आकाओं के कुछ चरित्तरों पर भी टिप्पणी की गयी थी। यदि 'गुरुकुल' मात्र रपट ही होता तो डॉ. बी. डी. मिश्र अपने प्रपत्र में यह न लिखते कि 'देवेश ने गुरुकुल' की पट–कथा को इस तरह बुना है कि उसका एक–एक तार अपनी जगह दुरुस्त है। उपन्यास में कथन कम, दृश्य अधिक बुने गए हैं। इसीलिए जिस कथा–वस्तु को लेकर सैकड़ों पेज टाँके जा सकते थे, वह (मात्र) एक सौ दस पृष्ठों में संयोजित है। लेकिन शिक्षा के प्रकाश–घरों में जिस तरह अंधेरा व्याप्त है, उसका एक - एक रेशा 'गुरुकुल' में उजागर है। .....देवेश का सबसे कारगर हथियार है उनकी भाषा जिसमें बोल–चाल की हिंदी, अंग्रेजी और उर्दू की शब्दावली का सहज प्रयोग हुआ है। कहीं ऐसा नहीं लगता कि भाषा प्रसंग के प्रतिकूल हो ... देवेश अपनी भाषा से गुदगुदाते कम और कोंचते अधिक हैं। ....संरचना के धरातल पर मूल्यांकन के इच्छुक लोगों के लिए 'गुरुकुल' का पाठ रोचक अनुभव होगा।' .

इस गोष्ठी में सेंट ज़ेवियर्स कॉलेज, गोवा के डॉ. आदित्य त्रिपाठी भी उपस्थित थे। डॉ. सत्यदेव त्रिपाठी के प्रपत्र से संभवत: उन्हें घोर पीड़ा हुई थी और इसीलिए उन्होंने 'अविवेकी समीक्षा का एक और उदाहरण : गुरुकुल के बहाने' शीर्षक से एक लेख लिखा जिसमें कहा गया कि 'गुरुकुल कतई कथ्य हीन कृति नहीं है। हाँ, सत्यदेव दृष्टिविहीन अवश्य हैं, अन्यथा वे इस प्रकार का अनर्गल आरोप कदापि नहीं लगाते ....आज तक किसी उपन्यास के संदर्भ में किसी भी समीक्षक की ऐसी बेहूदी टिप्पणी देखने में नहीं आई। देवेश जैसे उपन्यासकार पर सत्यदेव द्वारा इस प्रकार के बेसिर–पैर के बेतुके आरोप के दुस्साहस का यह मेरा पहला अनुभव है......सत्यदेव

की समीक्षा समझ की हैसियत से दिवालिएपन का सबूत है .... जो लोग इन्हें निकट से जानते हैं, वे इस बात से सहमत हैं कि उनमें दृष्टिदोष है। उनकी निगाहें बराबर नहीं है। उनके देखने के अंदाज को लेकर मित्रों के बीच यह चर्चा खुले आम है कि 'लुकिंग लंडन, सीइंग टोकियो।' यानी समीक्षा लिखते समय कृति तो निश्चय ही उनके सामने थी किंतु वे व्यक्ति देवेश को देख रहे थे। .....ऐसे 'दृष्टिभंगी' को 'गुरुकुल' यदि कथ्यविहीन नज़र आये तो क्या आश्चर्य।'

उस गोष्ठी पर तीखी बहस होनी थी, सो हुई। गोष्ठी की अध्यक्षता डॉ. महावीर अधिकारी कर रहे थे। गोष्ठी के अन्त में मुझ से भी कुछ कहने के लिए कहा गया। मैंने यही कहा कि मुझे जो कुछ कहना था, उसे मैंने रचना में कह दिया है और रचना आपके समक्ष है। आप उसे अपने-अपने ढंग से देखने -परखने के लिए स्वतंत्र हैं। इस के बाद मैंने अपनी बात स्पष्ट करने के लिए अपनी एक कविता पढ़ी 'कबीरा बन जाओ'। यह कविता डॉ. सत्यदेव जैसे बुद्धिजीवियों पर तल्ख टिप्पणी थी। डॉ. अधिकारी जी ने अपने अध्यक्षीय भाषण में कहा कि 'अच्छा हुआ देवेश ठाकुर ने अपनी बात कविता के माध्यम से कही, नहीं तो यदि गद्य में कहते तो जूते चल जाते।'

डॉ. सत्यदेव ने यहीं नहीं बल्कि अन्यत्र भी मुझे खारिज करने का जनाना प्रयास किया है। डॉ. सत्यदेव की बात छोड़ भी दे तो गंभीर और शालीन कहलाए जाने वाले समीक्षक डॉ. बांदिवड़ेकर भी अवसर मिलने पर मुझे खारिज करने से बाज़ नहीं आते। १९९३ के आसपास पुणे में आयोजित 'पुनश्चर्या पाठ्यक्रम' में अपने भाषण में उन्होंने कहा – आप चाहें तो 'भ्रम भंग' (मेरा पहला उपन्यास) को नॉवेल मान सकते हैं।' यह दूसरी बात है कि इस टिप्पणी पर डॉ. जागीरदार ने कड़ा विरोध जताया। वैसे जब मैंने एक बार डॉ. बांदिवड़ेकर के साथ एम. ए. के प्रश्न-पत्र बनाने और परीक्षक के रूप में कार्य किया तब मुझे पता लगा कि उन्हें कितनी हिंदी आती है और उनको साहित्य की कितनी समझ है। चार किताबें सामने रख कर कोई सार्थक पुस्तक नहीं लिखी जा सकती। 'भ्रम भंग' मेरा पहला उपन्यास है जो ज्ञानपीठ से प्रकाशित हुआ है; कि शिवाजी विश्वविद्यालय तथा कर्नाटक विश्वविद्यालय के एम. ए. के पाठ्यक्रम में पढ़ाया जा चुका है और जिस पर एम. फिल. के लिए लघु शोध प्रबंध भी लिखा जा चुका है। इतना ही नहीं, देश भर की पत्रिकाओं में इस पर ४० से अधिक समीक्षाएँ भी प्रकाशित हो चुकी हैं। 'समीक्षा' में निरन्तर ३ समीक्षाएँ प्रकाशित हुई है और इसे और नरेंद्र कोहली के 'दीक्षा' उपन्यास को १९७५ का सर्वश्रेष्ठ उपन्यास बताया गया है। आज मैं यह कहने की स्थिति में हूँ कि

'भ्रम भंग' की किसी भी शिखर कथाकार के प्रथम उपन्यास से तुलना करके यह परीक्षण कर लिया जाय कि 'भ्रम भंग' कहाँ ठहरता है।

उपर्युक्त तथ्यों को यहाँ देना इसलिए ज़रूरी हो गया है कि यह स्पष्ट हो सके कि अपने नगर और विभाग में मुझे कैसे–कैसे बुद्धिजीवियों की ईर्ष्या और विरोध को किस गिरे हुए स्तर तक ढोना पड़ा है और उनके बीच रह कर अपना रास्ता बनाना पड़ा है।

खैर......

# बीस

अप्रैल, १९८६ को डॉ. छोटे लाल 'प्रभात' रिटायर हो गए। रिटायर होने के साथ ही उन्हें 'हिंदी अध्ययन बोर्ड' की सदस्यता भी छोड़ देनी थी। लेकिन बोर्ड के उनके भक्त सदस्यों ने उन्हें ताबड़तोड़ 'नॉन हैड' सदस्य के रूप में मनोनीत कर लिया। मैंने तथा गोवा के डॉ. आदित्य त्रिपाठी ने इसका जम कर विरोध किया और यह तर्क दिया कि अवकाश-प्राप्ति के बाद उनकी सदस्यता समाप्त समझी जानी चाहिए। (उस समय गोवा के कॉलेज मुंबई विश्वविद्यालय के अन्तर्गत ही आते थे)। लेकिन बोर्ड में 'प्रभात' के दुमछल्लों ने इस तर्क को अस्वीकार कर दिया। तब हमने उपकुलपति को इस संदर्भ में पत्र लिख कर उचित कार्रवाई करने का निवेदन किया। हमारे पत्र का प्रभाव पड़ा और डॉ. छोटे लाल की सदस्यता समाप्त कर दी गयी। लेकिन तभी उनके मित्र सदस्यों ने फिर अगली मीटिंग में ही उनका नाम 'एक्सटर्नल' सदस्य के रूप में प्रस्तावित कर, उसे पारित भी करवा लिया। हमने फिर उपकुलपति को पत्र लिख कर सूचित किया कि चूँकि डॉ. छोटे लाल 'प्रभात' के निर्देशन में अभी भी कुछ शोध-छात्र पी - एच. डी. कर रहे हैं, इसलिए उन्हें 'एक्सटर्नल' सदस्य के रूप में मनोनीत नहीं किया जा सकता। लेकिन इस बार उपकुलपति ने इस तर्क को मानने से इन्कार कर दिया और डॉ. छोटे लाल की सदस्यता बहाल रखी गयी। लेकिन हमने भी हिम्मत नहीं हारी और चांसलर के पास अपनी याचिका प्रस्तुत करते हुए अनुरोध किया कि वे इस विषय पर अपना निर्णय दें। चांसलर ने तुरंत उत्तर दिया कि इस मामले को, अध्ययन के लिए, विधि-विभाग के पास भेज दिया गया है। विश्वविद्यालय ने चांसलर का उत्तर आने तक हिंदी बोर्ड को स्थगित कर दिया। इसके बाद, बाद के दो वर्ष यों ही, 'हिंदी अध्ययन बोर्ड' बने बिना बीत गए। अन्ततः मई १९८८ में चांसलर ने यह निर्णय दिया कि डॉ. छोटे लाल प्रभात 'एक्सटर्नल' सदस्य भी नहीं बन सकते। इस प्रकार एक निरंकुश और अहम्मन्य प्रोफ़ेसर के विरुद्ध हमने पहली जीत दर्ज की।

डॉ. छोटेलाल 'प्रभात' की खाली जगह को भरने के लिए विश्वविद्यालय ने एक प्रोफेसर के अलावा एक अतिरिक्त लेक्चरर की नियुक्ति के लिए विज्ञापन निकाला था। इन पदों के लिए होने वाला साक्षात्कार दो बार स्थगित किया गया और अन्ततः जून, १९८८ को साक्षात्कार की तिथि निश्चित की गयी।

इससे पूर्व साक्षात्कार के लिए 'विशेषज्ञों' की सूची बनाने का काम दो प्राध्यापकों को सौंपा गया। इनमें एक इस्माइल यूसुफ़ कॉलेज, मुंबई के प्राध्यापक श्री माहोलकर थे जिनके पास मात्र एम. ए. की उपाधि थी और जिनकी साहित्यिक और शोध संबंधी उपलब्धि शून्य थी और जो अपनी गजलों और गीतों से छोटी-छोटी गोष्ठियों का मनोरंजन करते थे। दूसरे 'विशेषज्ञ' विश्वविद्यालय के उर्दू विभाग के डॉ. दलवी थे। हिंदी साहित्य और शोध के बारे में इनके ज्ञान का सहज ही अंदाजा लगाया जा सकता है। उन्होंने छह व्यक्तियों की नामावली विश्वविद्यालय को प्रस्तुत की। इनमें सर्वश्री हालावादी कवि डॉ. हरिवंश राय बच्चन, नयी कविता के प्रवर्तक व्यक्तिवादी 'अज्ञेय', आगरा इंस्टीट्यूट के डॉ. बी. डी. मिश्र, कतिपय हिंदी साहित्यकारों के बीच प्रगतिशीलता के पुरोधा समझे जाने वाले जेएनयू के डॉ. नामवर सिंह, काशी विद्यापीठ के भक्ति साहित्य के विशेषज्ञ डॉ. विद्या निवास मिश्र तथा गुरुनानक विश्वविद्यालय के हिंदी विभागाध्यक्ष डॉ. रमेश कुंतल मेघ के नाम थे।

बाद में पैनल द्वारा प्रस्तावित इस सूची में न जाने क्यों और कैसे १४ नाम और जोड़ दिए गए। इन चौदह नामों में से अन्तिम नौ नामों का योग्यता संबंधी कोई विवरण नहीं दिया गया था (जब कि नियम के अनुसार प्रत्येक एक्सपर्ट की शैक्षणिक योग्यता, अनुभव तथा प्रकाशन का पूरा ब्योरा देना आवश्यक होता है )।

इस मामले को लेकर मैं कला-संकाय के तत्कालीन डीन डॉ. एस. डी. कर्निक से मिला और उन्हें सभी तथ्यों से अवगत कराया। सब कुछ सुन कर वे बोले, 'डॉ. ठाकुर, आप चिंता मत कीजिए। इस बार आपके साथ कोई अन्याय नहीं होगा।' मैं आश्वस्त हो गया। बहुद बाद में उनके काइयाँपन का पता लगा। एक ओर वे मुझे झूठा आश्वासन दे रहे थे और दूसरी ओर मेरे विरोधी प्रत्याशी डॉ. चन्द्रकांत बांदिवड़ेकर से मिले हुए थे। तब डॉ. बांदिवड़ेकर टैगोर चेयर पर प्रोफेसर के रूप में विराजमान थे। वहाँ रह कर एक ओर वे हिंदी वालों से कटा हुआ महसूस कर रहे थे और दूसरी ओर अध्यापन का माध्यम अंग्रेजी था और तीसरे, उनके विभाग में विद्यार्थियों की संख्या निरन्तर घटती जा रही थी। हिंदी प्राध्यापक होने के नाते उन्हें हिंदी जगत से जो प्रसिद्धि मिलती थी रीडर के रूप में, उस पर वे फिर काबिज़ होना चाहते थे। इसीलिए हिंदी विभाग में आने के लिए छटपटा रहे थे।

सो, विशेषज्ञों के अंतिम चयन में डॉ. नामवर सिंह, डॉ. विद्या निवास मिश्र तथा डॉ. रामस्वरूप चतुर्वेदी की नियुक्ति हो गयी। इधर प्रोफ़ेसर पद के प्रत्याशियों में डॉ. चंद्रकांत बांदिवड़ेकर, डॉ. डी. के. भारद्वाज, डॉ. विनोद गोदरे और डॉ. शिव प्रसाद मिश्र के साथ–साथ मेरा नाम सम्मिलित था।

साक्षात्कार होने से पूर्व ही हम प्रत्याशियों को पता लग चुका था कि किस का चयन होगा। मैं फिर भी इस उम्मीद के साथ इंटरव्यू देने के लिए बना रहा कि अगर मेरा चयन न भी हुआ (चयन तो नहीं ही होना था) तो भी लिखने के लिए कुछ मसाला अवश्य मिल जाएगा। और वही हुआ।

सबसे पहले डॉ. बांदिवड़ेकर की पुकार हुई। २०–२५ मिनट के बाद वे यह कहते हुए बाहर निकले कि 'माझा झाला।' अर्थात् मेरा हो गया। उसके बाद अन्य प्रत्याशी बुलाए गए। सब से अन्त में मेरा नम्बर आया। जब मैं अंदर जा रहा था तभी डॉ. कर्निक चयन–कक्ष से बाहर निकले और बोले – डॉ. ठाकुर, मेरी 'ताज' में एक अरजैंट मीटिंग है। मुझे वहाँ जाना है। विश यू द बेस्ट।' इतना कह कर वे बाहर निकल गए। मैं साथ में अपनी किताबों के दो बंडल ले गया था। उन को मेज़ पर रखते हुए जब मैंने सब का अभिवादन किया तो डॉ. रामस्वरूप चतुर्वेदी ने अभिवादन का उत्तर देते हुए पूछा – इतनी सारी किताबों में आपके आर्टिकल छपे हैं क्या?'

– नहीं सर, ये सारी किताबें मेरी लिखी हुई हैं.....कुछ और भी .....।'

मैं अपना वाक्य पूरा नहीं कर पाया था कि उन्होंने ही फिर पूछा – आपके शोध का विषय क्या था।'

– पी–एच.डी. का या डी. लिट् का?' मैंने थोड़े व्यंग्य से कहा।

– पहले पी–एच.डी. का ही बतला दीजिए।'

– पी–एच.डी. का विषय 'प्रसाद' के नारी चरित्र' था। मैंने संक्षिप्त शीर्षक बता दिया।

– इस विषय के संदर्भ में आपने कौन–कौन से ग्रंथ पढ़े।' उन्होंने पूछा।

इस बार मैंने मुस्करा कर कहा–डॉ. साहब, मैं आपका ग्रंथ 'शरद के नारी – पात्र' भी देख गया हूँ। लेकिन मेरे शोध की रूप–रेखा 'प्रसाद की नारी' के विभिन्न पक्षों के आधार पर बनी हुई है आचार्य नंद दुलारे वाजपेयी जी के निर्देशन में।' यह सुनकर डॉ. चतुर्वेदी खामोश हो गए।

– भारतीय आचार्य पराशर के अर्थशास्त्रीय दर्शन के विषय में कुछ बतलाएँगे।' यह डॉ. विद्यानिवास मिश्र का स्वर था।

मैंने एक क्षण सोचा कि हिंदी के इस साक्षात्कार में ये पराशर कहाँ से आ गए। तभी अनायास ही मुझे हँसी आ गयी। मैंने डॉ. नामवर सिंह की ओर इशारा करते हुए कहा—डॉक्टर साहब, प्राचीन साहित्य तो मेरा विषय नहीं रहा। इस पर तो सर्वज्ञ डॉक्टर नामवर सिंह ही कुछ प्रकाश डाल सकते हैं।' मेरी बात सुन कर डॉ. मिश्र ने दूसरी ओर मुँह फेर लिया।

अब डॉ. नामवर सिंह की बारी थी। उन्होंने कहानी आंदोलनों, नया कविता, अज्ञेय आदि के विषय में अनेक प्रश्न पूछे। मैं उत्तर देता रहा। फिर उन्होंने पूछा – आप नयी कहानी का प्रथम संग्रह किसे मानते हैं?'

– डॉ. साहब, नयी कहानी का प्रथम संग्रह किसी नयी कहानी के आंदोलनकार का ही हो सकता है। हाँ, निर्मल वर्मा के 'परिंदे' को मैं नयी कहानी का प्रथम संग्रह नहीं मानता।' मुझे भली भांति मालूम था कि इस साक्षात्कार का क्या परिणाम निकलेगा। इसीलिए न जाने कहाँ से मुझ में एक विशेष प्रकार का साहस आ गया था। और उसी साहसिकता के कारण मैं विशेषज्ञों के प्रश्नों का उत्तर दे रहा था।

सुन कर डॉ. नामवर सिंह भी मुस्करा पड़े। फिर वे बोले–अच्छा, आप परिवार नियोजन पर कोई अच्छा–सा 'स्लोगन' सुझाइए।'

मैंने उनकी ओर एक खास नज़र से देखा और उठते हुए वी. सी. से मुखातिब होकर बोला–सर, आई बाइकॉट दिस सिली इन्टरव्यू।' और अपनी किताबों का बंडल उठा कर, बाहर निकल आया।

मेरे पीछे–पीछे डॉ. नामवर सिंह भी बाहर आ गए। मेरे कंधे पर हाथ रखते हुए बोले – इंटरव्यू में इतना ताव नहीं खाते देवेश। मैंने तो तुम्हारा संयम परखने के लिए यह प्रश्न यों ही पूछ लिया था। और फिर कुछ दूसरें कंसीड्रेशन भी होते हैं।'

मैं भीतर ही भीतर क्रोध से भुनभुना रहा था। डॉ. सिंह को कोई उत्तर दिए बिना मैं आगे बढ़ गया। तभी अनायास ही किसी शायर की ये पंक्तियाँ मेरी जुबान पर आ गयीं :

– उनकी कमीनी हरकतों को देखो
मर्यादा के नाम पर रामनामी ओढ़
रंडी की दलाली करने पर भी

उन्हें कोई शर्म नहीं आती।

इससे पूर्व जब मुझे यह मालूम पड़ा कि डॉ. नामवर सिंह भी चयन समिति में हैं तो मैंने उपकुलपति को पत्र लिख कर सूचित किया था कि चूँकि मैंने अपनी पुस्तकों और समीक्षाओं में उनके साहित्य पर नकारात्मक टिप्पणियाँ की हैं और मुझे शंका है कि वे साक्षात्कार में मेरे साथ न्याय नहीं करेंगे, इसलिए साक्षात्कार होने से पहले ही उचित कदम उठाया जाय। लेकिन मुझे उपकुलपति के कार्यालय से कोई उत्तर नहीं मिला था।

इन्टरव्यू हुआ। उसमें जो होना था, वही हुआ। डॉ. चन्द्रकांत बांदिवड़ेकर के चयन की खबरें आने लगीं। तभी मैंने उच्च न्यायालय में एक याचिका दायर करके इस साक्षात्कार तथा इसके निर्णय को निरस्त करने, चयन समिति का पुनर्गठन करने और फिर से साक्षात्कार करवाने की माँग की। मेरी याचिका में कुछ मुद्दे इस प्रकार उठाए गए थे :

१. प्रो. माहोलकर जिनका शैक्षणिक और साहित्यिक अवदान न के बराबर है, उन्हें ही विशेषज्ञों के नाम प्रस्तावित करने के लिए क्यों कहा गया? २. उर्दू विभाग के डॉ. दलवी हिंदी प्रोफेसर की पोस्ट के लिए विशेषज्ञों के नाम प्रस्तावित करने की क्या योग्यता रखते हैं?

इस के उत्तर में विश्वविद्यालय के वकील ने अपने स्पष्टीकरण में कहा कि प्रो. माहोलकर को हिंदी अध्ययन बोर्ड के चैयरमैन की हैसियत से लिया गया था। (जब कि वास्तविकता यह थी कि प्रो. माहोलकर अपने पूरे कार्य काल में कभी भी 'अध्ययन बोर्ड' के अध्यक्ष नहीं रहे)।

डॉ. बांदिवड़ेकर की योग्यताओं को बढ़ा–चढ़ा कर दिखलाते हुए विश्वविद्यालय ने कहा कि डॉ. बांदिवड़ेकर को ३८ वर्षों का अध्यापन का अनुभव है; कि उनकी १५ पुस्तकें प्रकाशित हो चुकी हैं कि वे एक सीनियर अध्यापक हैं।

इसके उत्तर में दूसरी सुनवाई के दौरान मेरे वकील ने कहा कि इस समय डॉ. बांदिवड़ेकर की उम्र करीब ५५ वर्ष है। क्या वे १७ साल की उम्र से ही कॉलेज में पढ़ाने लगे थे। अगर यह सही भी हो कि उन्हें ३८ साल के अध्यापन का अनुभव है तो क्या प्राइमरी या हाई स्कूलों में किया गया अध्यापन प्रोफ़ेसरशिप के लिए गिना जाने योग्य है। और जहाँ तक उनके वरिष्ठ होने का प्रश्न है, उसका स्पष्टीकरण यह है कि डॉ. देवेश ठाकुर १९५६ से कॉलेज के प्राध्यापक हैं, जबकि डॉ. बांदीवड़ेकर १९५७ में पहली बार रुइया कॉलेज में प्राध्यापक नियुक्त हुए।

मेरे वकील ने यह भी कहा कि जहाँ तक डॉ. बांदिवड़ेकर की १५ पुस्तकों के प्रकाशन का प्रश्न है, मेरे युवा मुवक्किल डॉ. देवेश ठाकुर की अब तक ३३ पुस्तकें प्रकाशित हो चुकी हैं। उन के दो उपन्यासों का मराठी और तेलुगु में अनुवाद हो चुका है। उनके उपन्यास एम. ए. के पाठ्य क्रम में लगे हैं और उनके साहित्य पर कम से कम तीन विश्वविद्यालयों में पी – एच.डी. की उपाधि के लिए शोध–कार्य हो रहा है। और शैक्षणिक योग्यता में तो वे सभी प्रत्याशियों से आगे रहे हैं। उन्होंने पी–एच.डी. के साथ–साथ १९७१ में डी. लिट् की उपाधि भी अर्जित की है और शोध निदेशक के रूप में उन्हें और डॉ. बांदिवड़ेकर को १९७२ में साथ – साथ मान्यता मिली है।

मेरे वकील द्वारा प्रस्तुत इन तथ्यों का अदालत ने नोटिस लिया और केस को डिवीजन बेंच के पास भेज दिया। इस कारण डॉ. बांदीवड़ेकर की प्रोफेसरशिप अटक गयी। फिर मैंने कैसे केस वापिस लिया, कैसे डॉ. बांदीवड़ेकर की नियुक्ति हुई। इस बीच क्या–क्या गुजरा – इसकी गाथा अंतिम (तीसरे) खंड में। संदर्भ सहित। (हालाँकि अपने उपन्यास 'शिखर पुरुष' (पुरस्कृत) में इस हादसे पर विस्तार से कहा जा चुका है)।

वैसे, क्या लिखूँ, क्या न लिखूँ – इसी पेशोपेश में पड़ा रहा हूँ, इस आत्म–कथा को लिखते समय। बीसियों घटनाएँ हैं, अनेक हादसे और प्रसंग हैं, स्मृतियाँ हैं और बहुत सारे कड्डुवे–मीठे अनुभव हैं जो छितर–छितर कर दिमाग पर दस्तक देते रहते हैं और मैं उनमें उलझ कर रह जाता हूँ। फिर भी अच्छी – बुरी कुछ बनागियाँ तो प्रस्तुत हो ही गयी हैं।

इस पूरे क्रम में, मैं सोचता हूँ मेरी ज़िद, मेरी संकल्पशीलता, मेरी स्पष्टवादिता और अक्खड़पन, मेरे मित्र और मेरा परिवार, मेरी जिजीविषा को बनाए रखने के अजस्र स्रोत रहे हैं। कभी–कभी इन सब के प्रति अपने को ऋणी अनुभव करता हूँ। अलग–अलग अवसरों पर मेरी चिंताएँ कम करने में इन सभी का बड़ा योग रहा है। कभी–कभी कुछ गीत–पंक्तियां भी मुझे सहारा देती हैं।

उदाहरण के लिए, जब कभी किसी घटना या प्रसंग के कारण मैं उद्विग्न और अशांत हो जाता हूँ और निराशा के गह्वर में डूब–उतराने लगता हूँ तब बच्चन की ये पंक्तियाँ मेरा सहारा बन कर मुझे सँभाल लेती हैं :

– हर दंत समय का जो लगता
मानो विष - दंत नहीं होता
दुख मानव जीवन के ऊपर
सब दिन बलवंत नहीं होता
आहें उठतीं, आँसू झरते
सपने पीले पड़ते लेकिन
जीवन में पतझर आने से
जीवन का अन्त नहीं होता।

मैं स्वभाव से बड़ा आशावादी हूँ। त्रासद क्षणों में मेरी यह आशावादिता और भी बढ़ जाती है और कर्तव्य केंद्र में आ जाता है। शायद इसी को सकारात्मक सोच कहते हैं। अड़चनों, अवरोधों और उपेक्षाओं को मेरी मस्ती, मेरा अक्खड़पन, मेरी संकल्पशक्ति, मेरी जिंदादिली और ज़िद गला कर रख देती हैं। इसका मतलब यह नहीं कि मैंने गल्तियाँ नहीं की हैं, कोई अपराध नहीं किया है या किसी का दिल नहीं दुखाया है। मुझ से यह सब हुआ है और खूब हुआ है। लेकिन अपनी शक्ति भर मैंने इस सब के लिए कभी अपनी तरफ से पहल नहीं की है। अपने आत्म सम्मान और अपनी आत्मरक्षा के लिए विवश होकर ही मुझे यह सब करना पड़ा है। हाँ यदि अपनी तरफ से मुझ से कोई गलती या गुनाह हुआ है तो मैंने उसे खुले मन से स्वीकार भी किया है। आखिर मैं भी तो एक सामान्य इंसान हूँ और गल्तियाँ और गुनाह इंसान ही तो करता है। इस जिंदगी को जीते हुए कुछ गुनाह भी मुझ से हो गए होंगे, मैं मानता हूँ। लेकिन......

**– आदमी हो कर गुनाहों से इस क़दर परहेज़**
**आप भी कैसी हिमाक़त की बात करते हैं।**